U1000817

新中国散文典藏

新中国
散文典藏

第十一卷

主编　王景科

山东友谊出版社

策　划：丁建元

主　编：王景科

编委会：王兆胜　张清华　王光东　王剑冰　王景科　丁建元
　　　　姚文瑞　李登建　马瑞芳　谭好哲　刘烨园　杨守森
　　　　孙书文　张丽军　王　谦　张亚欣　石耿立

目录

刘亮程

狗这一辈子

一条狗能活到老，真是件不容易的事。太厉害不行，太懦弱不行，不解人意、太解人意了均不行。总之，稍一马虎便会被人炖了肉剥了皮。狗本是看家守院的，更多时候却连自己都看守不住。

活到一把子年纪，狗命便相对安全了，倒不是狗活出了什么经验。尽管一条老狗的见识，肯定会让一个走遍天下的人吃惊。狗却不会像人，年轻时咬出点名气，老了便可坐享其成。狗一老，再无人谋它脱毛的皮，更无人敢问津它多病的肉体，这时的狗很像一位历经沧桑的老人，世界已拿它没有办法，只好撒手，交给时间和命。

一条熬出来的狗，熬到拴它的铁链朽了，不挣而断。养它的主人也入暮年，明知这条狗再走不到哪里，就随它去吧。狗摇摇晃晃走出院门，四下里望望，是不是以前的村庄已看不清楚。狗在早年捡到过一根干骨头的沙沟梁转转；在早年恋过一条母狗的乱草滩转转；遇到早年咬过的人，远远避开，一副内疚的样子。其实，人早好了伤疤忘了疼。有头脑的人大都不跟狗计较,有句俗话:狗咬了你你还能去咬狗吗?与狗相咬,除了啃一嘴狗毛你又能占到啥便宜。被狗咬过的人,大都把仇记恨在主人身上,而主人又一古脑把责任全推到狗身上。一条狗随时都必须准备着承受一切。

在乡下,家家门口拴一条狗,目的很明确:把门。人的门被狗把持,仿佛狗的家。来人并非找狗,却先要与狗较量一阵,等到终于见了主人,来时的心境已落了大半,想好的话语也吓得忘掉大半。狗的影子始终在眼前窜悠,答问间时闻狗吠,令来人惊魂不定。主人则可从容不迫,坐察其来意。这叫未与人来先与狗往。

有经验的主人听到狗叫,先不忙着出来,开个门缝往外瞧瞧。若是不想见的人,比如来借钱的,讨债的,寻仇的……便装个没听见。狗自然咬得更起劲。来人朝院子里喊两声,自愧不如狗的嗓门大,也就缄默。狠狠踢一脚院门,骂声“狗日的”,走了。

若是非见不可的贵人,主人一趟子跑出来,打开狗,骂一句“瞎了狗眼了”,狗自会没趣地躲开。稍慢一步又会挨棒子。狗挨打挨骂是常有的事,一条狗若因主人错怪便赌气不咬人,睁一眼闭一眼,那它的狗命也就不长了。

一条称职的好狗,不得与其他任何一个外人混熟。在它的狗眼里,除主人之外的任何面孔都必须是陌生的、危险的。更不得与邻居家的狗相往来。需要交配时,两家狗主人自会商量好了,公母牵到一起,主人在一旁监督着。事情完了就完了。万不可藕断丝连,弄出感情,那样狗主人会妒忌。人养了狗,狗就必须把所有爱和忠诚奉献给人,而不应该给另一条狗。

狗这一辈子像梦一样飘忽，没人知道狗是带着什么使命来到人世。

人一睡着，村庄便成了狗的世界，喧嚣一天的人再无话可说，土地和人都乏了。此时狗语大作，狗的声音在夜空飘来荡去，将远远近近的村庄连在一起。那是人之外的另一种声音，飘忽、神秘。莽原之上，明月之下，人们熟睡的躯体是听者，土墙和土墙的影子是听者，路是听者。年代久远的狗吠融入空气中，已经成寂静的一部分。

在这众狗狺狺的夜晚，肯定有一条老狗，默不作声。它是黑夜的一部分，它在一个村庄转悠到老，是村庄的一部分，它再无人可咬，因而也是人的一部分。这是条终于可以冥然入睡的狗，在人们久不再去的僻远路途，废弃多年的荒宅旧院，这条狗来回地走动，眼中满是人们多年前的陈事旧影。

荒野上的路

从乌伊公路一百八十五公里处——沙湾县城，一直朝北，到沙漠边上，再没处可去的地方，就是我生活多年的那个村庄。

我小的时候，不知道有一条路分叉到这里。从我会走路，到下地干活的一二十年里，我的脚一直在向更荒远处挪移。无论去野地收麦还是进沙漠拉柴火，路在我的印象中总是越走越窄小、越走越模糊，最后彻底消失在荒野。

从村里伸出的每一条路，都几乎被我走到头。去河湾瓜地的路走到地头的瓜棚为止（还有一条秘密的偷瓜人的小路，穿过河东岸的红柳丛，穿过河心、河边的芦苇，一直通到月光下泛着白光的一颗大西瓜旁）。到南梁坡的路却一过沙沟便分叉了，向东两条车轱辘印夹一行牛蹄印，朝南一条窄的羊和骑马人走出的小路，都走不了多远便消失了。

越往前走，这样的岔路就越多，到最后都分不清哪条是主道了，仿佛一根扭紧的细麻绳逐渐地松散成一丝一缕。

人的路到头了剩下窄窄的野羊和兔子的路、老鼠和蚂蚁的路、长虫和蝎子的路……朝荒远处延伸下去。人沿着这些动物的路再往前走,走久了又成了人的路。在这些印有车辙和脚印的远路上,也印着许多野生动物的蹄印和爪印。它们也常常沿人的宽敞大路走进村子,找草和粮食吃,找水喝。当然大多在夜里。夜让人这种动物睡着。这多好。

在荒野上,许多动物走同一条路。从村里出去的羊,会沿着野羊和野兔的路觅草吃。

狼也走野兔的路。狐狸也走野兔的路。

连一些大动物,像牛马骆驼,没路了也会踏上兔子的窄细小路。

除了兔子和野羊,会一蹄一爪地踩出自己的小路(有时它们也走一条路),很少有其他动物亲自踩一条路走,它们借路走。尽管兔子的小路容不下那些大动物的一只蹄子,但它们还要硬踩上去。走到最后都说不清路是谁的。但从地上的粪便可以看出,许多动物都在路上,谁也没有离去。

荒野上的道路从来不会拥挤。

野兔遇到羊会擦身过去。狐狸遇到狼会远远避开。野兔遇到狼或狐狸就没命了。一只家羊遇到一只野羊,会站下来相望好一阵儿,各叫两声,可能语言已经不通;也可能会说一阵话。

家羊说:再别跑了,跟我到羊圈里去吧,到处是人,你往哪儿跑呀。

野羊说:跟我跑吧,趁现在没人,能跑多远跑多远,总不能等着挨刀子。

……

人什么都不会遇到。人一上路野动物便全没影了,连狼都不见了。

在村里的好多年里,我几乎沿每一条细细小小的路行走过。

顺着兔子的小路我曾走到一片密不透风的刺草丛。我蹲下身,看着兔子的路在那些密密的刺草根下绕来绕去。我想,我要再小一点,早几年走到这里,我就会从那些刺草根下钻过去,一直地走到兔子家里。我再小一点的时候在干什么呢?我知道人一长大,有些地方便永远去不了了。就像我父亲说的,长到狗那么大,你就再进不了兔子的洞穴了。

我还沿老鼠和蚂蚁的小路到过它们小小的家里。老鼠一见人来就钻进洞里,土堆上剩下几个牛眼睛大的洞口,惊慌地望着人。

我从麦地边跟踪到这里。老鼠偷光了我们家半亩地的麦子,父亲让我查查老鼠洞在哪里,这很容易,尽管老鼠在地边挖了两个假洞,洞口塞了几个麦穗迷惑人。尽管老鼠把藏粮食的真洞藏在离麦地二百多米的一墩灰蒿底下,但它留下了路。那些老鼠一粒一粒往洞中搬运粮食时,在看似隐蔽的草丛中踩出了一条光溜溜的路。老鼠完全可以用草叶把这条路盖住,那样我就很难找到了。

看来这窝老鼠中没有一个像我这样聪明会想事情的。我趴在老鼠洞口望了一阵儿,拿一根小木棍捅了两下。我知道我们家半亩地的麦子全在这里面了。

我却没有把找到的这个洞告诉父亲。不知为什么,我隐瞒了它。

或许我一直喜欢看老鼠和蚂蚁洞穴中的那种生活。有多少次我蹲在蚂蚁洞口(蚂蚁比老鼠沉稳多了,见了人一点不慌,就跟没看见似的,该干啥依然干啥),我看着那些小蚂蚁排成一队,忙忙碌碌的样子,就想着我能再变小一些,再小一些,悄悄地混进蚂蚁的队伍里,跟它们一起跑、一起干活。它们会不会认出我?肯定会的。我身上有人的气味,太难闻了。蚂蚁会赶我走、会吃掉我吗?不过我会解释:我就是住在你们洞穴上面这幢房子的人,我们是邻居。你们常在我的家里走来走去,也让我在你们中间过段日子吧。就过半年。三个月。过到地里的活忙完。再过一个冬天。

不知道蚂蚁懂不懂得三个月这样漫长的时间。三个月,正好一个村庄的寂寞冬天。一个人的寂寞还要再长一点,长到下一个冬天,下下一个冬天。我们围着火炉,把所有的话说完,今年明年的话都说完。柴火烧完。火炭慢慢变成灰烬。剩下一点点瞌睡。眼睛睁开闭着,都一样的情景。没有几个梦。睡着醒着,都一样寂寞。

每当这时,我就想着墙根脚下那几个蚂蚁和老鼠的幽深洞穴里,它们正举行着怎样的欢宴,过着怎样快乐的生活。它们知不知道一个想象中的人,一直悄悄地混在它们中间,一年一年地,把村庄里的事情放在一边。

有时我觉得,我比一只忙碌的蚂蚁更清楚它的黑暗洞穴里的每个细节,更熟悉那些小米粒般的卵什么时候又要变成小蚂蚁,那点一小把就能抓光的过冬的粮食藏在哪个底层的洞窿里。但我永远都不知道它的快乐。我为自己永远都过不上一只小蚂蚁的短暂生活而悲哀着。

我只能这样度过人的一辈子。

缓慢地、别无选择地、一年又一年地，活到韩老大那样牙脱落光、腰直不起来，活到冯三那样眼睛瞎掉，张富贵那样再走不动路、半身残废……

我几乎沿每一条分叉的道路行走过。在每条路的尽头，我都看见我认识的、生活到头的那一些人。他们在荒草中等着我。他们早就在那里了，我还用一生时间在继续走着。

我做功课一般演算着每个人的一生。把每一条去向不同的路运算到头——在一片荒草虚尘中返身回来。我想找到一条没有尽头的路。

在村里的许多年，我都怀着这样的想象：每天一早出去砍柴拉草的牛车马车中，会有一辆独自地穿过荒野，去了我不知道的遥远处，再不回来。

可是，每个下午，当我们吆喝着牲口，一个接一个地满载而归时，我心中的失望和悲凉就像一辆永远的空马车，走在另一条他们看不见的荒野上。

那时候我们很少到外面去。

我们和我们村的牲口们，把走向外面的路撂荒了。

一年顶多有两个人去一趟县城。

我们想象通往县城的路上长满荒草，深深浅浅的坑洼里汪着水。

我们的生活停留在沙梁下面，像一粒风再刮不动的尘土。我们只是顺着日子一天天过下去。这和别处的生活没什么不同。从今天到明天再到后天的路是通的，天底下一样的。

只是我们的生活在这个小村庄里停住了。他们在时间里随波逐流的时候,我们靠岸了,停留在这里。我们的土墙一动不动保持着褐黄,房前屋后的树,用耐心迟缓的生长等候我们,鸟旋在天空,它翅膀下面的村子像多少年前的一个梦,一点不变地静摆在那里。

能够停下来是我们今生今世的最大幸福。

树木长粗,我们动手盖房子。树木忍不住已经长粗,树干结满疙瘩,直树变歪,歪树伸直,都快成朽木了,我们还没动手的意思。

我们的牛,一年年地停在一块地里。庄稼在老地方长出,又在原地被那把旧镰刀收割。多少年了你还是这个倔脾气,我还是这副慢性子。谁也不改变谁。我们知道一生的路怎样走到头,从家门,到羊圈、到一块地里,再回来,一天就这样过去了。

一生也可以这样过去啊。

这有什么不好啊。

后来还是村子外面的人,把路修到我们村里。他们想走到这个村庄,就把路铺过来了。那时,我们不知道这个荒僻村落曾是多少人梦想到达的远地,就像我们曾把他们居住的城市当作一生的向往。结果都不是。

路快修到我们村时,他们想让村里出些劳力,一块儿帮着修。

这是你们的事情,他们说——我们把路从那么远的地方修来了,都要修到你们脚底下了,你们也该动动手了吧。

才不是呢,我们村的人说。我们去挖野滩里的柴火时,不会像你们一样给柴火说,这是你们的事情,你们先把路修好,让我们的车和斧头顺顺当当走到那里。

只有没脑子的老鼠会留一条光溜溜的路，通到家门口，让人扛着锨一直走到跟前。

可是，我们也没有办法让外面的人和外面的世界一步步地走到跟前。

我们村边的野动物们，却会向更荒远处逃离，留下它们再不会回来的弯曲小路。但也不会逃到多远。我们放羊时，已经和荒野沙漠那边赶来的羊群迎面而遇。两群从没见过面的羊，头对头相望一阵儿，叫几声，不知相互能否听懂。赶羊人站在各自的羊群后面，远远望几眼，像两种动物一样陌生。

黄沙梁

我不知道这个村庄到底有多大

我不知道这个村庄，真正多大，我住在它的一个角上。我也不知道这个村里，到底住着多少人。天麻麻亮人就出村劳动去了，人是一个一个走掉的，谁也不知道谁去了哪里，谁也不清楚谁在为哪件事消磨着一生中的一日。村庄四周是无垠的荒野和地，地和荒野尽头是另外的村庄和荒野。人的去处大都在人一生里，人咋走也还没走出这一辈子。

一辈子里的某一天，人淹没在庄稼和草中，无声地挥动锄头，风吹草低时露一个头顶，腰背酸困时咳嗽两声。

另外一天人不在了，剩下许多个早晨，太阳出来，照着空房子。

对一个村庄的认识

对于黄沙梁，我或许看不深也看不透彻，我的一生局限了我，久居乡野的孤陋生活又局限了我的一生。

可是谁又能不受局限呢？那些走遍天下学识渊博的人，不也没到过黄沙梁吗。他们熟知世间一切深奥的道理却不认得这个村里的路。我这位农夫有朝一日给他们指一回路真是荣幸莫大。

我全部的学识就是我对一个村庄的见识。我在黄沙梁出生，花几十年岁月长成大人，最终老死在这个村里。死后肯定还是埋在村庄附近。这便注定了我生死如一地归属于这片土地，来来回回经过那块地那几间房子，低头抬头看见那一群人。生活单调得像篇翻不过去的枯涩课文，硬逼着我将它记熟、背会，印在脑海灵魂里。除了荒凉这唯一的读物，我的目光无处可栖。大地把最艰涩难读的一个章节留给这群没啥文化的人。

我不懂大道，只通一点斜门歪理。我想一个人活下去的理由可能只有芝麻那么小。而这些芝麻小理并不被通常的大道所涵盖。活在大地边缘的这一村人，他们的生活中没有大事，但并不因此活得小里小气。当他们因一个鸡蛋亲戚为仇、邻居反目，为半截麻绳大打出手、刀叉伤人时，你能说他们心胸狭隘，不该为这些琐碎之事争斗计较吗？那你说他们该计较什么，坐在如此荒远的不为人知的村庄里分析东欧局势，还是讨论九七香港回归问题？这些天下大事，哪一件有牛啃了他们的庄稼这事更大！当张三为自家麦地先淌进水而甩开膀子堵渠拦坝时，你能说他的拦坝工程比三峡工程小？不伟大？他抢救的可是眼看旱死的一亩二分地的麦子啊，这麦子可是他一家五口的活命粮啊。谁要在这时阻止他，没准他会操起锨和你拼命呢。

我在村里住久了，便掌握了这个村庄的很多秘密。比如王家腌了几缸咸菜喂了几头驴；李家粮仓里还有几担麦子箱子里还有多少钱；夜晚走在村里，凭土地的颤动我就能断定谁家夫妻正在做爱事，谁家男人正往地上打桩、墙上钉橛子；分清牛和马的脚步声只需一年零六个月功夫。而黑暗中一前一后走来的两个人，极容易被误认成四条腿的驴。真正认识一个村庄很不容易，你得长久地、一生一世地潜伏在一个村庄里，全神贯注留心它的一草一木一物一事。这样到你快老的时候，才能勉强知道最基本的一点点。在村里溜达一圈走掉的人——如果幸运的话——顶多能踩走一脚牛粪。除此，他们能得到什么呢。

那些季节中悠然成熟的麦子，并不为谁而熟，我们收回它们，我们并不是收获者。一年中有一次，麦子忘了回家，我们就得走好几年穷路。那些岁月中老掉的人，常老于一件事情，随便的一件事，就可消磨掉人的一辈子。想想吧，这些事情有多厉害。我不说出来你会以为什么大事耗掉了人的岁月和经历。那些看来很小的事到底有多大谁也搞不清楚。我们村庄上空飞过的一群苍蝇，对应到世界另一地可能就是一群庞大的轰炸机；我们村里的一声咳嗽，或许才是造成某个遥远国度地震的真正原因。

这个村庄隐没在国家的版图中，没有名字，没有经纬度。历代统治者不知道他的疆土上有黄沙梁这个村子。这是一村被遗漏的人。

他们与外面世界彼此无知,这不怪他们。那些我没去过的地方没读过的书没机会认识的人,都在各自的局限中,不能被我了解,这是不足以遗憾的。我有一村庄,已经足够了。当这个村庄局限我的一生时,小小的地球正在局限着整个人类。

早晨的人

早晨的人很不真实,恍恍惚惚的,像人从梦幻中回来的一个个身影。是回来干活的。

活是多少年干熟干惯的,用不着思想和意识。眼睛闭着也不会干错——错也错不到哪里,锨刃就这么宽,锄把就这么长,砍歪挖斜了也还在田间——路会一直把人引到地里。到了地里就没路了,剩下农具和人。人往手心吐一口唾沫,这个身影便动作起来,一下一下,那样的卖着劲,那样的认真持久,像在练一个姿势,一个规定好了一百年不变的动作。却又不知练好了教人去干啥。仿佛地之外有一个巨大而神秘的舞台,仿佛人一生只是一场无望无休的准备。

一场劳动带来另一场劳动,一群人替换掉另一群人。同一块土地翻来覆去,同一样作物,青了黄,黄了青。劳动——这永远需要擦掉重做的习题,永远的摆在面前。土地扣留了劳动者,也将要挟来他们千秋万世的后代们,生时在这片田野上劳作,死后还肥这方土。

多少个早晨,我目睹田野上影影绰绰的荷锄者,他们真实得近乎虚无。他们没有声音,也没有其他声音唤醒他们。这是群真正的劳动者。从黑暗中爬起来,已把你贩运到另一个日子。多么黑暗的航行啊。你的妻子儿女、牛、房子和家具都在同一条大船上，横七竖八睡在同一片月光里，互不认识。到岸后作为运费，他们从你生命中扣除一个夜晚，从你的屋墙上剥落一片泥皮，从你妻子的容颜上掠去一点美丽……你总是身不由己来到一生中的一些日子，这些日子一天比一天远离你。

整个白天村庄都在生长

整个白天只有老人和狗，守着空荡荡的村子。阳光一小步一小步迈过树梢和屋顶。土路朝天，晾晒着人和牲畜深深浅浅的脚印。

花花绿绿的鸡们，早早打完鸣，下完蛋，干完一天的事情，呆站在阴凉处，不知道剩下的半天咋度过去。

公驴像腰挂黑警棍的巡警，从村东闲逛到村西，黑警棍一举一举，除了捣捣空气，找不到可干的正事。

猪像一群大腹便便的暴发户，三五成群，凑到破墙根和烂泥塘里，你拱我的屁股，我咬你的脖子，不住地放着屁，哼哼唧唧，嚷嚷着致富的事。

狗追咬一条像狗的云，在沙梁上狂奔。一朵云下的黄沙梁，也是时间的浮云一朵。吹散它的风藏在岁月中。

坐在土墙根打盹的老人，头点一下又点一下，这个倔犟的人在岁月中变得服帖，他承认了命运。

整个白天村庄像一个梦境，人都到地里去了，留下一座空村。你找一个人，只能找到一院空房子，院门紧锁，或者敞开着。一个人的家闲置在光阴里，树静静站立，墙默默开裂，鸟悄悄落到屋顶又飞去。人不在时，阳光一样公平地朗照着每一个院子，不会因为谁不在家而少给谁家一束光明。

你喊一个人的名字，结果叫出一条狗。一条狗又招来好几条狗。一会儿工夫，全村的狗都会叫起来。狗是很齐心的动物，一条狗的事便是所有狗的事。从没见过一条狗咬人另一条狗站着冷眼旁观。即使那些离得太远或拴在院子里不能赶来的狗，听到同类的吠叫也会远远地呼应几声，以壮狗势。

人在远远近近的地里，听到狗叫会不由自主抬起头朝村里张望。比人还高的庄稼和草往往挡住人的眼睛。人在心里嘀咕一句：是谁进了村子。尔后再低下头干自己的事。谁也不会因为狗叫两声而扔下锄头跑回村里看个究竟。人们很放心地把一个村庄扔在大白天的原野上，却从不敢粗心地把一捆柴火放在夜里的屋外。他们只相信白天。白天房前屋后的树在阳光下静静地长着叶子，家畜们在树荫下纳凉，太阳晒透的厚厚土墙，一直把温暖保留到晚上。整个白天家都在生长，人们远远走开，不轻易打扰村庄。

你要找的那个人，此刻就在村庄周围的某一块地里，悄无声息地干着自己的一件事。他不老也不年轻，无论你哪年哪月见到他，都是这副不变的样子。似乎生死枯荣只是草木和庄稼的事，跟他毫无关系。他的锨不快也不钝，锨把不细也不粗，干活的动作不紧也不慢。他不知道你来找他。知道了他会哪儿都不去在家等你，不管你找他的事多么不重要。他生活在如此偏远的一个村庄，一辈子都不会有几个人来找他。

他过着一生中又一个平平常常的日子，摆在眼前的活，还和昨天一样多、一样重，也一样轻松。生活就是这样，并不因为你生活了多少年日子就会变得好过。农活更是如此，不是你干掉一件它就会少一件。活是干不完的，你只有慢慢地干着活把自己的一生消磨完。活是个好伴儿，尤其农活，每年都一样多，一样长短的季节。你不用担心哪一年的活会把你压得喘不过气，也别指望哪一年会让你闲得没事。活均匀地摊在一辈子里。除非你想把它攒堆，高高地堆在一生中的某个时期。许多人年轻时都这样，手伸得长长，把本该是好多年后干的事情统统揽到某一年里，他们自以为年轻力盛，用一年时间就能把一辈子的活干完。事实证明，他们忙到老都没有闲下来。

活是人干出来的。

有些活，不干就没有了。

干起来一辈子干不完。

懂得这个道理的人，此刻正仰面朝天，躺在另一块地头的荒草中。他知道这辈子也不会有人来找他，更不会有人找到他。他在世上只活几十年，几十年一过，他啥都不管就走了。他不想揽太多的活，沾惹太多的事情，结交太多的人。他的锄头扔在地中，他和你要找的那个人一样，有一地玉米，地里也有锄不完的草，但他不急。草是慢慢长出来的，他要慢慢地用十年、几十年时间去锄。草很小很矮时，他会整天躺在地头，心想等草长高些再锄它吧，草生一次也不易，就让它多长几日，把头探进风里，有花的开几朵花，没花的长几片叶，然后再锄掉它也不迟。可是，等草长到比玉米还高时，他便干脆不锄了：既然庄稼没长成，多收些草回去也不是坏事。

每天早晨，他和人们一起扛着锄头离开村子，没人知道这一天里他都干了些啥。天黑时他又混在收工的人群中回到村里。其实，即使他躺在家里睡上一年也没有人管。但他不这样，他喜欢躺在草中，静静地倾听谷物生长的声音，以及人和牲畜走动的声音。人寂静下来的时候，就会听到远远近近许多事物的声音。他们组合在一起，成为大地的声音，天空的声音。一个人在荒野中，静静地倾听上一年、两年，就会听上瘾，再不愿多说一句话，多走一步路。他明白了大地的和声并不缺少他这一声。

劳动是件荒凉的事情

劳动的人把名字放在家里出去了。

劳动不需要姓名。

那是一个人远离另一个人的孤远劳动。一村庄人远离另一村庄人。

同行的老牛不会喊出你的名字。它顶多对你哞一声，像对其他牲口那样；手中的锨只感到你逐渐消失的力气；你引水浇灌的麦田不会记住你的名字，那些在六月的骄阳下缓缓抬起头来的麦穗不会望见你，它遍地的拔节声中没有一声因你而响为你而呼；黄昏时你牵牛途经的一片坡地上，一种不知名的草正在默默结束花期，它不为你开也不为你凋谢。多少年来，你遇见多少次与你无关的花开花落，你默默打它们身边走过，它们不认识你。

劳动是件荒凉的事情。像四处蔓延的草，像东刮西刮的风，像风中的草屑和尘土,像只有一行脚印的路……在一个人的一生里,在一村庄人的一生里,劳动是件荒凉的事情。

隐身劳动的人,成为荒野的一部分。

人的忧郁是一棵草一只鸟的忧郁,没有名字。人的快乐是一头猪一粒虫的快乐,没有名字。秋天,粮食不会按姓名走到谁家里。粮食是一群盲者,顺着劳动之路,回到劳动者心里。

也往往错走到不劳动的人手里。

名字不是人的地址。人没有名字也能活到老。人给牲口起名,是为使唤起来方便。有名字的牲口注定要为名字劳苦一辈子。

人把所有的芦苇都叫芦苇,把所有的羊都叫羊。它们没有单个的名字。单个的名字在它们心里。人没必要知道。

试想,一株叫刘亮程的草生长在浩浩莽莽的草野中,他必会为名字而争风水,抢阳光,出人头地。也会为名字而孤芳自赏,离群孑立。而作为旁观者的人,永远不会从一野的风声中单独地分辨出某一株草的声音。

劳动也是一样的。

你打的粮他打的粮到秋天都会被一车拉走,入到一个大仓里。谁也不会在吞食它们时想到这一粒是张三家的麦子,那一粒是王五家的玉米。

一个人在暗处处理着自己的事情。一村庄人在暗处处理着各自的事情。这是一大片原野上的事情。

就像草,看起来每一株都孤立生长着,有各自的根、茎和叶子,有各自的长势和风姿。可是风一刮一大片都倒了,天一旱一大片都黄了，春天一到一野都绿了。

这不是哪个人的事情。你只是一个干活的人，干着你身边手边的那一份。你在心里知道自己就行了。

你干完的活，别人不会再找到。你把它干掉了。

名字是件没啥实际用处的家什，摆设在人的一生里。一村庄人的名字就像一堆废铁，丁丁当当扔了一地。

那些一辈子没人叫两声的名字，叫不了几年便仓促扔掉的名字，无人怀念的名字，被自己弄脏又擦得锃亮的名字，牛棚一样潦草的名字……现在，都扔在村里，谁也没有跑出去。

黄昏的时候，名字对着荒野呼喊人，声音比最细微的风声还轻，直达人的内心。每个人听见的都是自己的，把锨一扛便下地干活了。

我不敢相信他们是人。

他们是影子，把更深长的影子投在大地上。

他们是从人那里回来的一个个肉身，是回来干活的。

他们没有苏醒。

比早晨更早的一个时辰

比早晨更早的一个时辰，残月村边，疏星屋顶，一只未成年的雏鸡，冒失地叫了两声。人迷迷糊糊醒来，穿好裤子，摸一把锨就下地了。

以后的早晨人再听不到这只雏鸡的鸣叫，它可能从此默默无闻，雄气不振，一辈子在母鸡面前抬不起头。这只没长到大的小公鸡，鼓了一嗓子劲,时辰没到抢吼了两声。现在它尴尬地站在暗处,听众鸡的讥笑和责骂,那是另一种方式的鸡鸣:黑暗,琐碎。一个早晨的群鸡齐鸣就这样给唱砸了。

这跟人没关系。

人不是鸡叫醒的。鸡叫不叫是鸡的事情。天亮不亮是天的事情。人心中都有自己的早晨,时候到了人会自己醒来。

在大地还一片漆黑的时候,一个农民心中的天悄然亮了。他爬起来,操一把农具,穿过鼾声四起的村子,来到一片地里,暗暗地干起一件事。他的心中异常明亮,要干的事清清楚楚摆在面前,根本用不着阳光月光或灯光去照亮。一个看清了一生事业的人,总是在笼罩众人的黑暗中单独地开始了行动。天亮后当人们醒来,世界的某些地方已发生了变化,一块地被翻过了,新砌的一堵土墙耸在村里,一捆柴火堆放在院子……干活的人却不见了,他或许去做另一件事了,也可能接着睡觉去了。他自己的天早早地亮又早早地黑了。原先看得很清的一些事渐渐看不见了。也许是被自己干完了,也许活儿悄然隐匿了。属于自己的活儿迟早还会出现在一生里的。

我们挥锄舞镰在阳光明媚的田野上劳动时,多少人还在遥远的梦中,干着比种地更辉煌更轻松也更荒唐的事情。在那些梦中我们一个个莫名其妙地都死了,消失了。大片大片的土地归属了他们,我们漂亮的房子、妻子和女儿留给了他们,还有钱、粮食……梦中他们制造了这样的结局,大白天见到我们,暗怀心事,神情异样莫测。而当我们昏昏而睡时,又有多少人悄无声息地干着我们不知道的事情。某一个早晨我们睁开眼睛,村子变成另一副模样。那些早醒的人们改了路，推倒又新盖了房子，把沉睡的我们抬到一边。还重选了村长，重分了地。又像搬家具一样把我们睡着的身体挪到另一间房子的另一张床上。让我们醒来不敢相信，把眼前的现实当作一场梦，恍恍忽忽、轻轻飘飘混完一生中剩余的日子。

每次睡着都是一次人生历险啊。

村庄就是一艘漂浮在时光中的大船，你一睡着，舵便握在了别人手里，他们像运一根木头一麻袋麦子一样的名字。每个名字只有一个去处。

被名字呼喊的人，从黄土中缓缓抬起身，男人、女人、剩一架骨头的人，听到名字的呼唤会扔下活往家走。荒芜一天的人，此刻走在回家途中，不远处泥屋简单的家使这群劳动的人有名有姓。

没有名字的人还将无休无止地埋身劳动；没有名字的人将像草一样，一个季节一个季节地荒凉下去。

人畜共居的村庄

有时想想，在黄沙梁做一头驴，也是不错的。只要不年纪轻轻就被人宰掉，拉拉车，吃吃草，亢奋时叫两声，平常的时候就沉默，心怀驴胎，想想眼前嘴前的事儿。只要不懒，一辈子也挨不了几鞭。况且现在机器多了，驴活得比人悠闲，整日在村里村外溜达，调情撒欢。不过，闲得没事对一头驴来说是最最危险的事。好在做了驴就不想这些了，活一日乐一日，这句人话，用在驴身上才再合适不过。

做一条小虫呢，在黄沙梁的春花秋草间，无忧无虑把自己短暂快乐的一生蹦跶完。虽然只看见漫长岁月悠悠人世间某一年的光景，却也无憾。许多年头都是一样的，麦子青了黄，黄了青，变化的仅仅是人的心境。

做一条狗呢？

或者做一棵树，长在村前村后都没关系，只要不开花，不是长得很直，便不会挨斧头。一年一年地活着，叶落归根，一层又一层，最后埋在自己一生的落叶里，死和活都是一番境界。

如此看来，在黄沙梁做一个人，倒是件极普通平凡的事。大不必因为你是人就趾高气扬，是狗就垂头丧气。在黄沙梁，每个人都是名人，每个人都默默无闻。每个牲口也一样，就这么小小的一个村庄，谁还能不认识谁呢。谁和谁多少不发生点关系，人也罢，牲口也罢。

你敢说张三家的狗不认识你李四。它只是叫不上你的名字——它的叫声中有一句可能就是叫你的，只是你听不懂。也从不想去弄懂一头驴子，见面更懒得抬头和它打招呼。可那驴却一直惦记着你，那年它在你家地头吃草，挨过你一锨。好狠毒的一锨，你硬是让这头爱面子的驴死后不能留一张完整的好皮。这么多年它一直在瞅机会给你一蹄子呢。还有路边泥塘中的那两头猪，一上午哼哼叽叽，你敢保证它不是在议论你们家的事。猪夜夜卧在窗根，你家啥事它不清楚。

对于黄沙梁，其实你不比一只盘旋其上的鹰看得全面，也不会比一匹老马更熟悉它的路。人和牲畜相处几千年，竟没找到一种共同语言，有朝一日坐下来好好谈谈。想必牲口肯定有许多话要对人说，尤其人之间的是是非非，牲口肯定比人看得清楚。而人，除了要告诉牲口“你必须顺从”外，肯定再不愿与牲口多说半句。

人畜共居在一个小小村庄里，人出生时牲口也出世，傍晚人回家牲口也归圈。弯曲的黄土路上，不是人跟着牲口走便是牲口跟着人走。

人踩起的尘土落在牲口身上。

牲口踩起的尘土落在人身上。

家和牲口棚是一样的土房，墙连墙窗挨窗。人忙急了会不小心钻进牲口棚，牲口也会偶尔装糊涂走进人的居室。看上去似亲戚如邻居，却又根本不是那么回事，日子久了难免会认成一种动物。

比如你的腰上总有股用不完的牛劲。你走路的架势像头公牛，腿叉得很开，走路一摇三摆。你的嗓音中常出现狗叫鸡鸣。别人叫你"瘦狗"，是因为你确实不像瘦马瘦骡子。多少年来你用半匹马的力气和女人生活和爱情。你的女人，是只老鸟了还那样依人。

数年前一个冬天，你觉得有一匹马在某个黑暗角落盯你。你有点怕，它做了一辈子牲口，是不是后悔了，开始揣摸人。那时你的孤独和无助确实被一匹马看见了。周围的人，却总以为你是快乐的，像一只无忧无虑的夏虫，一头乐不知死的驴子、猪……

其实这些活物，都是从人的灵魂里跑出来的。它们没有走远，永远和人待在一起，让人从这些动物身上看清自己。

而人的灵魂中，其实还有一大群惊世的巨兽被禁锢着，如藏龙如伏虎。它们从未像狗一样咬脱锁链，跑出人的心宅肺院。偶尔跑出来，也会被人当疯狗打了，消灭了。

在人心中活着的，必是些巨蟒大禽。

在人身边活下来的，却只有这群温顺之物了。

人把它们叫牲口，不知道它们把人叫啥。

苏童

错把异乡当故乡

十八岁离开家乡以前，我所去过的最远的一个城市就是南京。那是一次比较特别的旅行，不是为了浏览，不是为了探亲，当时有来自全省的数百名中学生聚集在建邺路上的党校招待所里，参加一个大规模的中学生作文竞赛，那次竞赛我名落孙山。记得在返回苏州之前我们一大群人停留在火车站前的广场上，忽然发现玄武湖就在眼前，不知是谁第一个跑到了湖边，我们纷纷尾随过去；也不知是谁第一个在湖边开始洗手，一大群中学生沿着湖岸一字排开，大家都把手伸进湖水里，很认真地洗了一回手。我至今仍然记得那群蹲在湖边洗手的少男少女的音容笑貌，二十年过去以后所有人手上的玄武湖水已经了无印痕，而我却在无意之中把那掬湖水融进了我的未来。当年那群等待回家的苏州中学生中，也许只有我一个人日后留在了玄武湖边。

选择南京作居留地是某种人共同的居住理想。这种人所要的城市不大不小，不要繁华喧闹也不要沉闷闭塞，不要住在父母的怀抱里但也不要离他们太远，这种人无法拥有自己的花园却希望他居住的城市风景如画，这种人希望自己智商超群精明强干却希望别人纯朴憨厚关心他人。我大概就是这种人，所以在我二十二岁那年我自愿成为一个南京人，至今已经做了十几年的南京人，越做越有滋味。

除了冬夏两季的气候遭到了普遍的埋怨，南京几乎是一个人见人爱的地方，许多城市是绿化城市，但南京街道上的华盖似的梧桐却无与伦比（南京人溺爱这些树因而原谅了春天树上飘下的茸毛，春天你可以看见许多骑自行车的人在头上身上拍打那些茸毛，脸上的表情却无怨无恨）。许多城市都有一个或几个值得本地人骄傲的风景区，外地人去了就褒贬不一，但是南京的中山陵却是一种王尊地位。当你登临中山陵最高处极目四眺，方圆数里之内一片林海，绿意苍苍，你会发现这个城市之美不同凡响。紫金山与长江不再是什么天然屏障，它们使南京永远受到了山水的孕育，东郊的林海则是一只巨大的绿色的枕头，每天夜里它对着太平门耳语一声，睡吧，南京，南京就睡了。每天早晨它对着中山门说，醒来吧，南京，南京就醒来了。

六朝古都的睡眠不会太长，南京醒来了。在从前帝王们的车马经过的地方，南京人的自行车匆匆而过；在新街口一带的工地上，打桩机根本不顾明孝陵下太子王妃的幽魂对噪音有何看法，一心要为建设新南京而发出它的狂叫。在城南的某条古老的小巷里，某个老妇拎着一只古老的马桶走过古老的秦淮河，但是她已经不能随手在河里倒马桶，她必须把它倒在公共厕所的化粪池里——南京虽然还没有消灭马桶，但是就连上海都还没有消灭马桶呢，南京为什么要这么着急呢。

着急不是南京人的性格,虽然南京人说话听上去显得很着急,这几年人人都想发财,南京人也想得慌,但是他们因为不着急许多事就比别的地方慢半拍。当南京人来到深圳海口淘金时那里已经人满为患,他们就回来了。当南京人发现别人生产假货劣品大发其财时,他们伤心地意识到作为一个南京人是发不了这种大财的。他们于是就想发小财,他们想还是回家做盐水鸭吧,反正南京人吃盐水鸭吃不够,即使卖不掉也没关系,反正自己也吃不够。

南京人也符合我对人群的理想,所以我在南京一直生活得自得其乐。今年夏天的某一天,忽然游兴大发,想到在南京这么多年,许多朋友嘴里的幽美之地还没去过,就携妻子女儿往东郊而去。因为不是假日,游人寥寥,一家人从藏书阁小径进入百年树荫,一路探幽至灵谷寺,途中不闻人声但闻鸟语流泉,心中便有一种奇异的甜蜜的感觉,好像这个地方是自己家的,好像是自己向自己炫耀了一件宝物,结果自己很满足也很幸福。

也许这很自然,一个人如果喜欢自己的居住地,他便会在一草一木之间看见他的幸福。多少人现在生活在别处,在一个远离他生命起源的地方生活着,生活得没有乡愁,没有哀怨,生活得如此满足,古人所谓“错把异乡当故乡”的词句大概也就源于此处吧。

城北的桥

苏州城自古有六城门之说,城市北端的齐门据说不在此范围之中,但我却是齐门人氏,准确地说我应该是苏州齐门外人氏。

我从小生长的那条街道在齐门吊桥以北,从吊桥上下来,沿着一条狭窄的房屋密集的街道朝北走,会走过我的家门口。再走下去一里地,城市突然消失,你会看见郊区的乡野景色,菜地、稻田、草垛、池塘和池塘里农民放养的鸭群,所以我从小生长的地方其实是城市的边缘。

即使是城市的边缘,齐门外的这条街道依然是十足的南方风味,多年来我体验这条街道也就体验到了南方,我回忆这条街道也就回忆了南方。

齐门的吊桥从前真的是一座可以悬吊的木桥,它曾经是古人用于战争防御的武器。请设想一下,假如围绕苏州城的所有吊桥在深夜一起悬吊起来,护城河就真正地把这个城市与外界隔绝开来,也就把所有生活在城门以外的苏州人隔绝开来了。所幸我没有生活在那个年代，事实上在我很小的时候齐门吊桥已经改建成一座中等规模的水泥大桥了。

但是齐门附近的居民多年来仍然习惯把护城河上的水泥桥叫作吊桥。

从吊桥上下来，沿着一条碎石铺成的街道朝北走，你还会看见另外两座桥，首先看见的当然是南马路桥，再走下去就可以看见北马路桥了。关于两座桥的名称，是我沿用了齐门外人们的普通说法，我不知道它们是否有更文雅更正规的名称，但我只想一如既往地谈论这两座桥。

两座桥都是南方常见的石拱桥，横卧于同一条河汊上，多年来它们像一对姐妹遥遥相望。它们确实像一对姐妹，都是单孔桥，桥孔下可容两船共渡，桥堍两侧都有伸向河水的石阶，河边人家常常在那些石阶上洗衣浣纱，桥堍下的石阶也是街上男孩们戏水玩耍的去处。站在那儿将头伸向桥孔内壁观望，可以发现一块石碑上刻着建桥的时间，我记得北马路桥下的石碑刻的是清代道光年间，南马路桥的历史也许与其相仿吧。它们本来就是一对形神相随的姐妹桥。

人站在南马路上遥望北马路桥却是困难的，因为你的视线恰恰被横卧两桥之间的另一座庞然大物所阻隔。那是一座钢灰色的直线型铁路桥，著名的京沪铁路穿越苏州城北端，穿越齐门外的这条街道和傍街而流的河汊，于是出现了这座铁路桥，于是我所描述的两座桥就被割开了。我想那应该是六十年以前的事了，也许修建铁路桥的是西方的洋人，也许那座直线型的钢铁大桥使人们感到陌生或崇拜，直到现在我们那条街上的人们仍然把那座铁路桥称作洋桥，或者就称铁路洋桥。

铁路洋桥横亘在齐门外的这条街道上，齐门外的人们几乎每天都从铁路洋桥下面来来往往，火车经常从你的头顶轰鸣而过，溅下水汽、煤屑和莫名其妙的瓜皮果壳。

被阻隔的两座石拱桥依然在河上遥遥相望，现在让我来继续描述这两座古老的桥吧。

南马路桥的西侧被称为下塘，下塘的居民房屋夹着一条更狭窄的小街，它与南马路桥形成丁字走向。下塘没有店铺，所以下塘的居民每天都要走过南马路桥，到桥这侧的街上买菜办货。下塘的居民习惯把桥这侧的街道称为街，似乎他家门口的街就不是街了。下塘的妇女在南马路桥相遇打招呼时，一个会说：街上有新鲜猪肉吗？另一个则会说：街上什么也没有了。

南马路桥的东侧也就是齐门外的这条街了，桥堍周围有一家糖果店、一家煤球店、一家肉店，还有一家老字号的药铺，有一个类似集市的蔬菜市场。每天早晨和黄昏，近郊的菜农挑来新摘的蔬菜沿街一字摆开，这种时候桥边很热闹，也往往造成道路堵塞，使一些急于行路的骑车人心情烦躁而怨言相加。假如你有心想听听苏州人怎么斗嘴吵架，桥边的集市是一个很好的地点。而且南马路桥附近的妇女相比北马路桥的妇女似乎刁蛮泼辣了许多，这个现象无从解释。在我的印象中，南马路桥那里是一个嘈杂的惹是生非的地方。

也许我家离北马路桥更近一些，我也就更喜欢这座北马路桥。我所就读的中学就在北马路桥斜对面不远的地方。每天都要从桥下走过，有时候去母亲的工厂吃午饭或者洗澡，就要背着书包爬过桥，数一数台阶，一共十一级，当然总是十一级。爬过桥就是那条洁净而短促的横街了，横街与北马路桥相向而行，与齐门外的大街却是垂着的或者说是横着的，所以它就叫横街。我不知道为什么从小就喜欢这条横街，或许是因为它街面洁净房屋整齐，或许因为我母亲每天都从这里走过去工厂上班，或许只是因为横街与齐门外的这条大街相反而成，它真的是一条横着的街。

北马路桥边是一家茶馆，两层的木楼，三面长窗中一面对着河水，一面对着桥，一面对着大街。记忆中茶馆里总是一片湿润的水汽和甘甜的芳香，茶客多为街上和附近郊区的老人，围坐在一张张破旧的长桌前，五六个人共喝一壶绿茶，谈天说地或者无言而坐，偶尔有人在里面唱一些弹词开篇，大概是几个评弹的票友。茶馆烧水用的是老虎灶，灶前堆满了砻糠。烧水的老女人是我母亲的熟人，我母亲告诉我她就是茶馆从前的老板娘，现在不是了，现在茶馆是公家的了。

北马路桥边的茶馆被许多人认为是南方典型的风景，曾经有几家电影厂在这里摄下这种风景，但是摄影师也许不知道桥边茶馆已经不复存在了，前年的一场大火把茶馆烧成一片废墟。那是炎夏七月之夜，齐门外的许多居民都在河的两岸目睹了这场大火，据说火因是老虎灶里的砻糠灰没有熄灭，而且渗到了灶外。人们赶来只能眼睁睁地看着大火烧掉桥边茶馆，当然，茶馆边的石桥却完好无损。

现在你从北马路桥上走下去，桥堍左侧的空地就是茶馆遗址，现在那里变成了一些商贩卖鱼卖水果的地方。

苏州城北是一个很小的地域，城北的齐门外的大街则是一个弹丸之地，但是我想告诉人们那里竟然有四座桥。按照齐门外人民的说法，从南至北数去，它们依次为吊桥、南马路桥、铁路洋桥、北马路桥，冷静地想，这些名字既普通又有点奇怪，是吗？

我之所以简略了对铁路洋桥的描述，是因为它在我童年的记忆中充满了血腥和死亡的气息。我在铁路洋桥看见过七八名死者的尸体，而在吊桥上，在南马路桥和北马路桥上，我从来没看见过死者。

三棵树

很多年以前我喜欢在京沪铁路的路基下游荡，一列列火车准时在我的视线里出现，然后绝情地抛下我，向北方疾驰而去。午后一点钟左右，从上海开往三棵树的列车来了，我看着车窗下方的那块白色的旅程标志牌：上海——三棵树。我看着车窗里那些陌生的处于高速运行中的乘客，心中充满嫉妒和忧伤。然后，去三棵树的火车消失在铁道的尽头。我开始想象三棵树的景色：是北方的一个小火车站，火车站前面有许多南方罕见的牲口，黑驴、白马、枣红色的大骡子，有一些围着白羊肚毛巾、脸色黝黑的北方农民蹲在地上，或坐在马车上，还有就是树了，三棵树，是挺立在原野上的三棵树。

三棵树很高很挺拔。我想像过树的绿色冠盖和褐色树干，却没有确定树的名字，所以我不知道三棵树是什么树。

树令我怅惘。我一生都在重复这种令人怅惘的生活方式：与树擦肩而过。我没有树。西双版纳的孩子有热带雨林，大兴安岭的伐木者的后代有红松和白桦，乡村里的少年有乌桕和紫槐。我没有树。我从小到大在一条狭窄局促的街道上走来走去，从来没有爬树掏鸟蛋的经历。我没有树，这怪不了城市，城市是有树的，梧桐或者杨柳一排排整齐地站在人行道两侧，可我偏偏是在一条没有人行道的小街上长大——也怪不了这条没有人行道树的小街，小街上许多人家有树，一棵黄桷、两棵桑树静静地长在他的窗前院内，可我家偏偏没有院子，只有一个巴掌大的天井，巴掌大的天井仅供观天，不容一树，所以我没有树。

我种过树。我曾经移栽了一棵苦楝的树苗，是从附近的工厂里挖来的，我把它种在一只花盆里——不是我的错误，我知道树与花草不同，花入土，树入地，可我无法把树苗栽到地上——是我家地面的错误。天井、居室、后门石埠，不是水泥就是石板，它们欢迎我的鞋子、我的箱子、我的椅子，却拒绝接受一棵如此幼小的苦楝树苗。我只能把小树种在花盆里。我把它安置在临河的石埠上。从春天到夏天，它没有动窝，但却长出了一片片新的叶子。我知道它有多少叶子。后来冬天来了，河边风大，它在风中颤动，就像一个哭泣的孩子。我以为它在向我请求着阳光和温暖，我把花盆移到了窗台上，那是我家在冬天唯一的阳光灿烂的地方。就像一次误杀亲子的戏剧性安排，紧接着我和我的树苗遭遇了一夜狂风。狂风大作的时候我在温暖的室内，却不会想到风是如何侮辱我和我的树苗的——它把我的树从窗台上抱起来，砸在河边石埠上，然后又把树苗从花盆里拖出来，推向河水里，将一只破碎的花盆和一抔泥土留在岸上，留给我。

这是我对树的记忆之一。一个冬天的早晨，我站在河边向河水深处张望,依稀看见我的树在水中挣扎。挣扎了一会儿,我的树开始下沉。我依稀看见它在河底寻找泥土,摇曳着,颤动着,最后它安静了。我悲伤地意识到我的树到家了,我的树没有了。我的树一直找不到土地,风就冷酷地把我的树带到了水中。或许是我的树与众不同,它只能在河水中生长。

我没有树。没有树是我的隐痛和缺憾。像许多人一样,成年以后我有过游历名山大川的经历。我见到过西双版纳绿得发黑的原始森林,我看见过兴安岭上被白雪覆盖的红松和榉树,我在湘西的国家森林公园里见到了无数只闻其名未见其形的珍奇树木。但那些树生长在每个人的旅途上,那不是我的树。

我的树在哪里?树不肯告诉我,我只能等待岁月来告诉我。

1988年对于我是一个值得纪念的年份,那年秋天我得到了自己的居所,是一栋年久失修的楼房的阁楼部分。我拿着钥匙去看房子的时候一眼就看见了楼前的两棵树,你猜是什么树?两棵果树,一棵是石榴,一棵是枇杷!秋天午后的阳光照耀着两棵树,照耀着我一生得到的最重要的礼物,伴随我多年的不安和惆怅烟消云散,这个秋天的午后,一切都有了答案,我也有了树,我一下子有了两棵树,奇妙的是,那是两棵果树!

果树对人怀着悲悯之心。石榴树的表达很热烈,它的繁茂的树叶和灿烂的花朵,以及它的重重叠叠的果实都在证明这份情怀;枇杷含蓄而深沉,它绝不在意我的客人把它错当成一棵玉兰树,但它在初夏季节告诉你,它不开玉兰花,只奉献枇杷的果实。我接受了树的恩惠。现在我的窗前有了两棵树,一棵是石榴,一棵是枇杷。我感激那个种树的素未谋面的前房东。有人告诉我两棵树的年龄,说是十五岁,我想起十五年前我的那棵种在花盆里的苦楝树苗的遭遇,我相信这一切并非巧合,这是命运补偿给我的两棵树,两棵更大更美好的树。我是个郁郁寡欢的人,我对世界的关注总是忧虑多于热情,怀疑多于信任。我的父母曾经告诉过我,我有多么幸运,我不相信;朋友也对我说过,我有多么幸运,我不相信;现在两棵树告诉我,我最终是个幸运的人,我相信了。

初入学堂

我第一次去学校不是去上学，是去玩或者只是因为家中无人照看已经记不清了，那一年我大约五岁，我跟着大姐到她的学校去。依稀记得坐落在僻静小街上的一排泥砖校舍，一个老校工站在操场上摇动手里的铁铃铛，大姐拉着我的手走进教室。请设想一个学龄前的小孩坐在一群五年级女生中间，怯生生地注视着黑板和黑板前的教师。那个女教师的发式和服饰与我母亲并无二致，但清脆响亮的普通话发音使她的形象变得庄严而神圣起来，那个瞬间我崇敬她胜过我的母亲。

是一个阳光明媚的早晨，我滥竽充数地坐在大姐的教室里，并没有人留意我的存在。我的手里或许握着一支用标语纸折成的纸箭，一九六七年的阳光透过玻璃窗洒在我的身上，我对阳光空气中血腥和罪孽的成分浑然不知，我记得琅琅的读书声在四周响起来，一遍又一遍地响起来，无论怎样，那是我第一次感受了教育优美的秩序和韵律。

童稚之忆是否总有一圈虚假的美好的光环，扳指一算，当时正值“文革”最混乱的年月，大姐的学校或许并非那么温暖美好的。

我七岁入学，入学前父母带着我去照相馆拍了张全身像，照片上我身穿黄布仿制的军装，手执一本红宝书放在胸前，咧着嘴快乐地笑着，这张照片后来成为我人生最初阶段的留念。

我自己的小学从前是座耶稣堂，校门朝向大街，从不高的围墙上方望进去，可以看见礼拜堂的青砖建筑，礼拜堂早就被改成学校的小会堂了。一棵本地罕见的老棕榈树长在校门里侧。从一九六九年秋季开始，棕榈树下的这所小学成为我的第一所学校。

我记得初入学堂在空地上排队的情景，一年级的教室在从前传教士居住的小楼里，楼前一排漆成蓝色的木栅栏，木栅栏前竖着一块红色的铁质标语牌，“好好学习，天天向上”，标语的内容耳熟能详。学校里总是有什么东西给你带来惊喜，比如楼前的紫荆正开满了星状花朵，它的圆叶摊在手心能击打出异常清脆的响声；比如围墙下的滑梯和木马，虽然木质已近乎腐朽，但它们仍然是孩子们难得享用的大玩具，天真好动的孩子都拥上去，剩下一些循规蹈矩的乖孩子站着观望。

入学第一天是慌张而亢奋的一天，但我也有了我的不快，因为排座位的时候，老师把我和一个姓王的女孩排在一张课桌上，而且是第一排。我讨厌坐在第一排，第一排给人以某种弱小可怜的感觉，我更讨厌与那个女孩同桌，因为她邋遢而呆板，别的女孩都穿着花裙子，打扮得漂漂亮亮，唯独她穿着打了补丁的蓝裤子，而且她的脸上布满鼻涕的痕迹。我的同桌始终用一种受惊的目光朝我窥望，我看见她把毛主席的红宝书放在一只铝碗里，铝碗有柄，她就一直把铝碗端来端去的，显得有点可笑，但这样携带红宝书肯定是她家长的吩咐。

所以，入学第一天我侧着脸和身子坐在课堂里，心中一直为我的不如意的座位愤愤不平。

启蒙老师姓陈，当时大约五十岁的样子，关于她的历史现在已无从查访；只记得她是湖南人，丈夫死了，多年来她与女儿相依为命住在学校的惟一一间宿舍里，其实也就是一年级教室的楼上。现在我仍然清晰地记得陈老师的齐耳短发已经斑白，颧骨略高，眼睛细长但明亮如灯。记得她常年穿着灰色的上衣和黑布鞋子，气质洁净而娴雅，当她站在初入学堂的孩子们面前，他们或许会以她作参照形成此后一生的某个标准：一个女教师就应该有这种明亮的眼神和善良的微笑，应该有这种动听而不失力度的女中音，她的教鞭应该笔直地放在课本上，而不是常常提起来敲击孩子们的头顶。

一加一等于二。

b、p、m、f。

a、o、e、i。

这才是我一生中最美好的天籁，我记得是陈老师教会了我加减法运算和汉语拼音。一年级的时候我学会了多少汉字？二百个？三百个？记不清了，但我记得我就是用那些字给陈老师写了一张小字报。那是荒唐年代里席卷学校的潮流，广播里每天都在号召人们向××路线开火，于是我和另外一个同学就向陈老师开火了，我们歪歪斜斜地写字指出陈老师上课敲过桌子，我们认为那就是广播里天天批判的“师道尊严”。

我想陈老师肯定看见了贴在一年级墙上的小字报，她会作何反应？我记得她在课堂一如既往地微笑着，下课时她走过我身边，只是伸出手在我脑袋上轻轻抚摸了一下。那么轻轻的一次抚摸，是一九六九年的一篇凄凉的教育诗。我以这种荒唐的方式投桃报李，虽然是幼稚和时尚之错，但事隔二十多年想起这件事仍然有一种心痛的感觉。

上三年级的时候陈老师和女儿离开了学校。走的时候她患了青光眼，几乎失去了视力，都说那是因为长期在灯下熬夜的结果。记得是一个秋天的黄昏，我在街上走，看见一辆三轮车慢慢地驶过来，车上坐着陈老师母女，母女俩其实是挤在两只旧皮箱和书堆中间。看来她们真的要回湖南老家了，我下意识地大叫了一声陈老师，然后就躲在别人家的门洞里了。我记得陈老师喊着我的名字朝我挥手，我听见她对我喊：天快黑了，快回家去吧。我突然想起她患了眼疾看不清是我，怎么知道是我在街上叫喊？继而想到陈老师是根据声音分辨她的四十多个学生的，不管在哪里，不管什么时候，老师们往往能准确无误地喊出每一个学生的名字。

我以后再也没有见过陈老师，假如她还健在，现在已是古稀之年了。或许每个人都难以忘记他的启蒙老师，而在我看来，陈老师已经成为混乱年代里一盏美好的路灯，她在一个孩子混沌的心灵里投下了多少美好的光辉，陪他走上漫长多变的人生旅途。时光之箭射落岁月的枯枝败叶，有些事物却一年年呈现新绿的色泽，正如我对启蒙老师陈老师的回忆。我女儿眼看也要背起书包去上学了，每次带着她走过那所耶稣教堂改建的学校时，我就告诉女儿，那是爸爸小时候上学的地方，而我的耳边依稀响起二十多年前陈老师的声音，天快黑了，快回家去吧。

天快黑了，快回家去吧。

熊西平

梦里穿针引线

多年里，极少在真正的乡村过夜；乡下的夜已很陌生。

乡下的夜推迟了，天黑并没来。大大小小的村庄，被电线串成串儿，屋子里照出门大窗大的灯光；电视机里呼呼隆隆地唱着闹着；屋里屋外忙着老人的脚步；猪在圈里打着满意的呼噜；狗在院子里哼哼哧哧地数星星。

真正的夜还远着呢，日入而不息。

等折腾够了，关下电灯，已是深夜；夜从深夜才开始。躺在床上，静静地听屋外含混的夜声，难以成眠。屋内的寂静似压缩成块，逼得人心里发堵。记忆在寻找什么，说不清楚；似在寻找那香甜的夜籁——穿针引线的声音。那时的夜，几乎都被家家的穿针引线声一遍遍细细密密地纳透。

那时的夜不寂静。

天已黑，吃罢晚饭（有时也没饭可吃），男人孩子洗洗都上床睡觉去，屋里豆大的油灯光焰是属于女人的。灯光照拂的身影是奶奶的，妈妈的，姐姐的，她们放下白天的锄锹刀勺，安顿好男人孩子和鸡鸭猪狗，又操起了另一类工具：针线锥子和纺车。灯光捻得很小，女人们的头从不同的方向挤到一起，而映在四面墙壁上的头影却硕大无比，仿佛一动弹，土坯墙就会为之碎裂。

女人们在黑夜里为全家准备体面的白天。

那时，女人们在灯下的工作大多是补与改，补衣是最常做的；男人们的重体力活压破了衣衫；大量的出汗，煮破了衣衫。一年一年不替换地穿，铁衣也磨破了。女人们一边愁着什么时候能为男人置件新衣，一边细心地从针线筐里挑拣布料相近、颜色相近、新旧差不多的补丁往上贴，走出最细密的针脚。然后，把衣服展开，对着灯光审视，熨帖了，才舒口长气。一件活计，大功告成。让母亲心疼的是，顽劣的孩子把不该破的衣服剐破了，母亲边补边骂，嘴里咝咝地响，牙疼一般。其实在此之前，孩子因此挨了打，可能不只一顿。“咋不把腿剐烂！”母亲又咬牙切齿。事实上，皮肤也剐烂了，掐点鱼泡灰敷上，会自动愈合。怎奈这衣服长不好，不然也不会告诉母亲的。

贫穷如砂纸，会把细腻的母爱打磨粗糙！

改，也是常事儿。家家人口都多，家家布票都少，就连很少的布票也很少换成布，也没钱换成布。改装，就被常常采用。大人的衣服破得实在没法收拾了，就改改给孩子穿；大孩子不能穿了，就改改给小孩子穿，所谓“新三年旧三年，缝缝改改又三年”。把缝（这里是改的意思）联在一起，也把衣服用到残酷的地步了。

谁说女人只是善良呢？

一家里要添新衣，那可是大事情，头年就策划，天天得想起；等布扯回来，没等下剪子，不知多少爱美的女人早已羡慕地捏来捏去，留下无数的指痕。

冬缝暖，夏缝单，二八月里改夹衫，无一不是在这灯下完成的。

灯下工作数纳鞋底最苦。鞋底是用破布和麻绒一层层褙糊的，通常三到四层，既厚实又坚硬，手没劲纳不透，手不巧易变形，所以，女人们在做鞋底前除了针线还要准备好顶针和锥子这些辅助工具。顶针和锥子不知起于何代，但能为纳鞋底生产两种辅助工具，可见纳鞋底工作的不同一般。顶针戴在无名指上很少去掉，正如贵妇和时髦女性的戒指一样，纳鞋底是几乎天天时时要做的活儿。我母亲戴顶针的那截手指特别细，几十年戴顶针使她形成了习惯，以至于到了老年不纳鞋底了，仍在戴着，并且经常地抚摩它，仿佛对待一个孩子、一个战友或一生经历。

纳鞋底需摆开一种姿势：灯下侧着身子，右边对外留一臂长的空间，才能甩开一条线长度。一针是这样完成的：拇指和食指捏稳针，轻快而又熟练地在头皮上一掠（助滑），将底子往灯下一贴近，找准位置，顶针推着针屁股一用力，针尖就进去了；这时翻过底子两指捏紧针尖，使劲地一拔两拔三拔，钢针就被拔得铮铮地发着颤音，引着线钻了过来，随着扬臂的一甩两甩，畅快地发出汩汩的叫声，最后，最后再一紧，这一针就完成了。如果底厚针涩，白手拔不出来，就得将一旁的锥子派上用场了。纳一只鞋底得多少针，恐怕没谁统计过，但千针万线是不夸张的，要知道有很多女性，老了大都落下右肩胛疼的毛病，一到天阴下雨就抬不起胳膊！那胳膊的病大多是纳鞋底甩出来的。

过年了，如果家里人人换上双新鞋，那汩汩的声音就一夜一夜地响起。

赶上送礼或喝喜酒，那汩汩的声音也就一夜夜地响。

灯下的纺车，如傍晚迟归寻窝的鸟儿，也扑噜扑噜一夜夜地响。

等到缝纫机如发报机一样，嗒嗒地响在灯下时，已经在宣告女性历史上崭新一页的启动，宣告着不眠的油灯照着不眠眼睛的日子过去，宣告着农妇双手缝补破绽百出的日子成为昨天。梦里穿针引线的母亲已定格为永恒。

怀想穿针引线的夜晚，方进入梦乡；

猛醒穿针引线的岁月，又不禁怅然。

寻找“号手”

在小城那条僻静的陋巷，遇到久违的你。

那天，你沉闷地低着头，两只耳朵并不对称地耷拉着。那宽阔喧闹两旁高耸着大楼的笔直街道已不容你置蹄。你的搭档胡子拉碴，灰头灰脸，那扎着腰的旧棉袄和你那身疙疙瘩瘩毫无光泽的皮毛比起来，倒很般配。拖在身后的架子车似乎为了打破沉闷，吱吱嘎嘎地唱着，架脚碰着高低不平的路面，似在奏着节拍。

我想，巷子的尽头，你又往哪去？你和搭档一样迷茫的眼神空空洞洞的，不知是搭档赶着你，还是你引着搭档。你什么时候进的城还记得么，竟变得没精打采，丢了魂似的？

进城之前，你可不这样。你一直是欢快的，像一个极喜欢说说笑笑插科打诨诙谐幽默的年轻人，哪里有你，哪里气氛就活跃，就轻松愉快。在你们大家族里，你一直惹人喜欢。你那欢快的情绪丢哪儿去了？我敢说，进城那一刻前，你依然兴高采烈，兴冲冲的。走在进城的路上，你依然欢快地尥着蹶子，恣意地高唱着进行曲。你的搭档坐在你拉着的崭新的架子车上。你蓄满精力的身体拖着架子车，如同身后跟着一股轻风。你梦里不知几番做过那片新的森林草地的梦哩，想，你主人说的那什么高楼，能比村西那片白杨树林子高？那是不可能的。那片杨树林子你和伙伴们尥着蹶子也得跑上一顿饭工夫。女伴跑到林子那边去了，只能听到高声呼唤，却见不到身影。白纱似的流云在林子梢上缠来缠去，好像想带走林子的绿梦。说那城市如何如何大，你就不相信比你生活的草场大？那草场在三县五乡的结合处，出奇的大，趴在同伴的身上也看不到边。一次，你的一位异性同伴诱你和她欢天喜地地跑了一天，也没见到边。为此，你挨一顿打，你以为那天挨打也是快乐的，遗憾的是没能在那草场的边缘上撒泡尿做个纪念。

清楚记得，第一次进城路上你惊了魂，从那起，你一直惊魂不定。

那天，从乡间土路跨上了柏油路，感到走路从未有过的轻快，简直不知道先迈哪条腿好，高兴得直想高歌一曲。就在这时，意外发生了：一个庞然大物（比牛、马个头高大）高叫着冲了过来，比兔子还快，说到就到，你慌乱中不知如何是好，东躲西闪，竟然横在路上，只听“吱”的一声，你的腿一打弯，躺倒了。你的主人滚到了路边水沟里。那庞然大物上下来两个人，不由分说照着浑身水淋淋的主人一顿暴打。那怪物也瞪着两只明晃晃的巨眼，像要咬人。你忍住疼痛挣扎着站了起来，试了试，还能走，胡乱地拖着架子车挪到路边，再也不敢动了。那怪物走后，你的主人跑过来，把四肢摸了摸，看看还好，才想起了自己的腿在疼。他再不敢悠然地坐在车上喝喊，只和你一道，贴着路边，好不容易挨到了城里。

从此，你的主人变成了你的搭档。

自此以后，你知道了，庄子的杨树一根接一根，也没有楼高；草场无垠也没有城市大。城市里豺狼虎豹似的动物恁多，排成串，同一个腔门吼叫着，日夜奔流着，不睡觉地跑来跑去。于是，小街背巷子里便是你走来走去的天地了。

小公驴，我的朋友，你原不是如此。在老家乡下，那时一头驴总是一头驴的样子，昂着头，“扑扑”地喷着响鼻，竖起宽宽的双耳，从容地走在磨道里，碾道里，嘚嘚地走在乡间小路上，在绿茵如毡的草场上撒开四蹄奔跑。吃饱了草，你喜欢站在高处，甩着刷子似的短尾，高扬着硕大的脑袋，引吭高歌。那声音贯通丹田，刚性十足，一曲九转，响遏行云，那么浑厚，那么有穿透力，震撼整个草场的各样动物都停止了活动，竖耳瞪眼，凝神谛听，仿佛在接受天外的号召。在我放牛放驴的日子里，我曾深深地被你们这种声音所撼动，折服，但我找遍了草场，翻遍了我可怜的阅历和见识，也找不到可以形容这种声音给我的感受的东西。很久以后，我隐约找到一种歌声可以与之比拟，那是外来唱法，男高音美声唱法，声音饱满豁亮，冲击力强，是那么回事。然而仔细分辨，又不十分像，那到底像什么呢？终于我找到了，那是小号发出的声音，是那种金色的铜质的乐器发出的，哪怕只是随意的一串飞出，也响成辽远的金质的让人感到霞光满天的声音。我这也才明白，动物界的万物都会发出声音，为什么公驴叫“叫驴”，独占一个“叫”字了。原来，它是动物世界的声乐冠军，无与伦比。主宰万物的人似乎不想服输，不光中国人，连外国也是如此，但即使弄出一个挑战人类声乐极限的美声唱法，仍不免黯然失色；无奈之下，只能借助一种工具——小号的声音，才能和那天然的随口一出灿烂无比的叫声媲美。

啊，小公驴，我的朋友，你原是有那样可以自豪于同类自豪于人类的第一天才歌唱家啊！小公驴，我喜欢你，还因为你虽然是动物界的佼佼者，但你保持着一个普通兽类的本性，你不欺侮同类，也不残害异类，你热爱并保持和平。你的声音只是想抒发，并不是想压倒谁，震撼谁。你不想低吟浅唱，你不想窃窃私语，更不想交头接耳，你只是把你想说的用你喜欢也是你习以为常的方式腔调表达出来。该是铜号就不做三弦，该是号手就不去弹奏吉他。你可能不只是号手，你的优秀使那些混混派自惭形秽。

可是，现在，陋巷里，你掩沓疲惫地走着，哪里能找到天下第一歌唱家的影子？即使末流歌手也不至于落魄到这步田地呀！

虽然，比起来，你形体偏小，论壮硕，你比不过牛；论俊美，你比不过马；论气力，你比不过骡子，但在我眼里，你最具阳刚之气。春天里，万物发情的时节，整个草场里就数你跑得最欢，活跃至极。主人们怕你活动过量，掉膘，大多时候用一条长绳把你固定住吃草。然而，那时节，心不在草，你心飞翔，只需亮开喉咙，哪怕只一下，你身边便彩云般缠绕着一群娇美的小母驴。这情形，现在只能在演出剧场等待男明星出现时刻的重重包围中才能再现。你高亢明亮地唱着，汇成了铺天盖地的交响乐合奏或大合唱的比拼。天地万物都静默着享用。你释放着你生命的巨大能量，让人眩晕地感到天地之间，唯此伟大。在你秩序的嘶鸣声里，得到了安慰的一群小母驴温顺地依偎在你的周围,仿佛在天堂里走了一遭,正美美地回味呢。

呵,小公驴,你不会知道,在你绽开生命蓬勃的时候,给人打下了多么深刻的印记,他们为之展开了多么丰富的联想和想象。那短暂被定格,便长期地活在了人们的语言中。比如事情办得不顺,便有一个歇后语被操起:砂锅炖驴屌,耽(担)住了。再如人们常常骂那些诙谐近于粗鲁而又言不及义的话为"三条腿话",什么是"三条腿话"?即"屌话";谁的屌有腿那么长?也只有你呀!还有形容现代男女之间名不正言不顺关系的,说是有一腿,这一腿还是想到你呀!你在人们的生殖崇拜中,你简直是个图腾。有人所赞赏的你的所谓踏实肯干驯服等等优点,也许只有役使者在用人艰难的时候才想起的。

啊,小公驴,你万万没想到,城里那么多美丽的房子,那么多的高楼,竟然没有你和你的搭档栖身之处。城里似乎没有屋檐,寄人篱下也不可能。进城那天在城市边缘昏暗的路灯下,逡巡了半夜,最后才在一座废弃的托水桥下安了身。你的搭档展开铺盖卷,叹息了一番就呼呼睡去了。你被拴在他的手脖上,也算是手拉手过夜吧,但你难以入眠,你的腿被那怪物撞得生疼,那大小怪物目光明亮地在你不远的路上咆哮着奔腾,你担心它们会随时冲过来。

已经春天了,但春天的城市里并没有长出满目青草,更听不到淙淙流淌的溪水;花儿也只开在匆忙往来的女性身上。你想家了,想那草场,清流,那供你打滚脱毛的灰堆;经过春风日日梳理,那群小母驴越发妖媚了吧?那日站在路边休息,你想着想着,不知不觉阳具便充分地展示了出来,没想到会引起一场轰动。先是被一个小男孩发现了,他便惊奇地叫着:

“妈妈妈妈,你看那驴又长一条腿!”

年轻的妈妈弯下腰认真地研究了一番,纠正孩子说:

“这驴是病了,它的大肠掉下来了,应该请医生给它送回去。”

人越聚越多。一青年说:

“应该够切两盘子美味的驴钱。”

一中年人感慨说:

“人要能保持这种旺盛斗志,治阳痿早泄的医生只能喝西北风了。”

一老者说:

“这叫驴圣,是圣物啊!牛黄狗宝算什么啊!那是体内废物变的。很多人都不认识这圣物了,只知道每天为物欲奔忙,不知那裆里的器物越来越小哇!人们真应该调整调整自己啊!”

面对那么多光鲜的城市人,你木木地呆在那里,不知如何是好,真想亮一嗓子,让他们吃惊一把,但你没有叫,只沉默地回望了那群人。你知道,比你先来的兄弟严重分化,一类住在大桥下,工地上,几个或几十个相聚,成年沉默着;另一群挣到了地位,搬到了不知的去处,一天得到若干次安慰。

一个春天过去了,又一个春天过去了,这城市里怪物不能去干活的地方,你都去过了,拉煤球,拉砖,拉石子,拉沙子,拉垃圾,一切脏累的活都由你干。你也算头城市驴了。

你熟悉了城市人的脾气,按照城市人的节奏去工作,遇到刚进城的新驴子,你会像师傅一样告诫它们注意这样注意那样,最关键的两样是不能随意展示阳具,不能随便亮开大嗓门子歌吼,惊吓了城里人。你习惯了路上靠右行，在人多的地方你四蹄迈得很有韵律，博得过不少次的喝彩呢。可是，春天又来的时候，你几乎都忘了，你没了向往春天的冲动，你在淡忘那草场溪水甚至小母驴的模样。你总觉得每天忙得蹄不沾地，小心翼翼而又疲惫不堪地度过春夏秋冬。草场清流渐渐远去，日益模糊。你再三回忆，也记不起来两三年内是否叫过，因为时间和地点都像一张纸一样苍白地飘着。那金质的号角一样的声音呢？是留在了遥远的地方还是遥远的梦境？你本是出色的号手，但城里熙来攘往的人流惊慌地窜动着，你生怕你嘹亮的号声冲撞了他们紧张的神经，招来白眼，也担心招惹了那些红红绿绿的城市怪物。你乖了，乖极了，为免得再招来非议，你硕大无比的阳具也在你的克制下萎缩，不会再挂在肚皮底下任人评说，你文雅得使它只成了一根通便小道。你已是一头成熟的小公驴了。你得到多次表扬之后，甚至有些沾沾自喜了。

啊，我的小公驴朋友，你可能不会知道我为什么注意到你了，为啥对你的身世和生活细节这样了解。那我就告诉你。

那年的夏末，我刚把驴拴在椿树上，弟弟就兴高采烈地告诉我，说大学录取通知书到了。于是，我告别了镰刀、锄头和花脸小公驴来到了城市，并且一过就是二十年。城里汹涌人流都在按一种相同的模式做事同一种规则生活。他们连走路、穿衣、吃饭、说话都不敢有自己的方式。我艰难地一边适应一边反抗，扑进去又挣扎出来，一个又一个回合，我鼻青脸肿地败下阵来。我身上是缺了什么还是什么固有的东西难以褪去，使我走到如此地步？我经常一个人踽踽行走在偏僻之地，反思自己。那日，正行走间，我遇到了你，心里一阵闪电般豁亮，十分高兴。如同陌路逢老友。我想到了那过去的日子，想起了你那激越高昂的号声，想到那阳具，且喜且振奋。不过，你当时正负重行走，你正集中精力简单而沉默地向目的地行进。我像瘪三一样悄悄地跟在你后面，并且装病请假，一跟就是多日。然而，我失望了，没听到你放歌；你负重时没有，饮水时没有，闲静时仍没有。我上上下下围着你打量，我总觉得你随时会让人吃惊地高歌一曲，但我还是失望了。

我问你的搭档："它叫吗？"

"不叫。"

"过去叫吗？"

"叫。"

"现在为什么不叫了？"

"现在谁叫？"

"它半夜里叫吗？"

"什么时候也不叫。谁叫谁吃亏。"

我不信，这是你和你搭档的"驴哲学"，并不是所有的驴子都相信这样的哲学。

我坚信，总有一天，会有一头驴子拉着架车放歌在这城市最宽阔的大街上；坚信有一天早晨当人们推开屋门时，会惊奇地发现，街上有驴子排着整齐的方阵威武地行进，昂首向天，号角齐鸣，向前开过。我相信你也在那个行列里，蹄上沾满夜露的湿气，响亮地喷着白雾样的鼻息。也许那天很遥远，但我现在就去寻找。

那号手现在就有，正在别处吧？

归途

盛岩

50cm×40cm

布面油画

杨永康

“嘭”的一声碎了?

“嘭”的一声衣服就碎了,接下来是椅子,椅子下来是我,坐在椅子里的我。一瞬间碎了。

先碎了的是我的腿,我想没有它我永远站不起来了,奇怪的是,我一下就站起来了,还可以在书房里飘来飘去了。从来没有飘过,自然有点笨手笨脚。爱过我的人,都说我笨。我想是因为我的手与脚。君子不笨其手必笨其脚嘛。腿碎了,脚自然也碎了,碎了竟然还有点笨手笨脚,骗谁呢?碎了还随着我飘来飘去,谁信呢?我想它们一下子还离不开我。这不见得是件好事,碎了就是碎了。管不了那么多了,谁愿意跟我飘就飘吧!你别说,它们一个个都死心塌地的样子。这年头很难碰到如此死心塌地的东西了。没有办法我只好来点残酷的,使劲地向一面墙撞去,哈,这一招真有效,我的两只脚自然经不起这致命的一撞,桶似的重重掉在地上。

我指的是那种木制的桶,我见过一只普通木桶,许多年前“嘭”的一声掉在地上，至今还散落在故乡的院落里。我一直想拣起那些碎片，拣了许多年，至今都未能如愿。永远无法如愿了。散了就是散了，碎了就是碎了。我的两条腿，与木桶与我的两只脚截然不同。在空中翻了一个小小的跟头，掉在一个小小的花盆里。花盆一下子飞了起来，撞碎了书柜上的玻璃，玻璃飞起来，撞飞了一叠一叠的书。

我喜欢书，我从来没有像现在这样喜欢书。真正的喜欢就是没法离开。我最喜欢的一本正好距离我最近。我想在我的身体破碎之前再读一遍。我想一边飘一边读。我还从来没有这样读过书呢。比躺着读书舒服多了。我年轻的时候喜欢躺在煤油灯下读书，读着读着，我的头发里就出现火星了。一旁做针线活的母亲说她闻到了一种焦味儿。我说什么焦味儿？书里有几个人正烧土豆吃呢。

开始，我以为我喜欢书里散发出的那种焦味儿。后来发现喜欢的不是那种焦味儿。喜欢的是那种真切。对，真切。一个手插在口袋里的人在一个脏兮兮的房间，真切地取出自己的手。你是布鲁斯特？对，我是布鲁斯特先生。其实你不像布鲁斯特。我像谁？他的弟弟。不瞒你说，我不是布鲁斯特兄弟中的任何一个。那么你是潘趣？我是黑兹的父亲。胡说八道，你不是，你是一个外国来的文稿代理人。她是我的孩子奎尔蒂。别乱来，让我们把这件事推迟一下吧。我需要清净。这场枪弹上膛的闹剧已经变成了一件非常讨厌的事。最重要的是今天我的记忆力和我的口才都不处在最佳的状态。亨没有再说什么，只是从口袋里抽出了自己的手。“嘭”的一声，椅子开始摇晃了。摇得那么带劲儿，摇着摇着，椅子与椅子上的人就留下一堆紫色的花，彻底碎了。

我忘了告诉你,我边飘边读的是一本什么书了。实际上不是我忘了告诉你而是书名碎了,里面的人物好像也碎了,在这个早晨碎了。碎了就无法若无其事地把它重新插进自己的口袋了。怎么也插不进了。已经碎了。不过我的手与我的脚有点不同,碎是碎了,还在一页一页地翻那本书。更让我惊奇的是,翻到某一页竟然泣不成声地停住了。我还从没有见过一双哭泣的手。我好奇地凑了过去。那一页是这样的:当读者翻开这本书的时候,我们俩都已不在人世了。可是既然血液依然在我写字的手掌里奔流,你就仍像我一样受到上帝的保佑,我就仍然可以从这儿向在阿拉斯加的你说说话。务必忠实于你的狄克。不要让别的家伙碰你。不要跟陌生人说话。我希望你会爱你的孩子。我希望你的那个丈夫会永远待你好,否则我的鬼魂就会去找他算账,会像黑烟,会像一个疯狂的巨人,把他撕成碎片。不要可怜奎。上帝必须在他和亨之间作出选择。我现在想到欧洲野牛和天使,想到颜料持久的秘密,想到预言性的十四行诗,想到艺术的庇护所。这就是你和我可以共享的不朽事物,我的洛丽塔……

我发现它在颤抖,我的手在颤抖。我真想安慰安慰它,毕竟它曾经是我的手。我想拍拍它的肩膀,发现没有用。它的周围是空的,它是一只没有肩膀的手。也许它只是一只手,我无可奈何地耸了耸肩膀。就在我这样想的一瞬,一只手拍了拍我的肩膀,是它,我的手。我冲动地想抱抱它,它好像也想抱抱我,可惜做不到了。

就在我飘来飘去的时候,我的肩膀,我的耳朵,我的嘴巴,我的五脏六腑也开始碎了。不瞒你说,我的五脏六腑丑陋极了。碎就碎了,我只希望它们离我远点。谁知我的五脏六腑与我的手与脚一样死心塌地，都愿意随着我飘。都泣不成声地说离不开我。其实，真正离不开的不是我的腿，我的脚，我的五脏六腑，而是我的孩子。对，孩子。前几天出去采访，刚一上车，儿子的短信来了。上车了吗？羊肉吃了吗？路上注意，按时吃饭，小心中暑。这个世界上最牵挂我的人是我的儿子。他这会儿肯定还在自己的屋里睡觉。睡着最好，我怕我碎了的手，我碎了的腿，我碎了的脚，我碎了的肩膀，我碎了的耳朵，我碎了的嘴巴，我碎了的五脏六腑会吓着他。好在我飘的声音很轻。我一下就飘到他的床前。我想去亲亲他。又怕他醒了。我想在他身边坐一会儿。可我已经坐不了了。我的身体已经碎了。我正难过的当儿，我的脚我的腿我的手我的嘴巴我的耳朵我的五脏六腑都希望表达他们对我儿子的爱！多好的主意啊，我举双手赞成。哈我又忘了，我已经没法举双手赞成了。我的碎了的手给他盖好了被子。我的碎了的耳朵与我儿子的耳朵蹭了好大一会儿。我的碎了的腿与脚有点焦躁不安，一个劲在床前踱着步子。好像床上躺着的是它的儿子而不是我的儿子似的。你别说，有一次我儿子发高烧了，我就这样在他床前踱了一个晚上的步子。我的碎了的嘴巴未经我的许可就亲了我儿子一口。我表示强烈抗议。我的嘴巴已经碎了，我的抗议只能是无声的。无声的抗议是无力的。其实无力的并非我的抗议，而是我，碎了的我。我再也无法完整地爱我的儿子了，我再也无法完整地爱任何人了。我一生的梦想就是完整地爱一个人。从左肩到右肩，从懵懂到耄耋之年。现在我做不到了。不知这世界上是否有人做到？我管不了那么多了。我的儿子很快就会醒来。醒来他会看到真相，爱的真相。我给他的爱是不完整的。我希望他能理解，所有的爱都是不完整的。真正完整的爱是不存在的，就如同一个真正完整的人是不存在的一样。

我之所以迫切地希望儿子看到真相，目的只有一个——希望他坚强。比我坚强，比爱坚强。比我与爱加起来坚强。不要一碰就碎。不要一掏就空。我最担心的是善良的他会被另一个同样善良的人掏空，自己变得一无所有。有的时候……别瞎扯啦，准确地说有多少次，亨伯特？你能想起四次五次，或者更多次这样的时刻吗或者就没有人能经受两次三次吗？有的时候。洛丽塔偶然在家预备她的家庭作业，嘴里含着一枝铅笔，懒洋洋地侧身坐在一张安乐椅中，两条腿架在扶手上。我总不顾我们所有的争吵，忘掉我所有的男性自尊——确确实实地爬到你的椅子跟前。你总看我一眼。阴沉、可怕、询问的一眼："当然不行，不要再这样子。"你从来不肯信我会没有什么具体意图，而只是渴望把我的脸深埋在你的格子呢裙子里，我的宝贝。是你那两只纤弱的光胳膊——我多么渴望抱着它们，抱着你所有的晶莹可爱的四肢，像一匹给抱起来的小马，把你的头捧在我一无可取的双手之间，随后把太阳穴处的皮肤朝两边抹去，亲吻你眯缝着的眼睛，你总说："求你了，别来缠我，好不好？看在上帝分上，别来缠我。"我总在你的注视下从地上站起来，你的脸还故意抽动，模仿我神经质的抽搐。可是没有关系，没有关系，我只是个野蛮人。儿子，我之所以重提洛丽塔，是想说：如果你像我碎了的手我碎了的腿我碎了的脚我碎了的肩膀我碎了的耳朵我碎了的嘴巴我碎了的五脏六腑对我那样死心塌地，你会被死心塌地掏空，被爱掏空。

又是"嘭"的一声。我想是我的骨头碎了。窗台上的一只陶罐被震得嗡嗡直响。我有点遗憾,我想在我的骨头破碎之前完整地看一眼我的骨头。我还从未完整地看过我的骨头呢。爱过我的人也没有。不是我拒绝人看,而是我的骨头拒绝人看。我了解它。我第一次与同伴去澡堂,他们都一丝不挂地跳下了池子,我磨磨蹭蹭脱了上衣,又开始磨磨蹭蹭脱自己的裤子。总下不了狠心,池子里的人看了急,就上来几个帮我。我最讨厌人帮我了,不,应该说是我的骨头最讨厌有人帮它。对于我的骨头来说,只能是越帮越糟。一次队列训练,我怎么走也与同学们步调一致不了,老师说杨蛋蛋你怎么老与同学们步调不一致呢?我惭愧地低着头说:老师其实我很想与同学们步调一致的,无奈慢了半步。老师说:同学们,杨蛋蛋的两条腿不怎么听使唤,谁帮帮他?说了三遍,没有一个响应的,老师有点火了,先点了几个男生,男生们都不愿意上来帮我的忙。老师只好点了几个女生。队列中呼啦一下过来四五个身强力壮的女生。有三个单独训练我的左腿,有两个单独训练我的右腿。一个身体最壮的从后面把我给拦腰抱定了,以防我的身体晃来晃去的。没多久,我的左腿就被搞定了,老师很满意。我的右腿搞定的时间相对要长一些,两个女生加三个女生,还搞不定,老师只好亲自干了。我使劲地配合了,可越配合越糟。我说:老师你千万别心慈手软,你全当我的腿是你的腿得了。老师一听,扑哧一声笑了。你这个杨蛋蛋挺会说话嘛?老师说。我说老师我真的想早点与同学们步调一致呢。老师说:想进步就好!我说:老师我太想进步了。老师说:想进步就让你的腿早日与同学们步调一致才行。我说:我的腿正努力呢,就是效果不够显著。老师说:老师给你来个显著的你看看?同学们齐声说:好!老师抖擞了一下精神，只走了两步就腿一歪瘫倒在了地上。我有点愧疚，想上前扶起老师，无奈怎么也扶不起老师来。老师叹了口气说：算了吧，我帮不了你，你也帮不了我。老师说的不全对，不是谁帮不了谁的问题，而是谁也别想帮我的骨头，谁也别想靠近我的骨头，谁也别想完整地看一眼我的骨头。现在它碎了。碎了的骨头在空中撞来撞去，窗子上的玻璃被撞得啪啪直响，有金戈铁马声，有金石声。骨头就是骨头，让它撞去吧。反正它不可能永远撞下去的，骨头也会累的。你别说，它还真有永远撞下去的意思。我想劝劝它，这样锲而不舍地撞下去，那些玻璃会碎的，碎了的玻璃很可能会与我的骨头一样晶莹剔透的，我担心的是没有人能分清哪一个是玻璃，哪一个是我的骨头。

有一个声音这时候劝我说，别担心啦，过一会儿，会有来人清理房间的，到处是尘埃。我明白它的意思，我碎了的手我碎了的腿我碎了的脚我碎了的肩膀我碎了的耳朵我碎了的嘴巴我碎了的五脏六腑会很快成为一粒尘埃，之间没有任何停顿与间歇。那是我的声音，多么亲切。

安安静静许多年

世界上最小的硬币此刻就在我的口袋里，世界上最小的小刀此刻就在我的口袋里，世界上最小的电话本此刻就在我的口袋里，世界上最小的玫瑰此刻就在我的口袋里。世界上最安静的硬币、最安静的小刀、最安静的电话本、最安静的玫瑰此刻就在我的口袋里。把手伸进口袋就能摸到它们中的任何一个。圆圆的硬币，光滑的小刀，厚厚的电话本，布满露珠的玫瑰。多年来它们一直是那么安静，以至我把它们从口袋里一次次掏出来，又一次次放回去。外面的世界太吵，外面的世界太闹，它们会眩晕的。

外面的世界是太吵，外面的世界是太闹。我还是希望它们的生活中能出现一些美好的晕眩与一些美好的意外。我不假思索地把圆圆的硬币、光滑的小刀、厚厚的电话本、布满露珠的玫瑰掏出口袋。外面的阳光很好，我轻松地把它们扔向空中。我希望它们都能很快找到自己的所爱，都能很快快乐。这样我就不会把手老插在口袋了。

我可以从从容容向阳光里的那些孩子招招手。我也可以在阳光里同罗比从从容容地握握手。在阳光里同罗比从从容容地握握手,感觉好极了。我真希望能再见到她。在阳光里见到她。她只是离开我一会儿,一小会儿。当我下意识地把自己的手重新伸进口袋,我发现圆圆的硬币、光滑的小刀、厚厚的电话本、布满露珠的玫瑰又回到了我的口袋。我摸摸它们,然后告诉它们我是真心希望它们的生活中能出现一些美好的晕眩与一些美好的意外的。真心的。我想再努力努力。我不假思索地把硬币投进公交车的投币箱里,一秒钟后,我发现自己干了件蠢事。美好的晕眩、美好的意外,并没有出现。出现了一个野蛮的家伙。那家伙与售票员发生了争执,争执完,犹不解恨,使劲地挥舞自己的拳头砸向了投币箱。里面的硬币受到剧烈的震动,丁当作响。我投进去的那枚,也未能幸免,不由自主地蹦了起来。可恶的是,那家伙喘息了一下,又挥舞着拳头砸了下去,比第一次更狠。公交车强烈地震动了一下,有几枚硬币被震到了投币箱外面,在车板上丁丁当当。其中的一枚,身不由己地滚到了那家伙的脚下。被狠狠地一阵猛踩。我想它会受不了的,它会再次跳起来的。可硬币却出奇的安静。面对粗暴的脚、粗暴的踩,硬币很安静。我从来没有见过如此安静的东西。我弯下腰拣起了硬币,揩净了上面的污迹。我不会再干类似的蠢事了。我真心希望它们重新安安静静。

比硬币更安静一些的是小刀。即便它碰上了另一枚不怀好意的小刀,它也很安静。有一年夏天,我出门旅行。在火车上碰到了几个装作睡眼惺忪的年轻人,他们在夜深人静的时候,像拎自己的包一样拎走了我的包。当时我只有一个念头,保住自己的包,没有包,我这个孤单的旅人会更加孤单。面对年轻人手中的利器,我想到了我口袋中的小刀。我把手伸进自己的口袋,我摸到了钥匙、纸片、手机、电话本,甚至药片什么的,就是没有摸到小刀。奇怪。我又摸了一遍口袋,还是没有摸到小刀。就在我彻底绝望的时候,小刀出现在我布满汗珠的手心里。我希望它毫不含糊地将自己打开,将自己的锋利打开,勇敢地打开。它没有如我期待的那样毫不含糊地将自己打开,将自己的锋利打开,勇敢地打开。它只是安静地握在我的手心里。比口袋里还安静。奇迹出现了,僵局被打破了,那些年轻人看了一眼我手中安静的小刀悻悻地下车了。我的小包保住了,我的一小点虚荣心保住了,我的安静也保住了。实际上是小刀的安静一瞬间刺激了我的安静。我安静地看着那几个年轻人跳下了车,我甚至有点担心车轮是否会伤着他们中的任何一个。还好,没有一个因为车轮而发出尖叫。不是因为我仁慈,也不是因为我大度,而是因为安静,安静的小刀。

比小刀安静一些的是电话本。我偶尔会翻翻它,也可以说是翻翻它们。里面大多是我多年前的朋友。帮过我的朋友。他们的姓名至今仍清晰可辨。一个是位中学老师,我曾在他的家乡教过书。我曾在他家里吃过好多次饭。他老婆做的饭真好。每一次我都吃得很多。听说大嫂后来半身不遂。现在做饭的只能是他了。我一直想找机会看看老两口,一直没有去成。真想亲手做点好吃的带给他们,真想真想。一个是学校的会计,腿有点瘸。我调机关工作后一段时间,工资关系仍保留在学校。一个下雪的日子,他一瘸一拐地来找我,雪真大呀,他的全身都白了。他拿出一叠钱来,让我数数。自己一年多的工资嘛,我有点兴奋地一张张数了。在雪里数了。足足数了两遍。够不够?他问我。我说够,够。让他进去暖和暖和。他没有进去。他说自己走路慢,得早点回去。我只好看着他一点点消失在黄昏的雪里。多年没有再见到他了。有一次郊区发生了一起出租车女司机被杀案。我去采访,嫌疑人正好是会计十几岁的小孙子。我想打电话问候一下老会计,无奈老会计的电话已经停机了。有一个是我的女恩公,从穷乡僻野发现了我。为了感谢她,我送了她几十斤粮票。一九八几年,全国的通用粮票、地方粮票都废了。气功流行的那些年,她迷上了气功。听说常常去铁道边上练,火车过来了还在练。家人只好把她送进医院里。我一直想打电话问候问候她,又怕不妥。有一次她给我打来了电话,问我的情况好不好?一个劲地说我送的粮票,他们全家吃了好多年哩。我记得我当时很想很想说一句话,最后一句话也没有说出来。有一个是我跟了多年的老上司,已经去世多年。他一直在单位称我杨先生,我一直称他为程先生。我们年龄相差很大,但什么荤玩笑都开。有一次我们去西安,天热极了,我问他吃不吃西瓜?他说吃。无奈那路边的西瓜一个比一个干,一点水分都没有。我开玩笑说,到西安我们买个好的。一到西安我问他先办事还是先吃西瓜?他说先办事。办完了事,天快黑了。我说我们吃西瓜去吧?他说回家吧。老上司特恋家,特恋老婆。无论走多远,能当天赶回去都赶回去的。后来得了糖尿病,我带西瓜去看他,他已经不能吃那东西了。卧床不起的他笑着对我说,杨先生还欠程先生一个西瓜呢。有一个人的名字已经记不清了,他是我学童时代唯一的“敌人”。我坐他的前边一排,他坐我的后面一排。他老往课桌前边靠我的一侧的桌沿上抹墨水。有时候是红的,有时候是蓝的,有时候是黑的,夏天的时候我的白衬衣总是多姿多彩的。要是上图画课,我的衬衣更是斑斓之极。连老师都说,某年夏天最好的一幅画就是我衬衣上的那幅。一个行为艺术展,学校没有可参展的作品。老师就把我的衬衣送去了,还得奖了呢,奖品是一件白的确良衬衣。不是奖给我的,是奖给他的。他大方地送我了。为保卫衬衣,我们曾发生过许多争执。可惜我怎么也想不起他的名字了。

最安静的是玫瑰。以至多年来我一直怀疑它的存在。一直怀疑它的真切存在。要不是碰见罗比,我会永远怀疑下去的。那时候我一贫如洗,实在想送罗比一样东西,就把手伸进了自己的同样一贫如洗的口袋。硬币,钥匙,小刀,纸片,电话本,甚至小石子什么的……那时候没有电话本,也没有小刀,甚至没有钥匙,更没有硬币。只有一叠纸片与一块橡皮,当然不好送人,太小学生。正在我发窘的时候,我摸到了一朵花。一朵布满晶莹露珠的花。我有点吃惊。我得想办法证实自己口袋里是否有一朵玫瑰,玫瑰是否就在我的口袋里。答案是肯定的,我口袋里确实有一朵布满晶莹露珠的玫瑰。我小心翼翼地把它捧出口袋。闻了一下它的香,然后送给罗比。罗比小心翼翼地接过玫瑰,怔了一下,然后扬起了布满香气的手。一些布满香气的纸片便从天空哗啦啦飘落下来。一瞬间满天都是纸片,被泪水打湿的纸片……我重新把手伸进自己的口袋,我摸到了一叠完好无损的纸,与一块同样完好无损的橡皮。多年我一直都很歉疚。有一次例外。我正乘坐一辆小中巴去老家。半道上,有一个人上来。是个小偷,摸了一个又一个的口袋。最后摸到我前面一排。座位上是个女孩子。那小偷刚把手伸过去,一声清脆的咳嗽。我是说从我座位上发出一声咳嗽,小偷只好悻悻地把手缩回去了。我想我并没有咳嗽,我甚至连嘴巴与喉咙也未动一下的。正在我胡乱猜测的时候,我座位上又发出一声同样的咳嗽。我有点吃惊,是从我的口袋里发出来的。我不由自主地把手伸进口袋,意外中摸到了一朵花。一朵玫瑰。一朵我曾经想给罗比的玫瑰。看来它一直安安静静在我的口袋里。安安静静那么多年。那么多年我怎么没有注意到它?每次去干洗衣服的时候,我都会翻口袋好多遍的,怎么从未发现?我想,这次不会错的。是的,不会错的,那个越来越远的背影就是罗比。就是在我口袋里安安静静许多年的罗比。我发现她是罗比的时候,这世界上最小最安静的硬币就在我的口袋里,这世界上最小最安静的小刀就在我的口袋里,这世界上最小最安静的电话本就在我的口袋里,这世界上最小最安静的玫瑰就在我的口袋里,这世界上最小最安静的爱人就在我的口袋里。我已经很难将最小最安静的硬币、最小最安静的小刀、最小最安静的电话本、最小最安静的玫瑰、最小最安静的爱人,与我的口袋分开,与我的肌体分开,与罗比分开。

谁偷了村里的玉米

谁偷了村里的玉米,我开“小差”的时候,老师正在给我们三年级的学生讲愚公移山的故事。老师说愚公门前有几座山?同学们说有两座。老师说哪两座?同学们说一座叫作太行山一座叫作王屋山。老师说那两座山后来哪里去了?同学们说叫愚公与神仙给搬走了。老师说搬到哪里去了?同学们异口同声地说搬到朔东与朔南了。我说搬到青草里了。同学们一阵哄笑。老师说杨蛋蛋你睡醒了没有?我站起来说老师我醒着。老师说醒着怎么说梦话呢?我说老师村里的一大堆玉米昨天丢了,我发现在村头一片茂盛的青草里。老师说杨蛋蛋你还说自己醒着,明明在做梦嘛。我搔了一下自己的头说老师我确实醒着。老师说好你说你醒着,出一道题考考你。我说好的老师。老师说愚公门前有几座山?我说两座。老师说那两座山后来哪里去了?我说叫愚公与神仙给搬到朔东与朔南了。老师说那你刚才为什么要说搬到青草里了?我说老师我说的是玉米。老师说什么玉米？我说村里的玉米。老师反问一句村里的玉米，村里的玉米怎么会跑到青草里？我说村子里丢了玉米。老师又反问一句村子里丢了玉米，我怎么没有听说呢？我说老师不信可以问大头嘛。老师说这件事就到这里为止，老师会向村长反映的。这么说，老师相信我的话了。老师说村里是不是丢了玉米，玉米是不是在青草里，是不能随便说的，懂吗？我说我懂老师。老师破例摸了一下我的头说好样的。我狠狠地看了一眼大头，可惜那家伙的头早低到桌子底下去了。

放学回家的路上我碰见了大头。我说大头你真不够朋友。大头说："我是不够朋友，谁叫我们家是地主呢！"我说地主更应说真话嘛。大头说不是不想说真话，是不敢说真话。有什么不敢说的？大头说害怕嘛。我说有什么好害怕的？大头说怕有人怀疑自己。我说你怕我不怕，我一定能弄清楚是谁偷的。大头说你怎么弄？我说守株待兔呗。大头说还待兔呢，说不定玉米早就让人煮着吃了。我说这话有些道理，我们赶紧去看看。

玉米还在青草里。我对大头说我们一起等吧？大头说好的。秋天静谧的月亮上来了。草里的露水打湿了我的衣服与大头的衣服。大头的身子开始哆嗦。我问大头是不是有点冷？大头说他饿了。我对大头说在你屁股底下摸摸就不饿了。大头摸了一下说真的不饿了。我说摸到什么了？大头说有萝卜哎。我说多吃几个。大头说一个就够了。我说一个怎么能够？你那么大块头？大头说不是不够，而是不敢。我说有什么不敢的？大头说萝卜会越吃越饿的。大头边吃萝卜边问我饿不饿，我说我的肚子比你还饿呢。我与大头正说话呢，有脚步声由远而近了。我悄悄对大头说有人来了。大头便一声不吭了。秋虫开始在我们周围鸣叫了。大头悄悄地说虫子好像在你屁股底下叫呢？我说好像在你屁股底下叫呢。大头说说不定有两只虫子呢？我说只有一只在我屁股底下呢。大头说他放心了，我说还放心呢，脚步声怎么听不见了。大头侧耳听了一会儿说真的什么也听不见了。我说谁骗你，我们悄悄出去看看。大头说好。我与大头在一人多高的青草里找了一会儿，怎么也找不见那堆玉米了。我说奇怪啊明明在这里嘛。大头说会不会让什么人给搬走了？我说不会吧，搬走一大堆玉米需要时间。大头说要不我们再找找看？我说好的。我们又在青草里找了几个来回，一无所获。大头一个劲地喘着气，大头说我们坐下来歇歇吧？我说好的。说着我与大头就一屁股坐在了草上。大头尖叫了一声又跳了起来。我问大头怎么回事？大头说玉米玉米。我说明天再找。大头说在他屁股底下呢。我弯着腰用手一摸，还真是一堆玉米呢。大头说不知道是不是那堆玉米？我说数一下是不是九十九个棒子？大头低头数了一会说还真是九十九个呢。我说就是丢失了的那堆，好像被什么人移动了地方。大头说会是什么人呢？为什么要移动地方呢？我说找找看还有什么东西？大头找了一会儿说旁边有一只篮子。我说仔细看看像谁家的？大头看了一会儿说怎么那么面熟啊。我说别不是你家的吧？大头说还真是呢。我说别看错了。大头说不会错的，他家的篮子系着一根带子。我说我家的篮子上也系着一根带子哩。大头说他们家的带子是丝绒做的，从不扎手的。我说你家的篮子怎么会在这儿呢？大头说他也犯糊涂呢。我说问问你母亲不就一清二楚了？大头说有道理耶。

第二天一到学校，我即悄悄问大头问了没有？大头说问了。我说怎么回事？大头有点哽噎。我摇了摇头说这怎么可能？你母亲有病许多年了，村里谁不知道呢？

大头的母亲已疯癫许多年了。一次老师给我们上《陌上桑》，老师先讲了一遍课文，然后问我们：罗敷漂亮不漂亮？同学们说漂亮，老师说有多漂亮？同学们说：行者见罗敷下担捋髭须。少年见罗敷脱帽著帩头。耕者忘其犁锄者忘其锄。老师说还有没有要补充的？同学们说没有了，我说有。老师说杨蛋蛋你有什么要补充的？我说老师罗敷有什么漂亮的，大头的母亲才叫漂亮呢！老师怔了一下说，她有什么漂亮的？我说你没有见过她吧？老师，如果你见过她就不会这么问了。老师说她不就是那个疯疯癫癫的地主婆嘛，我说她就是那个疯疯癫癫的地主婆，可她先前并不疯癫。老师对同学们说大头的母亲疯癫不疯癫？同学们说疯癫。只有我一个说不疯癫。老师说听见了杨蛋蛋，只有你一人说不疯癫。我说这有什么好奇怪的老师，不疯癫就是不疯癫嘛。

一次大头问我，“你真的见过我母亲？”我说没有见过。大头说没有见过你怎么知道她比罗敷还要漂亮呢？我说村上的人有几个见过你母亲呢，可他们都这么说呢。大头说他也没有见过呢。我说大头你开玩笑吧？大头说是真的。我说这到底怎么回事？大头说他原以为他母亲真像同学们看到的那样，一次一个同学取笑他，他去找老师。老师说你母亲是天下最漂亮的母亲。我当时以为老师也在取笑我呢。可老师说你再看看照片里的人像谁。我看了一会儿说像我啊。老师问我想知道母亲为什么这个样子？我说想知道。老师说，“因为你父亲是村里唯一的地主加知识分子，所以‘文革’开始后常游街。你父亲的身体不怎么好，开始还受得了，后来就有点吃不消了。几次想割腕自尽，都被你母亲发现了。这样你父亲游街的时候你母亲一直陪着，穿着丝绒旗袍陪着。开批斗大会的时候，造反派们叫你父亲低头向人民认罪，你父亲死不认罪。这些人便开始打你母亲的主意了。一个下流的家伙找来一把剪刀，开始剪你母亲的丝绒旗袍，是那种从下往上地剪。剪一下让你父亲认一次罪。很快你母亲的丝绒旗袍便像纸片一样飞了。你父亲一把抢过剪刀，刺进了自己的身体。你父亲死了之后，你母亲便开始拣那些到处乱飞的纸片了。她拣了许多纸片，然后把它们串成了一件旗袍穿在身上……”后来呢，后来她便疯了。大头说。我说你母亲疯了村里人都知道的。大头说可她这些年怎么活着恐怕没有几个人知道了。我说我一直想问你呢。你母亲吃什么呢？大头说什么都吃。吃玉米吗？有了就吃。这么说村里的玉米是你偷的？“不是我偷的。”那是谁偷的？“老师偷的。”老师偷的？这怎么可能？“这怎么不可能？”“老师同情母亲，常送粮食给我们家。”这么说是真的了？“是真的。”“老师怕引起怀疑，有好吃的每次总放在村头的青草里，然后由我带回家煮着吃。”那你为什么不告诉我真相？“害怕连累老师，他可是个好人。”我说不知道那些玉米还在不在青草里？大头说不在了，老师已把它送回玉米地了。我说我真想把它送给你母亲。大头说，“不必了，她已像纸片一样飞走了，永远飞走了，穿着那件纸片做的旗袍。”我对大头说我有点难过。大头说他也是。我说我们去看看老师吧？大头说，“不必了，他也离开了村子。”你说他离开了村子？“是啊离开了。”也飞走了？“不，他还回来。”什么时候回来？“他说他要找回那件被风吹走的旗袍。”

多年来我一直想回去走走，一直未能如愿。一次机会来了，我回到了生我的那个村子。大头已经幸福地有了孩子，老师已经苍老地回来，可怎么也找不见那片茂盛的青草地了。听村里人说自从大头的母亲像纸片一样飞走了以后，茂盛的青草就一天天枯了。还有一种说法是，村里有几个孩子去青草里玩，总看见一个穿丝绒旗袍的女子在青草里吃玉米，大人们便一把火烧了那片青草地。当时我相信前一种说法，现在我相信后一种说法了。大头的母亲压根就没有像纸片一样飞走，她一直就在那片青草地里，仍穿着那件漂亮的丝绒旗袍，只是我们看不见她而已。因为只有这种方式才能让她的高贵与美丽永远不再蒙羞，永远不再饮恨。

铁穆尔

苍狼大地

一

我祈祷那天边的大雁

带我飞向远方

去寻找那梦中的草原

——尧熬尔古歌

亚欧草原，就是从北太平洋到北大西洋的大陆，它从鞑靼海峡绵延到波罗的海，从万里长城和大兴安岭绵延到伏尔加河和多瑙河，从乌拉尔山和西伯利亚冻土带绵延到黑海、里海、兴都库什山、喜马拉雅山和祁连山。这一片金色大草原的心脏就是贝加尔湖。

亚欧草原，是古代游牧人的家园，是我的祖辈像候鸟一样东来西往的大地，是数不尽的牧人和猎人在那里失踪的地方，是草原英雄阿提拉、成吉思汗和帖木儿的家园，是世界大陆自然界食物链的终端——西伯利亚虎的家园。

我作为采风者，将意味着我去寻找我们尧熬尔人的根源。〔1〕本来我们这个操蒙古语一种方言的尧熬尔部落，就是尧熬尔民族中最神秘的部落。我知道在我们部落中流传着一部口传的秘史《尧熬尔沙什特尔》（简称《沙特》）。这部口传秘史不仅语言不通的外人不可能理解，就在本族人中懂其意义者也寥寥无几。这部秘史如今在尧熬尔人中大多数内容已失传，残留的是“创世”等部分内容。

我希望我能够去实现我在亚欧草原上流浪终生的夙愿。直到有一天，秋天的灌木丛柔软的绿叶变成了古铜色时，我感到累了，我感到血在冷却力在衰竭时，我将头枕马鞍轻轻吹着口哨躺在一片荒无人烟的秋日的白桦林中死去，而头顶蓝天上飞过队队大雁，五彩缤纷的座座丘岗上，白唇鹿群在静静地吃草，一眼望去，似乎连河边的石头都在开花。在摇曳的白桦中，我那已经卸了鞍的马儿在静静望着我，它没有想到我的死竟会那么美丽。

到今天为止，这仅仅是我的梦想。我只凭着亲人们的资助和自己的薪水，从一九八六年开始了断断续续的艰难旅行。从我的祁连山腹地尧熬尔人的夏营地，从我的家乡夏日塔拉草原开始，在我国北方草原（这是亚欧草原的东南端）孤身漫游。兴安岭——呼伦贝尔——乌兰察布——阿拉善——天山西端——准噶尔——伊犁——

〔1〕 尧熬尔：裕固族人的自称译音，裕固人分二部，分别操蒙古语和突厥语。

巴彦郭楞——哈拉沙尔——塔里木东缘——阿尔金山——柴达木——青海湖草原——甘南草原——唐古拉山草原——祁连山南北两麓——马鬃山……

当我走过这些草原时，一晃已远去了十年。幸运的是，我感受到了许多陌生民族的亲人们最亲切的抚摸。走遍这里，我才知道，在这片金色大草原的每一个角落里都有我无数的兄弟姐妹，我才明白我们彼此有许许多多的话想说。

二

我祈祷那西伯尔[1]的苍狼
带我走出这森林
去寻找那梦中的草原

——尧熬尔古歌

假如我们一起登上那高高的阿尔泰之巅，假如你有一双金鹰般的眼睛，你就会看见阿尔泰的白桦林中蜿蜒流去的哈拉额尔济斯河。假若那天边的大雁要带你飞向北方，你就会在飘忽的飞翔中看到，北边还有宽阔的叶尼塞河、贝加尔湖、色楞格河及其以东的兴安岭和阿穆尔江。那里的河道都是那么宽而浅，是游牧民理想的土地。就其地理位置而言，是一片平缓辽阔的大草原大森林。这片广袤大地在

[1] 西伯尔，即西伯利亚。

今天称之为西伯利亚和蒙古高原。

那是在很久很久、很远很远的古代。在天的那一边，有一个地方叫“贝嘎拉”。那时候，有一群来自寒冷地方的人们，在一个无边无际的谷地和森林里迷路了。人们一筹莫展，不知道怎样才能走出森林。有一天拂晓，在森林里射进一束彩虹，在这些迷路的人们面前出现了一匹苍毛苍鬃的大公狼。从此，在这一群迷路的游牧人队伍前头，走着一匹苍毛苍鬃的大公狼。他们像大雁一样跟着苍狼走着，穿过了迷失方向的茂密的森林、长满荆棘的谷地、冰封雪盖的河流，他们从森林到山腰，从山冈到平川，夏去秋来，一年又一年，漂泊了许多年。他们来到了贝嘎拉，这是一个雪山森林的怀抱。在这里他们看见了一个美丽的大海。他们听说，这里在很久以前是一个终年烈焰奔腾的火山，所以叫作“贝嘎嘎拉”，即“永远不灭的火”之意。“贝嘎”是“坚固、永远”之意，“嘎拉”是“火”。这是一句蒙古语的地名。许多年前的一天，突然大地震动下陷，火山和森林形成了一个大海。久而久之，人们把贝嘎嘎拉叫成了贝嘎拉，也写作“贝加尔”、“贝戈尔”等，这就是贝加尔淖尔（即贝加尔湖）的来历。

当这些骑马的人们伫立在贝加尔湖的悬崖上时，他们顿时被这四面八方扑来的雄浑粗犷的盛夏景色惊呆了，震慑了。贝加尔的这般伟大景色，他们不仅从未见过，甚至是无法想象的。贝加尔，简直是草原人触目惊心的灵魂。贝加尔是一个看不到边的大海，雪白的波浪在湛蓝的大海上滚滚而来，风从远方把波浪吹来，又将波浪吹向远方。太阳从贝加尔东边升起时，贝加尔的西边森林仍然是星光灿烂的黑夜。贝加尔周围的雪山高峰、河流多得数不清，那里森林比草还多，枯枝落叶掩没了流浪者们的双腿，山上的牧草在发霉腐败。

许多寻找丰茂水草和富庶国度的游牧人接踵而来。他们中有黑头发黄皮肤的人，也有金发蓝眼的人。他们都在贝加尔草原安顿下来。许多年后的一天早晨，他们的可汗从梦中醒来说，神灵说他们这些人是“尧熬尔”。这句话的意思是“掺杂、混合”，“和睦相处、联合起来”等。他们渐渐人丁兴旺，越来越多。不久，人们都叫他们为“尧熬尔兀鲁斯”[1]。他们的白色大旗上绣着一匹金狼。他们过着富裕安宁的岁月，语言不同的部族都和睦相处，如同兄弟姐妹。没有穷人和富人，人人都丰衣足食。那个时候，人人都骑着马。家家户户帐篷前的地灶上，放着煮满了肉的锅，肉香向四处飘去，铜茶炊嗡嗡作响。他们的狗都不吃青稞炒面和剩饭。穿着珍贵皮衣的老人们整天坐在雪白的毡上，吃着肥美的羊尾和奶皮，观看人们的赛马、摔跤等游戏。耳垂金环的姑娘们和腰挎短剑的小伙子们在对唱。那甜美的歌声，突厥少女那甜美无比的歌声，简直如那阿尔泰地方蜜糖调制的黑马奶一样甜美、醉人。这样的歌声在梦中也难寻。

那可真是尧熬尔人享福的日子啊！然而，极乐世界也有悲伤。有一天，贝加尔海上突然起了大风暴，从海上飞来一种奇怪的九头怪鸟，九头怪鸟不分白天黑夜都在叫，并且用人的语言说：“走吧，走吧，快快走吧。”不久，暴风雪来了，一种罕见的瘟疫随着蔓延起来了，人们和畜群开始死亡。紧接着，敌人来了，他们开始了一场空前的大血洗，他们把许多人从悬崖上推入了贝加尔海，很多部落被杀得一个人

---

〔1〕 尧熬尔兀鲁斯，即中国古代史上的“回鹘汗国”。“兀鲁斯”即“国家”。

都不剩,这样就没有人记下血债,没有人报仇雪恨,剩下的人们开始逃难了,他们要去寻找新的家园。可是很多人在逃难途中失踪了。尧熬尔人成了一个地道的逃难者集团。流浪的人们是那么悲惨,可又多么激动人心啊!

我祈祷那天边的大雁
带我飞遍草原
去寻找那极乐世界
阿尔泰山星光灿烂,夜空里响彻了他们的歌声……

千百年弹指一挥间,多少记忆的故事都灰飞烟灭,多少幸福和爱情都一去不复返。古老的轮回周而复始。地球载着我们数不尽的兄弟姐妹们在无边无际的繁星中向着永恒的宇宙不知名的深处漫游着。

三

我祈祷那阿鲁骨[1]的白马
带我越过那达坂
去寻找梦中的草原

——尧熬尔古歌

〔1〕 阿鲁骨:产于中亚的名马。

这个传说是布利亚特蒙古人丹巴达尔基讲给我的。奇妙的是，他讲的恰恰是我们尧熬尔人的祖先。也许在远古时，布利亚特蒙古人的祖先在他们的故乡贝加尔清楚地观察到了尧熬尔兀鲁斯繁荣富强和崩溃覆灭的一幕幕，也或许是他们共同创建了那个草原帝国，后来他们燕南雁北各奔前程了。这个曾当过僧人的老牧人还说，在他小时候，听到过很多苍狼的故事。人们传说如果有谁遇到苍狼，他的一生将充满奇迹。他说如果我去呼伦贝尔布利亚特人中，会听到很多传说。在那里首先可以去找他的侄儿和其他亲属。这是我早已打定主意的，我要从呼伦贝尔开始向西走去……

他的声音缓慢清晰，他的神态安详友善。他左手举着奶茶碗，右手支起在盘起的大腿上。沉稳、自信，腰板挺直，宽大的面孔黝黑、消瘦。他的祖籍在西伯利亚赤塔一带，那是从一九一八年起，部分俄籍布利亚特蒙古人陆续不断迁居中国。他的父母就在那时到呼伦贝尔，满洲国时期，他还曾在锡尼河布利亚特知识分子办的草原小学读书。后来，他们历尽艰辛翻越人迹罕至没有路径的兴安岭密林，到了霍林郭勒，在那里度过了他一生最美好的岁月。他常常深情地回忆起在水清草茂的霍林郭勒度过的无忧无虑的童年。不久，他又到遥远的位于甘肃南部的拉卜楞寺当童僧。那年他才十三岁。那是四十年代末期。在寺院十多年，他学会了一口流利的唐古特[1]语。一九五八年他离开寺院寻找流浪的亲人们，到了夏日塔拉。后来，他的部落和亲人们都返回了呼伦贝尔，他却和自己的舅父留在了这个祁连

〔1〕唐古特：突厥语和蒙古语对藏族人的称呼。

山下的夏日塔拉。舅父死后，他又到了这个唐古特人的小山村。他给我讲过不少布利特故事。他讲述那些往日的故事，令人觉得一切都新鲜如初地珍藏在他的记忆中。他讲述的时候，在他低垂着头，把手扶在额头上时，我觉到了他满怀着对布利亚特的无限思念和对梦一般的往昔岁月的惆怅。他留给我的印象是刻骨铭心的，我无法忘记那些细微的情节。

我已有十六年没有见到他，十六年前我最后一次见到他，是我独自在夏日塔拉(今皇城滩)小村上学时。那是一个炎热的中午，他是从自己的夏营地帐篷来的，他把自己那匹红色坐骑拴在水泥电杆上后，从褡裢里取出一壶牛奶和一些烤饼送给了我。

这是个三十多公里长的幽暗峡谷，中段是一个温暖的盆地。自夏日塔拉而来的清澈的河水从中间哗哗流过，我就是在这里找到了他家，他的几间黄泥土屋在村头僻静的山冈上。北面是寺院，空气中弥漫着柏树和酥油味。小街上间或走着几个穿长袍的唐古特老人。这天晚上，我和他都醉倒在他们家的土炕上。

我和他的确有某种久远神秘的缘分。我隐约觉得他用终生时间在寻找一个地方。他和我一样总是那么落落寡合，始终是只身独处。那么，是什么使他远离自己的故乡远游在异邦呢？是什么使他亲人都离开这里时唯独他独自徘徊滞留在这个遥远的他乡呢？我相信他和我一样感到在本乡本土的“陌生感”后，迫使自己远游异域。在我们的内心深处，也许隐伏着古代游牧人的习性和癖好，它们要使我们重新回到祖先们在远古就已离开的土地。有时候，我偶然到某个地方，却感到无比的亲切和神秘的熟悉。也许在我命里注定要踏过的青草地上,还有一个梦寐以求的地方在等待着我。那就是我一直苦苦寻找的心灵故乡和精神家园。只有在那里,我的心才会平静下来。然而,眼前这个孤独的老牧人丹巴达尔基,我觉得他是一个迷失了方向的漫游者。因为他还没有找到那个他耗尽毕生寻找的地方,那个他曾说过的、有一块刻字的白石的神秘地方。所以,他的心还没有那么平静。是的,这个孤独的异乡人有着许多属于自己的永远不为人知的世界。

四

我祈祷那托木察格[1]的黑马
带我越过那戈壁
去寻找梦中的草原

——尧熬尔古歌

蒙古草原,始终像磁石一样吸引着我。是那深沉、粗犷的气质更适合我的秉性吗?是那美丽、朴实和温柔的毡房在呼唤我吗?是草原苍狼的长啸在指示我吗?是源于我那在蒙古腹地数载神秘旅行的祖父斯车穆加木参吗?我不知道为什么。但我知道,蓝色蒙古,是我宿命的草原……

那一年秋天,我独自踏上了多少年梦寐以求的呼伦贝尔布利亚

〔1〕 托木察格:产于中亚的名马。

特蒙古的草地。我要在这里自由漫步。这是一片平坦如砥的草原，四周都是望眼欲穿的地平线。阳光灿烂，秋风萧萧，牧民们正在拉草的忙季中。我和巴雅尔沿着草地上的路走了很久，到处都是无数的草垛。虎力包苏木，是一个布利亚特乡，我们在这里找到了丹巴达尔基的侄儿家。一辆拉草的拖拉机刚从草地开来，高高的草堆上坐着一个头包三角巾身着布利亚特裙子的少妇。开拖拉机的是一个黝黑剽悍的青年，我们帮助卸了草后进了他家。

他叫苏仁郭多布，长得英俊剽悍，他那生动诚挚的笑，那成吉思汗式的黑胡子，那朵朵鲜花般的一口白牙，都令人感到一种舒畅的心花怒放的气氛。

“哦！你是赛木道队长的儿子。”苏仁敦多布这样对我说，“赛木道队长是个好人……”

苏仁敦多布是在呼伦贝尔长大的，但我父亲的名字他是如此熟悉，我真没想到。后来我才知道，我父亲的名字被这里的牧民们常常念叨，有些从没有见过我父亲的人也熟悉他的名字。事情是这样的，这些布利亚特蒙古人先辈们在四十年代就流浪到了祁连山的夏日塔拉（今皇城滩、大马营滩）。五十年代末期，他们和迁徙到那里的尧熬尔人共同游牧。那些尧熬尔人就是我的父老乡亲。那时候，我的父亲就是这部分布利亚特蒙古人和尧熬尔人混合组成的集体牧业队的队长。

那天的虎力包苏木，有个沉默寡言的布利亚特老人喝醉后扶着我肩膀说，“我们的赛木道队长”对于布利亚特民的热爱和帮助他们是不会忘记的，他对于任何民族的牧民都一视同仁的广阔胸襟也是很少见的，他是一个真正纯粹的牧人……

我知道我的父亲，他耗尽了一生的大多数时间为我们部落寻找水草丰美的牧场。

六十年代初，国家内务部通知，将流亡各地的布利亚特蒙古人安置在内蒙古自治区呼伦贝尔盟鄂温克自治旗。流亡各地的人们开始陆续返回了他们长期生活过的呼伦贝尔锡尼河畔。一九六一年秋季，最后一批布利亚特人离开了祁连山北麓夏日塔拉。我父亲和他们一起坐着驰向东北的火车，把他们送到了呼伦贝尔草原。

那是十月的秋天，北亚的寒风早已在呼伦贝尔草原飕飕呼啸。南飞大雁的鸣声响彻了草原，我父亲离开布利亚特部落的那天，人们都聚集在一起，互相敬着离别的酒，说着最后的美好祝愿，他们一一和我父亲紧紧拥抱，男男女女都热泪纵横。草地上，满耳都是离别的歌声……后来，我父亲在海拉尔上了火车。车轮辚辚，车窗外是秋日墨绿色的大兴安岭……

我来到虎力包苏木的那天晚上，照例是吃肉喝酒。苏仁敦多布说他做梦也没想到从前“赛木队长”的儿子会来到布利亚特地方。

太阳刚刚从地平线升起，一群头包五颜六色的头巾，身着鲜艳长裙和高筒皮靴的姑娘们，挺着腰板，带着一种难以捉摸的高傲神态，飞身跃上马背，微微欠着身纵马驰向远处。那纯粹的古代女骑手般的矫健姿势令人感叹，她们是那么惹人注目，使人恋恋不舍。她们渐渐在远方和这苍茫天地和谐地融为一体。现在我确信，这个遥远的异邦和我有着难以割舍的缘分。布利亚特人都是纯粹的游牧人，他们对于游牧生活有一种本质上的无与伦比的把握。

苏仁敦多布驾驶着拖拉机驮着我飞驰向辉河，河对岸的远处是雾蒙蒙的锡伯山。他说每年初夏时在那里举办那达慕节，人们祭祀鄂博、赛马、摔跤，布利亚特姑娘和小伙子们都要来这里高歌狂舞。他又指着西北边俄罗斯贝加尔湖的方向给我们说着那里的布利亚特同胞的趣事。他不久前还去那里探过亲……

我们站在辉河大桥上，阳光倾泻在草地上、河水中和茫茫的芦苇丛中。每一根芦苇、每一片叶子都清晰可见，大桥下面明亮、平静的河水里，游鱼激起圆圈泛着银光。秋风从辉河上游不停地撩人地吹着……

五

我祈祷那阿尔泰的苍狼

带我穿过这泥沼地

去寻找那梦中的草原

——尧熬尔古歌

丹巴达尔基曾给我说过，最初，查干汗（沙皇）的哥萨克远征军占领了萨日德格山的时候，他们高呼“乌拉”，从此那个雪山改名为“乌拉尔山”。哥萨克大头目叶尔马克占领了鄂尔济斯河上的西伯尔浩特（即西伯利亚城），这是西伯利亚蒙古汗国忽春汗的首府，哥萨克来了，布利亚特蒙古人开始在西西伯利亚和东西伯利亚与哥萨克打仗，战争中死了很多布利亚特人。不久，西伯利亚最富庶的地区，布利亚特人的故乡贝加尔湖四周草原上,也来了许多哥萨克人。有一位预言家说,那匹苍狼出现在贝加尔草原时,人们跟随苍狼迁徙,它将带着人们走到一个叫作“必其格图·查干乔鲁”(意为“有字的白石”)的草原。那里有高山、湖泊、河流和绿草如茵的草原。那里将是人们平安游牧的地方。后来,事情未能如那个预言家的愿望。接踵而来的战争和灾荒使人们无暇考虑这个传说。但是后来一部分布利亚特人的流浪,和那个叫“必其格图·查干乔鲁”的地方是有关的,他们曾长期寻找这个地方。这样同名的地方倒有一两个,但都不是他们寻找的那个地方。这是亚欧草原上的一个极神秘的角落。在那块美丽的白石上,究竟用哪一种文字刻着什么呢?

我想,也许他就是为了寻找这个神奇的地方而迷失在了祁连山上。

苍狼的传说是千真万确的,当你长期漫游和流浪在那广袤草原和江河湖海上时,你就不会再认为那些有关神通广大的草原上的精灵的故事是好笑的了……

也许,在某个夜晚我醒来时,将在荒山野岭的星光中看见那匹光芒四射的苍狼,它在星光灿烂的草原上,昂首阔步、不屈不挠地向着草原深处漫游。苍狼会让我目瞪口呆,因为它美得超出想象、出乎意外,它存在于不可能存在的地方。苍狼是特殊的,异乎寻常的,绝无仅有的……

辉河已开始结冰了。

我和达瓦夫妇俩坐上他们的马车离开了虎力包苏木。达瓦驱车飞奔。他不断地甩着马缰,吆喝着马匹。天气寒冷,阴云低垂,一条雪白的大道在深秋金色草海中伸向远方暗淡的天际。

繁星照耀着海拉尔。德力格尔、包武晓和巴雅尔在一家科尔沁人开的酒家为我饯别。白酒喝得真酣畅。微醉的德力格尔唱起了那首布利亚特民歌。歌词大意是:流浪的部落越戈壁翻高山披荆斩棘,走向那个遥远的地方,可是漫漫岁月茫茫征途,最终有谁能够活着看到那个遥远的地方呢……

夜半的风啊!你一直不停地吹下去吧。我最后一次拥抱你们,我的布利亚特兄弟姐妹们……

风把我的头发吹白了

一

刚刚长出青草芽儿的山坡草地泛着一片淡青色，沟沟壑壑的泉水边已经碧绿的马兰还没有开花，春天的风不断地扬起一团团淡淡的尘雾。

人们在议论着被马拖死的牧羊女恩莱。这个牧羊女是我们家的邻居，她是被她姨姨带到我们这个地方来的，她也是她姨姨的养女，她姨姨还有一个养子，算是恩莱的弟弟。她们祖籍都是青海那边过来的土族。她的姨姨早年嫁到我们尧熬尔（裕固族）部落里，后来她男人死了，她就留在了我们这里。我记得那是一个面容白皙而严酷的老奶奶，她说话的声音稍稍颤抖着，冰冷而严厉。

关于牧羊女恩莱，我只记得一个穿着破旧衣服的高个儿女孩，她好像整天都在放牧畜群或找寻丢失的牲畜。人们说她姨姨对她不好,但对她弟弟很好的种种传闻。她姨姨让她骑上马去找牛,那天夜里她没有回来,她的姨姨也没有去找,第二天或是第三天还是没有去找。后来,她的尸体被另一个公社的牧民看见了,看样子可能是突然马受惊了,马缰绳缠在她的腰上被拖了好长一段路,她身上的衣服都被挂没了。

人们一边忙碌着,一边说着这个可怜的女孩。到了夏天帐篷都搬到夏营地后,人们渐渐就淡忘了这桩事,那是“文革”刚刚开始的时候。

后来我听人们在喝茶的时候,偶尔说起了死去的恩莱,人们说,恩莱的姨姨给恩莱的妈妈撒谎,说她的女儿嫁到了一个很远很远的地方,轻易回不了家。她妈妈再也没有能见到自己的女儿。

再后来呢?她妈妈会知道她女儿的死吗?会梦见已经死去的女儿吗?这是个多么遥远的故事,现在可能谁也不会记得这个牧女。这个故事像那年春天的那一阵风,在那一年刚刚长出的青草地上吹过,了无踪影。

冬天到了,阿妈一边捻着羊毛线一边又对我们说了一对姐妹的事。阿妈说,那年夏天,在瑙尔墩沟的夏牧场有放羊的两个姐妹,是山那边青海门源县或是祁连县的两个小姐妹。她们俩每天牵着手在长满松林的瑙尔墩沟放羊。那几天家里的大人去办事没有回来,偏偏天气又是雾又是雨。有天下午,她们俩的羊群就在帐篷附近,姐姐准备做点吃的,让妹妹去赶羊入圈。姐姐做了饭不见妹妹回来,羊群也到帐篷旁边了,还是不见妹妹回来。姐姐就去羊群吃过草的地方去找妹妹，她走了半天不见妹妹，她着急了，一边喊叫着妹妹的名字一边四处找，哈日嘎纳灌丛上的露水把她的衣服和鞋子也打湿了。她又找了好半天，突然看见在林边的草地上扔着妹妹的红头巾，还有一大片金色的哈日嘎纳花掉落在地上，走过去细心一看，那里有她妹妹花衣服的残片，湿漉漉的青草地上沾满了鲜红的血迹，旁边还有残存的肺部、骨头……

妹妹被狗熊吃了。

如今，在失眠的夜里，我常常想起这些其实和我毫不相干的人和事。

二

阿爸和阿妈把我抱起来，让我骑在那头黑犏牛背上，然后他们牵着黑犏牛去区上。一路上阿爸和阿妈不知聊着什么，我从黑犏牛上掉下来摔得鼻青脸肿。那时我大概是四至五岁吧。

从区上回来到了一个冬窝子里，那是我们的邻居，那时候生产队分群放牧，他们家是放母羊的，冬天要接羔，所以生产队里给安排了土房、羊舍羊圈和羊棚。放公羊、通巴子（二岁的羊羔）和羯羊的人家冬天依旧住帐篷，我们家是放公羊和通巴子的，所以一年四季都住帐篷。

那天正好在牧区巡回的电影队来了，要放电影。我和阿爸阿妈在那里等姐姐她们来看电影，黄昏时两个姐姐从我们家的冬窝子赶过来了。电影在邻家接羔用的羊棚里放映。人们进了羊棚，有人提着茶壶一边给人们倒奶茶一边打着招呼。倒茶的是邻家那个爱惹是生非的老太婆。人们喝着茶寒暄着，坐在一层厚厚的羊粪地上看电影。我坐在阿妈和阿爸的旁边，我在放映机的灯光里看见二姐穿着旧花衣服的背影，但我不记得是什么电影了。

阿爸每次外出就给我们买一些连环画，可能有几十本。多数是红色经典革命故事，少数是其他故事。这些连环画和阿妈讲的那些草原的故事，就是我们最初了解世界的窗口，可能从那时候起我和姐姐们就喜欢上读书了。

夏天的原野上，金色的哈日嘎纳花像是满天的繁星。我和放羊回来的两个姐姐领着小花猫在花草丛中拾吃浆果“浩尔安奇坎”，小花猫则在远处的灌丛中尽情狩猎。夏天的风吹着我们的头发，风像小花猫的毛皮，柔软无比。牛羊入圈，我们走向帐篷，小花猫也从远处匆匆跑来，满天的星星升起来了。

三

洛色勒老人的蒙古包扎在我们家帐篷的南边山坡上。夏牧场上常常云雾迷漫。他和他的女儿放着一群羊，两个儿子在生产队里劳动，还有一个大儿子在山丹军马场，人们说他的老伴早已没了。他已经很老了。他穿着紫色的蒙古袍，有时外面罩一件油腻的大衣。对了，他常背着一架望远镜，拄着自己做的拐杖，牵着骆驼，佝偻的身影高大忧郁，孤独沉默。那种孤独是一种一望无际的孤独。

他不会说汉语。用喀尔喀方言的蒙古语和尧熬尔人能勉强交流。他常常找我阿爸，我阿爸是他唯一的朋友。洛色勒老人领着自己的两个儿子和一个女儿流浪到了这里的时候，我阿爸是生产队的党支部书记，他做主收留了他们一家，从此他们就安顿在了我们那个生产队，真正关心他的也似乎只有我阿爸一个人。

那时的群山草原上，正是“以阶级斗争为纲”和“牧业学大寨”的岁月，他对周围的人们和那些口号来说是显得那么无足轻重。在人们都不敢穿长袍的时候，他仍然穿着自己的蒙古袍，骑着自己的骆驼独自踟蹰在风中。我知道那时候有好多人嘲笑他，鄙视他。对此他无动于衷，好像早已司空见惯。

据说，早年他从蒙古流浪到了内蒙古，日本人抢了他的牲畜。后来又从那里流浪到了这里。他们一直就这样流浪，仅仅就是因为生活艰难吗？还是游牧人天生喜欢游逛的性格？

有一次他来找我阿爸，一个人坐在我和二姐上学的那个破屋外间，低低地垂着衰老的头，像枯草般花白的胡须，蒙古袍上穿着一件蓝色的破旧大衣，双手抱着木拐杖，那么长久地沉默着，他在想些什么呢？

他骑着骆驼走在西嶂的山脊上，大雾中他迷路了。我记得是羊场的牧工把他送到我们家的帐篷里，他在湿透的破大衣下颤抖着，一言不发，那一次他病得很厉害。第二天天晴了，他也好一点了，他挣扎着骑着他那匹骆驼消失在山岬，佝偻的背影是那么失落和忧郁。

那是我和二姐在那个小镇上学的时候。有一天早晨我刚醒来，洛色勒老人的小儿子旦白来了，他对我阿爸说：“人已经不行了……”阿爸跟着他出去了。洛色勒老人去世了，带着他永远不为人知的秘密走了。他的一堆东西堆在我和二姐上学时住的那个旧院子里。一堆蒙古包的破毡上面扔着被烟熏黑的蒙古包的套脑，破毡和破衣物下露出的有黄铜的挤奶桶子，黄铜的大盘子，做工精细的红铜茶壶，黄色和蓝色的哈达，镶银的蒙古刀鞘是空的，刀去哪儿了呢？积雪覆盖在这些破旧的东西上面。

如今，我好像常常看见他穿着已褪色的紫色蒙古袍，孤独一人牵着骆驼拄着拐杖，满怀着自己的心事默默走着。风从远处冰雪覆盖的大坂和一个个垭岵那边吹来，那些冷漠的笑声和嘲弄的目光在被风扬起的尘雾中渐次远去。

四

每当星期六下午课外活动时，别的孩子们还在操场上尽情玩的时候，我和二姐就匆匆离开学校和小镇，背着书包沿着山路回家，心里充满了激动和期待。冬窝子的帐篷里大姐、阿妈也在等着我们，有时候阿爸也骑着他那匹红马夏安格德斯回来。眼前就是牧场上的冬窝子了，我们兴奋极了，不知时间是怎么过去的。翌日，我们又要回学校。大姐和二姐一起要在羊群边说着话走一会儿，我猜可能是大姐给二姐交代着要卖什么东西的事吧。阿妈让我去牛圈把牛粪拾了。我回来洗了手，吃得饱饱的，然后我就跟着二姐背着阿妈给准备的馍馍、酸奶和酥油去上学。我低着头跟着二姐翻山越岭，草地一片金黄，天空一片湛蓝，我们走得很累，很长时间里我们沉默着，只听得见我们走路喘气的声音、脚踏在草地上的沙沙声和鸟儿不停地鸣叫的声音，太阳已经西斜。

在寒假，铁奇沟的冬窝子帐篷里，我和大姐、二姐趴在铁皮羊粪炉子后面那个用黄泥抹成的土台子上，在一盏煤油灯下看着各自的课本学习，大姐看的是二姐的旧课本。二姐给我讲数学，可是我怎么也听不懂。她又给我写作文，看着她给我写的作文，慢慢地我也会写一点了。这也许是我后来渐渐走向写作的最初一步吧。

我又想起了那个用黄土泥巴抹成的土台子，状似桌子的土台子下面是空的，可以放一些东西。每到晚上一家人围坐在铁皮羊粪炉子旁烤火，一边聊着畜群和草地上的种种事情时，我就倚靠着土台子坐在炕上。冷风从帐篷的缝隙中吹进来，脊背后凉飕飕的。

有时候阿爸的马褡裢里装着一本磨损得稀烂的小说，多半是《星火燎原》、《红旗飘飘》一类的书，是他从别人那里借来的，我和二姐、大姐轮流着看。

离开那个冬窝子很久了，几年前我路过离冬窝子不远的地方时，我特意翻过一座山去看那个冬窝子。我的心咚咚跳着，从北边的垭岾上翻过去时，我看见的是已经一片荒芜的旧营盘。石块垒就的羊圈，早已坍塌成一堆乱石，满地是獾和狐狸之类的爪印。静悄悄的旧营盘上，长满了长长的芨芨草。看着这些，我知道自从我们家离开那里后，再也没有人住过，可能只有四季的风和野兽偶尔光顾这里。不知为什么，我在那里徘徊了很久。

五

一九七八年初春，二姐去上大学，那是“文革”结束恢复高考后的第一批。我独自一人在小镇上学。

秋天，我逃学后翻山越岭回家，大雁从天空低低地飞过。我从山脊上走着，地上开满了湛蓝的邦锦梅朵，山坡上的灌丛边鲜红的浆果已经在凋谢、枯萎。四望是开阔的群山和川地草原，远处隐约有牧人和羊群。那时候我家乡的群山草原上，基本上还是几千年前的游牧方式，草场还没有被划分，更看不到后来把草原分割成一片片的铁丝围栏。

风吹着我的头发，我像只小鸟，在山崖间、在茂密的灌木丛中飞奔。我的心在快乐地歌唱。仿佛我永远地离开了那个别别扭扭的小镇，奔向一个远方未知的迷人草原了。尽管我是在骗自己。

我们家的帐篷扎在一个面朝东面的陡峭山坡上，我给阿妈撒谎说，学校放了几天假。下午帮阿妈和大姐收了牛羊群。我回家了，阿妈自然要煮肉，我东一句西一句地回答着阿妈的问话，等肉熟。吃了肉和酸奶就睡下了。早晨我醒来时，从敞开的帐篷门口看到东边的太阳刚刚升起，耳边传来阿妈在牛群中挤奶的声音：“吉儿……吉儿……叮咚……叮咚……”声音清脆悦耳。风从太阳升起的那边吹来，又从敞开的帐篷门口跑进来，拂动着我的头发，风像阿妈和姐姐的手，我又睡着了，那一觉睡得真香。

阿妈挤奶回来后我才醒来，大姐去放羊了。午后，阿妈催着早点回学校。我背着阿妈给我装的肉和馍馍又沿着山脊回学校。远眺山下，看见那个脏兮兮又满是煤烟味的小镇，我的心就一沉。回到学校班主任牛老师肯定还要让我在众目睽睽之下站立受罚，周末还要作检讨。唉……我还要忍耐多久才能永远地离开那里？湛蓝的天空，雪白的云朵，一队队大雁还在不断地飞，消失在南边的阿米冈克尔雪山那边。

勉勉强强高中毕业了，我回到家里放牧。春天我和大姐各赶着一群羊放牧。夏天我牵着大青马库克给奶粉厂驮牛奶。秋天，我散漫地骑着大青马库克驱赶生产队的羊群和牛群，给牧人帮忙拆下帐篷，再把帐篷驮上牦牛，沿山川草地转移，再到一个牧场上扎下帐篷。我骑着大青马库克在阿米冈克尔雪山下的花海草海中游弋，向晚时红霞飞满天空，那个秋天美得要命。绵绵细雨像是传说中北方女王的手，温柔地抚摸着我的脸和脖子。坐在帐篷前的绿草地上或帐篷里的火塘边吃着肥美的羊肉和醇香的酸奶，我的食量猛增。我觉得这样蛮好的，什么也不去想，整天除了干活、吃肉吃酸奶就是骑马飞奔。草原上还会碰到那么多的姑娘，她们总是扎着鲜艳的头巾，站在帐篷前喊过路的牧人去吃酸奶，她们做的酸奶真好吃。

我的马褡裢里装着小说，我的伙伴都是牧人。深秋，我在大石沟牧场上的细毛羊改良配种站上干活。兽医阳本的歌唱得很好，晚上干完活后，我和他一起喝酒、唱歌，外面下着大雪。

转眼秋去冬来，不知从什么时候起，我们家的冬窝子有了两间黄泥小屋。而夏秋季的牧场上仍是浪漫意味十足的黑帐篷。

隆冬，二姐大学毕业了。我们在冬窝子里过了春节后，二姐带我去县城她工作的地方，让我复习参加高考。此后，我家帐篷前的那条熟悉的草原小路又伸向了另一个方向。

现在，我常常梦见我睡在秋牧场那座美轮美奂的黑帐篷里，耳边传来悦耳的叮咚声，像是阿妈在挤奶。风从敞开的帐篷门口吹进来，轻轻地拂动着我的头发。

风把我的头发渐渐吹白了。

黄忠龙

记忆的音画

补　丁

“有吃没吃在脸上，有穿没穿在身上”，这是故乡人对衣食情况的一个最简单的直观评判，事实也就是这样。如果用一个词对三十年前农人身上的穿着作一个准确的特征描述，那就是“补丁”，无论冬装夏衣，总少不了几处甚至十几处补丁的图案。岁月打在衣服上刺眼的标记，像小学生作业本上的更正题，重新被老师打上了醒目的对号。明明是一个破绽，只要打上补丁照样得到充分的肯定，甚至成了一种特殊的荣耀，可以享受到政府的救济。邻庄有一户人家，兄妹两人由于争着要穿从部队上退下来的一件救济的旧棉大衣发生了口角，最后，妹子一赌气从我们庄前的那个水库里跳下去了，一个十三四岁的姑娘就这样饿着肚子穿着打满补丁的衣裳掉进了生活的苦水中，再也没能上岸来。这件事一直在我的心中留下了难以抹去的阴影，时至今日我都替她惋惜，这不是补丁惹的祸，又是谁的错呢？

我常在想每一个描述性的词语肯定有其生命与情感，有的甚至是经过长时期的阵痛而临盆的，比如衣不蔽体。现在的孩子虽然知道它的意思，但他们没有亲身经历就没有特别的感受，也就体味不出它的真正内涵。我童年时饱尝了衣不蔽体的辛酸，也就有了对衣不蔽体的深刻理解和深度思考。那时，大人们的穿着十分简洁，春冬一套棉衣，夏秋两件单衣，且颜色也十分单调，不是青棉袄，就是灰汗衫，不像现在四季换衣，五光十色。差不多五岁前，大人们给我们孩子是不缝制衣裳的，我们就只有成天坐在炕上用一床补了又补的花棉被盖着身子度着自己的幼年时光。有时趴在窗台上眼睛透过窗格格上糊着的旧书纸，看看落雪的冬天麻雀与鸡争食的情景。五岁后，大人们会给我们用哥哥姐姐穿过的衣服改制一件上衣，有时干脆直接穿上还能护住下身。这时我们欢天喜地走出家门看看外面的世界，与一个个光着下身的男女伙伴玩起藏马马虎的游戏。虽然衣不合体衣不蔽体，但我们玩得却很开心。这种穿一件衣裳的生活差不多要过到上小学的时候才算结束。我七岁上学也就在七岁时才穿上有裆裤。我记得有一个比我大三岁的堂姑，她直到十岁时才有裤子穿。也就在这一年的春天，她背上了盼望已久的书包，和我们一起走进了学校。

进了学校虽然有衣服穿，但最难熬的是冬天。那时的冬季比现在冷得多，母亲把白洋布染成青色做成的棉衣棉裤，不是想什么时候穿就能穿得上，必须等到农历的十月初一寒衣节那天穿。那天家家户户都要为故去的亲人送寒衣，说是只有殁了的先人们穿上了寒衣后，活着的人才能穿冬衣，否则，先人们就会怪罪的。那时我信以为真，现在想起来纯粹是大人们的一个善意的欺骗，甚至是一个无可奈何的谎言。因为棉衣早穿几天就早破几天，一件棉衣不光你穿几年，还要给弟妹穿几年，“新三年，旧三年，缝缝补补又三年”的规劝性农谚就这样应运而生。

棉衣棉裤穿在身上，但仍无法抵挡寒风冰雪的利器，这是因为除此而外再没有贴身的内衣，这真是吆着老母猪赶集——里外一张皮。就是棉衣也是拆东墙补西墙用过多年的旧棉花，早已过了保暖期，于是我们就学着大人用草绳束紧腰部，扎紧裤角。如此包装，还是会冻肿冻烂手、脚、耳朵和脸，手冻烂了写字困难，尤其是脚冻肿了晚上捂在热炕上痒得直钻心。由于长时间的风刀镂刻，脚后跟上裂开的皲口有半厘米那么深那么宽，像两三条蜈蚣趴在上面，非常吓人，现在想起来还有点后怕。

那年月实行统购统销，买什么东西都要凭票供应，扯布要布票，称棉花要棉票，一家一年发上几丈布票几斤棉票，虽然一尺布只有一毛几分钱，但大多数人家也买不起。于是，布票就成了集市上可以买卖的东西，记得有一年我们家没钱打统销粮，父亲就将几丈布票卖了才算救了急。

少年时，我开始对衣着有了一种隐秘的爱好，夏季看见别的孩子穿上麻鞋，而我穿着父亲打的草鞋，一种说不出的滋味涌上心头。特别是看到队长的儿子用日本产的尿素尼龙袋染色后做成的裤子，随风抖动，既好看又凉爽，我的心里就有一种强烈的占有欲，并暗下决心，有朝一日我一定要穿一条这样的“颤颤裤”。待到我稍有能力穿这样的裤子时，颤颤裤早已过时了，代之而来的是喇叭裤，我也就省吃俭用拿师范学校发的助学金买了一条。当喇叭裤的裤管拖在街道上扫着马路时，我有了一种从未有过的舒坦自豪的心境，第一次体会到“人是衣装，马是料装”的含义。衣服这东西不光护肤取暖，更重要的是给人一种昂扬向上的精神，让人找回自信，找到自尊。而失落这些人性中最宝贵的东西，恰恰是穷的缘故。有一件事我现在想起来还有一种嚼青杏的感觉。我们庄里那时家家都很穷，要说最穷的就算老珍家。他家人口多，老大老二不知何故从我记事起就是两个傻子，缺衣少穿、断火断炊可谓家常便饭。有一年离我们七八里远的一个村子死了一个老工人，当工厂里知道音讯时，家人已将其安葬，工厂里背来的几件新衣物也就被他们抛在一个深沟里。有人将这个消息告诉给老珍，他就趁着晚上将这几件衣物偷偷背来给孩子们穿。每当我看见那两个傻子穿着父亲偷回来的衣服时，心里就有一种发怵的感觉。我们常说“人穷自把精神短，马瘦毛长脊梁高”，当你穷困潦倒时，你就只有忍受别人的白眼相看，打肿脸是充不了胖子的。一旦这样去想，我就想通了老珍当初的行为，也就有了一种悲天悯人的思想。

现在无论我走在县城的街道上，还是在乡间的小路上漫步，都会看见我的父老乡亲们穿着入时讲究的衣服，或悠闲地行走或弯腰劳作，补丁早已从我的视线中消逝，品牌成了这个时代人们的追求与效仿。有时你偶然会发现一件考究的衣服上有意做上一两个补丁，此补丁已非彼补丁，它们纯粹是一种装饰，一种点缀，一种时尚，另类地认同于一些人的消费需求和审美观点。不过，在我看来似乎也是一种视觉教育，给那些没有经过穿补丁衣服的人们进行一次心灵的补课，但真正温故知新的又有几人呢？补丁，是岁月的疮疤，疮疤揭了，遭受过风雨创伤的人永远记着当初的痛。

统销粮

对统销粮这个词，我感到既亲切又温暖，我是吃统销粮长大成人的，每当家里断炊，我就盼望着打统销粮的日子，一旦听见父亲说要打统销时，我就高兴得合不上眼，虽然统销粮每人每天只有八两，打来的口粮要按量吃到一定的时间，但每次打来时母亲总要让我们全家吃上一顿饱饭，然后再开始每天加上一些野菜细水长流。统销粮几乎都是杂粮，有时还是红薯片，母亲就将红薯片炒熟后磨成面，我们就上顿下顿喝着红薯片面汤。吃煮红著片是那时最丰盛的晚餐，因为煮一顿就把全家人几天的口粮费掉了。有一次打来的统销粮照例是红薯片，我由于太饿吃得又快又猛，肚子疼了半晚上，整得父亲后半夜敲开了大队药铺的门。

统销粮打来后就要抽时间推磨。农业社时，大人们每天起早贪黑，推磨的事儿只有在晚上进行，要么前半夜要不就是后半夜，反正不能耽工误了队上的活儿。一天满打满算才挣着八分工，如果上工迟了轻则挨一顿队长上纲上线的大骂，重则扣了当天的工分。工分少了，年终决算分来的口粮就少了。因为我家的成份是上中农，我们队上没有地主、富农，上中农便成了重点监管改造的对象。在以阶级斗争为纲的时期,“老上中农”是一个多么可怕的词,加之我舅家是富农出身,我的母亲因之成了“文化大革命”中受批判的对象。记得我四五岁那年的一天深夜,母亲、大姐和哥哥开完会回来后,大姐一下子扑在母亲的怀里痛哭了好一阵子,大姐的哭声感染了我和三姐,我们也跟着哭了起来。原来是我的母亲成了众矢之的,叫队上的人整整批判了一个晚上。正由于这个原因,凡政府有的救济款、救济粮我们家从来都沾不上边,生活也就比人家过得更艰难。我也由于家里成份不太好,加之父亲又给我起了个黄忠龙的名字,在学校里,同学们一直戏称我“黄富农”、“黄上中农”,害得我在中学时交了几次的入团申请书,都石沉大海。现在想起来,要不是恢复高考、淡化成份,靠推荐上大学,我是绝对上不了师范学校的,我感谢阳光融化了我家瓦楞上陈年的积雪。

说起推磨,那是一个最熬人的苦差事。我们亲房三家共用一盘石磨,大家轮换着推。轮到我家时,母亲领着我们点上煤油灯,她一个人一头,我们兄妹几个一头,就在磨道里转着圈圈。父亲那时不是在队上的牲口圈里看牲口,就是在瓜园子房里照瓜,很少能腾出身子来推磨。我们在磨房里反反复复,眼巴巴地看着磨子上的粮食从小磨眼里打着一个小漩涡,即便看得眼睛生疼,它行走的速度还是那样缓慢,真是急得我们在磨房里团团转。这时,母亲就一边用笤帚扫着从磨口里滚下来的小面蛋,一边给我们讲起故事,讲着讲着,磨子上的粮食终于推完了,天也就发亮了。经过这样数次地磨炼,我也就习惯了推磨的苦调活儿,以致后来我能耐住寂寞并对一个机械重复的工作一丝不苟干得比较出色,是与小时候推磨磨出的性情与品质分不开的。

统销粮除了正常的口粮外，上缴一头生猪可以打二三十斤猪饲料垫补家用，但那时能养起生猪的毕竟是少数人家。童年时我吃得最香的一顿饭是大豌豆面做成的饼子，现在想起来还觉得满口余香。我六岁那年的一天，奶奶叫父亲给她盘炕，我没事便跟上玩。之前奶奶家缴了一头猪，打了几十斤大豌豆统销粮，奶奶就用大豌豆面烙了些饼了给我们爷俩吃，当时感觉从出生后这是我吃得最香的一顿饭，也就给我留下了最深刻的影响，我对奶奶感恩的心情也就从这一天滋生起来。

吃统销粮年月，我们村上差不多家家的生活过得艰辛。即便是队上收成好的一年，生活依然不会有大的变化。因为那时候穷似乎成了一种光彩，就是谁家吃上一顿像样的好饭，比如白面面片、长面之类的，有人问起也会说成是甩汤。“吃了吗？”是那时人们最关心的民生问题，因此成了人们见面必打的招呼，久而久之，也就演变为农村人最亲切的问候语，直到今天，还保持着它旺盛的生命力和亲和力。盼过年，是那时孩子们心中最好的向往。过年了，就可以穿一件新衣裳，吃三天好饭，玩它个昏天黑地。在外地找婆家，是那时大姑娘最好的心愿。只要嫁出去嫁到陕西，就能吃饱肚子，不再过忍饥挨冻的日子，即使男人比自己大十多岁，也要去。“仓廪实而知礼节，衣食足而知荣辱”，在衣食没有着落的窘况下，温饱无疑是首选的答案，爱情则是可望而不可即的美好月色。如此，家乡的孔雀就一个个向东向北飞去，单我们一个村子嫁到陕西等地的女子就有八个，这其中就有我的堂姑堂姐。她们很少回娘家，偶尔回来一趟，临别时总是哭着离开送别她们的亲人，步履缓慢地朝着崖上面的大路走去，直到看不见她的时候。我的大奶奶或者四婶子才用大襟衣角抹着眼角的泪，挪着如铅的小脚一步一步地往回走。这种送别的场景是我最不忍心看到的，但我又欲罢不能，我也想让堂姑堂姐看到我夹在人群中的单薄身影。

有一件事情，只能发生在那个饥馑的年岁里，也是那个年代特有的现象。冬天，雪封大地，找不到野菜的人们就开始挖地鼠的窝，我们叫它巨狸猫窝。巨狸猫一般将洞穴营造在半崖上，挖它的老窝不是一件容易的事。"饥"中生智，再不容易也会想办法搞到手。就这样巨狸猫辛苦攒下的过冬食物，就被饥饿的人们连根挖走。在我们那儿，有一个挖巨狸猫窝挖出名的人，大家都叫他山雕神，山雕神是山野里专门对付巨狸猫的一种动物。让一个人成为一种动物的天神，这只能是那个战天斗地与鸟兽争食年代的悲剧产物。

1980 年，我们队上便开始实行家庭联产承包制，第二年生活就开始好转了，大多数人家都能吃饱肚子，但真正不吃统销粮大约是 1985 年前后的事了。从那时起，这顶戴在农民头上常年"吃粮靠统销，穿衣靠救济"的帽子总算被彻底摘除掉了。"统销粮"这个曾经炙手可热的词汇也就从人们的日常用语中渐渐消失，在历史的存盘上以它那敏锐的属性扣住记忆的唱片，留下一个时代特殊的音质。

土　屋

前几年看到村小学没有改造的危房，我就想起老家的土屋，它像几粒故乡人司空见惯的荞壳，立在一片树木掩映中的黄土坡下，灰暗、窄小、封闭。脱落的泥皮掉在日子的背后，悄无声息，风雨创伤的土块裸露在岁月深处如阳光的纸片捂着痛处，沤黑的墙头苍青的苔藓是时间的颜色，瓦楞上长出的一株冰蕻撑起土屋生命的旗帜。而从屋顶上冒出的炊烟，是它活着的全部底气——这便是土屋的面容、生存的境地以及它内敛的价值，更是我长久魂牵梦绕的精神家园。

土屋除了屋顶门窗用些木料外，其余都是用土垒起的，准确地说应该称其为土木房子。盖土屋时，先在左右及后背打三堵土墙，等土墙干透后再在墙体坐上早已打好晒干的土块，我们叫它胡基。坐胡基时两边墙上要砌成坡度，前檐墙上全部用胡基垒起。接下来就是立木、安门窗、挂椽、摆栈子、草泥封顶，最后摆上瓦片，一个“一泼水”土屋的毛坯子就算做成了。只有用细泥抹成光墙，再盘一个能睡五六个人的大通炕，土屋才算盖成了。土屋虽土且陋，但厚厚的土墙和干燥的房顶，使得它冬暖夏凉。住在土屋里的人们大多数一生都与土打着交道，土地里刨食，土路上行走，土屋里生息，于是他们都与土结缘，土屋里也就藏着他们的心事、他们的秘密、他们的盼头、他们的酸甜苦辣……他们爱惜土屋，就像爱着自己的生命一样。虽然他们的生活中离不开土，但他们却拒绝人世间纷杂的尘埃，只要有时间，总会把土屋打扫得干干净净；只要有空闲，他们总会在掉落泥皮的墙壁上抹一锨泥，在漏雨的地方重新摆好瓦片。及时的修缮和精心的呵护，使这些土屋在风吹日晒雨打雪浸中，顽强地站立着，为他们撑起一个温暖的家，一片生存的空间。

我就是出生在这样的土屋里，土生土长注定了我对泥土有着切肤之爱。那些金土土银土土，像云南白药一样曾经撒在我划破的伤口上，止住了童年的血岁月的痛。一坨热炕的养育，牵扯出我对土屋的缱绻之情，那呛人的炕烟味和熟悉的汗腥气，一遍遍熏陶感染了我的性情，甚至成了流淌在血脉中的潮音，让我一直挽着亲近农人、思念故乡的情结。

土屋，一代代人从这里出出进进。他们披星戴月，在农活的间歇里用自己粗糙的手，拾着路畔的树枝，拔着田头地埂上的柴草，拉着磨得油光发亮的风厢，燃旺灶膛的火，用淳朴和执着的劲头，一次次扶起那日子的炊烟。

我小时候队上很少分柴草，家里做饭用的柴火基本上都是大人和孩子们用手一把一把地攒起来的。有草的山头是生产队的护山不能去，我们只好在路畔上地埂旁拔草铲柴。那时寻柴成了我们孩子放学后的一个重要活计，当然，一个“寻”字也说明了一草一木来之不易。夏天秋天寻柴相对容易，我们就多拔些柴草晒干，并一定要积攒下来过冬。最难的要数春天，过冬的柴火烧完后，新的又没有长出来。这时，我们就提着柳筐到山上铲草胡。草胡就是铺在地面上刚有点新绿的冰草朵。铲草胡就要连根铲起，每铲一朵就要用铲背震掉草根上的土，然后放进筐子里。春天铲草胡的人较多，要铲满一筐子至少要花两三个小时。没有柴草和没有统销粮一样坑人。记得有一年我们家正月里没柴烧，母亲将一个装猪衣子的草筐作为引火柴，就那样将一个草筐一把把地烧掉了。

土屋，有多少人为那坨热炕忙碌着、奔波着、牵挂着。与“吃了吗”的问话一样，“炕热着吗”是乡亲们尤其是姑婶姐妹们早上见面打的第一句招呼，而“睡暖和着吗”是主人对客人的最热情的问候。炕热就要有填炕的东西，树叶、柴草、驴粪之类的都是填热炕的最好材料。于是，扫树叶、铲草衣、拾驴粪成了我们儿少时又一件业余时间的重要工作。写到这儿，我的耳边仿佛又回响着铲草衣时的清脆晨曲。铲草衣就是在落满霜花的草地上，先用一根粗长柳条左右来回地在草皮上摔打，接着就用平头铁锨擦着地表均匀齐整地铲草根，最后用扫帚将铲起的草叶草茎草根通通扫在一起，我们把这些混合物统称为草衣。草衣是那时最好的填炕物，它与树叶一起烧出的炕热而不烫，睡上去非常温暖舒适。于是，土屋里的那坨热炕就成了我的父母乡亲育儿、说笑、做梦、思念、治病、待客的一个多功能场所。睡热炕长大的人，都会有一种依偎亲人、依附故乡的属性。这是因为热炕的磁性长期地磁化你的肌体，一种带电的电荷就会融入你的血脉之中，等到能量积聚到一定的程度，或者一物一景触动你的心灵，你就会放电，那释放出的能量碰撞出心灵火花，照亮故乡回家的路。梦在路上，思念依门而望。

如今，老家里不再是父亲手里修建的三间土屋，故乡也不再是儿时眼里几十座横七竖八排列的破旧院落。而土屋的影子以及村头白杨上喜鹊衔枝垒窝的情景，小河边女人就着石头捶衣的节奏，孩子们踢方的笑声却永远回映在眼前，回荡在耳边。它，像一朵云在记忆的天空飘来飘去；像一只鸟，在思念的脑海用翅翼擦过留下岁月的印痕。

手推车

我家后院有两孔土窑，今年地震将崖面上的土层震塌了一大角，掉下来的土块把一孔窑的窑门堵塞了。我和弟弟清理完窑门前的土，顺便看了里边堆放的一些用过的旧农具，其中一个手推车的木轱辘引起了我的注意，引发了我的思绪。

现在的孩子没有见过这种老式的木轮手推车，要见就只能在一些影视作品中见到。战争年代，手推车立过汗马功劳，淮海战役的胜利就是老百姓用手推车推出来的，他们推着手推车运送粮食弹药，支援前线，创造了手推车无与伦比的传奇色彩。农业合作社的时候，手推车再显威力，那满山遍野的水平梯田，硬是我的父辈们用一辆辆手推车推出来的，他们推着手推车移山填海，平田整地，大搞农田基本建设，谱写了又一个人民战争的新篇章，创造了六七十年代的愚公精神和农业神话。改革开放后，梯田建设依然是农村工作的重点，但我们村的地早已在农业社时期就基本做完了。后来按照上面的连片治理政策，将小块地变成大块田。不久，我们村就成了全县第一个进入梯田化的村子，这一切要归功于那些老化了的、搁弃不用的木质手推车。是它们吃苦耐劳负重前行的毅力，创造了家乡千秋万固的基业；是它们吱呀吱呀的素朴歌调，开启了山村现在幸福生活的源头。

手推车制作工艺简单，但费木料。将两个木质好的粗椽做成三角架，在小头处安装一个带车轴的木轮，大头处留够手推的车辕再镶上两个木腿，这样一个简易的手推车就做好了。如果再有木料的话，就在三角架上装上木板，制成车厢，直接装运送的东西。那时除了队上有几十辆手推车外，每家都有一辆这样的交通工具，用来推土、运粮食、搬东西、接老人。我至今想象不来，我的父亲和他的同伙是怎样用手推车，从几百公里外的通渭县辘轳山上拉来了家用的石磨。每每想起，我都会对我的父辈们产生深深的敬意，在那个连饭都吃不饱的年月里，他们将家乡的两座山坡夷为平地，用开满茧花的粗糙双手，为儿女们创造了生存的条件和可持续发展的空间。

在包产到户之前的三五年，队上就有了架子车，架子车的出现着实解放了农村的劳动力，也提高了劳动效率。生产队解体的时候，我和堂兄两家分来了一辆旧架子车，我们就用这辆架子车开始了新的生产劳动。后来，我们每家有了一辆，再后来又有了三轮车。如今架子车的功用逐步淡化，家里做什么事都用三轮车。村头的大路开通了，村前屋后两座山上的路都加宽了，每一块田间地畔三轮车都可以长驱直入，运粪、拉煤、粜粮、买化肥、走亲戚……开着三轮车的乡亲，他们的脸上都洋溢着一种从未有过的朗润神情。油铺的公路已经到了乡政府，明年也许最迟后年，连接着邻乡的柏油路将会从我家的门前经过，到那时站在老社商店门前等班车的我，不再经受五公里的颠簸之苦。

街道上的喇叭正唱着一首歌。是的，我们唱着东方红，我们讲着春天的故事，我们走进新时代，高举旗帜开创未来。三首歌唱出了共和国六十年的历史，唱响一代代人的梦想。在这个盛世时代，我用手推车这个民间过时的农具，叙说我蕴藏了多年的心灵情感和精神体验。

徐迅

父亲不说话

父亲不说话。守在父亲的灵前，我静静凝望父亲像棵熟透的庄稼一样舒泰和安详。就痴痴地想：假如父亲能够说话，他最后会说些什么呢？

2001年2月28日，直至蹲上北上的火车，我这才发觉地里黄黄的油菜花已经盛开，而父亲躺在山上也快两个月了……他再也看不到这让他激动的油菜花，嗅到乡村朴素的芬芳了——我是与父亲见了最后一面的。一千多里路程，在哐当哐当的火车车厢的连接处，我一支接着一支地吸烟，一支支白棍铺就了我要见父亲的路。但父亲没说一句话。

赶回老家，父亲躺在床上昏迷不醒已经一天多了。我泣声地喊着，然而父亲眼睛呆滞，人事不知。这是他的第三次脑溢血。母亲说，父亲这次发病后说的最后一句话，就是："我再也说不出话了！"觉着早已在声音中迷失掉了的父亲，我突然觉得我如同一个正在吃奶的孩子,被狠心的母亲突然断掉了奶一样。我饱尝着焦渴、无望和被行将抛弃的痛苦。仿佛很小的我与父亲在无边无际的大海里划船,父亲忽然却说:“我划不动了,你划吧!”不由分说就丢下了我……无涯的暗在我周围汹涌不已。

闻讯赶来看望父亲的乡亲络绎不绝。见父亲全身僵持、气若游丝,他们就不停地提醒我:你父亲上有慈母健在,下有一双未成家立业的小儿女,他死不瞑目,他是在惦记着你们哪!你是长子,你得跟他说点什么……他熬不过这个冬夜了。我先是像机械人一般,上蹦下跳地找医生,后来就像是一只泄了气的皮球,朝着父亲不停地喊着。然而父亲不说话。直到最后乡亲们让我与妻同声向父亲做了保证,我才看到父亲眼角滚下了一大滴无声的泪。他的嘴唇嚅动了下,果然大限到了!

这是2001年1月7日的5时38分,一个该诅咒的日子!

外面依稀漆黑一团,土地上蒸腾了一层浓浓的雾气。推开屋门,我就感到了一种彻骨寒心的冰凉。仿佛兄妹们的哭声将夜深深地刺疼了,天空一阵痉挛,倏而就突然下起了一阵小雨。隐隐约约地,我觉得有人不断地在我耳边说:没父的孩子像根草!……天旋地转,我竟没有发觉天已大亮了。

我与妻子对临终的父亲所做的诺言,使父亲的死在乡村蒙上了一层神奇的色彩。远远近近的乡邻们赶来,都为父亲的死失声痛哭着。没有人再能体会出我内心的凄楚。这可该诅咒的“诺言”!一遍又一遍的,我在心里憎恨着。我憎恨我与妻子的“承诺”,竟将父亲的生命很快推向了虚空,把他留在世上的生命的最后火焰浇灭,而让我们从此幽明永隔……大颗大颗的泪花在我眼帘飞翔，我内心的哭声更大。

父亲不说话。守在父亲的灵前，我静静凝望父亲像棵熟透的庄稼一样舒泰和安详。就痴痴地想：假如父亲能够说话，他最后会说些什么呢？——自从父亲得病后，实际上我们父子是有过几次交谈的。然而都是我说他听，彼此都透着莫名的尴尬。从父亲独持自尊的脸上，我更感受出他那心怀的惴惴——作为一位优秀的乡村手艺人，一位铁匠，父亲打出的铁器曾是精美无比，名誉一方。这样一位如同雕塑家般打造自己的物件，一生都在追求完美的人，当内心清楚再无法为九十岁的老母送终尽孝，无法为膝下的一对小儿女嫁娶婚配，心里的苦楚可想而知。多年父子成兄弟，“一对沉默寡言人”。我突然明白我一直痴迷歌曲《北国之春》这句歌词的原因了。

父亲生前操持的是一个很大的家庭。他侍奉着年迈的双亲以至二叔、小叔参军回来，给他们娶亲生子后，大家才真正地分开。“弟兄伙子多义气呀！”那时，乡亲们说这话多半就是称赞他。俗话说，一阉猪，二打铁，三捉黄鳝四叉鳖——父亲长年累月在外打铁，年轻时也肯定挣了一些钱。“你父亲年轻时，小手指勾肉都勾弯了！”父亲死后，就有不少的乡亲在我面前说起——那年头乡下有猪肉吃就很幸福。但父亲上有老下有小，肉哪能到他的嘴里呀？然而父亲义无反顾！他甚至独自出钱为父母双亲很早就添置了寿材。当年这在乡村是一笔不菲的开支，使他“孝子”的声誉更为响亮。

造屋是乡下人一生的梦想。父亲做过的一件最为爽心的事，恐怕就是他在乡下率先盖起了一幢明五暗十的瓦房。这让乡邻们眼红过的房屋，曾惹得当时县“革委会”的主任还特地跑来“参观”了一番……但仿佛就是这屋建造起来后的不久，家里的境况却每况愈下：队里大呼隆生产，父亲每年交生产队里的三百六十元钱，到年底“分红”时却只变成一百零八元，只顶人家半年挣的工分。家里因此也莫名其妙地戴了个“欠钱户”帽子，戴了好多年。记得有一年年底队里池塘打鱼，只有一条大青混。分鱼抓阄时偏偏那阄让我抓上了。可等到拿鱼时，竟有人嘀咕：“他们欠钱户，还吃那么好的鱼呀！”父亲听了一脸的尴尬。

父亲，是从那时就变得不爱说话的吗？

父亲死后的第三天里，我独自清点着父亲的遗物。我默默地保留了父亲生前用过的一把小铁锤。我用心地擦拭净了铁锤上的锈斑——只有我内心里清楚：在父亲全部的六十六年的生命里，这一把小铁锤是他人生最大的寄托，是他与这个世界曾经对话的唯一的方式。

父亲一辈子大多数日子都是在炉火前度过的。父亲死后，在他那结实的胸脯上，我看到了他那被火烙伤而结痂的疤痕，这正是他生命的印记啊！……铁匠活在乡村是最苦、最累、最脏的差事。然而，敲击着那坚硬冰冷的铁砧，铁锤却成了父亲生命里最丰富和最有权威的语言，成为他生活中最为舒心的部分。熊熊燃烧的炉火前，一手用铁钳夹着热铁，一手挥舞铁锤。铁锤落处，炙热的红铁火星四溅，声音“砰砰”地，一块毫无生命的生铁便会按照父亲的意志化硬为柔、化柔成形、化形为器。父亲将铁锤时而敲在铁砧上，那声音“叮当叮当”的悦耳动听，就极富节奏感……听似闲音，却是一种物件锻造成功的前奏。那时他只要将铁锤稍需娴熟地鼓捣一下，一件精美的手工铁器就诞生了——放下小铁锤，父亲挂满汗水的脸才会露出一丝得意。

父亲用铁锤为乡村煅造出了成千上万的锄头、刀斧、锅铲……也为他养活一个大家立下了汗马功劳——但父亲很少说话，却也与这把铁锤有关：他原在公社的综合厂打铁，刚刚兴承包制度时无章可行，厂里就将他的工钱压得很低很低。另一位在厂里工作的亲戚告诉他，这活计非你莫属，你摆他两天，让他们抬高了工钱你再来！老实巴交的父亲就摆了两天。然而没想到，他的这个活计很快就让人给钻了去。当时不允许个体营业，父亲只好收拾小铁锤回了家。一个终日从事繁重体力劳动的人突然闲置起来，仿佛一棵正旺盛生长的树遭到了雷击，父亲有力无处使了……可到真的自己可以开铁匠铺时，却又由于铁匠活的繁重，他再也无法找到搭档——偶尔，父亲只是默默地打点小物件送人或挣点小钱。

这以后，父亲仿佛更是少言寡语。

在我关于父亲的记忆里，父亲说得最多的一句话是说与我们听的："铁都捶扁了，我捶扁不了你啊！"

直至现在，我才渐渐地弄明白：父亲一生本就是一把蕴含无穷力量的铁锤。当铁锤已经深深融进了他的生命里时，他把他的子女们也都当作一块"生铁"在不停地煅打着，他希望岁月将他的儿女都能够锻造成为一件件有价值的"物件"……然而，每每事与愿违。在父亲晚年的时光里，我发觉父亲看到别人一幢幢地矗起楼房，而他住的还是他三十年前亲手建造的土砖瓦房时的那份无奈和痛苦——房子成了他内心的一个斩不断的情结，成了他的一块心病——看出父亲的心思，我省吃俭用，东挪西借地在城里购置了一幢两上两下的小楼房，并在一年春节里将他接去过年。可他却嫌在城里清净，过不了几天就吵着回家了。

对于我的楼房，他好像并没说些什么。

可现在，父亲不说话——他永远也不会说话了。

在一个小雨且下且停，淅淅沥沥的早上，乡亲们排起了长龙般的队伍簇拥着我，送我一生深深挚爱的善良的父亲归山。然而在山坳里，在父亲将要长眠在那个地方的那一刻，当乡亲们还在为我父亲悉心地安顿的时候，我突然猛地抹了一把泪水，毅然决然地大踏步离开了那里……独自一人，我朝回家的路不停地走着、走着，我竟是十分地害怕回头看了——父亲不说话。但是在这以前父亲尽管沉默寡言，但我总是走在父亲那饱含期待与温暖的目光里，可如今竟连这目光也不会再有了。人生虽然不是表演，但实在却需要一种真情注视，现在陡然缺少了这种注视，我觉得我所干的一切都失去了许多意义。我本能地往前走着，我在心里不停地给自己鼓气：即便一棵孤立无援的树，也要继续着生长啊！

人像一根麦秸

有人说人类将葬身于烈火，有人说世界会毁于坚冰。

——美国诗人R.弗罗斯特《火与冰》

在稻畈区因盛产水稻，田叫水田。而麦子一般都生长在旱地上，收成很小，每年也就一茬。五月麦黄风时，稻子未熟，乡亲们正好腾出手来将麦子收割起来，送进磨坊磨成白花花的面粉，用以当作长年吃米岁月里的一种调羹——制成面条或干脆做成小麦粑。稻子只有在煮成米饭时才散发出清香，而麦子在黄与乍黄、麦粒未脱下时，那金黄的麦秆就会飘溢出一种成熟的庄稼气息。乡亲们闻到这被风捎过来的诱人馨香，亲昵地说：刮麦黄风呢！

从乡亲们对于稻子和麦子的态度上，我后来回想，乡亲们似乎更倾向于麦子，这不知道是不是水稻区人民对别种庄稼的移情别恋，或者根本就是南方人对北方人本质上的心仪。再简单地说，也是南方的麦子不像生长在广袤的北方土地那样一望无际而稀罕的缘故。在南方，水稻一经收割脱粒之后，那稻草立即就被乡亲们用铡刀铡碎、铡断，还原于稻田，或者在太阳下暴晒一番后烧成“火粪”。大抵是稻草易烂的缘故，归于稻田，没几天它就会腐烂为泥，化作肥料。而麦秸则不，我小时候割过麦子，那麦茬齐扎扎的，如剑刃一般，扎得小手和脚窝子叽里哇啦地乱叫，南方人一般不把麦茬留在地里。我们小时候早晨上学或下午放学，所要干的活儿就是挖麦茬，然后抖干净，晒干当柴烧锅煮饭。麦秸子性脆，在火炉里烧得噼噼啪啪地响，那声音犹如正月人家娶新娘子放的爆竹，给人一种穿透幽静岁月的幸福感。

麦秸的用途还在于能够晒干、压扁，编织成金黄色的麦草帽和蝈蝈笼、鸟笼子，还可以制成各式各样的花虫鸟兽之类。夏天的时候，我们乡间孩子们唯一的游戏就是捉蟋蟀、捉蚂蚱，捉住两只放进麦秸编织的笼子里，然后挂在床头。那小东西就伴随着我们过完一个“知了声声”的夏天。那时，我们村子里最会编织麦秸的是春旺叔，他祖上是学篾匠的，再孬的竹子到了他的手里也会修理得细如棉线、韧如铁针。所以，编织麦秸是他的拿手好戏。农村时兴割资本主义尾巴的那阵子，他就曾偷偷地用麦秸编织过草帽、花木虫兽之类的走村串巷地卖过，因而也被当作资本主义的尾巴割过。那些没有压扁的麦秸，可以两头除断，当作吸水用的卫生管。现在市场上流行的饮料管，我想就是人们受麦秸启发的。

“人呐！就像是一根麦秸！你看，折一下就断了，就脆了……”这是我祖母说过的话。祖母说这话时我还小，无法弄懂人和麦秸有什

07.11

秋之韵

王广生

51cm×41cm

布面油画

么本质的联系和区别。祖母现在已经九十多岁了,她活得健健康康。但那时她说着这话,乡亲们都信,都点着头。他们深有感触是因为这话直接与春旺叔有关——春旺叔那年由于卖麦秸编织的“玩艺儿”(乡亲们语),最后终于被当作“投机倒把分子”给公社抓起来了。这还不算什么,后来公社开“万人批斗大会”,一直低头的春旺叔在台上不知怎么抬了下头。这下,他看到与自己一同接受批斗的竟是强奸知青的强奸犯、杀人放火犯、偷盗抢劫犯……他心里的防线一下子崩溃了。批斗会结束,别人被判了刑,他虽然被释放出来了,但当天晚上他就找了根草绳吊死了——我和她的女儿是同班同学,她家里来人要她回家,我们才晓得这事。春旺叔胆子大,脸皮却薄。“人呐!就像一根麦秸!”乡亲们聚在麦场上,边打着麦边这样说,叹息声四处流传……

如果深究起来,稻子和麦子给予我们人类的还有由于地理上的差别而带来的心理上的巨大差异。在南方,人们把米饭当作主食,那种精细、雪白、晶莹而柔和的香喷喷的米饭,赋予南方人的是一种精明、纤细、柔韧的性格。稻子离不开水,人也被水调养得滋滋润润,机智而又未免失之于油滑。而以小麦面粉为主食的整个北方,却也似麦子般的坚挺、粗糙,北方人胸怀涌动起来就如麦子般的波流起伏,宽大,深沉,他们的性格也如易断易折的麦秸一样,“嘎嘣”干脆就是一下,绝不会像踩在南方水田里的拖泥带水——稻子和麦子简直就代表着南人或北相。民以食为天,庄稼天生的骨骼造就了人身体和心理上的区别,但人毕竟是有思想的,正这思想也让他们看出了自己与植物的殊途同归——人就像一根麦秸,一根有思想的麦秸!想想看,朴素的乡亲说的与洋人帕斯卡尔说的“人只是一根芦苇”有什么两样?

人类一旦深刻起来就以为自己是哲学,而哲学又从未最终解决人类的千古浮躁。特别是世纪末(人类自知之明地将这叫作世纪末病)——据说不单是这个世纪末,上个世纪末的人也很浮躁。但这个世纪末由于一本讲“人类大劫难”的大预言,再加上宇宙中的星球要排列出个十字架来,人心于浮躁中又添了些恐惧。真的如此,我想人类应该出现的局面绝不会像面对稻子或麦子那样亲切,其结果可能是两种:一种是人类不断闹出及时行乐的荒唐事,另一种则是涌现出一批“朝闻道,夕死可矣”的英雄来。幸好人类的思想仍并不十分脆弱,脆弱的还是人的肉体——在历史中我们已经不断“领略”到法西斯对人类的摧残,在电视上我们现在还看到硝烟弥漫的战争,看见正在进行的海湾、科索沃战争中那一具具倒下来的无辜平民的身躯……这时候我陡然想起祖母的这句话,也只有心怀悲愤和无奈。人或许真是根麦秸,命贱于草或被草菅!

张清华

深秋海德堡

很难想象该用一个什么样的比喻,来描述这座城市,用童话,美人,或者画境?看来都不准确。来之前,早已从友人和许多文章书籍中知道它,知道它是一座很有名的旅游城市,一本书中还说它是德国"最浪漫"的城市,这样的描述真是让人懵懂又神往。照常理,世界上的很多地方总是名不副实的,言过其实,或有名无实。百闻不如一见的总是少,眼见不如听说的倒常常居多。用文字或者镜头装饰出来还可以,若是真的到了那里,大约总不过尔耳。

可海德堡却似乎可以算得上是个例外。

它的美超乎我的预料。友人说:你来得不是时候呢,要是夏天就好了。我不知道夏天会好成什么样子,可我看到这秋天,却是丰富和绚烂到了极点。夏天的照片我后来看到了,是很漂亮,生机勃勃,阳光下,草地上,绿荫里,鲜花丛中,摆满了啤酒,熙熙攘攘着如织的游客,还有野餐和休闲的本地人。我想那可能是他们最舒服的一个季节，但却未必是最漂亮的季节。在这个纬度偏高又潮湿多雨的国家，夏天的白昼格外长，气候也最宜人，所以他们迷恋明朗的夏天是很自然的，但真正漂亮的季节，在任何地方我相信都是秋天，而不是别的季节。

今年的秋天似乎特别长。友人说，好奇怪啊，往年这时候就是冬天的感觉了，可今年却不，还很温暖。我说，这有什么奇怪的，因为我来了嘛——这当然是开玩笑。离开国内的时候，天气已经很有些寒气，到北京的一路上，满眼所见的是一片暮秋的寥落，树叶都已落得差不多了，田野除了稀疏而寒伧的麦苗，难见点生气。可这里却还是仲秋时节的景象，树木繁茂，绿草如茵，山上茂密的丛林呈现出由碧绿、浅黄、赭石到深红许多不同的颜色，交混一起，是一幅典型的油画的效果——我现在知道了为什么会出现两种完全不同的艺术：中国画和西洋油画，那完全是对自然的模仿的结果。亚里士多德说得对，艺术起源于模仿。

我从靠近郊区的住处，慢慢走向它。像去认识一位刚刚被介绍的朋友，怀了兴奋、悸动，些许的急切与惶恐——如说是一位美女不免会肉麻，但我也确实找不出更合适的比喻。她太绚烂了，简直千娇百媚，单是这衣饰打扮就让人乱了心神：她的明眸，是这条河，亮亮的河水，柔柔的碧波，闪着天空般的碧蓝。她的双颊，是这两座分立河水两旁的山峰，漂亮的红晕，润泽的气息。她的秀发，是这苍苍莽莽的秋天的丛林，茂密，散着葱茏的生机和温柔的气息……

还有服饰——她的色调，海德堡的色调是非常奇怪的。在所有的丰富的颜色之上，我发现还有一种能够覆盖一切的颜色，那就是一种有些神秘的靛蓝。无论是晴天,还是在阴雨中,在早晨的雾气中,还是黄昏的山岚中,这调子总是若隐若现。我相信这不是幻觉,我的照片可以为证,那种蓝是神话的颜色,苍老,静谧,充满了诗一般的深邃和音乐一般的遥远。当我最初拿到那照片的时候,我感到有些愕然,但紧接着我就认同了,就是那种苍茫的蓝色,如同夜的清辉一般,海德堡的神韵就是如此。难怪诗人冯至曾力主把这城市的名字翻译为“海岱山”,虽然离海是远了些,可是“海”字却实在是贴切。它确没有海滨城市的开阔明亮,但却有着海一样的深沉和忧郁,甚至略带了些苍茫的伤感。其实,若用“岱”字,兴许还不如干脆换成“黛”来得更有神韵,这的确是一座黛色的花园。远远望去,是一个安详而带了些许愁绪的美人,在对着河流发呆,或是出神地企望着未知的远方。

主蓝调的其实还是山。多半的林木是松树,黑黢黢的,和其他植物混在一起,便“合成”出一种奇怪的“蓝调”。海德堡三面环山,但因为正北方的山脉离得远了,所以就只感觉南面和东面被山紧紧夹着,河水从中间流过,由东来,折向西北。当年不知是谁选了这么个地方来建城邑,真是有眼力,碧水东来,二山相对,静者益静,动者愈动,山水自成和谐天趣。南面的国王山为主,建起了大学、城堡、教堂和民居,是相对的城里和中心,对岸的东北方向的圣灵山为附,错落着山野别墅,流曳着松涛和山岚,映现着郊野的苍茫和浪漫。两座山的半山腰以下,都错落地分布着各种风格的建筑,山腰以上则是黑苍苍的常绿的松林,夹杂了色彩斑斓的各种阔叶植物和灌木,这样的格局就形成了色彩丰富又以蓝色为主的调子。

海德堡的地理还有个特点，它的上游都是山地，是阿尔卑斯山脉西缘的施瓦本山，虽然不是很高，但也称得上是雄浑和苍茫，登高可望，其气势也算得上是磅礴浩瀚了，而从海德堡这里往西北方向，山地陡然消失，差不多是一马平川，只有海德堡的这两座山矗立着，如同门户一般，这使得它不免带上了一点关隘的气韵，似乎可以雄视下游平野，这就陡然地增加了这城市的分量，也使它的内涵变得丰富了，兼有了阴柔和阳刚之美。

其实一半的神韵又是来自那条河，那条源自施瓦本山脉的涅卡河。从地图上看，它的源头和多瑙河的源头之间似乎只有毫发之遥。它弯弯曲曲流过山野谷地，经过了图宾根、斯图加特和海德堡，在下游不远处的曼海姆注入了莱茵。河不算太宽，但水量却很充沛，河上还不时地往来着相当庞大的驳船，它们大概是很现代化的，但外观却还有着古朴的样子，悄无声息地穿过海德堡城区的老桥和船闸，向着远方驶去。我想它们也应该是这城市的一部分了，它们让这河流在平静中泛起了幻想的水波，延续着河上古老的童话，给城市带来了一份守望的思绪和中世纪的余韵。

这可以称得上是碧波了，我不知道它是否曾经有过被污染的历史，可是在今天，它穿越如此众多的城市，发达的工业区，却还如此清澈，真叫人不可思议。河的这边是宽阔的河床与河堤，河床上是开阔的绿地，散步和踢球者的乐园。河岸上长满了各种灌木和花草，时至深秋了也还生气盎然。河的对岸就不一样了，在老城以西的河段上，完全保留了原始的生态，茂密的灌木林和枯黄的水草，我想，那应该是为河上的各种水禽准备的栖息地了，远远望去，充满了荒凉和神秘的气息。

一条河对一个城市来说有多重要，再怎么强调也是不过分的。当我走近它，这种强烈的感觉几乎难以抑制——兴奋的动感，澎湃的气息，山和城市都因此而活了起来。设想要是没有它，这城市也便没了风韵和活力，也没了幻想和故事。因为很显然，水是岁月的一个影子，是它给了城市和人两个无尽的远方，过去和未来，形象的历史感，使它有了感情和生命，懂得了忧伤和期盼……

天鹅！我看见了天鹅！它那叫人不可思议的雪白，在凉凉的河水上是如此耀眼，如云絮般的一群，在众多不知名的花花绿绿的水禽的簇拥下，优雅地、懒散地，甚至是有点儿颓废地漂浮在有些暗淡的河上。这样的景色在我们那里似乎已经成了神话，人们偶尔会在遥远的海边湿地、开阔的湖面，甚至只是在诗歌或者戏剧中，才会看到它们的影子，或者在动物园的巨大的网盖下看见被修剪了翅膀的它们，但却几乎不会在城市里看见野生状态下的它们——这几乎是结庐在人境，而无车马喧了，我真想问问它们：问君何能尔，竟至闹市生？

我数了一遍，又数了一遍，是十三只，怎么会是一个单数？我感到有些疑惑，记得什么书上似乎是说过，天鹅都是成双成对的，就一直固执地向前搜寻。终于，在一棵巨大的树干下，我看见了另一只佝偻着的身影——它的颜色十分奇怪，不是纯白色，而是有点灰黄色的调子，显然它是太老了，以至于老得连那衣衫、那喙的颜色，也显得很暗淡和陈旧。它卧在那里，一动不动，眼睛里闪着昏暗和苍凉的目光。

我几乎要发点儿诗性了，刚刚如水波般兴奋起伏的心潮，忽然变得有点儿发堵。马拉美笔下的天鹅闪现在我的眼前：

……这是昔日的天鹅，它在贫病中回忆着当年：
宏丽的气派，而今却无望再挣脱羁绊，
它将用颀长的脖子，摇撼这白色的痛苦。
这痛苦不是出自它身困尘埃的烦恼，
而是来自它不忍放弃的长天……

我疑心那个一百五十多岁了的颓废的诗人是刚刚从这河岸经过，或者他便是化身为这老迈的天鹅了。我不知道昔日高贵的优雅和骄傲，飞翔的雄心，还有爱情的盛筵，而今对它来说是意味着什么，是满足、欣然、悲怆抑或感伤？

海德堡的眸子上有一丝泪光闪过，那是天鹅在它苍老的生命中的一闪念。天鹅让这城市安静下来，回想着过去的遥远的岁月。光线渐渐暗下来。

在苍穹下沿着荷尔德林的足迹

那儿有奇迹，那儿有神性的野蛮，
……令我心醉神迷，神圣的门户！
回故乡，回到我熟悉的鲜花盛开的道路上，
到那里寻访故土，涅卡河畔美丽的山谷，
还有森林，那圣洁森林的翠绿，在那里……

——荷尔德林：《返乡——致亲人》

一条小路出现在大地与云际之间，这是施瓦本山的尽头，海一样的褐色森林在这里停住了它的浪涛。那奔走的人也在这里迟疑了一下，他放缓脚步，回望这熟悉的山谷，迷人的风景，眼里映进了这童话般秀丽的城市。他吟哦着，叹息着，徘徊不前。

一条路就这样诞生了。而此时的我，就站在它与尘世连接的地方。我在心中默念着这珍贵的人，仿佛看见他在风中瘦削和佝偻着的身子，迷离而衰朽的目光，还有在风中稀疏而零乱的白发。他在吃力地攀登着，衣衫褴褛，气喘吁吁。世界已彻底抛弃了他，而他却还在为这世人担忧，为这大地上不息的生命而感动和吟咏。深沉的日耳曼尼亚，你诞生了太多的贤哲，可为什么独独将这一位纯洁的人遗弃？

关于他，我似乎已经知道的太多，却又是那样的少。现在是2000年的初冬，又一个世纪即将结束，在时间的涡流里，我似乎有呛水的感觉。但还好，现实的稻草还紧握在手中，脚下的泥土也似乎还算牢靠。我站在这古老的土地上，惊奇着世纪末，它的一切不可思议的和谐与安详，可我也感到迷茫：我想知道，这世界和他之间，究竟是怎样的一种必然互证与悖反的关系，二百年前的今天和现在，究竟又是怎样的一种不同，这美丽的土地诞生了他，为什么又让他和他的思想一起饱受贫寒、冷落、嘲弄和流离，我们的诗人那漂泊无助的灵魂，如今安歇在哪里？

世界的末日并未如约而至，一切都还照旧，山川秀美，容颜如始，甚至那为哲人所预言的世界之夜也尚未降临。此刻是下午三时，在这圆形的星球上，东边的祖国已将要安眠，而这里的一次远足才刚刚开始。冬日的白昼再短促，也有一番温情的盘桓。雨后的斜阳穿过密林，显得格外灿烂，天鹅和大雁就在脚下不远处的涅卡河中嬉戏，对岸的教堂里传来的钟声显得恍惚而悠远……一切都是这样的平静，仿佛这世界才刚刚开始，一切都还来得及。

我沿着这小路与尘世的连接处向山上走去。是寻常的那种山路，弯弯曲曲，穿越着林地与房屋，并不比通常的山路和街区更少人间的烟火气。它慢慢地向上,不断地在转弯的尽头消失,然后又重新开始。我并不担心自己会在那些岔路或者拐角处迷失方向,只是凭着直觉,慢慢地走向它的深处。

忽然有了似曾相识的感觉。一条小路能有多长?即便你从未来过,也会有恍若旧梦的谙熟,仿佛相约前生。看来人生的许多处境都是相似的,也许每一条路的情形大抵都差不多。对哲人而言,一段路和每一段路,一段路和人生的总长,也许就是同一个概念。“在路上”,不但是生存的状态,也是本质;是思想的过程,也是思想本身。在荷尔德林的一生中,海德堡也许不过是最短暂的微不足道的一站,却也留下了这样一条著名的小路。我查阅了那么多的资料,除了一首他的颂诗《海德堡》之外,竟没有见到他在这里的任何一点哪怕是稍稍详细的记载。某种程度上我甚至疑心这条以他来命名的小路是否真实。为什么在活着的时候无人理会,而死后却有了如此多的荣耀甚至追封?

但这是至为奇妙的一条:没有比一条小路本身更能够合适地纪念一位行吟的歌手和一位哲人的东西了。在这个世界上不曾拥有任何领地,却独独占据了思想,默守了思想的苍穹。你可以占据大片的土地,却不能独据任何一条道路;你可以统治住人们的身体,却不能占有他们的头脑。这真是一个妙喻,一个最好的回忆和证明的方式。

这也是一个奇迹。在近代以来的艺术史上,已连续出现了多个这样的例证。他们的作品和人格的意义在当世并未获得承认,而在他们死后,却发生了意外的增值。时间越是消逝,他们的价值就越是固执地凸显出来;原先越是遭受俗世的漠视、非礼和误解,身后就越是受到景仰和膜拜。这和那些当世的辉煌者常常正是相反，权贵和荣华随着时光一起烟消云散。得到的越多，那发自人内心的鄙睨也就越甚。

枯黄的和血红的叶子落下来，满地堆积，雨水已经把寒秋和初冬一起浸润得湿透。大地开始向下，而天空却比原来更显幽深。在出世的思想和红尘的下界之间，似乎还有一个“过渡”的阶段。各式各样的家居小楼挤满了山腰，窄窄的路上停满了住家的车辆。坡虽然很陡，但精巧的房舍还是令人费解地建在上面，更显出幽静高雅和富贵堂皇，令来者不由心生敬畏，可见非是寻常人家的去处。尘世的富贵大大逼退了诗哲脚步的印痕，使这条出世的小路更显得有几分崎岖和漫长。当年与荷尔德林在图宾根的神学院同窗的另两个非凡的智者，是格奥尔格·弗里德里希·黑格尔，以及弗里德里希·冯·谢林，他们曾同处一室同窗共读的佳话流传甚远。可与荷尔德林相比，他们却要幸运得多，因为他们在中年以后几乎就已是得到举世公认的哲人和名流了，而我们的弗里德里希·荷尔德林，至死却仍是一个寂然无声的隐者，一个精神上的孩童，一个为世人嘲讽和轻蔑的落魄的疯子。据说他的暮年是“穴居”在图宾根一个木匠家的地下室里，死时是被包裹在破烂的衣服里，由工匠们把他抬进了坟墓，他的手稿则宛若纸钱般地被人践踏和丢弃。在海德堡老城的法拉第街上，还赫然保留着曾在这里首次获任教授职位的黑格尔的旧居，而荷尔德林却选择了荒僻的山野。我不知道那时他栖身何处？此时我才真正明白了一个道理：一个诗人的必然命运，还有他和其他一切的人相比最大的区别也许就是，他是最容易受到误解的人——甚至包括了他自己的同类；他所得到的承认，永远是最晚的。

坡道好像缓和了一些。那时我得以漫不经心地瞭望，看到在那些各色各样的华美别墅的稍远处，也还有一些看上去相当简陋的木屋，它们或隐在树丛中，或靠在峭壁旁，显得歪歪扭扭，寒伧得很。我不知道那些房子是供什么人居住的，是看林人的临时小屋，还是流浪汉的栖身之所？直觉在疑问，是否当年我们的诗人也曾在这样的寒舍里栖居？我悄悄地上前，试图看看那上面有没有什么标记，但看到那些黯淡或者衰朽的房门上，除了些许的灰尘和青苔，都是空空荡荡，并没有我所期待的那种像老城那名人街上的大师旧居的纪念牌子。屋前杂草丛生，不见半点人的踪影。偶尔倒是看到一两只松鼠之类的小动物，“嗖”的一声从脚下蹿过，惊起人虚虚的一点汗湿。

或许在这样的居住和生存中，会有助于产生诗意的思想？也许我们的诗人那时还不至于落魄到在这样的陋室里沉吟。即便是已落魄到这般境地，对这位诗人来说，他也不会去书写他自己的那点小的怨艾。寒居和忧愤，当然可以成为诗人写作的动力，历史上的这类例子比比皆是，但另一类诗人，他的富有从来都是一如黑夜的混沌和大地的慷慨，他根本不会去计算生命的代价与艺术的报偿之间究竟是怎样的一个比率，因为他实际上是居住在“世界的中心”里，存在的本质之中——他们是一些伟大的盲视者，这是一位东方的早夭的天才诗人海子说的。所以，他要没来由地为人类歌唱，为生存去思虑和忧患。这并非源于美德，而是出自本能；不是源于智慧，而是出自逻辑。这样的品质，或许也可以解释为纯洁，但这也许就是荷尔德林所说的“诗人的使命”。按雅斯贝斯的说法，诗人就是属于那种深渊性格的人，他一定会迎着毁灭而义无反顾；按照尼采的说法，他注定要去“危险地生活”，因为只有在这样的生活中，才能“获得存在的最大享受”。他会因此而疯狂，而坦然，而毁灭，而高蹈，迎着不朽的光芒，迈向永劫的黑暗，在生命中失败，又在诗歌中永生。海子所咏叹的“天才和语言背着血红的落日，走向家乡的墓地”，大约就是这个意思。

小路上有稀疏的游人，这使它看起来更像一个旅游的景点。这被称做旅游胜地的城市，号称德意志“最浪漫”的地方，如果没有这条登高怀古的路，大概会失却一半的神韵和灵魂。好在这是个萧瑟和略显寒意的日子，路上偶尔的行人看起来都有几分踽踽独行的意思了。毕竟摩肩接踵是有几分滑稽的。若是哲人小道看起来成了拥挤的香火之路，怎么说也不是一个贴切和真实的景致。

房屋俱被抛弃在脚下，到山腰了。拐过一个弯，视野随之开阔起来。可以越过下面稍矮的丛林，看到涅卡的绿波，以及河水上已历经几百年沧桑的老桥。据说这桥原是一座“廊桥”，后来不知何故就把上面的廊道拆除了。桥对岸的尽头，是一双哥特式的白塔构成的大门，那便是古代大学的标志了。老城区大学的主体建筑，就坐落在对面的这座叫作“国王之山”的山下，山腰上矗立的，是那座在上千年的时间里一直未竣工、一直在建，又一直在变成废墟的“古堡”。海德堡之所以没有照读音译为“海德贝格”（Heidelberg），而翻作了“堡”（burg），大概跟这有关系。和对岸的“权威”与庙堂气象对峙着的这边，是颇富郊野意味的“圣灵之山”。其房屋与对岸相比要稀少得多，还都是民居，集中分布在山脚。想来这就是诗人的命定的去处了——诗人不在郊野，却在那里安身？

但这正是合适的距离:从这里俯视人间的一切,远远地,透过淡淡的雾岚,那里的奔忙还依稀可见,但纷争和悲欢就全隐没于宁静背后了,所剩下的,就是一幅画境般的世界,它和人近在咫尺,但又遥不可及。这正适合思索,适合哲学和诗歌。尘世与自然,向往与背弃,绝望和留恋……得以不即不离,不离不弃,一切都恰到好处。我在想,如果不是有这一繁华、一静谧的国王与圣灵二山,不是它们一南一北,居于绿水东来的涅卡两岸,形成了这样的奇妙格局,构成了这样的俯瞰与对话的距离的话,也不会有这样一条哲人小路。正是有了这样一个超然的距离和角度,这城市才有了几许哲学和诗的情调,而不只是剩下了童话。

一条路。

这真是太有意思了,只有这时,只有当我真正在这寻访和攀登之中时,我才体味出它的含义,才有机会真正感知它,接近它,从精神上。而且我知道这也很难说是属于"认识"的问题,它是"一次性"的,是一次生命中的闪电,一次偶然的"神示"的心动,它将很快消失,不会永久地"获得"和持续下去。这就是诗歌和思想,和生命,和一个流浪的人的处境,和死亡……之间复杂的关系。理解一个诗人需要多漫长的过程? 要耗费怎样的思想与感情? 这条路帮助了我。那时我想到的几乎像莽莽群山的松涛,似乎汹涌澎湃,但又匆匆而逝,一晃它们就不见了,连个影儿都抓不住。

幸好还有他们帮忙,我手里还有他们——另一些作为诗人之同盟的哲人。是他们帮助我捕捉到那些思绪的丝丝缕缕,帮我去追寻这苦难而不朽的灵魂。这也是叫人困惑的——不是同时代的诗人,而是那些后来者,后来的哲学家、小说家和诗人把这灵魂重新找了回来,将他安放在艺术殿堂的高处,德意志的祭坛和人类精神的核心。

而歌德和席勒——这两位在青年荷尔德林时代就早已经名满天下的巨擘,他们却没有看到,也没有承认这后来者的才华,更从来没有亲和过他那纤细而博大的精神。为什么两颗同样具有创造力,也热爱着自然和自由的心灵,却出现了可怕的盲视?当荷尔德林怀着一个晚辈对他们的景仰,跑到遥远东部的耶拿和魏玛去拜见他们,歌德所表现出的是一个长者的冷漠和盛名之下的傲慢,他几乎无视这位叉手不离方寸、无条件地膜拜着他的青年。而席勒就更加主观,他倒是没有歌德那样的自恋,但却在和这个年轻人的“不对等的友谊”中,给了他太多自负而愚蠢的指点。或许在艺术的历史上这样的例证并不算多,但这足以使我们的荷尔德林那痛苦的心灵雪上加霜——因为他是这样地相信他们,却又坚持着完全不同的自己。奥地利的德语作家茨威格意味深长地把这种交往称作是“危险的相遇”,因为他们是完全不同的灵魂,是水与火、碳与冰之间的不同。当席勒的思想正日益陷入恢弘掩饰下的苍白、理性包裹下的软弱的时候,他的诗歌的灵感也已经接近枯竭。他是这样喋喋不休地教导别人的:“伟大的世界主宰孤单无朋,/觉得有所欠缺——于是他创造了思想者,/像一面幸福的镜子将他的幸福反射……”哈,这就是他已经完全定型了的思想,以及他日渐清晰又淡薄的高高在上的理性了。而这时我们年轻的荷尔德林是怎么说的——

欲说不能，他孤独地
在黑暗中徒劳空坐，
厌倦了那些征兆和神秘力量、
那闪电和洪水，
就像厌倦了思想，这神圣的主！
若信徒们不用心灵将他歌唱，
他就无法在人群中找到真实的自己。

生命的激情正在燃烧着年轻的身躯，放射出闪电一样的光焰。衰老的前者怎么能够使他就范？同样，当歌德在高呼着“要适度，适度！……节制，节制！”的时候，荷尔德林又是怎样在沉默中反诘：“如果在时代的坚实锁链中/我的心在燃烧，你们如何将他缓和？/只有斗争才能将我拯救，/你们软弱者怎能夺去我闪光的本色？”也许用这种诗歌的“秘密”的或者默诵着的方式来帮助他自己去反抗这时代的权威，这本身也是荷尔德林的不幸和软弱，但是这应该也类似于一种“在路上”的情形——他坚信着自己，但又怎能预料他身后的事情，知道自己一定会跻身其间，并博得那么多的承认，甚至超过了他面前的这两座高不可及的山峰？

我面前的小路似乎出现了犹豫，远处的一片密密的灌木似乎预示着那片最后的风景的到来。路旁有一丛凋谢的玫瑰，枝干零落，残叶绛红。只有两枝未开就已干缩了的，还在风中可怜地颤抖，执意地抵抗这季节的包围。

小路上已变得空空荡荡。一丝暮色中的孤独围拢过来。或许当年的诗人就是止步在这里？他哀叹着这自然的壮美和喑哑，却感到了彻骨的疲乏和寒冷。那时他回转身来，看看了无人迹的身后，那澎湃的激情还剩几许？疯长的秋草像波涛一样向他漫过来，将他那瘦弱的声音和无助的身体牢牢地盖住。

一百年后才有人重新踏上这一条路。是他们再度筚路蓝缕，重新踏出这通向诗歌、存在和语言的林中之路，这两位同样的智者，令这座古老的学府骄傲的人物——马丁·海德格尔，以及卡尔·雅斯贝斯——曾以不倦的热情，来为这被湮没的诗人呼号奔走。想必他们当年执教海德堡的时候，也会时常来这里漫步，追寻这诗人的灵感和踪迹。他们的很多思想也许就是在这条路上萌生或被感染的。想来这哲人小路也还应该有这样一层意思，而不独属于荷尔德林。最真实的意义上也许是，是他踏出了第一道足迹，而渐行渐多的后来者终将它踩成了一条道路。这也是思想和一切哲学的历程。

难以解释海德格尔为什么会如此钟爱荷尔德林的诗，一个职业的哲学家喜欢的方式是用繁难而抽象的文字，海德格尔曾经在这方面登峰造极。然而他又热烈地喜欢上了荷尔德林，在这属于"单纯者的辉煌"的诗歌里，不期发掘出了丰富的启示。所以，海德格尔认为他是用诗歌的方式，用了象征和充满神性的语言，触及了"存在的真理"。某种意义上这有似于中国人的方式，在我们的祖先那里，对世界的认知基本上是体验式的，当他们登高追远，必然要萌发生命的感怀，而诗歌就这样产生了。大地与自然被赋予存在的意义——它们同时具有了自在的"永恒"以及与"我""相遇"的双重含义。"人世有代谢，往来成古今。江山留胜迹，我辈复登临。"生命意识派生出存在的哲学,而哲学所关注的最终也是生命和生存本身。这样的方式在中国人那里已经延续了两千年,可是在专注于追求“客观真理”的西方人这里,诗与哲学的合一、语言与存在的真正相遇,却是从荷尔德林开始。

不过,最终使这意义得以确立的却是海德格尔,是他第一次从“存在”的本体、认知以及表达的“三位一体”的高度上,重新阐发了荷尔德林的意义,用征引他那些充满着神秘启示的断章与箴言的方式,表达了用哲学的语言所无法表达的思想。这是体验的哲学,或者是诗与哲学的统一。也是因为借助了这样的方法,借助了诗歌语境中最简单的和破碎的词语,海德格尔哲学中那些晦暗的理念和思想,才得以更加“澄明”。在这个意义上,他们是互相创造和辉映的。这意味着在某些情况下,诗也许比哲学更便捷地接近和通向真理,否则,哲人何以在哲学之外还需要诗?

还有雅斯贝斯。他直到二战之后还在海德堡讲授哲学,据说他当年也经常来这条路上漫步,并被众多的崇拜者时时簇拥和追逐着。没有人能够像他那样在推崇荷尔德林的诗歌、解释着艺术的真谛的同时,还充满激情地捍卫着诗人的人格。他对世俗伦理中的“精神病”概念是这样反击的——“寻常人只看见世界的表象,而只有伟大的精神病患者才能看见世界的本源。”他的例子是无可辩驳的:米开朗琪罗、凡·高和荷尔德林。在艺术史上类似的例子还有很多,他们的“精神分裂”正是他们的艺术创造力的真正源泉,而那些寻常的诗人和艺术家,不过是“无数欲狂而不能的模仿者”罢了。这样的说法不但是对诗人的精神价值的哲学肯定,而且也是对世俗伦理及其思维方式的无情抨击。实际上，现代人不就是像在监狱里培养罪犯和在战争的难民营里滋养暴力一样，在广义的精神病院里，制造着普遍的精神创伤，行使其精神的专制的吗？

伟大的怜悯啊，只有高贵的心灵，才能有这样的非凡的理解。

精神缘何才会分裂？或者说，什么样的灵魂才会挡不住世俗的风刀霜剑？哈姆莱特说得好，“世界是一所牢狱”，在这所黑暗的牢狱里，“是徒然忍受命运的毒箭，还是挺身反抗”？他自己也无法回答，故只有装疯。荷尔德林自己说，为什么我会被视为疯子？是“因为凡夫俗子难以认出纯洁之人”。食指说，“我还不如一条疯狗，/狗急它还能跳出墙院，/而我只有默默地忍受，/我比疯狗有更多的辛酸……//假如我真的成条疯狗，/我就能挣脱这无形的锁链，/那么将毫不迟疑地，/放弃这所谓神圣的人权”。是因为人们在种种的等级统治与精神的捆绑之外，还在谋求一种无处不在的压迫——这在最底层的人民中间也随处可见——就像鲁迅在他的《狂人日记》和《阿Q正传》中所描写的一样。所以，精神分裂在我们的所谓文明的语境中，反而具有了广泛的隐喻意义，它成了反抗这些统治、表达个体的独立声音，甚至传达神圣的拯救意志的象征。这是人类的悲剧，在一切的残害之外，还存在着这样的不幸：人们在无意识之中正行使着——并且从未怀疑——其可怕的精神专制。

当然，更惨痛的例子是那些掌握了真理的英雄，他们也因为庸众的愚蠢而被误视为异端和危险，就像屈死的拉奥孔和布鲁诺，他们都是这悲剧的牺牲者。

凡·高也是最好的例子，他活着的时候一文不名，除了亲人，没有一个人真正赏识过他的作品。他是在误解、歧视、贫寒和落魄中度过了短暂的一生,可他死后却身价百倍。是他,深刻地解释了绘画艺术的现代内涵,并且改变了艺术的历史。如今他的每一幅画都已价值连城,抵得上无数庸人蝇营所值的一生。在庸人的正常和创造者的精神分裂症之间,何者更具有创造的意义?何者更接近创造的本能?也许还有例外——雅斯贝斯指出了一个特例,那就是歌德,在伟大的诗人中只有他一个是"躲着深渊向前走"的,除此之外再无其他例证。在雅斯贝斯看来,寻常人只是用笔写作,而非凡的诗人却是用生命、用一生的人格实践来完成。这人生甚至不是人杰鬼雄式的伟岸,不是"世人皆醉我独醒"的高大,而是失败与落魄的悲壮,是狂人般的自我怀疑与人群恐惧症……于是天地间有了另一种悲剧,他和自己"内心的魔鬼"——那人世的欲望与庸恶在他内心的映像与渗透——去拼杀,他的超人性不是由于他的人性的完美,而是由于他同自己内心的魔鬼进行的殊死肉搏。他创伤累累、血痕遍地,他由此演出壮丽的戏剧,这戏剧不亚于俄狄浦斯的惨烈、西绪弗斯的荒谬、普罗米修斯的悲壮。

从屈原到鲁迅,到食指和海子,这是在遥远的东方。在这里则有更多的例子:19 世纪伟大的浪漫主义者们,还有凡·高、克莱斯特、尼采、斯特林堡、爱伦·坡,还有弗吉尼娅·沃尔芙、西尔维娅·普拉斯……诗人上演着人世间最惨烈的殉道的戏剧,承受着自我的分裂与病痛。他们在活着的时候只有被误解、伤害、鄙弃和嘲笑的份儿,他们伤害自己也伤害别人——当然,这盲目的伤害也构成了他们不平凡的生命的一部分……

这就说到了茨威格。我不知道这位本世纪里最优秀的德语作家，他是否也曾来到过这条小路，但他对荷尔德林的理解，却最使人感动不已。没有谁能够像他那样从人性最隐秘的地方，从神性最辉煌的高处，还有从艺术的最精微、最不可言说之处，如此精细地解释着荷尔德林，解释着艺术创造的奥秘。他的《与魔鬼作斗争——荷尔德林、克莱斯特、尼采》曾使我彻夜难眠，难以自持。他对荷尔德林的描写和精神剖析，在我看来是那样地具有不可思议的切入生命与艺术本质的力量。

“内心的魔鬼”——我以为这是解释悲剧的命运以及不朽的诗人、他们普遍的写作动力与精神源泉的一个最关键的所在。任何人在本质上都是常人，只不过优秀的艺术家能够更直接和勇敢地面对自己的内心世界，有更多的精神斗争与内心的风暴罢了。这风暴当然会将诗人带入危险，加强他生命中深渊和自毁的倾向，但正是这危险的体验又再度激起他追逐光明的激情与力量——荷尔德林说，“哪里有危险，哪里就有拯救”。某些时候，这力量的神秘与不可抗性，会被诗人认为是来自“神启”的意志，这样，他的歌唱的欲望与语境都将更进而获得灿烂的升华……茨威格认为，这样一种来自生命的隐秘结构的力量，就使荷尔德林变成了“德国的希腊精神的象征”，他自己也成了希腊神话中那位固执地要体验光明与生命之极境的悲剧青年法厄同。

这个古希腊人塑造的漂亮青年，乘着他燃烧的歌唱飞车飞向众神。众神让他飞近，他壮丽的天空之行宛如一道光——然后他们毫不留情地把他推入黑暗之中。众神需要惩罚那些胆敢过分接近他们的人:他们碾碎这些鲁莽者的身体,弄瞎他们的眼睛,把他们投入命运的深渊。但同时,他们又喜爱这些大胆的人,是这些人以火光照亮了他们,并把他们的名字,如"神威",作为纯洁的形象置于自己永恒的星群之中。

这就是彗星,天才诗人的象征。他是早夭的,但是他燃烧自己放出灿烂的光焰,也用其不朽的生命人格实践完成了他的创作。死亡,或者精神分裂都是这燃烧的隐喻。这是诗人的代价,也是报偿。人其实与神也一样,他们最终会折服于这样执着的勇敢者——因为再愚钝的人他们自己也会有那么一个高尚的灵光闪现的一瞬,他们希望自己也能够成为法厄同那样的勇敢者,但却只是想想而已,因为市侩气在他们的身上最终占了上风……

小路的尽头并没有出现雕像,在绿草之上,半黄的灌木之间,是一块简单的石碑,赭色的、接近暗红的一块石碑,好像一个边角还略略有些残损。那时暮色已快要降临,最后的一缕斜阳照射在石碑上面,打上一层古铜色的光晕。我的心不知为什么反而沉了下来。

这就是一条路的终点?就是这样的一点可怜的风景?我不知道在图宾根、在法兰克福、在魏玛和耶拿,那些印着诗人的稠密足迹的城市,是不是也有他的一两座雕像?在这个崇尚文化积累、热爱着哲学和艺术的国度里,到处都是博物馆和名人纪念地,我甚至听说在某个城市里居然还有一块叫作"歌德呕吐处"的纪念牌。我不知道这究竟是出于崇拜,还是对这崇拜的揶揄,但凡捕风捉影能够找到点依据的,人们总要想法子造上一座雕像,立上一块石碑,或者挂上一块牌子,沾一点名人旧居或足迹的仙气。可为什么独独对这位诗人,却是用了这样简单甚至是粗陋的方式？

我还是想起了茨威格对荷尔德林的评价，也许这样的方式是最合适的。这个与自然同在、与大地同质的纯洁之人，他不会在意，甚至不会喜欢人们对他的那种华丽的纪念。在德国的艺术史中，也许歌德是永远要居于王者之尊的，而荷尔德林却永远只是流浪者和悲剧精神的化身。他虽然挚爱着神灵和天父，但他将反对任何对他自己的“神化”。茨威格说，“在德国思想史上从来没有从这么贫乏的诗歌天赋中产生出这么伟大的诗人”，与歌德那样的诗人比，荷尔德林的“才华”也许是贫乏的，然而他的魅力和不朽之处也正是来源于此。正如天地的大美，山川的愚钝，荷尔德林所需要的只是用生命来实践他的热爱。“他的材料并不丰富”，“他所做的全部就是吟唱”，“他比其他人都柔弱，他的天赋比重很小”……然而，他却因为自己的纯洁而“具有了无尽的升力”——茨威格禁不住地感叹：“这是纯洁性的奇迹！”

哦，奇迹！我想象那时，这疲劳的人站在高处，语言贫乏到了极点，嘴里只有茫然的唏嘘，似有若无的呢喃。语言在这时和这里已失去了意义。他用了最简单的音节，和最苍白乏力的音调，甚至看起来让人难堪和尴尬的重复，较量着古往今来那么多才思泉涌、文采横溢的诗哲。他的真诚和热切、执着和疯狂，让一切仅靠才华和语言邀宠的文人墨客们，宛若遇见了阳光的晨露一样，转瞬即逝，一点也靠不住——

凡夫俗子们，囿于自己的财产，有生之年
烦忧不断，一生中的情感
再无暇他顾。但终有一天，
他们这些胆怯者必将离去，在死亡中，
每一粒元素都将回归本原……

也许艺术的至境从来就不包含人为的复杂，纯洁的信仰所诞生的激情以及所酿制的语境，才是最神秘的力量。这也使人想起他的兄弟——遥远东方的一个天才少年，他曾经称荷尔德林为“我的血肉兄弟”。要知道，在80年代还没有几个人能真正了解这个人的意义，关于他的一切还只有很零星的介绍，而海子对他的阅读也不过仅限于少量的诗歌，但对他的理解和热爱却已经这样深。在海子的最后一篇写于1988年11月的诗论中，可以看出他们之间灵魂的遭遇，他说：“从荷尔德林我懂得，诗歌是一场烈火，而不是修辞练习。”“没有谁能像荷尔德林那样把风景和元素结合成大自然，并将自然和生命融入诗歌——转瞬即逝的歌声和一场大火，从此永生。”如今，当我越来越多地比较他们的时候，我惊奇地发现，原来这一对兄弟在思想、气质、思维甚至诗歌的语境等各个方面，都是如此的相似！大地和神祇，共同构成了他们写作的基本主题，他们因此形成了原始而混沌、苍茫而辽阔的写作情境，并具有了不可估量的自动的“升力”。也就是说，是他们内心的纯洁和与生俱来的神性，使他们的词语具备了返回宇宙之初的、疯狂和爆发的、重新创世纪的品质，他们也因此而共同“走进了宇宙的神殿”。只不过与荷尔德林相比，在海子的内心和诗歌里有着更危险的毁灭倾向罢了。同样指向着深渊，而速度和倾角却有着差异。

因此我就想，一个西方的诗人和东方的诗人，其生命的处境在本质上能相差多少？不但像屈原那样的殉道者，我甚至觉得即便是陶渊明和谢灵运，某个时期的李白和杜甫，早夭的天才李贺，还有落难时期的白居易与苏轼，他们同荷尔德林之间，也间或有着相似之处——在自然与尘世之间，在入世与出世之间，在热爱与冷漠之间，在纯洁与复杂之间，在自信自恋与自弃自毁之间，在功名利禄与自由人格之间……都同样充满了内心的分裂与斗争。许多条相似的小道，也曾在那遥远东方的土地上留存，即便因为战火和时光的无情湮没，它们也仍然会长留在文字与诗歌里，留在东方人的哲学和心灵里。

我来到了那石碑前：它刻着弗里德里希·荷尔德林盘桓于此的时间，也还刻着他盛赞海德堡美景的诗篇。我无法读懂这诗，但却能够想象得出他站在这里，面对彼岸这古老的城堡和它周边的壮美自然，心中所发出的由衷赞叹。再没有其他的什么了，石碑的周边，除了暮色与风声，连一朵鲜花也不曾留下，只有一片落叶覆盖的青草，在低低地迎风招摇。

我们的诗哲就是隐身在这与天地浑然的世界之中了。

我只能说，也许这就是最好的设计了。一条路把人们引向这里，并不很多的，但却是心怀敬慕、热爱着那些稀少之物的人。他们来过，在先哲留下的足迹上撒下，或沾上一点零星的草屑或泥土，有一声轻轻的叹息，这就够了。

暗红的黄昏如水一般降下来，无垠的苍穹则在一片暗蓝中飞升。我却不能不返身折回来路，回到我的世俗世界里去。涅卡的水波在海德堡的灯火里闪烁出迷人的幻境。那时我满足地想，一个卑俗的心灵也终于有了那么灵光闪现的一瞬，真是未曾预期。什么东西潮湿了我的双眼。迷离中，我仿佛看见那涅卡河的儿子，那未曾安歇的漂泊的灵魂，诗人中的诗人，我看见他带着凡人俗夫的全部弱点，从草际和水波上走过，没有什么标记，甚至褴褛的布衣和风中飘飞的乱发也不使他更加显眼……

王兆胜

赤子之心

天地自然有这样一个基本事实:几乎所有的生物,甚至包括一块石头、一粒沙子和一滴水都是赤裸的,它们完全将自己坦荡无饰地呈现给这个世界。然而,只有人才用树叶,用衣服,用各式各样的化妆品将自己包裹起来。

自从亚当和夏娃有了羞耻之心,用衣物将肉身隐藏起来,人类就渐渐脱离动物界而进入文明时期,这当然标志人类的巨大进步。但也应看到,衣饰、道德、理性等给人类肉体、心灵、情感和精神带来的束缚。就是说,随着衣饰文化的发展,随着道德主义和理性主义的强化,人类这颗赤子之心也渐渐受到了污染和异化。不是吗?现在越来越多的人愿意和衣而眠,从而失去了赤身裸体的放松与自由;也有太多的人用西装、领带将自己的躯体包扎得结结实实,自然和风不透,血液循环也受到阻碍;还有不少女士整个地用化妆品重新塑造出一张脸来,而不以原来的面目示人。最重要的是,许多人的心灵和精神日益变得虚伪、残酷、干燥、肮脏和空虚起来。

其实,人生来都是赤身裸体,也是纯洁自然的,婴孩儿如玉的身体和灿烂的笑脸就说明这一点。事实上,为了克服人类背离自然和深受异化之苦,许多智者都思考过这一问题。比如老子说“含德之厚,比于赤子”,因为赤子不知不识,无思无欲,无身无心,得天地之道,明自然之理,所以毒虫不蛰,猛兽不伤。还有李贽的“童心说”也是让人去除污染,还归本然,以得到真心童心。更有甚者,有的狂狷者在家中赤身裸体,友人来访,他不仅不以之为耻,反而说自己是以天地为屋,以屋宇为衣,并戏说友人不该进入自己的衣裤里面。希腊早年的赤裸体育竞赛,恐怕也可作“还归自然本源,保有赤子之心”的阐释。美国诗人惠特曼曾写过《日光浴——赤身裸体》一文,描述了自己在大自然中,赤身裸体时所感受的自然、纯洁、健康、恬静、放松、自由和超脱,并感叹道:“啊! 城市里可怜的、病态的、淫秽的人类啊,如果能再一次真正认识你该有多好啊!”看来,身体的赤裸与心灵的纯洁并非是没有关联的。

赤子之心,即是真诚、善良、纯洁、宁静和自由之心,它是本然的,没有受到污染和异化。有了这颗心灵,在这个世界上,一个人就会成为真人。因为有赤子之心者,他将会与自然亲密无间,并从中受益匪浅;他将不受功名利禄之诱惑,更不会陷入为物所役的泥淖;他将善待亲友,真诚为上,坦荡无欺;他将对一切充满热情和好奇,生活得快乐、自在和幸福。从事文学、艺术的创造者往往更需要有一颗“赤子之心”,这样,他才能将天地自然育成的精华从自己心中和盘托出,而不会被社会、道德、理性等迷惑。从此意义上说,有赤子之心的作家和艺术家,其实也就是天地宇宙的感悟者和代言人,他可以传达出天地道心的内在秘密。

现代科学主义文化离自然、离赤子之心越来越远,也越来越受到异化和遮蔽。表面上看,它透视了自然的精微,也似乎控制了大自然,然而这是一种类似瞎人摸象的方法。比如电话、计算机表面看来是人类文化的大发展和进步,其实它下面潜存着很大的危险,即删略乃至掏空了人类的思想、心灵和精神。在越来越快的"速度"神话面前,人类如同大海的潮汐,总是在不断的追逐之中,没有时间也没有心境去思索、感知和体味。因为衡量一种文化的优劣,考虑一个人的幸福程度,不应以其奔跑的速度,而主要应以其思想、心灵和精神的内容为标尺。

赤子之心是人类的本根,离开了它,人类就不可能健康成长,也不可能得到真正的幸福。这颇似一条河流,如果不能保持如赤子之心般的澄明,水源受了污染,它肯定就是一条混浊不堪、恶臭熏天、没有生命的死河。

童年的草莓

由于科学技术的发展,我们一年四季都可以看到甚至吃上草莓,尤其到了春天,京城的市场甚至大街小巷都堆积着草莓,我们可以随心所欲,一饱口福。但是,现在我很少吃、也不愿意吃草莓,有时甚至不愿意看到草莓,因为现今的草莓越来越令人失望,不论是色彩还是甜度,抑或是口感和滋味,都让我再也找不回童年时代关于草莓的美好梦想。

记得六七岁时,现代化的潮流还远未涌进我生长的那个偏僻山村,村中的房屋、树木、街道和民情仍保留着古风遗韵。一天,我在巷子口玩耍,突然听到草莓的叫卖声,我为之一振,因为以前从未听到"草莓"二字,也更未见过"草莓"。当顺着纵深的巷子望去,只见一个矮小瘦弱的老头儿挑着一担东西朝我走来,老头儿肩上的担子颤颤悠悠,其弯度和老人弯弯的背部正好形成一种和谐。

当走近了,老头儿放下担子,顺势坐在一块干净石头上,脸上的皱纹里堆满笑意，令我感到赏心悦目。我把目光投向担子，那是一根极普通的扁担，只是天长日久，它已被手和肩磨得光滑如玉，仿佛透明似的。两只篮子也精致可人，细条编织得细密，篮子系儿由一根洁白的粗木条做成，高高隆起。每只篮子上盖着一块白手巾，让人想到齐白石笔下的篮子写意图。

我怀着好奇走近篮子，草莓到底是怎样的呢？还没等我靠近，老人马上用手挡住我，唯恐我把他的宝贝弄坏。我蹲在篮子边，嘴里嘟囔着："看看还不行吗？"老头儿看我还算规矩，就轻轻揭开手巾一角，因为他觉得没有理由不让我分享丰收的喜悦。

令我惊喜的是，草莓在篮子里堆成一座小山，红红的草莓如火焰一般，仿佛一下子把我的脸照红了，也照亮了。我又向前挪去，更仔细地欣赏草莓。草莓的根蒂还有苍翠欲滴的绿叶，红绿相映，光彩照人，夺人眼目。还有草莓上均匀分布着的小白点，它们真像点缀天空的星星，显得既干净又透彻。当时，我家里一贫如洗，手中没有一分钱，根本不可能买草莓，哪怕一粒也不能，这是我一清二楚的。所以，我只能不停地向肚子里咽着口水。

看着我没有买的意思，老头儿挑起担子远去了，留下的只有越来越轻的吆喝声："卖草莓了……"这声音在山乡的上空不停地回响。

自那次之后，草莓的色彩一直在我心里流淌，草莓的火焰一直在我心中燃烧，那是一条理想的美的梦河。

一个偶然的机会，经大人指点，我从大山中挖回一棵草莓小苗。我如获至宝，细心地把它种在家院的一角，从此，这棵小苗就成了我最亲密的伙伴，或者说成为我生命的一部分。每天，我给小苗浇水；

当烈日当空,我又为小苗搭起小房遮挡太阳;即使吃饭我也端着饭碗在小苗的旁边看护;有时到了夜里,我还常捧着煤油灯细心观察小苗的成长。

功夫不负有心人,小苗由两片叶子和一个嫩芽长成一条长蔓,真是枝壮叶茂。可惜的是,它一直没有开花,更谈不上结出果实。后来从大人处得知,草莓的蔓子长到一定时候要掐掉头,不可任其疯长,这样才能开花结果。于是,我对草莓蔓苗做了处理。很快,草莓真的开花结果了。

花开得很多,但到后来大多数草莓花凋蒂枯,只有一粒草莓存留下来。从此,我像母亲呵护独子一样照顾着这粒草莓,唯恐它有什么闪失与不测。值得庆幸的是,草莓小粒由小至大,由白变半红,再由半红变成全红,在阳光的照耀下熠熠生辉。它仿佛是个女神,使我的生活和我周围的一切都变得无比美丽。

好几次我都想将它摘下来品尝其甘美滋味,但却于心不忍,在我看来,如果掐下这枚果子,草莓蔓子空空如也还有什么意思?吃下这粒草莓,我以后的生活还有什么盼头?每次,我都克制住自己,而是靠近草莓静静地闻它嗅它。

又过了几天,当我早晨起来,发现草莓已不在蔓上,而是落在地上。此时的草莓真如一个熟睡的婴儿红了脸蛋躺着,让我好生怜惜。仿佛怕冻着草莓似的,我把它拾起来,捧在手心,放在,一只火柴盒里。

这粒草莓后来变成了一汪水汁,再到后来水分变干,留下风干的一点儿渣子。有一天,我终于下定决心,把草莓的干渣连同火柴盒,一同埋到那棵也快干枯的草莓蔓子下面。

在童年以及后来很长时间我都没有吃到草莓，但它的色彩、形体和气息永留在我的记忆里。每当想起童年的草莓，我的口里总有一股泉水从舌根渗出，它清新、醇美而又意味无穷。不管生活多么艰难、干涩和寂寞，童年的草莓就如一个大大的太阳悬在我心灵的天空，使我的内心充实、安宁与满足。

今天的草莓很大，色彩也是透红透红，它四季不断，堆积如山，然而，我再也没看到过童年的草莓那种纯天然的红、白、绿色，再也没看到由草莓升腾起来的“火焰”。今天的草莓吃在口里也淡而无味，只有一种水滋滋、硬生生的感觉，吃多了还味同嚼蜡。

童年的草莓，愿你与我的梦相依，愿你与我一生相伴。

彭程

岁月河流上的码头

一年的日子，仿佛是一条长长的河流，缓缓地、平静地流淌。每个季节，便是河流上不同的河段。自春到夏，经秋涉冬，便是河水由上游至中游再到下游，次第流淌不息。水上风光，四时各异，春天活泼骀荡，夏天喧嚣匆遽，秋天静谧澄澈，冬天，皑皑白雪覆盖了冰封的河面。

但这样说未免还是浮泛了些。须知天下的季节都是一样的，赤道南北，半球东西，当岁月之河从某一片土地上流过时，是什么使得它和其他地方的河流不同？是船上的风帆，是波涛的颜色，还是漂荡在水面上的歌声？

对于这一片古老的、被称为华夏的、我祖先的土地，时光有着许多呈现自己的方式。其中之一，便是借助一系列独特的民俗节日。这样的日子，镶嵌在一年三百六十多天里，使得原本混沌迷离难以辨识的一片，显现出区域和轮廓，产生了节奏和韵律。因为它们的存在，日子不再是物理意义上单调、枯燥的数字，而变得生动、温暖，充满了情感和韵致。

被称为中国人三大节日的春节、端午和中秋，我们已经耳熟能详。其他节日，名气虽然不如它们，但每一个也都有着丰厚的内涵和独特的魅力。

正月的背影刚刚遁去，煮元宵的香甜糯软尚在回味之中，便走近了又一个节日：二月二。“二月二日新雨晴，草芽菜甲一时生”。这个时节，阳气萌发，气温升高，降雨增多，土地变得润泽松软，适宜播种。对于一个有着悠久农耕文明传统的国度，这个日子无疑是重要的。“二月二，龙抬头，大仓满，小仓流”，许多地方都把这一天当作龙的生日，加以祭祀，期盼雨水丰沛。

当岸边蒲苇繁茂、草木飘香时，我们知道，已经接近了被称为七夕节、又名乞巧节或女儿节的日子。牛郎织女的传说，将农历七月七这天装扮得温柔旖旎。这个晚上，未嫁的女儿家，要向织女乞求赐以聪慧的心灵和灵巧的双手，以及美满的姻缘。依稀记得童年的夏夜，在姑姑家院子的丝瓜架下，表姐和邻居的姐妹们指点着，高远晴朗的天穹上，横亘南北的白茫茫的银河两岸，哪是牵牛星，哪是织女星，一串轻轻的笑声。

“独在异乡为异客，每逢佳节倍思亲。遥知兄弟登高处，遍插茱萸少一人。”吟诵着王维的诗句，菊花的清香在幻觉中徐徐飘拂过来，九九重阳节来临了。时维仲秋，天空晴朗高远，空气清冽干爽，让人心思沉静笃定。遥想故土山水佳胜之地，定是亲朋团聚，言笑晏晏，唯独自己天涯羁旅，孑然一身，能不黯然？亲情惘惘，系念依依，这其间的深情厚谊，岂是电子邮件、手机短信能够表达和传递的？

继续泛舟漂流，渐渐木叶脱尽，霜雪时作，江天寥廓。然而尽管风景萧索，空气里却悄悄酝酿着一种欢欣，传递出一种暖意。腊八节，古代庆祝丰收、感谢祖先和神灵、驱逐瘟疫的祭祀仪式，在农历十二月初八这一天，欢快登场。腊八粥用多种粮食和果实熬制而成，鲜明生动地寓意着丰收。每年这时候，母亲都要自制腊八醋，挑选个大匀称的蒜瓣，放进盛满醋的阔口瓶子里，等到春节时，蒜瓣已经被浸泡得碧绿仿佛翡翠。除夕夜吃饺子时，打开瓶盖，浓郁的香辣味道扑鼻而来，让人垂涎。

清明节、中元节、冬至节……古老的民俗节日还有很多，它们的起源，都和土地、和农耕时代的生活、和先民朴素的梦想有关。在形成和流传的过程中，又渐次衍生出更为丰富的内容，仿佛村口一棵百年的榕树，向四周伸展出众多气根和分枝，独木成林，几乎遮蔽了数条街巷。这样的节日，内涵丰富，意味深长，在计量时间的功能之外，还负载了灵魂的喜悦和哀伤，蒙披了一层温润柔和的光辉，仿佛月光笼罩下的一切。四季递嬗，岁月轮回，它们在时间的缓缓流动中闪现，使大地上飘荡着渺远的诗意。

如果说，岁月的累积形成了历史，那么，这样的日子的反复叠加，就是在参与一个种族、一种文化的构建。当它们千百年来，被这块土地上的一辈辈子民们，经由文字的或口头的方式代代传递，而逐渐累积成为一种公共记忆时，便也是在铸造某种民族的精神和文化的基因，使人产生集体的身份认同和共同的历史归属感。这是一种不露声色的渗透，润物无声，在我们懵懂无知的童年，已经潜移默化地进入血脉，左右了我们的思维、行动的方式和路径。

今天，地球已经成为一簇簇的村落，被飞机、轮船、网络紧密地编织为一体，同样牌号的汽车奔驰在不同大陆的道路上，同样的香水润泽着不同颜色的女性肌肤，电视荧屏上闪现的面孔，总是那几位走红的国际影视或体育明星。到处都是一样的东西，固然容易令人产生某种“万物皆备于我”的虚幻感觉，但同时却又是多么乏味。真希望在习俗、风尚都日趋统一化和标准化的今天，每一片土地，每一个族群，都能够保持自己的某种特性、某种区别性的特征。这是一种源于灵魂深处的祈求，有着人性的强大依据。

罗密欧手持玫瑰，在朱丽叶的窗下，用歌声呼唤心上人，固然深情款款；而张生、崔莺莺的绣帕题诗，暗诉倾慕，不也有着一份入骨的缠绵？正是这样的独特的地方，让我们确立了自身存在的真实感。即使远离家国，置身于不同肤色、语言的人群中，在某个特定的日子，对于赛龙舟、包粽子、饮雄黄酒的共同记忆和理解，都会让我们相视一笑，莫逆于心。

正是无数这样事物的存在和汇合，使得世界丰富多彩。纪念它们，既是寻找每个民族自己的根系，承传文化的血脉，也是向人类文化的浩瀚宝库贡献一份特色鲜明的藏品。

上元节、寒食节、灶神节……泛舟在时光的河流上，每走过一段距离，船都要停靠一个景色别致的码头，加入一次风格独特的庆典。它们让旅人得到暂时的憩息，心中贮满诗意的沉醉，对于天空和大地、山河和岁月、生活和命运，生发出种种感悟。船在水面上轻轻摇荡，人因此而感到从容、安适，感到一种和这条河流、这片土地的牢固的维系……

物　证

即便是都市深处，春天毕竟也迟疑着来了。从近二十层高的楼上俯瞰，不远处一条小街两旁的柳树，也绽开了一抹浅浅的鹅黄，虽然因落满灰尘而显得萎靡不振，全无它原野中的同伴们鲜艳娇嫩元气充沛的神态，但好坏也传递了一丝季节的讯息。

上小学的女儿让我帮她查找几首古诗，描写春天生机勃勃的树木的，最好是杨柳，说这是老师留的课外作业。恰好架子上有一本古人吟咏植物花草的诗文汇编，我不由得第一次对此种形式的选集萌发了一丝感念，可见人心的难以依恃，一个小小的功利目的便足以动摇一向秉持的是非好恶。随手翻开一页，目光停泊处，是东晋桓温的一段咏柳文字：“……昔年移植，依依汉南。今看摇落，凄怆江潭。树犹如此，人何以堪！”

文章写的是春天，也是柳树，但与所谓生机蓬勃却是南辕北辙。如果我没有立即去另找一篇贴题的，而是相反，听任思绪踟蹰不去绕梁三匝，那仅仅是因为，它此刻已经变为我的作业了，我要慢慢寻找出一个可能的解答。“树犹如此，人何以堪!”中外古今，人同此慨。多少次了，读到这样的叹息，心头都仿佛袭来一阵凛冽凉风。

这里，时间是没有登台的主角。

在有关时光的种种感慨中，这远非滥觞之作，但应该称得上是经典感叹。当年的纷披婆娑，几时起变成眼前的凋零萧条呢？秉承了天地之充沛元气的树木，尚且难以抵挡时间的咬啮，血肉之躯的人又如何能够脱逃？它从独特的角度，揭示了或者不如说是强化凸现了一桩事实，使之获得一种真实可触的质感：个体生命无比的脆弱。

柔软无比的时间却有着最为致命的杀伤力。在那一把无远弗届的镰刀的刈割下，还有什么能够留存？爱情，荣誉，乃至生命，无不是随着寒光一闪而纷纷委地，终至片甲不留。然而这个过程却极其缓慢，几乎不被察觉，如同流沙逐渐吞噬一片田亩。只有在一些极端的情形之下，才将结果突兀地显现出来，让人感觉到惶然悚然。不久前的一次大学同学聚会，我目睹有几个人叫不出对方的名字，一时间彼此都有些尴尬。很难相信他们是在同一个班里度过了四年。十几年间，时间用一砖一瓦，逐渐在他们中间砌起了一堵遗忘之墙。

我们的一生，就是一次向着虚无之城的长途行军。皱纹是青春的终点站，白发是中年的抵达地。今天，科学已经将每个人锻造成了彻底的唯物论者，知道在路的尽头，白茫茫一片，空空如也，别说天堂，鬼也寻不见一个。这是幸运抑或相反呢？一言难尽。但彼岸世界的缺失，却教会我们把目光返回现世，用心打量这每个人所拥有的长短不一的几十年的生命。生命降临到每人身上并不一样，但最寒微最不起眼的一份，也都有一些滋味吧。

西方古代神话中狮面人身的斯芬克斯之神，一面眺望将来，一面回顾过去。如果我们希望不虚此番人生之旅的话，也应该为自己确定这样的姿态。前者是给生命树立目标，让人知道该朝着哪里走，后者则是点数这一路的收获，让人明白干了些什么。一个人不思进取，别人顶多说他浑浑噩噩，没出息，但要是一点儿记不得自己的过去，该说他有病，得了记忆丧失症，要催他看医生了。

这样回头看时会发现，我们生命的全部风景，仿佛展开在一个坐标系中。光阴是一条坐标轴，而风景、物品等诉诸我们感知的存在之物，则构成了另外一条。活着的每一种体验，迷醉或哀痛，昂扬或沮丧，都是其上的一个个相交点，细微或者显著，放大了来看，都能够查询到相对应的时间，相关联的事物。对于时间，人们说得足够多了，却一再忽略后者，这不应该。它们具有不易被时光之水湮没的具体形态，更适宜成为生命的物证。

这样说可能会招来质疑：我们的躯体肉身，不是已经足以证实自身的存在么？明眸青丝，肯定是青春最可信的名片，一旦发苍苍，视茫茫，则再清楚不过地表明了老境的降临。这两者之间，划出了一道轨迹，这道轨迹当然也能证明生命的流程，就仿佛地平线上的弧线能证明山峦的存在一样。但这种方式是被动的，好像听人说出了侦探小说的结局，总不如由自己剥茧抽丝思考得来那样有味道。古人形容女子面容姣好，并不直言其如何美丽，而是采用沉鱼落雁这样的比喻，在与其他事物的关系中揭橥出来。同样，为了观察和体验生命，充分发掘其况味，也有必要设置一种参照系。

一旦这样去做，就不难发现，我们的视野里充满了物品，点缀在生命的地图上。或者不如说，物品自己站了出来，要为生命做证人。

时时处处，物品缠绕、覆盖、充满了我们，如同襁褓包裹着婴儿。我们在物品中找到自己，就如同鱼儿在水中获得了生命。曾被忽略轻视的它们，原来十分生动，在沉默中拥有执拗的力量。正是由于它们的存在，生命被以某种方式记录、挽留，它的即时性的、飘忽的一面得到某种程度的抵抗和消减。它们同生命的关系，仿佛味道之于果实，声音之于乐器，炊烟之于灶火。它是一种提示，一种唤醒，一种仿佛无意间的叩击，却分明能感觉到来自何处。生命如果是风筝，旧物就是放飞它的牵线，哪怕已经不见踪影，也依然在掌控之中。如果是随风而逝的乐声，旧物就是存储它的磁带，只要我们想，就能够让它再度缭绕不息。

静虑凝眸时，每一件物品都变为一叶小舟，将我们渡出遗忘之海，驶向往事的港湾。如果我们是有心人，会发现这样的东西俯拾即是。一顶褪色的的确良旧军帽，引领记忆走回少年时代，那时小伙伴间最可夸耀的事莫过于拥有它了，那种激动，丝毫不会逊色于今天追星族们拿到张信哲赵薇的签名照片。几页充满夸张的词句和惊叹号的情书，读来荒唐可笑，却分明提醒了当年初恋的狂热痴醉。十几年未曾翻动的书页间的贺年卡，多年前的旧照片，让我们想起曾经交往过而今已久无音讯的朋友。“火炉旁打瞌睡的老婆子，当年曾经是如花的少女。”这是莎士比亚的名句。对这点，任何一个老婆子当然是清楚的，但如果她面对当年青春靓丽的倩影，或者是求爱信中让人脸红心热的话语，她心跳的频率肯定会更快一些。

旧物是往事碎片的黏合剂，是已告衰弱的情感之火的助燃剂，是寻溯生命的最可靠的向导。旧物填补了记忆的空白，让已然漫漶的重新显影，生命就这样得到确证。生命原本在于细节的连缀，旧物单个地看是零碎的，但吉光片羽，弥足珍贵，许多这样的碎片的排列，不经意间就勾勒出了生命的大致轮廓。在年龄、外貌这些生理维度之外，它们以另一种方式框定了生命。

因此，如果一个人能够找出和生命的某个时段发生关联的事物，不啻是一种安慰。在那个相对无言的时间，生命被拉长叠加，不但拥有此刻，还拥有过去。而如果能够看着物品和自己一起老去，简直更是一种温暖的体验了，就像风雨同舟的终身伴侣，相互依偎着慢慢衰老，自有一种彻骨的浪漫和甘美。

因此，我们要说，最坏的情形，并不是物是人非，而是物的缺席，找不到任何见证物，那样，那段生命的有无也变得可疑了。再不堪的回忆也胜过没有回忆，因为正是回忆验证了此在的真实性。人生一世，最后会发现名声地位财富都是空，人能够真正拥有的只有生命本身。但生命的流逝本质，使得它难以实现超越时段的自我确证，老年无法证明少年，白发无法证明青丝，这时，唯有旧物能够担当此任，宣告生命曾经在场。经由它们，我们得以端详生命的纹理，恰如通过肌肤之亲，我们验证了肉体的爱情的真实。

在北京上大学的四年间，我走得最多的是白颐路。去首都体育馆看比赛，到王府井书店买书，进城办事，放假回家，它都是必经之路。因此，每当思绪飘向那一段时光时，这条路总是不期而然地映现在记忆的屏幕上。每次总是那同一个画面：夏天，路旁两行粗壮的白杨高耸入云，枝叶纠结，浓阴密布，几乎完全遮蔽了道路。阳光从树叶缝隙间洒下，落在地面上、自行车的镀铬车把上、骑车人的白衬衫上，抖动如碎银。这种感受，源自无数次乘车或骑自行车行走其下的经历。毕业以后回去得少了，但每次走过那条路，见到熟悉的景物，总会勾起一些当年的回忆，会想到某些人和事，尘封已久的某种旧日情绪也会摇曳着闪现，尽管只是片断，但那种生命如环相连的感觉却是真实生动的。一条当年的街道也是一个旧物，并不因其体积的巨大而改变其所具有的功能。它穿越了我的青年岁月，它因此也成为我生命的一条脉络。尽管十几年间两旁的变化巨大，当年的大片空地如今已挤满楼房，高科技公司的招牌和广告铺天盖地，但只要林荫路依旧，我依然有一种归家的心情。直到有一天，白颐路扩建，树木全部砍伐，走在上面，完全是一种置身异乡的感觉，它对我全然成了一条陌路。对于我来讲，一条缺少林荫的白颐路没有意义，尽管它更热闹，更繁华，但它是外在于我的生命的。它无法帮助我建立起和自己过去的连接，仿佛一根再也擦不出磷火的火柴。

这里我还想说一件事情。

人们有种种收藏癖好，邮票、钱币、古董、旧家具等等。或者因为喜爱，或者出于营利的考虑。但我听说过的一例完全异于这些。我是从邻居那里听到的，讲的是他单位的一个同事。那是一个悲伤的父亲，他的读初中三年级的女儿在暑假外出旅游时死于一次车祸。四五年了，每天晚上临睡前，他都要拿出女儿的旧物，端详摩挲一番，这样才能安宁。甚至出差时，也要带上一件东西。这些东西很杂，课本、成绩单、文具盒、书包、口琴、画板、红领巾、从小到大的照片，那个短暂生命不同时期的见证物。他专门清出一个大抽屉，来存放这些物品。妻子曾经想清理掉女儿生前的衣服鞋子，他坚决不同意。甚至，他还到亲戚家，到学校向女儿的要好的同学，寻找曾属于女儿的物品。它们使他伤感，但久之却变成了深长的慰藉。显然，对他来说，这些东西上面都浸润着女儿的气息，正是通过它们，他得以每时每刻和女儿生活在一起。

我记得初次听到这个故事时内心的震颤。它让我看到了人性的伟大，父爱的力量，也最有力地证实了物品亲和心灵的特性。

迟子建

露天电影

在七十年代，山村的孩子大约没有没看过露天电影的。我们那个小镇，可看露天电影的地方有三处，一个是种子站，它就在我们小镇的西头，离它最远的东头的人家走过去，也不过是一刻钟的时间，所以那里一放电影，只有种子站是有灯火的，小镇的房屋都陷在黑暗中，男女老少都被吸引到银幕下了。另两处看露天电影的地方是部队，一个是十三连，一个是十七连。

如果是在种子站的广场放露天电影，那么下午的时候，一些老人就把座位给摆好了。老人们胳膊上挎着一个或两个板凳，抽着旱烟，慢悠悠地朝种子站走去。由于他们眼神差，又大都佝偻着腰，必须要坐在前几排，所以提前把座位占好是必需的了。那些板凳高矮不一、颜色各异地排列在一起，看上去就像一支杂牌军。他们放好板凳，会回家做他们的活计，等到电影快开演了，他们才不慌不忙地踱着步子走来，一副首长的派头。

那些挎着两个板凳占座位的老人，都是有老伴的。而那些孤老头子，拎的则是一只板凳。所以拎一只板凳的瞧不起拎两只板凳的，觉得他们成了老伴的奴隶；而拎两只板凳的又瞧不起拎一只板凳的，觉得他们身边没个人陪着，缺乏派头。我奶奶过世早，我爷爷属于拎一只板凳之列的，但他从来不提前去占座位，他总是在电影开映前才提着板凳过去。他并不急于把板凳放在前排的空地，而是抽着旱烟，先看一会儿扫在银幕上的画面，觉得有趣，就随便找个地方放下板凳；觉得无聊，就挎着板凳放开大步往回走。走的时候，他总要大声吐几口痰，好像那些未打动他的画面是几缕不洁净的空气，阻碍他的气息流动了。

有一回我去种子站看电影，远远看见我爷爷提着板凳大步流星往回返，我以为电影不演了呢，一问他，他竟然气呼呼地说，“今天演外国电影‘死了不屈’，有什么好看的呢？”他一向讨厌外国电影，说那些高鼻梁、蓝眼睛的洋人没有什么好货，更何况那电影名也让他生烦，什么叫“死了不屈”呢？人在世间辛辛苦苦走一遭，尝遍了苦水，死了还有个不屈的?！听着他牢骚满腹地发着感慨并且大口大口地吐着痰，我觉得他比电影中的人还有趣。其实那部电影叫《宁死不屈》，他把名字记差了。那以后他要是蹙着眉看什么不顺眼了，我就会适时说一句“爷爷，死了不屈”，他就不绷着脸了，他笑着用烟袋锅敲我的头，骂我是个调皮捣蛋的丫头，将来肯定不好往外嫁！

露天电影多是在夏天放映的，所以人们来看电影时，往往还拿着根黄瓜或者是水萝卜当水果来吃。当然，人群聚集的地方，也等于是为蚊子设了一道盛筵，所以看电影归来的人的脸被蚊子给叮咬了的占多数。人们在散场归家的途中,往往会一边议论着电影,一边谩骂着蚊子。

看露天电影,还得看天的脸色。它和颜悦色,不下雨,不起狂风,你观赏得也就滋润。而如果看着看着突然落了雨,人们又没有预备雨具的话,那简直就糟糕透顶。人们撇下板凳,纷纷挤进种子站的仓库,孩子哭老人叫的,像是一群难民;而如果遇到大风的天气,悬挂着的银幕被风吹得一皱一鼓的,那上面投映出的风景和人物全都变了形,人看上去不是歪嘴就是折了胳膊,而风景一律哆嗦着,仿佛正经历着一场大地震。所以看电影前,人们往往还要观察一下天,若是晚霞满天,炊烟笔直,去的人就多;而如果阴云密布,风声萧瑟,去的人就少了。

另两处看露天电影的地方,都不在我们小镇,它们是驻扎在山里的部队,一个离我们稍近一些,有五六里的样子,是十七连;另一处则要远很多,在打石场那一带,距离我们起码有十五里的路途,是十三连。老人们是绝不会去这两个连队看电影的,他们的腿脚经不起折腾了。而大人们就是去的话,也是选择十七连的时候多。能够去十三连的,都是如我一般大的孩子。大家相邀在一起,沿着公路,走上一两个小时,到达连队时已是一身的汗,而电影往往已过半场,看得个囫囵半片的。回来的时候呢,山路上阴风飒飒,再赶上月色稀薄的夜晚,森林中传来猫头鹰的叫声,我们就会被吓得一惊一乍的,得手拉着手行走才觉得心不慌。所以一去十三连看电影,就有小孩子回来后生病。高烧后说胡话照理是正常的,可家长们非说是走夜路时撞上了鬼,至于鬼长什么样,想必他们也是不知道的。所以一说去十三连看电影，家长都不乐意，我们只有偷着去了。如果运气好，我们可以拦截到捎脚的车辆，顺路把我们丢在采石场，从采石场再抄着茅草小路去十三连，就很近了。可这样的运气很少光顾到我们身上，车辆不是装载着货物，就是虽然闲着，只能挤上一两个，大家不愿意分开，索性谁都不上；再不就是车是有地方的，可司机怕拉了一车孩子，万一出了事故，负不起这个责任，而加大油门从我们身边呼啸而过，扬长而去，将我们远远甩掉。但也有好心的司机，觉得一群孩子千里迢迢地去看电影怪可怜人的，就先送一批到采石场，然后掉转车头，回来再接一批，但这样的运气跟月亮旁的彩云一样，难得一见。

因为驻扎在我们小镇附近的这两个连队经常放电影，我曾经认为世界上过着最幸福生活的就是那些当兵的人。连队的战士格外欢迎孩子们来看电影，他们会把自己的板凳让给我们坐，还会用茶缸端来热水给我们喝。当然，战士们对待那些十七八岁的女孩的态度，比对待我们这些十一二的毛头小孩更要热情，他们喜欢围坐在大姑娘身边看电影，至于他们的眼睛盯的是银幕，心里想的又是什么，只有天知道了。

我们家的邻居有一个姑娘，叫青云，青云是个大姑娘了，她喜欢去十七连看电影，凡是有关电影的消息，最早都是她发布的。因为十七连的战士跟她很熟。要放电影了，总有人给她通风报信。她个子很高，腰肢纤细，头发又黑又亮，喜欢梳两条大辫子。她眼睛不大，眉毛浅浅淡淡的，肤色白里透粉，非常有韵味。如果不是因为她的嘴生得有些大，她可以称得上是一个美人。她带着我们去十七连看电影时，神情中总是带着几分得意，好像回她的娘家似的理直气壮的。到了电影开演的时候,她往往看着看着就不见了。我们都以为她去小树林解手去了,可她一去就不回来,直至剧终。所以若问她电影演了些什么,她只能说出个大概。

爱上青云家的,是小钟和小李,他们总是结伴而来。小李像是部队的文书,不太爱说话,又黑又瘦的。小钟呢,他不胖不瘦,浓眉大眼,肤色跟青云一样白皙,在十七连当伙夫,所以有时他会偷上一些豆油带给青云家。青云一烙油饼的时候,我就想一定是十七连的人又给她送豆油来了。青云那时中学毕业,在家务农,那一年的秋天她去看护麦田,得了尿毒症,住进医院,不久就死了。她死的时候小钟正回南方探家,他回来后并不知道青云已是另一个世界的人了。而一直在连队没有下山的小李也不知情。等到又要放电影的时候,小钟和小李来到青云家,听说了青云的事后,两个人都呆了。其中小钟还落了泪,人们依据泪水,判断青云跟小钟是一对,小李只不过是个陪衬罢了。青云没了,我们得知电影消息的源头也就断了。从那以后,我们很少到十七连去看电影了。不久,这个连队就换防到别处去了,他们留在营地的,不过是几顶废弃的帐篷。我们采山经过那里的时候,总要看看那两棵悬挂着银幕的大树,当时树间的那方白布曾上演过多少动人的故事啊。树还在,故事也在继续,只是演绎着这故事的人已经风云四散,各自飘零了。

木器时代

木碗透出的茶香气使玻璃窗上的霜花融化了，这是外祖父撂在窗台上的一碗茶。外面北风呼号，霰雪狂飞，而木刻楞房屋里却炉火熊熊。木柴“噼啪”地燃烧，把热气播撒到每一个寒冷的角落。外祖母坐在灶房里用木梭子织网，家族的年轻女人则用木质的梳子挽起高高的发髻。狗、猪和鸡守着它们的木质食槽吃东西。狗将木槽子舔得光光溜溜的，使其透出木质本色；而鸡则用利喙将长形的木槽啄起一层茸茸的白毛。这时候，我躺在木质的摇篮里“咿咿呀呀”地叫着，口水弄湿了脖子，我不时伸出手去拍摇篮的侧面，那上面画着荷花和鸳鸯的图案。大人们到江上去捕鱼，将捕到的鱼放到木盆里，然后回来用它炖汤，用木勺子稀溜稀溜地品尝着鲜美。

我爬出木质摇篮上了大炕。炕沿是木质的。炕沿上放着老人们的烟袋锅，烟袋杆也是木质的。我抚摸着烟袋杆，然后仰起头看着头顶的房梁，圆木上吊着一块辟邪的红布。接着我转过身去看涂着天蓝色油漆的木窗，可怜的蝴蝶被挡在窗外扑扇，而阳光却能带着天堂的气息越窗而入，透过玻璃爬上了墙面。夏天了，我刚学会走路，趔趔趄趄的步态惹得院子中的小动物围观。我每一次摔倒哭泣时狗就上来用舌头舔我的泪痕，而坏蛋的鸡则趁机啄我的鞋底，因为那上面附着虫子的残尸。菜园的木栅栏像睫毛的倒影一样美丽。黄瓜、倭瓜和豆角浪漫地爬蔓时，大人们就把木杆插在垄台上，让它们张着嘴向上并且亲吻天光。傍晚的火烧云团团堆涌在西边天空时，家家户户的场院里就摆上了木桌和方凳，人们坐下来围着桌子用木筷吃饭，谈论庄稼、天气和生育。待到火烧云下去了，天色也昏暗了，蚊蚋蜂拥而来，人们就收了桌子，回屋子睡觉去。人们在梦中见到秀木在微笑中歌唱，盛着茶的木碗里有珍珠在闪闪发光。

我看见了树，秋天的树。它们的叶子已经被风霜染成金红和鹅黄色。凋零的树叶四处飞舞着，有的去了水里，有的跑了一圈却仍然又回到树下，还有的落到了我的头顶，大概想与我枕着同一个枕头说梦话。我明白那木碗、梳子、桌椅、栅栏、摇篮等均出自于这一棵棵树的身上。当我们需要它们时，就切断它的咽喉，使它们不再呼吸。森林里的伐木声因为人类欲望的膨胀就从来没有止息过。树本来是把自己的沧桑隐藏在内心深处的，可我们为了利用它的花纹却把它拦腰斩断，并且虚伪地数着它的年轮赞美它的无私。木纹被分裂，它失去了自身的语言和立场。

我走在木桥上看两岸的流水。这时一队送葬的队伍过来了。人们撒着纸钱，抬着显赫的红棺材。木为人的成长作为摇篮的材料后，又为他们归隐黄土做了永恒的栖息之地。阳光照着人们平静的脸，仿佛照着一尊尊木雕。谁的泪水滴落到河里了,河水微微地蹙了一下眉。我理解的死亡就是被木器环绕着的休息。我的祖父、外祖父和父亲都是这样选择了他们的归宿。当木桥因为流水天长日久的冲刷变朽时,我明白木是有血肉的。因为只有血肉才会软化。朽掉的木桥瘫在水里,流水依旧淙淙。我站在此岸,望着苍茫的彼岸,白雾使河水有了飞翔之感。朽了的木桥渐渐地幻化成海藻类的植物,而流水依旧淙淙。我忆起了琴声,父亲生前拉出的琴声。小提琴的琴身是木质的,手风琴的琴键也是木质的,它们发出或者凄绝或者热烈的声音。木是多么温和呀,它与人合奏着岁月与心灵之音。

我们依赖着木器生长和休息,也依赖着它远行。火车道的枕木是它铺就的,在水上漂泊的船也是由它造就的。划着木船在河上行走,桨声清幽地掠过岸上的林带,我们看到树木蓊郁地生长,夕照使其仿佛成为一座金碧辉煌的圣殿。它无可争议地成为人世间最迷人的风景。

我看见披枷戴锁的古人从梦中走来了。木被制成枷锁使人成为囚徒。有的囚徒是冤屈的,所以那枷锁上的血泪就格外醒目。刀与剑的柄也是木制的,有人用它去作恶,木被痛苦地授人以柄。神人诸葛亮使木器在战争中的发挥程度绝不亚于特洛伊木马,他的木牛流马千古传唱。而那战争中所用的一切木器都已灰飞烟灭,因为战争永远成为和平的囚徒。

人类伴随着木器走过了一个又一个时代。树木与人一样代代相传,所以木器时代会永远持续下去。我们把木椅放在碧绿的草地上,在阳光下小憩。我们坐在书房里把一本书从木质书架上取下来,读不朽的诗句。我们把最经典的画镶嵌在木框里,使这画更接近自然和完美。我们用木勺喝汤,体味生活的那一份简单和朴素。我们用木制吊灯照耀居室,使垂落的光明带着一份安详与和谐。

所有生者的名字最终都会上了墓碑。当木质的墓碑刻上你的名字时,不朽的雨会从天而降,使你墓旁晚辈栽种的小树获得滋润。你静静地在地下听树木生长的声音吧。

农具的眼睛

看一个农民的活计做得是否地道，打量他家的农具便知晓了。

农具一般被放置在仓棚中，或者被挂在山墙上。放在仓棚中的，是镐头、犁杖、铁齿子和钐刀，而挂在山墙上的，是耙子、锄头和镰刀。农具似乎与树木有着亲缘关系，农具的把儿几乎都是木柄制成的。你能从光滑的农具把儿上，看到树的花纹和节子。那些大大小小的木节一个个圆圆的，有黑色的，也有褐色的，好像农具长了眼睛似的。

农具当中，我最憎恨的就是犁杖了。有了它，我们就得干牛做的活儿。由于家中没养牲口，用犁杖耕田时，我爸爸就把我们姐弟三人当成牛，套在犁杖上，让我们拉犁。我一拉犁就有屈辱的感觉，常常是直着腰，只把绳子轻飘飘地搭在肩头。这时父亲就会在后面叫着我的乳名打趣我，说我真不简单，能把绳子拉弯了。我父亲是山村小学的校长，曾在哈尔滨读中学，会拉小提琴，他那双手在那个年代既得写粉笔字，又得摸农具，因为我们上小学时，学工学农的热潮风起云涌，我们每周都要到生产队的田地里劳作一两次。而且，家家户户又都拥有园田，种植着各色菜蔬，自给自足，所以无论大人还是孩子，没有没摸过农具的。

农具当中，我不厌烦的是锄头和镰刀。锄头的形态很像道士帽，所以你若把它倒立着，俨然是一个清瘦的道士站在那里。锄头既可用于铲除庄稼中的杂草，又可给板结的田地松土。我扛着锄头去田间劳作，一般是到土豆地里去了。土豆一般要铲三次，人们称之为"头趟、二趟、三趟"。没打垄前铲头趟，那时苗才出齐不久，土豆秧矮矮的，杂草极好清除，半天的时间，一片地就会铲完了。铲二趟的时候呢，那是在土豆打垄之后，粉的白的蓝的土豆花也开了，杂草与土豆秧争夺生长的空间，这时就得抡起锄头"祛邪扶正"。到了铲三趟的时候，闷在土里的早熟的土豆已有把泥土顶破了的，这时稗草疯长，有的和秧苗缠绕在一起，颇有"绑票"的意味，想把秧苗一并拖垮，这时候为土豆清除"异己"就显得尤为重要了。所以，铲三趟的时候最累，有时候你得撇下锄头，亲手一下一下地把纠缠在土豆秧身上的杂草摘除。我喜欢铲二趟，我爱那些细碎的土豆花，它们会招来黄的或白的蝴蝶，感觉是在花园中劳作。干活乏了小憩的时候，躺在被阳光照耀得发烫的泥土中，感受着如丝绸一样柔曼滑过的清风，惬意极了。清风拍打着土豆花，土豆花又借着风势拍打着我的脸颊，那些娇柔玲珑的花朵如蜜蜂一样蜇着了我，让我脸颊发痒，那是一种多么醉人的痒啊。渴了的时候，我会到田边草丛中采上几支酸浆来吃，它长得跟竹子一样，光滑的身子，细长的叶片，它的茎能食用，酸甜可口，十分解渴，我铲地时就不背水壶，因为酸浆早已存了满腹的清凉之汁等着我享用。

我父亲是个知识分子,他伺候庄稼的本事与他的教学本领是无法相提并论的。我们家的地不是因为施肥过少而使庄稼呈现一派萎靡之气,就是垄打得歪歪斜斜的,宽的宽,窄的窄,白菜和豆角往往长着长着就露出根茎,阻碍了它们的成长,所以进了我家园田的庄稼,很像是被送入孤儿院的弃婴,命运总是不大好。我就不止一次听见邻人在路过我家的田地时,发出的“啧啧”的叫声,那不是赞赏的“啧啧”声,而是惋惜,好像我们辜负了那肥沃的田地似的。我们家的农具,也因而比别人家的要邋遢许多,锄头上锈迹斑斑,镐头和犁杖上携带的尘土足够蓄一只花盆的,镰刀钝得割草时草会发出被剧烈撕扯的痛苦的叫声,如乌鸦一样呀呀呀的叫,而不是锋利的镰刀割草时所发出的刷刷刷的如流水一样的声音。而那些地道的农家,农具总是被磨得雪亮,拾掇得利利索索的,该放仓棚的就放在仓棚里,该挂在山墙上的就挂在山墙上,不似我们家的农具,一律被堆置在墙角,任凭风雨侵蚀,如一群衣衫褴褛的乞丐。即便如此,我还是热爱我们家的农具,热爱它的愚钝和那满身岁月的尘垢。

我喜欢镰刀,是因为割猪草的活儿在我眼中是非常浪漫的。草甸子上盛开着野花,你割草的时候,也等于采着花了。那些花有可供观赏的,如火红的百合和紫色的马莲花,还有供食用的,如金灿灿的黄花菜。用新鲜的黄花菜炸上一碗酱,再下上一锅面条,那就是最美妙的晚饭了。我打草归来,肩上背的是草,腰间别的是镰刀,左手可能拿的是一束马莲,右手握的就是黄花菜了。所以我觉得猪的命运也不算坏,它一天到晚除了吃就是睡,窝里絮的草还来自于芳菲的大草甸子，比耕田的牛马要有福气，可惜它的命太短太短了。看来单纯为了人的口福而生存的动物，总是薄命的。

我们家在山村小镇使用过的那些农具，早已失传了。它们也许流失到别人手中，依然被农人的手把握着，春种秋收；也许它们已经在被废弃的老屋中静悄悄地腐烂了，成了一堆废铁。但我忘不了农具木把儿上的那些圆圆的节子，那一双双眼睛曾打量过一个小女孩如何在锄草的间隙捉土豆花上的蝴蝶，又如何在打猪草的时候将黄花菜捋到一起，在夕阳下憧憬着一顿风味独具的晚饭。我可能会忘记尘世中我所见过的许多人的眼睛，那些或空洞或贪婪或含着嫉妒之光的眼睛，但我永远不会忘记农具身上的眼睛，它们会永远明亮地闪烁在我的回忆中，为我历经岁月沧桑而渐露疲惫、忧郁之色的眼睛，注入一缕缕温和、平静的光芒。

寻石记

我们童年所做的游戏，稍微有点新意的，也不在乎让一个小伙伴扮成白军，我们一伙红军四处去抓他，一抓总能抓得到，他不是藏在柴垛后面，就是躲在狗窝里。每次白军被垂头丧气地捉住的时候，我都是想：白军真蠢啊，怪不得胜利的是红军呢！

这些游戏玩腻了，有一天我们突发奇想，想砸家里的石头玩。听说石头能砸出火花，火花在白天看得不明显，须等夜里来砸，才能把那火花看得真切和灿烂。

一般的人家都会有一块大石头，是冬季用来腌酸菜的，夏季时，这石头闲在院子里，人们就把它当作板凳来使了。老人们坐在上面吸烟锅，女人坐在那里补衣裳。有的时候鸡也会跳上去，在上面叽叽喳喳地叫着，好像那石头是它下的蛋似的。

终于有一个傍晚，父母去邻居家串门了，我便与几个小伙伴砸家中的那块青石。它方头方脑的，大约有二十斤重吧，我们每砸一下，都要跳起来为着迸射出的银白色的火花而欢呼一番,直到它被砸碎为止。

次日清晨,我被母亲从被窝里给揪出来,她呵斥我:“你给我去找个一模一样的石头回来,要不我就剁掉你的贱手!”那石头我们家年复一年地用着,成了我们的老熟人,它的破碎自然让母亲大发雷霆的。

我就不信我找不到一块石头,那样我不就跟白军一样愚蠢了么!我穿上衣服冲出家门,朝河岸走去,我印象中水里有大石头。刚到河畔,就见邻村的打鱼人在收网,他问一个小孩子这么早出来干什么?我如实地说了,他就告诉我,河里的石头动不了,石头底下藏着龙,我要是搬了石头,龙就会伸出爪子把我钩住。

我想河里的石头动不了,山上峭壁旁的石头应该能让人动,我朝山上走去。到那里时,正好碰上同村的赤脚医生在采药材。他问一个小孩子走这么远的路来这里干什么?我说要搬一个石头回家,他就笑着对我说,峭壁旁的石头动不得,它们是山神胸脯上的一块块肌肉,你动一动,等于在山神身上割一块肉。

既然石头都有它们自己的来历和用场,我就空着手理直气壮地回家了。

母亲根本就不相信她清晨时的一句气话竟然使我独自出去寻石头,更不相信我听到的那些传说,她嗔怪我说:“我看你不用出去找石头了,你自己就是一块石头。”

我真是石头么?如果是,我可不想做家中的那块石头,我要做山上的石头听风雨,要做水底的石头亲吻鱼。

彭学明

阳　光

春天的阳光，像一河涨起的春水，载着桃红水绿，满山奔走。于是大地暖和了，湿漉漉的水汽从泥土里蒸发出来。睡在泥地的阳光，伸出温情蜜意的舌尖，在泥土的胸膛舔啊，舔呀，千次万次，阳光把他的爱情和生命全部奉献。冻了一冬的泥土因此长出感情的草、生命的树和爱情的花朵为阳光回报。那些花朵，本就是为爱情而来的，本就是感情泛滥四处开放的，如今有了阳光的温情和抚弄，就更是漫山遍野吐露芬芳。阳光，一个本领高强的摘花手，让我们羞愧汗颜。

阳光看农人们如何把春天浸泡成一方种子，发芽、抽苗，变成风景。等一切都满含春的情意，绿成诗的意象时，阳光站起身子，到夏天去了。

夏天的阳光，像一匹横空出世的火马，总在我们不经意的时候奔突而来，坚硬的蹄声左冲右杀，踏起一路黄尘、青烟。这时的阳光最激情澎湃，热血沸腾，通红的唇一如炭火，搁在哪儿哪儿都疼，于是女人穿了裙子，让阳光紧抱；男人穿了短裤，让阳光乱拧。《诗经》里留下的男人女人，赤脚穿过雨巷，长发湿漉，疑是戴望舒身边移动的丁香。亲切的阳光与他们并肩行走，隔世的话题越拉越长。阳光和人来到草地，草地的绿不再柔弱而很坚强。阳光和人来到河边，河边的景致不再新鲜而很老陈。夏天的阳光，是水中的阳光，只有水中浸泡时，我们才感到阳光是那样软和、湿润与可爱。那么，就让我们做一回田田的荷叶，永居水乡，翻动棹歌。

可是秋天要来的，秋色会愈来愈重地挂在我们的窗棂与屋檐。那阳光会依旧照在一把紫砂茶壶上，照在几串沿墙挂着的红辣椒上，依旧会钻进秋天的林子里又唱又跳，把树叶染得红红、黄黄。阳光走到田里，田里的水稻就会成熟。阳光走到地头，地头的庄稼就会吐香。阳光走到树上，树上的果实就会流蜜。即便是土，阳光也会将之踩出芬芳。抚摸千年不改的芳醇，辛苦一世的人们开始唱歌，没有词，没有曲，就是那么灿烂的几吼，就有滋有味，无限情思。小桥流水，红掌清波，柴门紫烟，都如远行的乡人年年奔跑在秋色民歌。那些牛、羊、猪、狗，则永远都是一群活活泼泼的动词，在民歌下走动，民歌下成长。

当我们把秋天收进仓库以后，我们往往来不及给秋天道个好，就不知是谁从遥远的西北派出一夜寒流，让三九隆冬乘坐一地冰霜抵达民间。阳光，不再是守家的乡人每天早出晚归，而是远行的游子肩扛乡愁，留下背影。又冷又疲的日子，我们围着炭火，却总朗不起一颗心赶走冬天的阴沉，总怀念阳光曾经给予的好日子、好享受。可是阳光，你会回来么？你是否独上高台、一脸泪光地打望着我们？阳光来了！阳光穿着布鞋！阳光来到他曾经来过的地方数他熟悉的村庄、熟悉的景致！那几堵院墙还在么？那几排篱笆还在么？那几株柳树还在么？在咧！那叫二爷来我身边坐坐吧，我想听他的二胡！白胡子二爷就拖把二胡在阳光身上坐了，受伤和不受伤的音符在老人和乡间的角角落落走走停停，越走越真。学校的大草坪里，阳光正翻晒着一群看书的孩子和电脑照排的字符，整个草地满门书香。字符们，正排着队，教孩子们认识道路和世界，认识智慧和思想。字符说，这个世界不但充满了善良与美丽，也充满了邪恶与丑陋，那些阳光照射不到的阴沟与角落，往往生长着肮脏与丑恶，把某些人的良心与道德赶得越来越远，我们越来越世俗、势利、缺乏斗志、忘记正义，于是我们多么希望有自然的阳光温暖我们皮肉的同时，更有精神的阳光照耀我们的骨髓。

阳光，我们一生一世的亲戚，我们永远需要与你把酒对歌，握手叙情，永远需要你的恩赐与抚慰。

秋收散板

只那么一眨眼，二三月播种的春光就长成庄稼、结果成熟了。沉甸甸的稻子已不堪重负地俯身垂首，黄灿灿的苞谷怀了孩子愈显沉重，小米穗一如黄狗肥长肥长的尾巴，对着山野毛茸茸地晃。这黄黄的庄稼，似一层又一层黄黄的阳光，厚积着、铺排着，流过山坡，涌向山脚，再流过山坡，再涌向山脚。风吹起时，层峦尽染的秋色便一山一山的翻滚起来，先是一波一迭地倒伏过去，再就一波一迭地挺立过来，浩浩荡荡的，有尽无尽。

这是秋收时，一台美好的布景。

布景中，太阳以其辉煌的晨曦出来了。红红的光影里，走来了牛群、羊群和摇摇摆摆的鸭群，走来了不上早课的孩子们。几个女人拿着镰刀、背着背笼从村口出来，又几个女人拿着镰刀、背着背笼从村口出来，而在前面的，是一群挑着箩筐、抢着谷桶的男人。

进了田，就开始割，割出一个角后，就开始打。“乓、乓、乒、乓”的

小村的树

田坤

50cm×60cm

布面油画

打谷桶声和“嗡——嗡——嗡——嗡——”的打谷机声，都在热热闹闹地响应着旷远的回声，是小泽征尔指挥的一曲乡间音乐，沉重，凝缓，质朴，亲切，虽无任何修饰，却透溢着一种回天的力量，无言的美感。虽然很忙，但不时有人走近桶边，捧一勺谷粒、捏捏、掂掂，簸簸，想收圆两唇吹一吹，却怎么也收不拢那一抹的微笑，只好张开五指，让喜悦溢光流彩地从指缝间潺潺漏过。

人们彼此躬着、弯着，澄澄的阳光在周身照耀。满目的金色跳跃颤抖，像音乐里所要表示的一条河，一条流泉似的河，一条涨春水的河。农人的脊背漉漉而湿了，细细的汗流在深深浅浅的栈道里相互交流。土地与土地的交流。人与土地的交流。没有泥土的黑色和人类的肤色，这灿灿阳光下的庄稼不会如此的飒飒有声，山坡与田畴的田野不会有作物的清香在滋滋啦啦地爆裂。

天气太热，人们就怀念雨天，怀念风，而天空已蓝如一幅水墨，洁白的云朵已是纤弱纤弱的蚕丝，似断非断。于是就直起腰来，揭开草帽，擦擦汗，望望天，扇扇衣襟，然后像儿时喊“荫凉荫凉快过来，太阳太阳快过去”一样，开始成风。

一声“吆嗬嗬——”，风便丝丝而来。

又一声“吆嗬嗬——”，风便呼呼而来。

满山满山的树枝便因此如波倒伏着，那是一层层潺动的黛色；满坡满坡的草茎便因此倒伏着，那是一层层翻滚的绿色；满坝满坝的稻谷便因此如波倒伏着，那是一层层涌动的金色。这一声声此起彼伏的吆喝，是山里人古拙朴实的歌，贴过山脊，穿过云层，与风同行。这自然真的奇怪，一声响亮的吆喝，风会感应而来！虽不知是一种什么样的法则，但却酣畅淋漓地愉悦。

随了风，一片偌大的云块从山嘴那边铺天盖地压来，从容的，不迫的，骑着马来，牵着牛来，抱着兔来，端着酒来，以博大的荫凉和柔情抚慰山庄。人们就借此一边加劲一边聊天，讲二狗与小芹如何如何偷房，讲四婶五十多岁了还怀了孩子，讲某省某厅的厅长，倒买倒卖被罢官，讲铁匠的二儿子考上了北京的研究生。如此便笑，如此便骂，如此便不知不觉地割了一大丘。打了一大丘，不知不觉地日上中天，又日下中天。年年的谷子十天半月就打完了，今年的谷子就是打不完，你家请白工，他家请白工，一个月了，还在打！仅今天，张二的谷子就送了十挑八挑，却依然齐臻臻的，好大一片！

眼前是谷坝子，翻过谷坝子是河，河的对岸是滩，滩的对岸又是谷坝子，然后就是山，就是一山一山的树和一山一山的苞谷林了。山是锯齿般交错，如鲤鱼的脊背，一座向一座连绵滑过。苞谷林是成块成条的，如毯如带，一坳一坳的从山间绕过。那本无羽无骨的字，这时长出翅膀，成为山歌飞了出来。唱谷子青了黄了、苞谷长了熟了，当然也唱爱情红了甜了。如喊的山歌，混着汗水的咸味苦味和土地的橘子味橄榄味，由远及近地轰轰滚过。间或有朗朗的笑声与拗苞谷的断裂声一浪高过一浪地滔滔漫过。那苞谷杆如林如臂，将士一般威武挺拔，苍谷棒子也大个大个的，一个足有一斤半斤。一路拗过之后，小孩就用刀砍，有些杆子嚼起来，冰糖一样的甜！

人的周围，牛尾甩着响鞭吃草，嫩嫩的草尖一嚼，满嘴的汁浆便喷涌而出。红蜻蜓在牛背上悠然恬静地歇着，和乐相安，让人毫无缘由地滋生出一种慈爱和羡慕。而更多的蜻蜓，灰的、绿的、黄的，于头顶上密密地飞翔，与人和自然平分着这一派明媚的秋色。

太阳已渐渐隐没了，层峦叠嶂的山巅依然气度非凡。辉煌的光圈，折叠着，冲刺着，从各个山巅喷射而来，在树与树的交影处挥洒而去。雾与炊烟，也以一种柔和的意象从画匠们的墨管里爬上来，缕缕抹抹，阴柔缠绵，和山的阳刚相辅相补。

这时的河边已是一首歌了。一担一担的苞谷插得尖尖的，搁在河滩上。一担一担的谷子垒得满满的，搁在河滩上。还有一捆一捆的黄豆、一筐一筐的小米都如画地搁在河滩上。要收工了，一天的劳累与辛苦，都得痛痛快快地跳进河里，洗掉、搓掉、揩掉。健康的肌腱，壮实的胸脯，都赤裸裸的呈现在你的视野里，是一尊尊诱惑人心的雕塑。纵使原始粗犷，但极具柔和妩媚，沉醉得没有一丝邪念。上了年纪的人，都有一个上了年纪的故事，那令人艳羡的经历，像女人割禾的镰刀，深深地镂刻在心里。因此，当年轻人的玩笑随水而飘时，他们只是偶尔插上一句补补白，尽管嘴角的笑意一直未消，可心里却在思忖、盘算。从前田是别人的地是别人的，奔波忙碌了一辈子也养不活家糊不了口，而今苞谷已倒满了一楼，谷子已垒齐了屋檐，黄豆绿豆等五谷杂粮也满柜满桶，明天的谷子应该咋放？得再立一个小仓了！想着就一声招呼，几十条汉子都光溜溜的上得岸来。

那几十副担子，就首尾相接，悠悠闪闪，浩浩荡荡行进起来。湘西千百年来的喊秋调子，亦如船过险滩时的船夫号子，以阳刚、以激越、以生命压倒自然的最为雄犷的符号，飘荡起来：

齐着力呀！哎着！

打谷米呀！哎着！

八月黄呀！哎着！

粮进仓呀！哎着！

十桌酒呀！哎着！

家家有呀！哎着！

十桌菜呀！哎着！

家家待呀！哎着！

今年秋呀！哎着！

醉个休呀！哎着！

明年秋呀！哎着！

北京溜呀！哎着！

边边场

这是一个小小的乡镇。同样的是山作屏障,严严地遮了这一方水土;同样的是河为眼,流一河清澈的秋波。只是因了这公路铁路,因了几百户人家挤挤吵吵地坐落在一处,因了政府机关和各个单位,这里成了中心,设了集市,有了这个小小乡镇的小小繁荣和小小美丽。

两排齐崭的吊脚楼,一律的黑瓦木板,一律的古朴褐色,长长的沿山脚迤逦而去,且靠着河,且临着水,又高又大地摆在那里。雨洗后的青色石板,一块一块亲着吻着,成一条极好的路,很长很长的从木楼的拥挤中穿去,尺量过一般,特直。叫胡同也好,叫街巷也好,反正就这么几米宽的石板路,及至外边出口处的河坝坪,成了集市,我们叫作"场"。烟草、禽蛋、干鱼、茶叶及山货都沿街沿巷一溜烟摊着。或用一只口袋装着敞开口子,或用一张薄膜铺了,摆在地上,或干脆就放在背篼里。田里的鱼、鳝、蛙、泥鳅,地里的苞谷、黄豆、茄子、苦瓜,仓里的米糠、粉条、面条,锅里的煎饼、耳糕、糖撒、粑粑,以及山里的葡萄、梨子、桃子，都很新鲜很漂亮很大方地摆在那里。卖猪卖羊卖鸡卖鸭和操了一把屠刀大声吆喝卖肉的，则很自然地在河坝坪上忙碌。人们就直了身子，弯了腰杆，站着蹲着，看货论价。挤过去，挤过来，挤过来，挤过去。卖一点血汗，买一点殷实，再来回走那么几遭，默审一下市场的行情。这样，便很川流不息，便很熙熙攘攘，热热闹闹，使你感到空气陡然增加了热度，于繁荣中渴望恬静，一种田园牧歌式的恬静。

那么，你就走出来，放了眼去，对面的坡上岭上，左边的田边地角，右边的苞谷林里，前面的河滩草坪，屋前屋后的拐角里，都会让你沉浸在另外一种景致另外一种情调里。

那里有成双成对的青年男女。

他们也是来赶场的，但赶的却是春情场，相爱场，风月场。因为是在角落边沿，因为是在市场的外围，这便有了很好很美的名字：

边边场

他们也的的确确在市场上转了几回的。有的从家来时，也带了一点山货杂货来这里卖的，但却只那么一会儿，他们就以最低价卖了，或打一个动听的谎子，托给熟人朋友，走了。一个在前面的岔路口等了，一个就踩着节拍在后面赶来。大胆的，肩靠肩在场上逛上几圈，胆小的，则避着熟人，远远地跟着，在场上转那么一圈就来了。

天的远方，柔和的太阳格外温暖，选一棵古老的大枫树坐了，面对面地什么也不想，就说这枫树好大，这枫叶好红，一片一片的，如某个人的红唇，那妹子就倏地飞了两片红晕恨你骂你，说你是最坏的男人，手却不自主地伸出来，接住你伸出的双手，然后流着泪水，颤抖着倒进你的怀里。用不着说你爱他，也不要说你娶她，只要这么静静地靠着你的胸膛坐上一晌半天，她就会每场必来，用她的柔情与美丽为你编写童话。

枫树的脚下，是一条常年不衰的小溪。青青的水草，紫红的卵石，都沐浴着水的清澈与透亮。沿溪沿水，不时有一块几块的石板，灰亮光滑，一端斜靠着岸，一端插入水中，这是附近的人用以搓洗衣服的。平时，男人女人们都来这溪边，洗洗刷刷，抹抹身子，今天却只属于一对对的男子女子了。那些男女们正在岩板上坐着，赤了脚，挽了裤管，在水中浸润晃荡。女的先是取一条毛巾，洗手洗脸，再以水为镜，照照头发，照照眉脸，照照此时的喜悦与心事。当一双男人的眼睛也很明晰地映进水中盯着她望时，她便捧了一捧清水，一滴滴极为温柔地灌进他的脖子，然后，任他的双手有力的拥着抱着，承受一个女子应该享有的抚慰与狂吻。你不要以为这是光天化日下的，妙就妙在那把阳伞，当他们坐着把阳伞于头顶上打开时，你就只知道一男一女的存在，却不知道一男一女到底在干什么小动作。

于是你就不好意思，顺着小溪往上走去，一个山洞于溪的尽头站着，披挂长长的藤蔓长长的绿意长长的自然美色。这水就是从洞中来的，风也一样，凉凉的、湿漉漉的，比任何地方都心旷神怡。一个个木桶就在洞外摆着，桶里长满豆芽菜，水灵灵的，鲜嫩嫩的，灿灿的黄色。于是你就想吃，你就想买，你就围着齐乎乎的豆芽菜转。可你绝对想不到，这里竟然也有这么一对！那男的仰天躺着，看天看云看鸟看女人娇好的身影，女的则坐在男人的腿上，一次一次抚摸男人的胸肌，捻数男人的胸毛，缓缓地，温柔地，让你眼热得恨不得把那男的赶走。

不过，要是你去河边那群美丽的女子中，对你看中的某个女子说一声："跟我去赶场，好么？"说不定她会瞟同伴一眼，害羞地歪起头来，捻着辫子一笑，跟你就走。你就可以牵着她的小手，走进森林，走进神话般的传说。

所以，不认识不要紧。

所以，没有朋友不要紧。

所以，孤独寂寞不要紧。

五天一场，你来赶就是。那三五成群的妹子，都在河坝坪坐着，看一河的清亮汤汤而流，听一河的喧哗淙淙而淌。随便你是怎样的一个男子，只要你从她们面前走过，她们都会立即静了，转过头来看你，正了头来看你，又转过头去看你，一排竹鸡似的，都睁着眼，都昂着头，都对着一个方向一个目标，好像你正吹着木叶，愉愉悦悦的曲子，实在让她们心跳！

太阳偏西而去，有了凉凉的浓荫，有了徐徐的山风，有了一种说不出味道的快乐。苞谷林里青青的枝叶在风中呼呼地飘，颀长的杆儿在风中轻轻摇晃，一山一山一层一层一波一波，有如绿水荡漾。那晚霞一片一片地被起伏的枝叶割成千万种美丽，遮挡回去，泄漏下来，又遮挡回去，又泄漏下来。于是有人迷醉地站了起来，一步一步地钻进这幅不着底色的风景画，于是你就感慨这个民族的浪漫，感慨这种民情的醇香，感慨这民风如歌如水的纯清与美丽，于是你就欣然约好了，再来湘西，再来集镇，再来这田边地头，赶一回如诗如幻如梦的——边边场。

格

致

庭 院

一、这是一个失败的魔术

它是一只洁白的碗,容积大到可以在里面清洗一小捆青菜。洁白和硕大都不能弥补它的欠缺。它没有自己的四肢,没有行走的脚。它更像一颗头颅,由护士的双手捧着,经过厨房湿透的地面,经过积着残雪的后院。经过残雪中的那堆碎煤,上四十多级楼梯,右转三次,放到我床边的时候,那碗汤上的热气已经很软,软到像孩子哭到筋疲力尽。

推开门,我就来到了后院。残雪在墙根,碎煤堆上的缺口很大。医院厨房的门半开着,水泥地上是浅薄的水。水桶红色,里边伸出几只白条鸡金黄色的脚。鸡脚有七八个,痉挛般地举着,像是一个现代舞的动作。一条鲤鱼在地上,怒目圆睁,看样子是死了,张开的嘴收不回去。死前它曾大声地呼喊过？不是饭口时间，这里还有人来，但我听到空旷的屋子里有众多生命挣扎的声音纠缠着。我不能在这里停留，我被规定不停地走。医生让我用行走的方式摇晃我自己的肚子。肚子里李礼的孩子头冲着天空，与所有枝头悬挂的果子的方向相反。医生说这个姿势是错误的。医生说他得自转一百八十度，让自己的头跟大地成直角，摆好一个向大地俯冲的标准姿势。我说这个他做不到啊！他在一个混沌里，那里没有上下，没有天地。他不知道人间的果子的头都朝着什么方向。他无法向什么学习。他不知道自己错了，他想用脚着陆，像个伞兵似的，拽着水母一样的降落伞，飘飘荡荡地用脚着陆。医生说，没有人能用这种姿势降生。他必须用头颅打开道路。一开始，我们都没有天空，没有氧气，我们是从泥土里生生挣扎出来的。只有头能撞开泥土，只有头能打开道路，脚不能。

第二天，我终止了这种楼上楼下、楼前楼后的行走。我认为这种方法过于轻柔。轻柔不适合我。轻柔不适合我肚子里姿势严重错误的孩子。轻摇一只钟表，指针是不会大幅度转动的，得用力量拨动指针。我建议医生从外面打开一个出口，然后伸进去一双手，对困在里面、无力改正错误的孩子进行一个有力的接应。医生说胎音很正常，胎盘等级还是Ⅰ，他有充足的时间看到并改正自己的错误。我说不行，关键是他不知道自己错了。他一开始就被摆放反了。是那双手的错误。他需要救援。给他的逃生工具放错了位置，这是一个失败的魔术。

电灯吊在高高的顶棚上，光芒四射。母亲把它拉灭，在手心里点燃半支蜡烛,放在桌子上。孵蛋的母鸡用叫声和脸色表达不满,它对母亲伸到它腹下取蛋的手又生气又无奈。但它没有太过激的行为。母亲把拿出来的鸡蛋在烛光那里照了照就又放了回去。被放回去的蛋是里面已经有了一只小鸡的蛋,而留在桌子上的蛋是石蛋。石蛋里面没有小鸡。没有小鸡的蛋就像石头。像石头的蛋很少,因此,警惕的母鸡没有察觉它的蛋少了一两个。它大致数了数,就又趴下了。我把这两种蛋凑近那支蜡烛的光,像母亲那样把蛋置于我和烛光的中间,这时我就看见了鸡蛋的里面。那里面一头是空的,看上去很亮,这亮的部分是一只鸡蛋里面的天空。天空下面是暗影,暗影是鸡蛋里面的海洋。海洋里面满满的,海洋里面有一只抱成一个团的小鸡。这只小鸡的身体,把海洋的海平面弄出了起伏,很大的起伏,像是卷起了一个大浪。石蛋里面也有天空,下面也有海洋,但是,不同的是,这个海洋里没有小鸡,没有生命,因此,这里的海平面是一条水平的线,上面没有起伏,没有生命卷起浪花。原来,判断一只鸡蛋是死的还是活的,是这样容易,这样清楚。生命它不躲藏,它要从背景里凸显出来,它生怕别人看不见,看不清。二十八天后,窝里的十几或二十几个蛋都摇动了起来。小鸡从里向外敲击蛋壳,嘟嘟嘟——它们在用力开门开窗。等窗子打开,它们的声音传出来——嗫嗫嗫。我是母亲的小助手,往碟子里放小米放水。它们一出来就会吃米粒。我一次次目睹它们从全封闭又没有任何缝隙接口的蛋壳里一点一点地爬出来,为我表演逃生魔术。给它们的逃生工具是一样的——头上的喙。喙长在身体的最上端最前端。喙在前面,柔软的身体跟在后面。可是我一回头,看见窝里还有一枚蛋。它一动不动,一声不吭,没有一丝生命挣扎的迹象。但我知道这样的蛋里也是有一只小鸡的。这枚不动的蛋,我想它的时辰还没有到来。它的逃生工具还没有被放进去,或者它还不会使用。这需要等待。我妈说不是的,它的喙够不到蛋壳。它的逃生工具放错了位置。这枚蛋是个失败的魔术,我以为这只倒霉的小鸡就完了。接下来,母亲用了一个简单的办法把小鸡拯救了出来。母亲的工具是一把锥子。锥子是救援的工具,形状接近一个坚硬的喙。锥子比喙清醒。比喙行动方便。比喙坚硬比喙果断。锥子是金属。母亲用锥子在蛋壳外凿出一个洞,再扩大到能伸进去两个手指。母亲的手指在里面紧张地工作,展开搜救。最后在一只翅膀的下面找到了那把工具。母亲拽住它把小鸡的头拉了出来。我看见它的颈扭了几道弯。原来是小鸡长得太大了,占满了所有空间,喙被紧紧夹住,无法挥舞。母亲把它的下半身仍留在蛋壳里,让它自己蹬掉。我看见它一出来就睁开了眼睛,并不发出哭声。

二、我认识小鸡身上所有的骨头

孩子睡在位于我头部的一张小床里,他的身体与我的身体被摆成了丁字。他是那一横,我是竖钩。他堵死了我的去路。他的哭声沙哑,往低里走。护士小辉把他从医生手里接过来,走向手术室墙边的一个小台秤。那里应该还有一盆温水。一个我们带来的小被子。被子是姐姐做的,蓝底儿上有排成队的斑马燕鱼。小辉从手术台向那盆温水、秤、小棉被走过去时,在我头部位置停了几秒。她俯下身让我看一眼我的孩子。小辉是左手托着头，右手抓孩子的两只脚，从我的左侧走过，这样我就先看见了他的脚、腿、生殖器。

小辉说，男孩儿。

这是我第三次知道他是个男孩儿，第一次看见他是个男孩。这一次看见也证明了那两次的判断都是准确的。科学仪器是准确的，那支在我手腕上摆动的铅笔是准确的。我的一根头发，从铅笔上端的橡皮里穿过去。铅笔悬在我的头发下，悬在我手腕的脉搏上。铅笔开始摆动。开始，铅笔的摆动是慌乱的。后来，铅笔安下心来，只从胳膊向指尖这个方向折返，心无旁骛。其实铅笔是个木偶，它的摆动轨迹受控于我的血液。我的血液规定它要沿着这个方向摆动。这是一个男孩的摆动。他在我的身体里，刚一个月大。但他已经控制了我全身的血液，并通过血液控制了我身体外一根铅笔的运动轨迹。

从那个中午，在同事薛果果的帮助下，证明了我身体里一个男孩的存在之后，我开始吃肉。吃各种肉。我想我得给他运输整车的动物蛋白了。在这之前，我是不吃肉的，我只吃碱性食物，也就是素食。我把自己从头到脚、从里到外，用碱水浸泡。我要保住性急而短命Y的精子。我选择Y精子。我在食物上做手脚，在洗澡液上计算碱的百分比。我杀掉所有的X精子。我用一个可靠的公式演算出我的排卵期，然后制定李礼的时间表。我要求李礼像上中学时一样，听到铃声准时跑到自己的位置上坐好，然后专心致志。在这件事上，他十分合作。他们家三代单传，列祖列宗都眼巴巴地看着他呢。

这么重大的一件事，李礼无法把信任建立在一支在我的手腕上晃动的铅笔上，他要眼睁睁地看见。六个月大的时候，他就迫不及待地把我带进了B超室。B超室的医生是他战友的家属。她对他说，男孩儿。看得很清楚。胎儿正好脸朝外。

晃动的铅笔反复说:男孩儿!

B超医生对李礼笑着说:男孩儿!

小辉在无影灯下小声对我说:男孩儿!

汤碗白色，自得寂静。它的容积大到让我意外，完全可以在里面清洗一小捆青菜。我的眼睛一穿透麻醉剂的雾霭就闪闪发光。它们像是两只新生的眼睛，像是什么也没见识过的眼睛，它们开始了对这个世界的重新认读:汤碗白色，白得寂静;正对着我的是窗子，那么门在我的身后;窗帘是蓝色的，垂在一侧;窗台上一瓶假花，有五朵永不凋谢的玫瑰;墙边一个黄色的衣柜，门紧关着。一只苍蝇在房间的正中间最开阔的地带飞翔，我想不出它做那种轨迹复杂的飞翔的意义。我对目力所及的一切都忽然有了注视的热情。在四〇三室，除了高频率震动翅膀的苍蝇，一直在动的是姐姐的手。她扬起一勺汤，又扬起一勺汤。汤里的热像一群小昆虫，它们惊慌地躲避着姐姐的汤勺。它们一边向开阔的空中逃逸，一边还组成了一个惊悚的图形。在这个图形的下面，我发现姐姐的动作发生了变化，她的勺逐渐向汤的深处勘探，并打捞上来一些固体物质。

最先被汤勺托出水面的是块鱼骨。它斜卧在那把凹度很浅的白钢勺里，随时可能滑落回去。鱼骨像个精致但残损的梳子，这样细小的梳子该梳什么样的头发呢？我的一定不行，我的梳子很大，形状接近于农具。在我把鱼骨与我的梳子做比较的时候，姐姐已经做完了对鱼骨的鉴定，她说这是草鱼的脊骨。姐姐家里有一个面积不小的鱼塘。里面养着鲤鱼、草鱼、鲢鱼。她熟悉她饲养的这几种鱼以及它们的骨头。姐姐说完了那句结论，手一倾斜，鱼骨就滑入下面琥珀色的汤里。再次被汤勺托出水面的是一块鸡骨头。没等姐姐说话，我就说出了这块骨头在鸡身上的具体位置以及这块骨头的名字——鸡锁。

我熟悉小鸡身上所有的骨头。

我熟悉我们家的院子。

房子是父母亲手盖的。建筑材料是木头、泥土和金黄的稻草。我出生时，这所房子至少已经存在了十多年。我睁开眼睛看到的房子，已经修缮过，墙上已经有了红色的砖。从我家或关或开的窗子看出去，我就看到了我家的院子。院子很大，长方形。冬天可以浇一个冰场，可以在上面完成一个基本的滑翔。院子再往外是菜地，面积是院子的几倍。菜地的外面就是大街了。从房门出来，经过院子，经过菜地，才能走到外面的大道上。这条通向外面大道的出路是笔直的，正对户门的。我家院子里的道路和外面的大道也形成一个丁字，我们家是竖钩。如果向后，顶多是退到家里，再往后是没有后退余地的。据说我们家这条出路原来是开在旁侧的，后来，在我出生前就被父亲修改了。我认为，我父亲对这条道路的修改是必需的正确的。因为那不是一条普通的路，那是一条重要的路，它的走向寓意深远。它的走向指向父母的人生观、世界观。那是父母面对外面世界的姿态和表情。这条路的走向，直接规定了我面对外面的姿态和表情。我一打开家门就直接与外面的大路接通了。院子里的空气与外面的空气直接对流。从家里出来，到外面的大路上去，是不需转弯的。父母走的是直线。父母的世界观也是我们的。我们会走路后,从家门里一出来,不用转弯就走到大路上去了。我们也走直线。我无数次地走过这条直线,直线就渗透到我的血液里,随着我的年龄身高,随着被我摄入的钙质,长进我的骨头深处去了。

我们家的房子三间。西屋是万字火炕。西墙下是黄色的箱子。上面两面小圆镜、一台很大的收音机、一只座钟。墙上挂着镜框,里面是黑白照片。父母和幼小的孩子住西屋,东屋住长大的哥哥姐姐。这样西屋是幼儿园,东屋是中学生宿舍。中间屋子是厨房,灶台是水泥的。铁锅是韩式的。

概括归纳起来我们家是这样组成的:房子,院子,菜地,果树,人,家畜家禽。这里什么都有了:院子里的鸡鸭猪狗等,是我们家的畜牧业;菜地里的蔬菜、玉米等,是我们家的农业;房后房前的杨树柳树果树,是我们家的林业;院子里通向外面的道路,那是我们家的政治和外交。这一切都是年轻的父母创造的。他们通过一条笔直的道路表达了对世界的信任和热情。但道路的后面也面面俱到,还很丰富,很兴旺发达。这样,父母和我们是可进可退、可攻可守的。

在众多春天孵出、秋天长成少年的小鸡里,母亲往往让我来决定杀掉哪一只,这是对我帮助她养育小鸡的奖励。母亲拎着菜刀从厨房里出来了,喊一两声我的小名。她让我在差不多一院子斑斓的小鸡里指出一只。我终止在泥土上画图的游戏,从淹没我的闪着磷光的翅膀中站起小小的身体。我不能指出哪一只应该死,但我有最喜爱的。我抱住我最爱的那只,然后坐在院子里的泥土上,把下颏抵住它热乎乎的脊背。我说,别杀这只。

被我抱住的小鸡往往羽毛最为灰暗,甚至有些残疾。它总是抢不到食物,在小鸡们无来由的争斗中永远被欺负。我想给它一点公道,比别的小鸡多活几天。我给它一段生命的长度以弥补它生命的不幸。

母亲抓住了哪一只,我是不看的。我抱住那只小鸡,下巴抵住它的脊背。我闭上我的眼睛,我用手捂住它的眼睛。在那几秒里,我蹲在那里,身体的形态特别像肚子疼。是那种突然的、痉挛的疼。

我看到的往往是屠杀后的现场:一堆艳丽的羽毛,一堆还没来得及登上舞台就脱掉的准备了一个春天一个夏天的华丽衣裳;一碗冒着热气的血。血上的热气是那样软,软得像孩子哭到精疲力竭,软到像下雨天玻璃上向下流的水。

晚饭的时候,饭桌上就会有一盆酱红色的肉块。我以最快的速度在众多的肉块中找到包裹着鸡锁的那一块。母亲从不切碎它,在刀下它被完整地保存下来。往往我拿一块,姐姐以跟我差不多的速度拿到另一块。等我们找到了两块鸡锁,那盆本无头绪的肉块就更凌乱了。我在吃这块肉时,很像考古工作者从古墓的泥土中挖出一件随葬的器皿。我得小心别把它咬坏。那些牙齿咬不下来的筋肉,我就用小刀一点一点地剔除。我的样子不像在吃肉,倒像在雕塑。我的工具首先是牙齿,然后是小刀。我跟雕塑家的区别,是我把雕塑的边角料给吃了。

一只小鸡身上叫鸡锁的骨头有两块,它长在翅膀上,位于翅膀的中间位置,形状接近大回形针。我认为鸡锁是小鸡身上最好看的骨头。一开始,母亲把弄干净的鸡锁穿上毛线,挂在姐姐和我的脖子上,原来它是女孩的胸饰。此后,我注意积攒这块特殊的骨头,好使脖子上的鸡锁穿成一串。在我们家,把鸡锁穿成一串并不很难,只要有小鸡的翅膀就可以了。在我们家的院子里,从来就不缺少小鸡的翅膀。

我看到一盆凌乱的肉块,感到是一只活着的鸡被推倒了。它倒下后破碎成一盆酱红色的肉块。如果给我一盆煮熟的鸡肉块,我是能把它们组合成一只小鸡形状的——我熟悉小鸡身上所有的骨头。

三、那么好看那么轻

眼前这碗汤里的鸡锁,我不能断定它来自公鸡还是母鸡。但如果这碗汤来自我母亲工作的厨房,那么这只鸡锁就一定来自一只小公鸡的翅膀。我幼年胸前成串的鸡锁,都来自我家院子里的小鸡,来自院子里小鸡中的公鸡。

母亲只杀公鸡。

母亲的庭院是很大的,但在春天,在所有的翅膀在喙的带领下一同到来的时候,还是拥挤了。喙实在是太多了。母亲提供它们一部分食物,另一部分得让它们自己去寻觅。觅食就得到院子外面去,而外面的道路上走着马车,草地上有散养的大型动物。这样,小鸡的处境是不安全的。母亲就给我安排了工作:看护小鸡,等它们吃饱了再带它们回来。

在工作实践中我发现,不是所有的小鸡都能跟得上母亲的脚步一同走出庭院到外面的草地上觅食。一窝里总有一只或两只一出蛋壳就软弱,它在出壳那个环节没遇上什么意外,不需要母亲和一把锥子的救援。它们的问题是蹬掉蛋壳之后的问题:它站不起来。一条腿总是向一侧滑出去而又无法收回来。它的两条腿站不成平行线,而是错误地同地面组成了一个直角三角形。那条残腿是三角形的那条斜边。这样的小鸡一宿就会被它的兄弟姐妹们踩压死了。我目睹了很多次。当母亲准备把这只小鸡从开着的北窗扔出去,我及时地伸出了我的手——我伸出了我八岁的手。当我从那场发烧中苏醒过来后,正是春天。我坚决地阻止了那个春天第一窝小鸡中那只被母亲淘汰的小鸡的夭折。

我和六岁的弟弟一同躺在母亲的火炕上,一同躺在母亲黄色的苇席上发烧。第二天,一辆马车清脆地走进了我们家的院子。马脖子上的铜铃不再摇晃时,母亲已把弟弟用棉被包好,然后她抱着弟弟坐上马车去了四公里外的公社医院。火炕上只剩下了我,我被留在苇席上独自发烧。十八岁的姐姐为此提出强烈抗议。母亲说,我也只能抱得动一个孩子。姐姐说,那另一个我抱。母亲说,家里的钱只够给一个孩子打针吃药。母亲也不愿选择,但是这道选择题母亲必须要做。母亲选择了弟弟。选择了男孩儿。选择了他的未来。母亲给弟弟制作的衣服,是要安上好几个口袋的。母亲把对未来的具体理想,分别装进弟弟衣服上的口袋里。而我的衣裙是不安口袋的。母亲给我做漂亮的裙子。她的手工十分精致。她给我做的裙子上没有口袋。我的裙子是单纯的裙子。我的裙子上有花边有百褶但没有口袋。我的裙子它是那么好看那么轻。我一奔跑我的裙子就被风吹得舒展开了。我要是往上一跳,也许就能飞了。

当我从那场发烧中独自苏醒过来后，我伸手接住了那只被母亲淘汰的小鸡。我找到一个鞋盒子，在左边放上棉花，右边放一小碟米，米里放上水。左边是它的卧室，右边是它的餐厅。中间部分可以散步。我把它从它母亲翅膀下的江湖里搭救出来，放到它的住宅里。放到它的命运之外。

几天后，母鸡带着它所有健康的孩子要到外面的草地上觅食去了。我作为它们的专职看护，跟在它们的后面。我的手里抱着那只残疾的小鸡。我也想让它认识草地，让它体验发现草叶下面躲藏的虫子的快乐。我想让它被阳光照耀。晚上小鸡吃饱了，它们钻进母亲的羽毛里，钻进那个羽绒被子里。我没有羽毛，我不是羽绒被子，但是我有棉被，我把它放进我的棉被里，单独睡在纸盒里它也许会冻死。有一天，我搂着一只小鸡睡觉被母亲发现了。她说，你睡着了，一翻身，会把它压死。这种可能我可不知道。我开始害怕发生那样的事情。早上一醒来，就惊慌地寻找。在我的脚底下找到了它，在我的身后找到了它，在我的枕头上找到了它。我总是找到了它，在每一个早晨找到了它。它也总是活着的。生了儿子后，我不管所有人的反对，坚决地把孩子搂在了自己的被窝里。李礼气愤地说，你搂吧，要是把我儿子压着要你的命！我知道压不到他，很小时都不曾压到一只小鸡，我怎么能压到那么大的一个孩子呢。李礼不信任我，我没给他讲过我搂着小鸡睡觉的故事。

四、我是个爱工作的小孩

姐姐舀了一勺汤，先自己尝了尝，然后送到我的嘴边。我坐不起来，身上压着一个沙袋子。我被一道伤和一袋沙子压在下面。我只能躺着喝汤。我的味觉也被麻醉了，还没有恢复。那汤什么味道也没有。加上喝的姿势不便，我喝了几口之后就想不喝了。姐姐说，再喝点，这汤是催奶的。

我总是抱着它。我一低头就看见了它。它离我是那样近。它在我的手心里。我一低头就看见了它，它在我的手心里发生变化。

它的头在我的胸部，眼睛是三百六十度视角。它似乎是什么都看见了，它应该能看见自己头顶的冠子。秋天我看见它头顶一直沉默的冠子要说话了。我看见它的冠子像一座远处的白房子突然就失火了。我惊慌失措。我知道它头顶举着的红色火焰是什么意思，它要长成一只公鸡！长成一只公鸡，在我们家的院子里意味着什么，我知道它不知道啊！我必须拦住它。它才刚刚开始，我要拦住它；我要把它引上正确安全的大道。我每天用手指抚摸它的冠子，我希望它能变小变成原来的白色。还像远处的白房子。安静的白，远离火灾。这时候，我发现我的手没有用处，它们对阻拦一只小鸡的幼稚行动无能为力。最后，我真着急了，我开始说话。我认为小鸡是可以自由选择性别的。我想利用语言，利用一砖一瓦的词语，砌成一堵高墙，从而彻底阻断它奔向死亡的道路。

我开始说话，我有资格跟它说话。我能站在它的未来同它说话。

我说在我们的庭院里，只有一只公鸡能活下去，其余的将看不见今年的雪花，而你被留下的可能性是没有的。去年的公鸡还很强壮，妈妈说了让它继续工作。那么今年的所有公鸡就都看不见雪花啦。如果你选择做一只母鸡，只要你能下蛋，妈妈就不会杀你。而你不会只下一个蛋，你只要不停地下蛋，你就能不停地活下去。

我抱着的小鸡歪着头，用一只眼睛看了看我，然后又更大幅度地歪着头，看了看天上的太阳，然后它就低头在我的手心里寻找米粒。我不知道我的话它往没往心里去。

接下来，从它身上那些惊人的急切变化里，我知道它没听我的话。它在一意孤行。它坚持着自己的生命理想，并且一直向前迈进。它推倒了我拦截它的词语之墙。它的冠子鲜红硕大，已经能在风里飘动。它举起了它的旗帜，在身体的最上端最高处。大片的红色映红了它的脸，映红了它的眼睛，映红了我的眼睛。它的头呈现出酒醉的颜色，至此，它的生命理想已经在它的头部完全彻底地阐明，任何阻挡都来不及了。我没有放弃对这个即将逝去的生命的挽救，我用白纸折成一个帽子戴在它的头上。几天之后我又看见它背部的灰黄羽毛里闪出了惊人的红色光芒。我看见这背部羽毛的红光上写着同冠子上相同的理想。至此，它像一座四处起火的房子，我奋力扑救，仍无济于事。在决然的大火面前，扑救的意义几乎是零。然后是尾羽，它从那扫帚形的尾羽里长出了黑色的新尾羽。这是真正的尾羽，它形成一个完美的弧度，黑色中流动着绿色的磷光。这种流荡的绿色震动了我。它们是活的，躲藏在那些羽毛里，只有强光、太阳光的召唤它们才会闪身而出，发出惊人的光华。它是化好了妆的舞者，等在帷幕的后面，它要跃上舞台，用生命和红色跳舞。而这一切都不可阻挡！它已经看不见了其他方向。母鸡的羽毛里没有藏匿多余的东西，光来了，光走了，它们平静如水。它们从来就不想在阳光下闪闪发亮。

面对这种局面，我对它的生命做了第二次拯救，也是最后一次拯救。当堂嫂子生了个大胖小子，母亲要去下奶，母亲又一次让我说出哪只公鸡该死的时候，我又抱住了它，又一次坐在一院子斑斓的翅膀中，我闭上了我的眼睛，但是我没有捂上它的眼睛。我要让天真的它看见死的形式，看见死的细节，看见自己的明天。

母亲那把菜刀搅起的恐怖旋涡，把院子里所有的生命都搅了进去。本无性命之忧的小花母鸡们，也跟着一同瞎跑瞎叫瞎跳，甚至波及了大柳树下一直安静地卧着的几只大白鹅。鹅总是迈着四方步，但它们看到刀和骚乱也从地上站了起来，并集体向柳树的根部退去，直到退出柳树的阴影，躲在秋天刺目的阳光里。我蹲在旋涡里，等待着恐惧的粉尘降落下来。那些以灰、褐色为基调的小花母鸡们，它们不知道自己一生下来就拥有比公鸡长得多的生命权利。它们披着一身无忧无虑的素花羽毛，跟着公鸡一同陷入恐慌。它们无法在少年时代就洞悉我们家院子里的生命规则。它们不知道，在自己的身体里，生有一堆颗粒。它们的生命数，是要加上这些颗粒的。它们的生命和它们的颗粒构成了一个算式，一个加法算式。而在公鸡的体内，与生命相关的颗粒一粒也没有，或者有，但不是以对我母亲对我们有用的形式呈现。在我眼里，公鸡的生命只有一，没有附加的东西来为生命的一加上数字。它们的生命只是一个孤零零的数字一，没有其他的数字加入进来增援它。它只有一个加数，没有另一个加数，形不成一个可靠的生命运算。

我是个爱工作的小孩。在接受看护小鸡这项工作之前；我就以出色的看家能力让母亲吃惊。乡下的家不是人出去了锁上门就可以了。有很大一块家的组成部分是锁不上的，比如果树，比如菜园，比如小鸡……能锁的只有房子，而房子只是家的一小部分。最容易丢失的不在房子里。它们在李子树上，在海棠树上，在桃树上，在黄瓜叶子的下面，在西红柿叶子的下面，在院子里，在柳树下……母亲用一把永固牌锁头锁好了房门之后，剩下的部分由我来锁。隔上一段时间，母亲就要到五里地外的韩国屯商店买日用品。我们的商店有八里地，很远。他们商店里的日用品总是比我们这边的品种多。往返加上滞留在商店里的时间，得两到三个小时。看着母亲向南走去的后背，我就坐在院子大门口的一棵柳树下。我的身下是一块苇席或草苫。菜地、果树、小鸡，家的所有部分就都在我的身后了。两个小时三个小时我坐在那里不动，一直等到母亲从南面回来，等到看见了她前面的衣襟。母亲没有表扬我，但我听到她跟邻居二婶唠嗑时，说到我看家的行为让她很意外。她没想到一个五六岁的孩子能在门口一坐就是三个小时。其实，我们家不能锁的部分是可以丢失的，是丢失的可能性非常小的。我们家有的别人家也有，居民互相是不偷盗的。我是把我妈随口的一句话，当成了一项重要工作来完成了。我想要母亲的肯定，我想证明我有用，我想让母亲知道我活着在母亲的庭院里是重要的。我希望她给我做的裙子上可以安一个兜兜，在这个兜兜里她可以放进去一个理想。我承载得动。我愿意为母亲背负一个沉重的理想。

五、鸡冠子和巧舌

转眼就是秋天了。我仍然抱着它。它已经不可阻挡地长成了一只大公鸡。我针对它的所有教育都失败了。它的羽毛是那么惊人，那些颜色都从天而降。院子里的众多小鸡,已经长成大鸡。它们的性别也泾渭分明。谜底终于揭开了。母亲希望母鸡能多一些。有些小鸡都很大了,仍然看不出性别。在一些谜一样的小鸡面前,连内行的母亲都很难判断。我知道,那些看不出性别的小鸡在犹豫,在性别的选择上,它们还拿不定主意,还没下最后的决心。我发现,我们家院子里的小鸡有三种:一、坚定的母鸡。它们很小就呈现出突出的母鸡特征。连我这个小孩都看出来了。它们长出花翅膀,花尾巴。冠子快要看不见,永远像远处的小白房子,永远不会失火。它们的脸很白,眼睛四周长着花边。羽毛上的花,像母亲买的素花布,灰色、白色、褐色。二、坚定的公鸡。它们的冠子从火苗燃成大火,映红了脸。不长羽毛,先长腿。它们高大,目光在母鸡的上方。它们平视的时候,看见的都是对手。它们的尾羽迟迟地不长出来,在那空白着。空白着是在准备力量,准备最惊人的颜色。三、在性别上犹豫不定者。它们看上去既不是公鸡也不是母鸡。这样的鸡,母亲总是给它们时间,给它们考虑的时间。母亲还没杀过一只正处在犹豫状态的小鸡。我怀里抱着的小鸡是第二种。我希望它是第一种,不能是第一种,选择第三种也好啊。母亲已经开始一个一个地杀那第二种小鸡了。等第二种杀完，那第三种的犹豫也就差不多结束了。我们家总是来客人。第一个原因是我们家院子里的道路，它是笔直地与外面的大道连接的。它正对着房门，外面的人，不用转弯就进了我们家的门；第二个原因，父亲是大队书记兼大队长，本地的最高行政长官，党政集权于一身。民兵连长是我的堂哥，这样父亲也控制了军权。还有，哥哥姐姐都在学校教书，父亲还掌握着本地的教育和文化。这样，父亲的社交以及外交活动是很频繁的。在父亲的领土上，还没有商业，这样就没有一家饭店。父亲就把我们家变成了饭店。我们家就是饭店，我们家的小鸡就是我们家这个饭店的主打菜。还有我们家小鸡下的蛋也是招牌菜。还有节日，还有弟弟生病了，都是需要杀鸡的。这样，我们家院子里小鸡的消失速度是很快的。

弟弟对鸡锁及上面的肉都不感兴趣，他爱吃鸡的大腿。母亲多次引导他吃鸡头上的冠子。弟弟吃了但很快吐了出来，表情是受了一个欺骗。于是母亲就用语言说明，说吃了冠子长大能做官的。弟弟六岁，他只知鸡冠子是什么，不知另一头的官是什么。他不能把吃鸡冠子同做官联结起来。鸡冠子里面没有肌肉组织，只是皮和脂肪，软乎乎的弟弟不爱吃。弟弟不计较做不做官，他只强调里面有没有肌肉。母亲又在过年杀猪的时候劝弟弟吃猪拱嘴。而把猪曲巧舌（猪上胛，形似洗衣板）给我和姐姐吃。母亲说姑娘吃巧舌手会灵巧，会干活，也会说话，省得手笨嘴笨被婆婆骂。吃猪拱嘴会有力气，能开疆拓土，为国家建功立业。弟弟真是不可救药，他也不爱吃猪拱嘴。他爱啃骨头。爱吃瘦肉。不爱吃鸡冠子，不爱吃猪拱嘴。对寓意他远大前程的部位都不爱吃。弟弟为了让母亲高兴就把那鸡冠子、猪拱嘴接过来，然后求我帮他吃。我吃完了猪巧舌、鸡翅膀后，还要吃鸡冠子、猪拱嘴。

等我吃了很多次鸡冠子、猪拱嘴后，我对母亲说，我长大要当皇后。

因为没有皇上了，我没有了做皇后的任何可能。虽然我越位吃了很多鸡冠子、猪拱嘴，母亲仍然没有重视我，连最小的期待也没有寄托在我的身上。她只让我做具体的工作，看小鸡，看弟弟。我是一只工蜂。

六、母亲的庭院

我最怕的事情还是发生了。哥哥的对象家来相亲。他们来的时候，已经下过了几场雪。我们家的院子里，已经是白色的了。在白色之上，是一群素花母鸡。有去年甚至更久的老母鸡，有今年初长成的小母鸡。在这些大大小小的母鸡中间，站立着一只大红公鸡。它是所有公鸡中最强壮也最绚丽的一只。它被母亲留做了种鸡。它高高地举着自己的头，举着头上鲜红的旗。它的目光在母鸡之上，警惕而锋利，脚步迟缓而傲慢。这只鸡是不能杀的。而那些母鸡也是不能杀的。老母鸡的运算结果还没出来，小母鸡的运算才刚刚开始。母亲不会杀掉正处于运算状态的小鸡，她总是耐心地等一切停下来。等风停下来，等运转停下来。这样，我怀里的这只在母亲眼里，就是结果明了的了。几天前，大人在商量哥哥婚事的时候，我就感到了危险。我的身体接收到危险的信号后，这些信号使我的身体发生震颤，比如心跳的节律，比如呼吸的频率，还有我说话的声音。那危险在我的身体里旋转，然后从我的心跳、呼吸，声音里扩散出去。这些颤动通过我的身体传导给我怀里的大公鸡的身体。在我身体的作用下。它知道了一切，它开始了最后的行动。那天的早上，天还没亮的时候，它突然从我的被子里伸出它鲜红如醉酒般的头，不顾后果地、势不可挡地冲着熟睡的我们家所有的人，庄严地大叫了起来。它的声音怪异，不熟练；有刚一破声的嘶哑和走调，但它大叫的姿态和气势已经是一只成熟的公鸡了。它绷直的脖颈就在我的耳边，其音如同惊雷。我惊醒后急忙捏住它的嘴。我把它的头拉回来，我说你干啥呀？你不要命了啊！你怕人家不知道啊？公鸡在我的一个疏忽里，又一次伸出血红的头，又庄严地大叫了起来。它又叫了两声。我不再拦它。我知道拦不住。它一共叫了三声，然后，就沉默了。它沉默的样子像从来不曾大叫过，像不会发出任何声音。我的大公鸡在凌晨奋力大叫了后就沉默了。沉默了后我才明白我应该支持它大叫！它一个春天一个夏天一个秋天的所有行动都是为了今天的大叫！这是它的理想啊！它及时地宣布了它作为一只公鸡的存在！以一只公鸡的姿态存在了一个早上！现在，它可以死了！上午，客人一行就来了，其中有我将来的嫂子。她长得好看，是哥哥在众多的姑娘里挑选的。

我抱着我的已经沉默的大公鸡坐在院子里的柳树下，等着母亲拎着菜刀向我走过来，向我们走过来。

我是不能跑的。那样我的母亲会生气，然后也会把我找到，把我们找到。那样做是没用的。我能往哪里跑呢？我们能往哪里跑呢？

我属于这个院子,它属于这个院子。我们的命运在这个院子里。那个冬天我八岁,那个冬天我很理性。我已经知道有些事情你是不能躲的。要做的是等待,然后努力承受它。

母亲的态度很好。她是可以粗暴地夺过我怀里的公鸡的。我不会反抗。我没有理由。我认为母亲是正确的。哥哥相亲是多么大的一个事情啊!连日理万机的父亲都请了假留在家里等候客人。这是我们家最重大的事情了。母亲为此杀掉我的公鸡是理由充分的。在这种情况下,我找不到让我的公鸡活下去的一条理由。我没理由,我们没有理由。一定是我日夜看护这只小鸡的行为让母亲不忍,她向我说明杀掉这只鸡的理由。她是可以不说一句话就行动的。她说,她说了很多话。她除了对我说,也对相亲的牺牲公鸡说了。母亲说,它要是不瘸,我就把那只种鸡杀了,留下它。可是它站都站不住怎么能跳到母鸡的背上去呢?它已经是活得最长了,也没遭什么罪。你每天喂它大米我都看见了,我也不愿意杀生,妈从小信佛教。我把怀里的公鸡递给了母亲。母亲对公鸡说,早点托生吧,别再托生公鸡了。母亲从不像我那样抱鸡,她用一只手抓住鸡的两个翅膀的根部,鸡一悬空就惊恐地大叫起来。它已经知道自己大限到了。这个被捉拿的姿势已经告诉了它一切,母亲的另一只手拿着刀呢。母亲几步就进了厨房,关上了门。

七、母亲的庭院

当我从那场发烧中独自清醒过来,我就八岁了。当弟弟在药水的援助下从那场发烧中清醒过来刚刚六岁。母亲让我等待弟弟，等到弟弟八岁了一同去上学。这样我就可以在学校继续为母亲工作，看护弟弟。我是母亲的派出机构，在母亲的庭院之外，继续为母亲努力地工作。

应该说看护弟弟的工作我完成得不好。往往，我和弟弟一同被前院的两个朝鲜小孩给打哭了。母亲也知道自己的两个孩子没有攻击性，不是那两个孩子的对手。几次下来，再文明的母亲也愤怒了。母亲第一次为孩子的小事同大人交涉。朝鲜女人穿带钩的鞋子，正坐在院子里洗衣服。那两个惹了祸的孩子藏到他们母亲宽大的衣裙的后面。母亲再愤怒她也不会骂人，她甚至不会大声说话。她也真无须大声说话，她是大队书记的夫人。朝鲜女人惊慌地说，我打他们，我打他们。说着就真的行动起来，拍打了两下孩子，并不用力。母亲转身就走了。要说我和弟弟同前院孩子发生冲突的主要原因，是他们捉了落在我们家栅栏上的蜻蜓，我们没说什么；当我们去捉落在他们家栅栏上的蜻蜓的时候，他们却不让了。然后我和弟弟也不让他们捉落在我们家栅栏上的蜻蜓，他们就动手打我们了。我们甚至要比他们大一些，却总是打输。那个女孩尤其凶猛，她梳板凳头；那男孩机智，熟练于突然的攻击。我和弟弟在面临暴力的时候都表现得惊慌不知所措，这导致我们的反击没有章法，效果极差。

在等待的过程中，在弟弟的一个冗长的午睡里，我独自走出了母亲的庭院。我站在了横在我家门前的那条东西走向的大道上。我是没有目的的。在我没有目的的时候，我听见道路的西边响起众多孩子的喧哗。孩子的喧哗为我指引了方向。我走到了小学校。小学校是一座青砖灰瓦的宅院。操场很大,四周有很多老柳树。我看见很多小孩在那操场上排队。前街的几个孩子我认识,他们都和我一样还没上学呢。他们为什么可以在操场上排队呢?于是我也去排队了。前面是一张桌子,桌子的后面坐着胡老师。胡老师是地主的儿子,他读过许多年的书,他有文化。父亲就让胡老师当了小学校的老师。上面是不让地主的孩子当老师的,但父亲经常不听上面的。胡老师问我几岁了?又问我名字。他说这个名字不行,是小名,得要大名。然后他说先写上,明天你要带个大名来上学。

我就这样自作主张上学了,突然不等弟弟了。这是我第一次反抗母亲。突然的,没有预谋。头一天我还不知道要做这件事。母亲什么也没说,给我大名曰:平。我看见母亲是从墙上的年画上找到这个字的。那年的年画是李玉和穿着白衣服,上面被打出几道醒目的血迹。年画是姐姐买的,她是红卫兵。母亲对这张年画很有微词。她说大过年的弄这么血哩呼啦的,不吉利。可我们家是革命家庭,我们家过年是不要吉利的,因为吉利跟革命不协调。母亲是受旧教育长大的,地主的女儿,她已经过时了。李玉和和他的伤痕的年画下面是有唱词的。母亲来到年画的下面,在那些唱词里找到了一个字:平。从此“平”就是我的名字。“平”这个字干干巴巴,没有什么生机。小学的时候,我对这个字不计较。在小学的那五年里,我把它写了无数次。中学之后,我开始对这个字不满意起来。我开始在原有基础上搞了一些延展。我在平的上面压上了草头。我的生活环境里,举目都是杨树、柳树、榆树。我没有看见过苹果树。苹果也很少能吃到。我决定我的名字叫苹,苹果树的苹,苹果的苹。二十二岁参加工作之后，我对苹也不是很满意了，我仍然喜欢苹果，但我发现了一个更好的字。这个字有水有草，它不是一种食物，它是一种生命状态，有颜色、姿态，它比苹高了一个层次，它跟我的生命趣味相关了。这个字是——萍。我在纸上写了好多个萍，可是我的身份证上是平，也就是萍字它不合法。我决定给萍合法的身份。我拿着身份证找到派出所户籍民警，户籍民警问我改名的理由，我就说了我的理由。我说到了水和草，说到生机、繁荣昌盛、生命姿态等词语，户籍民警说，这个理由不充分，不能改。一年后，我嫁给了一个军人，他的很多战友转业进公安局工作。我说你能帮我改名字吗？他说能啊！多大个事！一年后，我发现我的名字还没有改过来，那水和草、生机还不属于我。他说改什么啊，“平”字多好啊！平安、平平安安，我说可是没有水和草，没有生机啊！他说，可“萍”是浮萍的萍，萍不稳定，总是随着水漂荡。我把握不住，谁也把握不住。我不同意你叫萍。你就叫平。平安、平静地跟我过日子吧。

我就这样上学了，在我八岁的那个秋天。我走出了母亲的庭院，不再管小鸡和弟弟。我走进学校的大院子里。这个院子比母亲的院子大好几倍。房子也高大森严。在这里，我觉得自己的身体变小了，我甚至够不到那些窗台。无法打开窗子。

想不到我天生就是个工作的命。老师在四十多个孩子里挑选我做班长。我的老师不是胡老师，胡老师教二年级。教我的老师姓商，她是下乡知青。

我开始为商老师工作。我的日常工作之一是早上带领全班学生晨读。我们朗读课文。由我来领读。我要是读累了，就指定一个同学替换我。没有谁敢捣乱。我手里握着教鞭呢。我一边领读一边巡视,发现谁不用心读,或坐姿不对,我就走过去,举起教鞭,在他的桌子上猛打一下。声音之大足以吓他一跳。那遭到我的教鞭的几乎都是男生。如果教鞭不行我还可以打他们。几乎所有的男生都被我打过,他们没有一个敢反抗。老师默许我的暴力。我的工作之二是每天收昨天的作业。收齐了是很高的一摞,高过我的头顶。其实四十多个田字格本叠不了那么高,我们的作业本老师规定得用本夹。我们的本夹上是一个节日的场面,是很多孩子手里举着气球,老师说他们是北京的小孩,在欢迎西哈努克亲王。我的工作之三是记班级日记。我不但要把一年级一班的事情时刻放在心上,还要放在白纸上。我的工作之四是老师不在时顶替老师给同学上课。

这样我在学校里的时间越来越长,在母亲的院子里匆匆而过。我不看院子里那些小鸡,看不见弟弟摔倒了。我已经把挂在脖子上成串的鸡锁摘下来了,我的脖子上挂上了别的东西,那是一把钥匙,一年级一班的。

一天我向母亲描述学校,那些砖那些瓦,那些跟我们家不一样的砖和瓦。还有院子的面积,老柳树的老。我说那个院子我一进去就觉得阴凉,哪怕头顶是太阳。母亲面无表情,不肯对我的学校说一句肯定的话。父亲说,那是你的姥姥家啊!

我从母亲现在的庭院,进入了母亲过去的庭院。原来所有的庭院都是母亲的庭院,我的背叛使我更深地陷入母亲的庭院,一个更高大精致的庭院。

八、多么安全多么模糊

由洁白的碗盛装的肉汤我一共喝了十一天。第十一天的时候，我就出院了。那汤对促进乳汁的分泌起到了重要作用，它使李礼的儿子满月的时候已经超过了十斤，使他在上学的时候，身高体重都不比别的孩子差，甚至还要好。七岁的时候他进入比我的童年更大的操场里。放学了，我在门口找不到他。上千的孩子都穿蓝白相间的衣服，像一大群小花母鸡。我知道他没有丢失，他就在这个大院子里。他没有自己的颜色，他掩藏在众多个相同里，他的处境是多么的安全。他不需要我的教育，他将成为一个有用的人。有能力赡养我，为我提供衣食，并最后把我埋葬。

利刃的语言

夏天,整个城市如一片叶子,被烤焦了,发了黄打了卷。只有街边一堆硕大的西瓜,如一滴滴还没有蒸发的水珠,闪着凉爽的绿色光芒。

我在一堆有着碧绿花纹的西瓜旁停下了脚步。我只喜欢这种西瓜,它是圆的,且有青蛙背上的花纹。这和我童年图画书上的西瓜是一样的。而其他的西瓜,颜色像冬瓜,形态像枕头。

卖瓜人是个中年男子,黑且瘦,眼睛很大。他将手掌伸平,在他臂长所及的范围内的每一个瓜上拍,最后选中了一个较大的抱了过来。他头也不抬地说叫不叫?(叫:切开一块以验优劣。)我说叫,不好不要。于是他三刀就在西瓜的肚子上划出了一个三角形,并像拔暖瓶盖一样将那块瓜拔了出来。我伸头去看那个三角形的井,里边真如井一般汪了一片水渍,瓜肉发了炎的伤口般红肿不堪。这是熟过的瓜,或在搬运过程中受了外力的撞击,虽然外皮完好,但里边已如发生了地震,全乱了套。我拒绝买这只瓜直到此时,我还没特别的感觉,一件再平常再细小不过的事,它还没有什么意义,拒绝这只瓜的理由又是那样充分。

卖瓜人一手托着瓜,一手握着西瓜刀,不好,哪儿不好?并且直视我。我不明白他的自信从哪里来?快要烂了的西瓜能使他的目光笔直地射向我而没有一丝游移吗?一定另有原因,它的笔直的目光后一定有一个坚硬的支撑。我在他的身上寻找,于是我的目光与那把西瓜刀相遇。残留的西瓜的汁液,正从刀尖一滴一滴缓慢地滴到地上。它们是淡红色的,跟人体的血液极其相似。月牙形的,刃口比刀背长出约一倍,在强光下反射出刺目的光。它距我只有二十厘米,只要二分之一秒,刀就能将这段距离变成零甚至负数。握刀的手是黑色的,上边的血管如老树的裸根盘错着,他的手臂像是刀黑色而有力的柄。刀和他的手是一体,他是一个身上能长出刀的人,刀从他手臂的顶端长出来,并且在他的血液的浇灌下越发的锋利。

我害怕了,怕这把从他的手臂的顶端长出的刀是个任性的家伙。他的大脑指挥不了刀,反而被刀所控制。刀是嗜血的,它永远乐于在柔软不堪一击的肉体上证明自己是……把锋利的刀,刀面对石头的时候是会低头并且绕行的。但我不是石头,恰好是一堆柔软的肉。刀已看见了我,并且露出了笑容,正在一毫米一毫米地向我移动。它可能是厌烦了那堆西瓜,厌烦了西瓜发出的嘎嘎嘎嘎清脆的哭叫声。它想换一个略有些弹性的东西。西瓜的血毕竟没有腥味,而且是令它讨厌的甜味。刀是不甘堕落的,切割西瓜实在是无奈之举,一旦有机会,它是不会放弃任何一个同真正的血液亲和的机会的。

我看见那个卖瓜人阴沉的脸，他没有买卖人那种可以随时运用的笑脸。是刀使他可以不笑，刀给了他勇气和理由。我不能同他争执。我在那把月牙刀闪闪的白光下接过了西瓜。我付钱给他时说：我买了，不是怕你，是怕那刀。一般人听了都会笑的，但他没有，他像阴天一样，就是那种没有雨的阴天，但晴起来也没有希望。

刀是有语言的，以前我不知道。但自从我的邻居二萍在一把切菜刀下变成一堆肉泥以后，我开始能听见刀说的话。它说它喜欢一切柔软的东西，比如青菜，比如绢布，比如女人。它说它不大喜欢石头、金属、男人等等一切不容易切割的东西。它们不但难于切割也不容易下咽并且味道也不好。

我怕刀，听懂了刀的劝告，并且弄明白了刀是个什么东西。我买两样物品——肉和西瓜——不敢同卖货的人争执。这两种买卖是有刀参与的，或者说是刀的买卖。我不敢同刀理论什么，刀说的就是真理。

我在刀的逼视下接过了坏的西瓜，接过了切割得明显肥肉多而瘦肉少的肉。我没有办法，我不是刀的对手。在刀的面前，我仅仅是一茎青草。刀是我的敌人。我在一把刀的面前什么真理也不能坚持。刀把公道切得一面太大，一面太小，但小的那一面放上一把刀，就平衡了。

孤岛

沙漠上空的幻影

绿影·风影·幻影

天正黑着,你就起床了。

敲开旅社紧锁的铁门,走到客运站铁门外翘首盼望。这时,你发现你是第一个准备远行的人。天地黑得茫茫无边。流浪的诗人,身在何处,心在何处?

叽叽呱呱的谈话声越来越近,出现了几个黑影,先分散地应着,而后凝成了一堆。听话音是当地维吾尔族朋友,而且看上去像一家子。这些黑影在阵阵狗吠声中渐渐淡去,由黑到褐,由褐到灰,然后止不住似的白了起来。

狗吠依然在这昆仑山与西沙漠之间一阵阵地呜嚎着。

你又看到白光中,背着棉被包裹的几个小伙子走来。这几个人瘦削、秀气，有种关内南方人的模样。他们的普通话里夹着我听不太懂的地方方言。想不到这几个长期流浪汉还与我这个临时流浪汉有一段缘分。后来，我们相识并且共同穿越而去。

这些人，几十分钟后都被装进一辆过路赴和田的车子。

……泽普、叶城、皮山、墨玉匆匆一掠而过。

叶城以北有绿色蔓延。这里有更多的人居住。有水就有树，有树就有花、鸟和人。新疆的村镇就好比大海上的岛屿一样，稀零但集结的。海在这里被沙漠戈壁替代了。体味过荒凉沙漠的苦味之人，对绿洲都深深地苦恋并且感恩。这种恋情有时颇像弗洛伊德所说的俄狄浦斯情结一样难以解开。

过了皮山，视野里出现了黄褐的空白……从木吉往东南，则驰入赤条条的戈壁滩了。再向前便陷入沙漠地。除了沙还有沙，除了沙还是沙，除了沙只有沙。这沙细如粉，色若金。这沙不像是地上本来就有的，而像是天仙撒下来的东西。沙地上，那一条条弯弯曲曲的犁沟齿印，令我想起辛勤耕耘的风。你若去过海边，你可能把这一垄垄的沙想象成起伏跌宕的波浪呢。流浪的人们，鱼一样游过沙漠。

风，冲杀过来了。

你看不见它，但飞起的尘沙铺天盖地。一阵阵地出现和消失，一会儿硝烟滚滚，一会儿云开日出，让人难以捉摸。

这是一个叫萨依巴格的地方。

你看见沙漠上活动着一些土塑。这些土塑是被风沙装出来的。风挟着一群群尘沙伏在人们头上、身上，连拍都来不及。扎营在这一带的养路工抑或是民工在不声不响中被风塑造成雕塑形象了。此刻，风沙掠过他们留下些尘沙走了，微微透出的阳光，给他们镀亮，刹那间成金色并且是透亮透亮的。

我是个过客，但忘不了与风沙共呼吸的好儿女。但愿，在风沙里打过滚的他们走入城市时，不是被侮辱和被嘲弄的可怜虫……

汽车驶进一片绿色掩映的海市蜃楼。我先是在脸上而后又在皮肤上和心里感觉到突来的凉意的。这是村庄喀拉喀什……这是县城墨玉……最后是终点站和田。树是白杨树，齐崭崭而且是碧绿碧绿地站在那里。树叶在风里哗啦哗啦响着，与沙漠风的鬼语完全换了样儿。青青的玉米、红高粱以及金脸向日葵在被遗忘了好长时间之后，又亲切地出现在江南流浪者的眼里。

异域他乡，那空阔的气息，令我格外娴静和迷茫。

……从一块绿洲奔向另一块绿洲的戈壁路上，一片美丽的倩影飘上了车。它不仅是飘动的淡橙色连衣裙，更是那玉雕的脸容，泛着蓝黑色水意的眼波，玉雕的鼻梁和耐人寻味的樱桃红唇。是的，是整个儿的她！你茫然不知所措了。在风沙袭来之时，你一直在想着："这不是曾经默默无声在心底爱了几年的白雪公主吗？为什么她会出现在我奔向和田——她的家乡的寂寞途中？是她，是她，是她！"

不！沙漠上空投下的幻影。

而她的确是真的。你看见她上车，并且飘来了一股奇异的沙枣花香，你忘不了。看上去她倒更可能是个优雅的维吾尔族姑娘。但白雪公主不是也很有点维吾尔姑娘的韵味吗？你仔细看看，好像不是她，她不是了！你不由得痛苦起来，与斜阳一起沦陷下去。

当绿色掩映的海市蜃楼出现以后，你觉得她又像，像极了。车在一点点地靠近和田,我该怎么办?你想:不管是真是假,将自己交给她,交给她,交给她!远离现代都市,在这昆仑山下卧成一条逸龙。不回塞外首府乌鲁木齐了,不回才子般的江南了。这样下决心后,你的心情多云转晴了些。然而,时间在车轮的碾压声中一点点地碎去,而你总是拿不出勇气,轻轻地向她走去,让她收容你这个漂泊天涯身心疲惫的才子。

夕阳下,你站在和田客运站,傻傻地望着她一回头,再回头地走掉,最后,与一个上了年纪的妇女消逝在拐弯的路口……其实,真正的白雪公主这时恰在和田她父母家里休养,这里是她的故乡。我一年后才从她嘴里知道这一消息。

正如后来之后来,你这落魄王子终究没有得到那位爱得刻骨铭心的白雪公主一样,今天连自己都失落了。“得到的不是你所追求的,追求的是你得不到的”,有个印度的大诗人如斯地告诉过你。失去她并不可怕,白雪公主与她并不爱的男人结婚生孩子也不可怕,最可怕是白雪公主已不再像个白雪公主了,也就是说,这种美可能在你生活中永远一去不复返了。

无可奈何花落去,似曾相识燕归来。

……夕阳西下,我独徘徊。

在和田,我渴望下场雨

走在和田的大街上,被阳光和灰尘所伤。

那热情得很是过分的阳光,使我产生饥渴。

对城市来说，和田处于塔克拉玛干大沙漠以南，孤独地立于荒凉如围困中，很难被人忆起，一些石头，一些从昆仑山上打下来故意地堆在一块儿的石头，以它的冷默和耐性抵抗着风沙和黑夜的打磨。就这样，它出现在我的眼前的时候，依然充满生机。

而我是个过路的陌生人。

我们也不认识，什么也无法将我挽留。假如我随便抓住一条一闪而过的影子，问某某人——比如说白雪公主父母的家在哪儿，显然会被当作疯子的，我只能作为一个旁观者，瞭望大街上发生或有可能发生的一切。孤独永远使我喜欢得流泪。

一座古老的红砖楼立在十字路口，弧形，褐红色。因凸面临街，给人很自信的感觉。怎么不自信呢？听说它建于五十年代呢？而且是俄罗斯风格的。这如果在北疆则不为怪，而如今却在最最南缘。我被新认识的小业余画家阿卫告知，许多外地艺术家都曾对它刮目相看，充满着深情地为它作画，为它照相。可不是，连日本人都让它留下倩影，带走呢。他还说关于它的画和摄影作品都已结集出版了。原来它还风流过呢。看它那脸色红润的样子也煞有介事。我走在空荡明亮的街上，想到这是夏天，而且我已经半个多月未见一滴雨了。走了那么多的地方而不见雨，在南方绝不会有这等事。假如有场雨突然地来临，那该多好啊，我会尽情地沐浴，静静地接受它对浪子的洗礼。从树到房子，从灰尘到人，都对雨有种渴望，犹如如今的开放时代，人对爱情的渴望。不知那座显然被人忘却但还站在市中心的古城墙有无这种意识。看上去，这截古墙挺厚也挺结实的，敲起来肯定有古老的灵魂在回荡。我喜欢雨，而它可能更喜欢阳光。因为经过阳光的镀抹，它的胴体自然而然地健康起来，且难免要发出一些辉煌的余光。

孩子们爬上去，他们像站在巨人的肩膀上一样威风凛凛。

走在和田的街头，孤独属于我。

我突然想到乡下去看看。

但终于没有。在一个朋友不在家的情况下，我被朋友的父母允许住下。这家人不让我到外边街头喂肚子，因为此时一种“霍乱病”正在和田地区广为流行。死亡对谁都取一种欢迎的姿态，但那个时候我更愿活下去。为这个愿望，不得不早些滚蛋。而和田也没有什么好玩的。无非有个博物馆，除了正在搞古尸展览外，再也没什么了，但这在新疆，各个地州都有。也就是说，在逛完礼拜天巴扎之后，没等到雨来就匆匆走了。

遗憾的是白雪公主此刻就在这里，而我不可能找到她。她已经与别的男人生完孩子，到这故乡养身体了。而车上偶遇的白雪公主的影子也已彻底地从我身边溜走。当然，最遗憾的却是今天，我写到这里的时候，“白雪公主”这桂冠已不再属于她了……

我走的时候，和田依然沐浴在阳光和灰尘之中。和田人照样干活、吃饭、睡觉、生孩子，照样活着或死去。甚至连那场给他们带来不小恐慌的瘟疫好像也没有什么大不了的。有些人特别擅长于生活，而弱于记忆，贫于思考，因善于忘却而活得轻松快乐。

另一座现代洋楼出现，出现在另一个十字路口。当然，它也呈弧形状，但是凹面临街，而且没了围墙。与旧砖楼相比，它是年轻气盛的，而且也由于市政府官员在此办公，又添了种威严。当然，对于一个过路人来说，重要的不是这些，而是一扇扇玻璃窗户在阳光的照射下怎样地闪光！无疑，那玻璃也沾满了灰尘。如果有场大雨突然地赶来，自然会把它冲洗得无比洁净的，如此不是更痛快淋漓了吗？再冲洗尽窗内一双双眼睛里灰尘一样积淀起的欲念，不是更得人心了吗？雨如不来临，感激从何而起，幸福因何而至呢？

雨没有来，而我却要离开和田了。

礼拜天巴扎

突然，聚拢来，又忽地，四散而去。

这就是仅仅在礼拜天才露一下脸的和田礼拜天巴扎。假如运气欠佳，过路人就看不上了，谢谢老天，我是属于有福气的过路者。独自走入这巴扎，悠闲自在地转了好半天，连呼“不好”！在迷宫里左看右寻，最后，才疲惫不堪地走出这八卦阵。

一座雕花门楼威武地耸立。

月牙高挑的召唤楼在几十米高的天空中，似乎在召唤我：请君入瓮。

我不知道这巴扎究竟有多大，反正大得像古代的御园。它分为南北两片布局，一条小街将它们在中间切开。

南面占有的东西以民族生活用品为主，分割成方格状。每个方格里都自成一体，有的是地毯——令人想起土耳其飞毯的神话，有的是民族帽子（维吾尔花帽、回族白布帽、塔吉克人的皮帽等）和靴子，有的是首饰等。不知从哪里喷吐出来的维吾尔歌曲，与游人的脚步声和商人的叫卖声缠绕在一起，浓浓的、油油的，别有一番西部情调！

北面则是以大型的而且不仅仅具有民族特色的东西为主。从西向东依次有服装布匹集市、饭菜集市、铁器集市以及皮制市场，牲畜市场、材料市场和木材市场等等，越向东越偏远，越偏远越是寂清。每种市场都是“走”南“窜”北的。集市与集市之间，大多以一排排树木和一溜平房作为分水岭。因而，让人想起一行行不乱而活，复杂而绝情的诗歌。

阳光无边无际地撒下来，悄然地将一切照亮。汗水在空气中闪光、蒸发，使这片王国变得也羊膻味十足。

有匹白马在牲畜市场上，优美地打着蹄子，由于阳光的烘托显得比周围的牛、毛驴子和其他的东西都显赫明亮。这团白色的火光，那长鬃和柔和的尾巴无意地轻轻摇晃。突然，一个欲念抓住了我：盗走它，当众盗走它！只要一个跃步，上马，扬鞭，就可腾空而去……留下惊呆了的人们怅然若失……唐僧西游有高徒和白马，我这条浪荡天山南北的落魄王子难道不应该有匹神驹紧随吗？骑白马流浪天下，多么潇洒迷人！然而，我最终没有勇气做一次贼。

被剥了皮、横七竖八睡卧在那里的，是木材们。洁白色的玉骨和青青的灵魂就要被拍卖，这些不知从哪儿连根一起被砍下来，又如何押运到这里的生灵！这些木料肯定深含冤仇的，生来就是受人欺凌的。而且那些斧头、镢头将它们的根挖起，引火烧之。我能说什么呢？看见被痛苦扭曲的树根的弯影在柴火集市上此起彼伏，我又能说什么呢？

它们被连根拔去，留给山空空的怀念。

地毯，我想起了沧海桑田……

1990年,恰逢中国丝绸之路2100年纪念。

新疆文物商店将六十一块古旧地毯作为异地风景抖出,展示了东方民族艺术的精粹,地毯名目繁多,什么五指花、团花、几何图、古榴、四瓣花、麦形花、花鸟山水啦,等等。其中三块最受注目的地毯则是和田产的,而且皆有百年的历史。

之一:花鸟山水地毯。一条大河平波渺阔,河上一叶小舟带有舱房。河对案傍水而立的房舍绵延无边。俨然是江南风光。画面的一角,凸现出了伊斯兰的拱伯孜。背景为天山巍然耸立。

之二:龙凤毯。一条金龙腾出海面,一只凤凰迎龙而舞,一轮太阳高照,溢满珠光宝气,一个龙宫的尖顶在海底隐现。好一幅龙凤戏珠图!

之三:中国物产形象图地毯。江南的鱼米之乡,东北的大豆高粱和老虎,台湾宝岛的倩影……

已成为美的象征。地毯与大地不可分离,又与天空的斑斓有种默契。一方面,它织出了创造者的遐思和心迹;另一方面,它又的确离不开这片土地以及长在土地上的桑事。

西域的桑种,据传说是从中原传入的。唐玄奘在《大唐西域记》中曾有过这样的记载:很古以前,"于阗"国(今和田)以毛毯、麻布和皮兽制作被服,不知种桑养蚕之事。听说"东国"(中原汉王朝)人有蚕桑,就派使者去求蚕种。东国皇帝"秘而不赐"。于阗王便以礼向东国求婚，允。于阗王命令前去迎亲的专使告诉公主，带蚕种至西域。从传播文明和帮助西域的角度考虑，公主竟将蚕种偷偷地藏在帽絮里，然后戴在浓黑柔软的发髻上，躲过边卡的检查而移至塔克拉玛干南缘。于是，沙漠边上兴起了蚕桑之事。

从和田出土的唐代木版画中，就绘有这位“传丝公主”传播蚕桑生产技术的图景。

……大地浮沉，沧海桑田。

亿万年前，塔克拉玛干是一片汪洋大海，金鱼翻跃，浪花簇簇，古船幽渡。海兽在船夫的吆喝中露出脊背，沉稳而超然。忽如庄周一梦，悄然而去，面对的又是一番苍凉景象。

生命之水流逝了，土地开始瘫痪。

人类诞生以后，这里的人将太阳融化雪山而流下的泠泠泪滴，喂着马、牛、羊、毛驴，和自己的生命。有了蚕种后，又从沙漠里开垦出绿意点点的桑田。他们把自己所有的梦想和爱都交付给沙漠边上的小屋，这古老而素朴的家园。

他们孕育了桑田，而桑田又支起挪亚方舟，反将他们从穷山极恶的风沙里夺回，引渡向幸福，有晚清杨至灼的词为证：“蚕事正忙忙，匝地桑桑。家家供奉马头娘。阡陌纷纷红日上，士女提筐。零露尚瀼瀼，嫩芽初长，晓风摇飏漾晴光。果树森森同一望，点缀新装。”在这块曾被冠之为于阗的地方，养桑织绸，从生存必要里过滤出来，成为一种美与生存的蚕桑文化。

1883年，清朝政府在新疆建省后，在疏勒设立蚕桑局，并先后从我的故乡浙江一带招募来了四十多名养蚕工和纺织工，到和田传授技艺,欲复兴边陲的养蚕事业。后来,我的前辈老乡赵贵华通过寻访贤能,找到领工匠韩庭秀、老养蚕工徐永高、提花匠毛金芳和织绫罗绸缎的大工匠蒋光贤等四位来自江南的老艺人,开始了漫漫征途……后来,新疆蚕事得到了空前规模的发展。据历史统计,仅和田境内,蚕桑树就种起了二百万株,大批大批的蚕茧、蚕丝销往美国、俄罗斯,每年收回的白银就有八万两之多。

听说,阿勒泰草原上有古老的桑株岩画。

我在克孜尔千佛洞还目睹过画上的采桑图……

这一切仿佛很遥远,但仍然勾起我沧海桑田、人生无常的感慨来。面对昨天、今天和明天,面对苦难和爱,年纪轻轻的我有时真想一头栽入蚕茧温暖的巢穴里,独自美丽、孤寂着,进入永恒的童贞。……人说“春桑到死丝方尽,蜡炬成灰泪始干”,春蚕乃是为梦而死的,为将魂灵藏在自我编制的丝笼里窒息而死的。它为自己而生,为守梦而死。我为谁而生,为何而死呢?

我茫然了。

她们,已无影无踪了。她们,就是那些在清末和民国前后奔赴这塔克拉玛干苦海南缘养蚕的江南乡姑。她们大多是我的老乡,先我而来,先我而去。她们已经消逝了。仅有的也如大海之粟般暗淡。仅有的和消失的,都使我茫然。还有使我怅然的呢,古代留在塔克拉玛干深处的“精绝国”没有了,而今天的侏儒王却遍拾皆是。

“我不入地狱,谁入地狱!”一个声音忽然响起。

远离天堂之故乡而亲近炼狱之所。在火的千百次煎熬之后,我的心一如死灰,我想,假如能够做茧,并且将自己的光影包括才华、爱心和梦想全收集到这小小的世界里，一起销毁，也算上天的一种造化。然而，我却不能。

不是吗？

走入芦苇林

越过和田，我想继续往前走，往前就是往东走，走一条当时很少人走的路，既然是流浪，终不能重复自己的过去。

塔克拉玛干与昆仑山之间的路，是古代丝绸之路的险恶南道，在八十年代它是亡命之徒常走的路。

丁卯年——1997 年的盛夏，这一条路是愁肠百解的路。

这年天干为火，地支为木，木旺，火盛。南疆霍乱病大爆发，一种非甲非乙肝炎病毒流行着，听说，这种病毒能感染水分子。诸君可能知道，这霍乱的阴影影响不仅波及天山南北，而且波及海内外一些人的记忆。在这次霍乱中，不少人像被虫蛀的树一样很快朽烂下去。而我执着地前往，穿虚穴而过。选择是一种神的意志，一种对困境艰难地穿越。

此刻，我在和田车站等车。

这车站和新疆许多汽车站一样，在那个八十年代由着自己的情绪醒来或睡去。时间对新疆来说，还是太抽象了些，特别是夏天，而此时正是夏天。你说六点，他却说是四点，而另外一个和另外一个人都可能坚持说是五点、三点。为什么呢？因为新疆流行着四种计时法：北京夏令时、北京老时间、新疆夏令时、新疆老时间。边疆嘛，就是边疆。你还能说什么呢？

还有些草原牧区和沙漠深处的小村庄，还是日出而作、日落而息的呢。

记得，在喀什长途客运站，我曾吃过一次苦，倒不是因为时间概念问题，而是由于这里长途汽车根本不讲究这东西。开车时间到了，可是除了伸长脖子盼望，便是骂娘的了，先后共晚了整整一个多小时。因为如此，当我再次在和田汽车站，公鸡一样蹲在地上默默等车时，也就安之若素多了。看来随着习惯的适应，心理也会随之起变化。

边疆土地上的人们生活是安适悠闲且是反理性的。旋律概如平缓的河流，悠悠流去。假如吾独以先觉者去提醒他们乃至鞭笞他们，除了自寻烦恼外，不会有什么好的结果。

发车时间在早晨八点半，可到了十点半，才有一辆破车（丑如老太婆）很不情愿地接近我们。然后，又折腾了一阵子之后，便“嘟嘟嘟”叫了几声，走了。

向东的意旨是不可违抗的。

一路上，我过着和尚斋戒日的生活，不敢在停车站吃饭、喝水乃至吃瓜。到策勒县，见到巴扎——自由市场，口水便从牙齿缝里溢出；仍不敢轻举妄动。思之良久，兜了几个火炉子烤出的烤包子上了车。发现有几个没有头脑的人倒早已这般地去做了。

沿塔克拉玛干南缘向东的漫漫长途，困苦而无聊。

你，还有你们，在沙漠边上旅行，除了打瞌睡外，别无什么渴望。

梦让你们忘记阳光、灰尘、死神的阴影以及其他。因而,我一路察看抑或是东张西望时,你们是不晓得的。我忽然发现天空上飘来一朵云,特别地洁白明亮,而且连四周红霞都黯然失色时,我突然大叫了一声,“看,这云多美!”

人们被惊醒,一边擦着混沌的眼睛,一边探头向外望:“什么?出了什么事?”

我看到你们在空空的天上找了会儿,什么也没发现,便又吭吭叽叽地倒头睡去了。

……一片秀丽无比的芦苇林乘你们沉睡之后突然窜到我们的前方。谁会想到荒凉之极的地方,会出现一排生命的风景?

青春的、淡淡的,长发披肩,衣带飘动,别有一番趣味在这炼狱,独存几种情愫在此绿洲。

芦苇,一根一根挑着绿意,走到一起又联成片了,将泥沙的温馨缝缀成昆仑山下的一种精神。有时,它尖锐深刻,铁一般的,而且意境博大无边。它在与风沙的对抗中从没被风沙掩埋,相反倒还一点点将风沙消化在胃里。当我们的老破车穿过在清风中哗哗啦啦响的芦苇林时,我想起了一个概括亲爱的芦苇林的名字:美。

这是一个名叫喀拉克尔的地方。

我没有将这些美丽的精灵与孙犁的荷花淀里的战争和阴谋结合起来。而只想到了夸父逐日而渴死沙漠途中,化作灿烂的桃林。不禁要问:这绿了天空湿润云朵的芦苇林又是哪位烈公烈女的魂灵涅槃而成?

实际上,在昆仑山与死海塔克拉玛干之间,芦苇已修炼作一种不灭的精神了。

还有哪些红色的花呢?

在那些芦苇林之头发上,我看到一些笑得特别热烈,特别自然、真挚的红花,莫非是修女们的梵音?我,一个被城市侮辱和诅咒而出走的人,此刻如此地欣喜而不安起来了。难道这一切是因我这浪子的归来笑得如此灿烂?

细细辨认,才识得是红柳故意举起的生命火把。

越过青林和红花,再望高远处,就可望到地平线上的胡杨远景。这些立于太阳与沙漠氛围中的彪形大汉,魁梧、雄奇、严峻的模样给我们心里投下了莎士比亚悲剧王子的影子。一弯一折的粗枝,一点一块隆起的疙瘩结,痛苦和力量的象征;神伞般撑起的蓬发,由一种狂舞之姿突然凝固成的生命状态。在天空和孤日的映衬下,更加冷漠怆然。在冷漠怆然数百年上千年之后,大漠胡杨们似乎练就了一种超然的境界。

后来,我是这样以诗《胡杨》描写它们的:

为了寻找圣地
走进大漠深处扎寨。
城市远去,
他们的影子模糊而超然。
坐禅养天地之浩气
站桩舒筋活血
以凝结风雨雷电之手臂

撩拨天地的荒凉
和时涨时落的晨曦
沙漠无岸
它的簇叶永住着春天
黑暗有边
它的根系深藏着曼陀罗的欢喜
掉光落叶
忽感格外轻松
假如坐在沙漠深处涅槃
也可回归永恒
哦,这孤独的山寨
你在哪里?

这之后,我到若羌县城却异外看到了它们被伐倒后的悲壮的身影,被剥了皮地躺在一起。我不由得怜悯起被伐倒的英雄来,隐约地看到它们在地上泪痕依旧,灵魂的气息依旧……

什么男儿西北有神州,莫滴水西桥畔泪?

什么谁在玉楼歌舞,谁在玉关辛苦?

什么莫愁前方无知己,天下谁人不识君?

地下有个声音说:苦海无边,回头是岸。

又一个声音从天空传来,“我不入地狱,谁入地狱!”

“霍乱病”阴影笼罩的于田镇

文艺复兴前后，意大利的佛罗伦萨发生了一场瘟疫。这场瘟疫使十万人走进了坟墓。这瘟疫很快从一个地方蔓延到另一个地方，并使受传染的人身上莫名其妙地出现黑斑或紫斑，接着腐烂而死。在这灭顶之灾中，有十位活着的青年男女逃到城外几英里的偏僻山冈，居于某幢华丽的别墅，开始讲故事……《十日谈》的开头便是这样的。这时候，我突然想起了它们。这时候，我到了于田。

一起下车的，还有另外三位远地而至的异乡男人。

说实话，我绝不是有意来到灾区中心，察看或拯救苦难中的人们的。我既不是官员，更非医生或神父之类的人。我也没那个窜窜灾区玩的心思。何况这里的居民早已纷纷逃奔四方，留下座空县城：空荡荡的房子和街道。

在那个年代还比较封闭，但是各种消息还是不胫而走，越传越可怕……消息说，这病查不出原因，定为“非甲非乙型肝炎”，一得上此病，脸色沙漠般发黄，不日即呜呼哀哉了；说除吃饭的餐具外，连握手、近距离呼吸长谈等都会传染，吃了那里产的瓜果或食品也会传染；说有个赴于田挽病救人的医生也染上此病，而突然魂归西天；还说，这瘟疫火一般蔓延着，一天天向四面八方扩大，从和田地区到喀什、伊犁、乌鲁木齐、吐鲁番以至关内，由那些四处奔逃的人携着飞来飞去，死亡坐汽车坐飞机旅行……

这些不仅是道听途说，实际上在大约半年的时间内，新疆天山南北各地的饭店、餐厅、饭馆突然萧条起来，处于关门和半关门状态，一片冷清，各地医院都住有被非甲非乙型肝炎病毒感染的人……

当一些现象真真实实地出现在我的眼前时，我才终于悟到的确有过一场浩劫来过人间于田。一走下车门，我就看到空空的城，孤寂落寞的树，几乎无人影走动的落寞的街头。往日喧闹一时的商店、餐厅、小摊点忽然间不明去向。地面上和水沟里出奇地干净，留有扫把的印痕，白色的粉末撒在这里那里，斑斑点点，仿佛古典戏剧里的花脸。我觉得这种寂寞的气息十分呛人，我忍不住打起喷嚏。仔细辨认，才知那白粉末是石灰，撒到河里可以将鱼毒死的石灰，辛辣的石灰。

于田已被泡在石灰的气息里。

的确有过一场浩劫降临这里，的确经受过苦难的折磨。我的想象中，许多人倒在路边和屋里，有毒菌的血浸入了土地。然后，活着的人忍着悲痛和恐惧来收尸、埋葬、清扫污迹。最后，这县城就显出这副无精打采的样子，美丽而贫弱的，似林园墓地般寂静。

从一扇门到另一扇门，关闭着；

从现代录音机到古代的嘴唇，关闭着；

我们轻轻地走入，怕惊醒沉睡的亡灵和神经衰弱的活人们。一跨进本地最大的招待所，有一个厨师阳刚之气的嗓音响起：“你们早不来，晚不来，偏偏这个时候来，找死哇?”

又一个娇滴滴的服务员的声音传出：“人家都跑光了，你们还来这里干什么呢?”

几张诚恳善意的脸挤在一起，拼凑出这个句子：“你们还不赶快走!”

两个内地来的小伙,一个可爱的老头儿和我都哑口无言。

我们遇到的第一大难题是:吃饭。吃穿住行,吃为首;诗书琴画,诗占先。餐厅没人吃饭,我们也不敢去吃。外面更无安全的饮食之所。怎么办? 四条男人总不能等着饿死。四条男人,如孤岛上的幸存者似的,召开了“饮食讨论会”,经过“反复研究”,最后商定:买原装的食品糕点充饥。

这四个被饥饿折磨着的人,猎狗一样走上街头,去寻找猎物。然而,一扇又一扇门都是关闭的,从现代的录音机到古代的嘴唇关闭着,空留招牌在高空无聊地招摇。看来我们是走投无路了。看来我们是走投无路了。有一个眼睛尖些的从街上望见某窗内是商店,并有人影走动。我们一起绕过后院,冲将进去。

“给我们买点东西吧,我们肚子饿死了。”

“几个钱算个毬! 我们不稀罕。上头早有命令,所有的商店、饭馆一概关门整顿半个月。谁卖东西,发现一次罚二十元(那时,我一月工资才一百多元)。”

“求求您啦,我们是外地人,刚到这里不知道情况。救救我们吧!”

“去去去去去!”商店里的主人一边吆喝着,一边将我们推出门外。

……经历无数次失败。这些飘到这荒岛上的鲁宾孙子孙狠狠心,硬敲开了一家个体户商店。

门启开一条缝,我们鱼一样溜了进去。吱呀一声,门又合上了。

很有点阿里巴巴藏金窟的味道。

蛋糕。小香槟。水果罐头。鱼肉罐头。只要是外地产的,我们都要,都要,以三倍于原价的价格装入怀中。命比钱重要得多得多。这老太婆也深知其理,因而趁机敲敲竹杠子。尽管如此,我们还是谢了她,并听从她的命令,将东面藏入胸衣内,从门缝里溜出……

这天,我一直恍惚不安。夜里做了一个这样的梦:一个高大多毛的大汉窜到我的床前,伸出黑而尖利的爪子来抓我,我想跳起来却又动弹不得。我惊叫了一声,滚落到地上。脸色铁青的我掏出刀子,与这大胡子展开了血性拼杀。

最后,在杀死他时我也累倒了……

第二天早晨,我们是被巨大喇叭声惊醒的。在这沙漠南边的小镇黎明,空中的喇叭以一种特殊的地方语言,特别空幽、响亮,在我听来它仿佛是在向苦难中的人们布道:"当苍穹破裂的时候,当众星飘落的时候,当海洋混合的时候,当坟墓被揭开的时候,每个人都知道自己前前后后所做的一切事情。人哪!什么东西引诱你背离了你的仁慈的主呢?他曾创造了你,然后,使你健全,然后,使你匀称。他意欲什么形式,就依什么形式而构造你。绝不然,但你们否认报应!你们的上面,确有许多监视者,他们是尊贵的,是记录的,他们知道你们的一切行为。善人们,必在恩泽中;恶人们,必在烈火中。他们将报应日堕入烈火,他们绝不得离开它。你怎能知道报应日是什么?你怎能知道报应日是什么?在那日,任何人对任何人不能有什么裨益;在那日,命令全归真主……

"……当真主的援助和胜利降临,而你看见众人成群结队地崇奉真主的宗教时，你应当赞颂你的主超绝万物，并且向他求饶，他确是至宥的……”

是的，越是快乐的地方，越是现实主义；而越是有苦难的地方，越是需要“圣灵”显现。仿佛佛祖、真主抑或上帝鉴于人类作恶多端，一怒之下降下惩罚。而最后的拯救还需人类听从上帝、真主、佛祖的意愿，自己改恶从善。

这天，我独自走访了县机关大楼，有个姓贺的先生告诉我：于田医院挤了三百多病人，在家接受治疗的更多。既有县上，也有乡下的，既有维吾尔族等少数民族的，也有汉族的。

看来，在灾难面前，是没有地位高低，民族不同、贫富差别的，也没有名气大小之分的。但也许行恶多的人所受的惩罚多，而行善多的人所受的惩罚少或者不受惩罚。

回到县委招待所，我正为中、晚饭问题发愁时，获悉有自治区各卫生部门联合检查团来此检查慰问。从早晨到下午粒米未进的我，便与异乡老汉大着胆子到餐厅改善伙食，好好吃一顿……

这又是一种怎样的体验？

昆仑山下采玉人

宁为玉碎，不为瓦全；

丽华秀玉色，江女娇朱颜；

洛阳亲友如相问，一片冰心在玉壶……

玉，自古以来作为美的尤物而被传颂着，有时还是忠贞洁白人格的象征。可以说，它和黄金等价，不仅在货币价值上，而且在延伸意义上。黄金有黄金精神，高贵而灿烂；玉有玉的风骨，纯洁、优美而典雅。

这一对尤物都在新疆大量地孕育。北缘的阿勒泰是黄金的故乡，南缘的昆仑山是玉的摇篮。

相对贫困的沙漠来说，它们显得是太富有、太奢侈了。

昆仑山的玉，最好的是和田玉，差些的叫昆仑玉。最早的记载见于《穆天子传》，称“西域文良山（昆仑山），瑶玉之所在”。司马迁则说过“于阗之西，水皆西流，注西海；其东，水东流，注盐泽……多玉石”，中国的考古学家认为，西汉中山靖王刘胜夫妇墓中“金缕玉衣”上的2498块小玉片皆采自昆仑山。现北京故宫所藏的一万多斤重的大型玉山——大禹治水玉山，也出自和田，那是嗜宝成癖的乾隆皇帝派大帮人马拉运、转到江浙雕琢而后光耀于京都的。

和田玉分白玉、碧玉、墨玉（还有个墨玉县呢）、青玉、紫玉、黄金等。水晶般雪白透明的羊脂玉为上品，其他次之。采玉方式也很简单，下河采玉或戈壁挖玉或上山攻玉。

记得二十世纪八十年代，人们才初识和田玉。那时，很少有人佩玉的。乌鲁木齐只有一个玉雕厂和一个工艺美术公司经营着与玉有关的东西，而且都是轻轻淡淡的——玉，还没有形成市场。想不到历史一跨入九十年代中期，和田玉专卖店和和田玉市场不仅风靡和田、喀什，而且风靡了乌鲁木齐，乃至内地许多省市，私人的玉石市场、门面更是如雨后春笋般长满了大街小巷，一时琳琅满目、真假难辨。“玉”是平民化了，但“玉”不再显露春秋战国时代诞生的第一位哲学家管子所说的“九德”:温润以泽,仁也;鄰以理者,智也;坚而不蹙,义也;廉而不刿,行也;鲜而不垢,洁也;折而不挠,勇也;瑕适皆见,情也;茂华光泽并通而不相陵,容也;叩之其音清专彻远纯而不杀,辞也。“玉”走入市场变成“欲”,人类欲望的象征!

现在,让我回到过去,回到八十年代。

此时,我们走在克里雅河的路上。

我们不是别人,是诗人孤岛和赵老头子。

两个外地人,想赶到克里雅河赏识一下斑斓的玉石景象,一个人找些玉,另一个写些诗。

“于田遍地都是玉,于田人踩着玉石过着贫穷的日子。”赵老头子颇感慨地说。

对于赵老头子,我经历了从尊敬到蔑视,然后又从怀疑到喜欢的过程。

我是在和田客运站见到他的,然后一同上车,一同被两个维吾尔汉子赶到尾后坐在一起,他说他是湖南长沙人,曾在中学教英语,退休后在家闲暇无事,跑到大西北转转。在当今,开始为名利而趋之若骛的气氛时,一个年逾六十的老头不远万里,独自闯荡大西北,涉沙漠而过干河,体验最后一段美丽的人生,实在是让我激动得脱帽致敬。不是吗?有人说《圣经》有过这样的论语:人生下来的目的,就是到地球上来走走,从这一头到那一头。何其复杂而又简单!

后来,他却对我透露真相。

也就是在蜀地和闽地的两位生意青年逃离之后,我俩在房间时,他打开旅行包,悄悄地拿出了迷人的玩艺儿:一对飞马、一个玉佩、两个知了、三十个戒指……总共有价值数千元的玉雕。他说，这次来疆是为了买些和田玉和阿勒泰黄金，给他表妹带到加拿大去，卖个好价钱，哦，也是一个寻金觅宝者，又一个为钱而绝力奔波的人！

看来，我只好将他与其他人放在同一行列了。

看来，我这种自己掏腰包流浪天涯的傻瓜已经绝迹了。

再看那些玉雕，一个个长得细腻、光滑、动人。如今，这种美丽无比的艺术品大多被只知经济不识艺术的手传来传去，成为罪恶的发源地和某些人发达繁荣的基石；而另一些懂得美的人却无缘抚摸吟诗作赋。瞬间，我竟闪过将这一赵老头子杀死的念头，抢走这批玩艺儿，置于我的书房。一瞬间，我不认识自己了……作为诗人，我讨厌被叫作"人民币"的纸张，却喜欢由它要来的啤酒和阿诗玛——难道我渴望回归到物与物交换的古老年代吗？——以及发出美的光芒的艺术品。我从不做梦成为一个百万、千万富翁，坐在藤椅里吐起惬意的烟圈；但又很担心让自由精神因一贫如洗而逃之夭夭。我不知道大多艺术家是否如此地经历着断裂的痛苦？为什么一定要断裂，而不能合而并之，兼而有之，为什么？

我们朝着太阳升起的方向走去。

我们漫无目的，环绕于维吾尔庭院的土屋夹缝里，并误入了野外几株大树高撑的菜地。克里雅河未如期出现，我们却已无路可走。

退回原地，赵老头子的目光鹰爪一样在街地上抓来挠去。可嘴唇却张着与我谈天。他捡起一块晶莹明亮的小石头，说是玉石，并给我。我为了证实，将它摔在地上，化为两截。他又在马路街头捡到一块翠石头，说是翠玉，放入怀里。我也极力学着他的样子找神秘的暗语。

在客运站大院里，铺散着大小不等的新搬来的石头。可能是为了做地面用的。

他捡起石头，敲敲听听；然后又捡起另一些石头，如斯这般，好像是真的一样。有时声张一下，并给了我；有的则一声不吭地藏入怀中，有时，他还用大石头将捡来的小石头砸开，以辨别真伪。我想发笑。我不识玉石，但认准了这样一条真理：他自己藏起的定是真的，而给我的皆为假的，最多是次品。

但我已经喜欢上这老头子了。

有块又白又亮、质地又柔细的石头，藏入他怀中，他说是羊脂玉石，好不高兴，回去一秤竟有半斤多重。

“我这趟走完，可以写一部书，题为《新疆流浪记》。”我边走边说。

“这题目不好，还是改为《边塞探奇》吧！”他皱了一个眉头，歪着腮帮子说。

“对，《塞上巡礼》若何？”我突然叫起来。

“不好，不好，不如《边塞探奇》来得神秘。”他摇了摇头。谈话间，他的眼睛总东溜——西看，鱼一样摇头摆尾，而嘴唇一张一合，很像机械运动。

……走过北疆，走过塔克拉玛干以北以西以南至于田，与大自然的恋爱过程达到了难舍难分的热潮，但仍未最终与之婚居。而如今，我却急着给未来的婴儿起一个与父亲无关的名字。这个名字却要显现她母亲的风采。不仅如此，还津津有味地表白这婴儿应有的相貌和个性:通过纪实、抒情、梦境、幻觉等手段,将景、情、思于各种文化心态之中,达到一种风情散文、民俗通论,流浪人生、宗教哲学等兼而有之的边缘文体——一个混血儿。

赵老头子最后说:“写文章就像采玉,第一步要深入生活,观察体验——如我到和田找玉石;第二步要识别生活的真伪以及价值性——如我鉴别玉石的真假和分量;第三步则动笔写作——如我回去将玉石琢成玉;第四步则是发表出去——如我销售玉制品……”

让我们各自兜满夙愿回去吧!

格
非

塞壬的歌声

人身鸟足的美女塞壬,居住在地中海的一个小岛上。她们用甜美的歌声诱惑经过的海员,使他们的船触礁沉没。希腊神话中的这一古老传说,也许可以被看成这样一个寓言:真实、平凡的世界是如何被巧妙地加以装饰,而这种饰物又是如何为希望提供了保证。

水手们面对的世界,是黑夜、星辰一般沉默不语的世界。歌声的出现使黑夜的幕布被划开了一道口子。平静被打破了。一个象征性的希望跃出了水面,一个朝向彼岸的通道就此打开。但它仅仅是一个通道而已,漂亮的水妖们所布置的狡黠迷宫的一部分。

弗兰茨·卡夫卡悲哀地说穿了塞壬们的秘密。歌声是一个权宜之计,一个微不足道的、幼稚的,但却是可解燃眉之急的幌子。在他的小说《塞壬的沉默》中,歌声是塞壬们的隐身衣。美妙的歌声为塞壬的存在提供了确切的信息,同时也为她们筑起了壁垒。

与叔本华一样,卡夫卡认为世界或命运的本相是以它饰物的一

天女散花

崔建军

100cm×100cm

布面油画

面呈现在我们的眼前的。真实的塞壬始终是沉默不语的:“沉默是比歌声更为有效,也强大得多的武器。”在卡夫卡的小说中,“塞壬”这一形象即便不是最初的意象,那也是最为核心的意象。我们只要留意一下它是如何改头换面地在他的小说中频频出现,即可以了解作者对于这一形象的眷恋程度。剩下的问题在于,卡夫卡是如何运用这一形象的暧昧特点来解释他所面对的日常生活世界,或者说解释他个人命运的。

《女歌手约瑟芬或耗子民族》是对塞壬故事的直接改写。塞壬身上的动物特征(人身鸟足)在作品中得到了强化;约瑟芬成为一只老鼠。她的歌声也和塞壬一样,具有不可抗拒的巨大魔力。而在《审判》中,K 的形象更像一个海员。他所听到的歌声并不指向美色的诱惑,而是指向洗刷自己罪名的潜在希望。他的船最终还是沉没了。塞壬故事的种种特征也许在卡夫卡的另一部长篇小说《城堡》中,表现得更为清晰。

土地测量员 K 可以被看成是一个在黑暗的大海上航行的水手;而他所来到的那个不太真实,被积雪覆盖的村庄更具有大海的性质;它漫无边际,给人以眩晕的感觉。测量员无可救药地成了一名不知所终的漂泊者。在那个由无数官员组成的世界里,他能够看到的唯一标志物就是“城堡”。它是希望的隐秘中心,是塞壬们的影息之所,犹如地中海上的那个不知名的小岛。它几乎触手可及,但又遥远得无法抵达。

在《城堡》这幕荒诞的舞台剧中,塞壬的形象是由城堡官员克拉姆客串的。像传说中的那些美丽的鸟女人一样,克拉姆从不现身。K

至多只能在弗丽达的帮助下，透过门上的小孔匆匆窥探一下他的背景（但他仍无法肯定这个人是不是克拉姆）。他不说话，都在忠实地履行着一个诱惑者的全部使命。他的“歌声”就是那些不断给K下达指令的信件——它由专门的信使（巴纳巴斯）送达K的手中。测量员受到诱惑，得到鼓励，却始终无法接近克拉姆。K所驾驶的小船虽然没有沉没，但它被无限地搁浅了——从可以预见的结局来看，这与触礁沉没也没有多大的不同。

在卡夫卡的笔下，真实世界的大门是紧闭的。它曾经是叔本华或克尔恺郭尔的主题。问题是，在卡夫卡那里，大门并非一开始就是紧闭的。也许我们可以这样说，它是通过开启而被关闭的。他笔下的主人公，无论是K，还是卡尔，还是阿玛丽亚，都有一个十分相似的命运：他们很容易在一些微不足道的，次要的事情上得到满足，就如那些听到塞壬歌声的水手。小小的满足或乐趣使真正的目标逃遁得无影无踪。

希望的无限延搁，通往塞壬的旅程的不可抵达本身即是一种深刻的绝望。反过来说，阻塞、延搁又暗示了通道与希望的存在。就如同歌声的出现是塞壬们存在的准确无误的信号一样。也就是说，孕育并表达了希望的事物恰恰就是绝望。我以为，要理解卡夫卡的希望，后一点尤为重要：塞壬的歌声既是宿命，又是慰藉。

卡夫卡笔下的家庭、法院、官员充斥的城堡，尽管体现了他所处的时代的重要特征，但他的主题似乎与古老的神话，宗教传统，神学思考有着更为内在的联系。他的作品与其说是一部历史记录，还不如说是一些零散的神学笔记。博尔赫斯在论及卡尔卡的先驱者时，曾提到丹麦的克尔恺郭尔，英国的布朗宁，中国的韩愈。这使我们有理由相信，世界上也许只存在着一个真正的写作者。无数优秀作家所描述的物理和人伦的世界尽管迥然不同，但却掩盖不了他们极为相似的使命：提供一个超越现实、通向未知的彼岸世界的比喻。“诗人是神的抄写员”（柏拉图），说的就是这个意思。

卡夫卡所记录的世界图景要比单纯的古希腊传说远为复杂，但基本的性质并未改变。我们同样可以说，我们所生活的世界与卡夫卡亦相去不远。只不过，世界所呈现的饰物的一面更为炫目，隐身衣制作得更为奢华，塞壬的歌声更易让人迷乱而已。

卡夫卡听懂了塞壬的歌声，以及歌声所掩盖的永恒静穆——对水手们来说，它既非实质，亦非徒有其表的空壳。这是卡夫卡的悲哀，也是他全部的希望所在。

十年一日

一

1986 年秋末的一天,马原穿着一件绛红色的风衣走进了我们学校的小礼堂。在华东师大,小礼堂是校长们开会或用来接待外宾的场所。在我的记忆中,除了芝加哥大学的李欧梵先生,在学人和作家们中间,似乎只有马原受到了如此隆重的礼遇。尽管大部分中文系的学生尚不知道马原属于何等人物,但文学社团的活跃分子们早已将他视为真正的大师。

当马原在一批追随者的簇拥下走向讲台时,我看见站在门边的几个学生激动得直打哆嗦。人群中出现的暂时的骚动显然感染了社团联一位副主席,他在给马原倒开水的时候竟然手忙脚乱地将茶杯盖盖到了热水瓶上。

马原的演讲似乎和他的那些西藏小说一样,让许多人感到摸不着头脑。他的口吃相当严重,甚至很难说出一个完整的句子,而他表达得稍稍清晰的部分又往往是一些模棱两可的比喻。

那天下午重复频率最高的一个词语是“通神”。在马原的辞典里,它既是文学语言的最高境界,又是日常经验通往未知领域的必经之路。当学生们要求他对这一概念本身加以解释时,他随即讲了这样一个故事:

有一次,他在西藏涉水过河时,预先将两只鞋子扔向对岸。当他抵达河流的另一侧,竟然发现两只鞋子整整齐齐地摆在那儿,“就像搁在床边一样……”

马原拒绝以“概率”和“偶然”这样的概念解释这一巧合。倘若这不是出于冥冥中神祇的意志,那也一定包含着我们尚不能完全知晓的时间的奥秘。也许是刚刚从西藏高原下来,整整一个下午他都显得恍恍惚惚。许多人后来回忆说,尽管他们到底也没弄清马原那天下午都说了些什么,但无疑却得到了许多重要的启示:仅仅是一种氛围即可打开一扇尘封多年的窗户。即便是那些心高气傲、目空一切的油画专业的艺术家,也并非一无所获,至少,他们认为马原的胡须很适合素描练习。

只有一个学生的提问让马原感到了为难。他希望马原先生能够描述一下,阿根廷作家博尔赫斯在多大程度上对他的创作构成了影响。马原略一思索,便回答说:“我从未听说过这个人的名字,自然也就谈不上什么影响。”这自然使我联想到马尔克斯在面对《百年孤独》与《大师与玛格丽特》之间关系的诘问时所作的回答。所不同的是，马原在几天后即承认自己当时说了谎。在1986年就看出博尔赫斯和马原小说有着重要联系的人并不多，这也许使他有些吃惊。另一个方面，他似乎对当时远未成熟的中国批评界存有深刻的戒心：一旦你公开承认自己受到了某位作家的影响（尽管这十分自然），批评者则会醉心于这种联系的比较研究，同时它又会反过来强加给作家某种心理暗示，从而损害作家的创造力。因此，我个人完全能够理解，为什么马原在面临诸如此类的提问时，总是列举出一些让人不明所以的名字加以搪塞：比如说拉格洛夫，斯文赫定，毛泽东，还有克里斯蒂。

讲座后的第二天，我和诗人宋琳去他的住处看他。马原懒洋洋地靠在一张沙发上，对多少显得有些紧张的宋琳说："我早已听说你写诗，但却从来没有机会读过，你能不能挑出你认为最好的一首，读来听听……"谦逊、仁厚的宋琳似乎并不认为对方在见面之初即提出这样的要求显得突兀或过分，立即用他那饱满、浑厚的男中音朗诵了自己的一首近作。马原听后未置可否。一段令人尴尬的不安过去之后，马原突然对宋琳说："这样吧，我也来朗诵一首你听听怎么样……"

我记得那是一首有关布达拉宫墙的短诗，在我听来也并不见得如何出色。真正使我难以忘怀的是他后来对于诗歌史、语言、小说与诗歌内在特点的比较等重要问题的描述。这也许就是我日后读到昆德拉的相关论述时感到乏味的原因之一。

马原是属于那种真正博览群书、而个人风格又十分突出的作家。在他身上，我几乎看到了一位伟大作家所必须具备的所有素质和禀赋，但他却在某一天突然停止了写作。我们只能从朋友们的来信和电话中知道他的行踪。尽管我们并不十分清楚其中的原因，毕竟令人黯然神伤。随着马原在文坛的敛迹，随着这个社会正在发生着的一系列深刻的变化，我似乎感到，一段生机勃勃的岁月已经悄然结束。

在此，我无意于对马原先生的那些风格独特的作品提供全面的评价，我只是想重新反省一下如下的事实：马原的写作方式对于当时矫揉造作之风盛行、缺乏想象力的文学界形成了怎样的冲击。我相信，当余华先生在辽宁文学院的一次讲课中谈到，他之所以决定来沈阳仅仅是为了向马原表达一种敬意，并不是虚妄的奉承之语。

二

契诃夫对年轻一代作家的提醒一直使我记忆犹新。他认为，一个初学写作的人要竭尽全力使自己的作品与众不同，但同时他又告诫说："千万不要耍弄蹩脚花招"（后来，美国当代作家雷蒙德·卡佛干脆将它改成了"别耍花招"，作为"简单主义"的奠基石）。契诃夫的这两个忠告并不像有些人所理解的那样自相矛盾。事实上，罗兰·巴特在去世前重复这个意思时说得更加透彻：现代派并不是一个时髦的死字眼，而是社会在进步过程中的一种困难活动。

我想要说明的是，在大部分情况下，当一个诚实的作家写出了标新立异的作品，并不是说他想故意要这样做，以便使人大吃一惊。写作从来都是一项充满挑战性的艰辛工作，他除了听从内心的召唤，尽可准确地表达他自身的处境之外,并无另外的使命。1986 年,当我开始写作的时候,有两种东西深深地吸引了我,同时也使我产生了疑虑和痛苦。其一是写作的自由。我所向往的自由并不是指在社会学意义上争取某种权力的空洞口号,而是在写作过程中随心所欲,不受任何陈规陋俗局限的可能性。主要的问题是“语言”和“形式”。

我的朋友徐麟在谈到“语言”或“形式”的重要性时曾举出这么一个例子。他认为唐诗的繁荣也许是多重因素促成的,但关键的一个因素总是被人们所忽略,那就是“宫体诗”在诗歌的格律和形式方面打下的深厚基础。他对事实描述的准确性如何我并不在意,重要的是,它恰恰印合我内心的某种潜在愿望。

而在当时的创作界,人们普遍认为“语言”对于作品的创作和欣赏来说,仅仅具有某种参考作用,“形式”只不过是“内容”的外衣,它们的地位和作用有些类似于标点符号。在这样一个前提下,“文体”意识的觉醒自然就更是一句空话了。

在此,我不愿意再次重复“语言”革命,或者“形式革新”对于解放想象力所产生的意义之类的老生常谈,因为“形式”并不是一种可以从写作中分离出来的外在手段,摆在那儿,供我们随时取用,“语言”也不是某种现成的道具,适合于千篇一律的舞台布景,它们的活力首先取决于我们内心的情感图像,取决于我们感觉到并打算加以表述的现实场景。

因此,我想略微谈一谈描述和记录的对象。我觉得作家的重要职责之一,在于描述那些尚处于暗中,未被理性的光线所照亮的事物,那些活跃的、易变的甚至是脆弱的事物。在那个年代,没有什么比“现实主义”这样一个概念更让我感到厌烦的了。种种显而易见的，或稍加变形的权力织成了一个令人窒息的网络，它使想象和创造的园地寸草不长。这种根深蒂固的反感不仅来自于枯燥乏味的教科书上的陈词滥调，或者是当时的许多作家所炮制的平庸之作，更为重要的，它是出于一种自我憎恨。

我曾经写过一系列所谓的“现实主义”小说。我当时的心态，就好比一个天生对汽油味过敏的人强迫自己在汽车加油站工作。加缪曾经说过，真正的无言不是沉默，而是说话。在我看来，真正的无聊就是逼迫自己加入无聊的游戏。假如我因不堪重负而最终放弃写作，那也是一件十分自然的事情。

1985 年的春天，当我在一辆由浙江建德开往上海的途中的列车上开始写作《追忆乌攸先生》时，我决定将自己从无休止的自我折磨中解救出来。

当时，我与一位音乐系的女教师同行。在开始的几个小时里，她一直在试图向我说明，吕其明的《红旗颂》是世界上最好的音乐。遗憾的是，我从未听过吕其明的作品。这使她大为伤感。为了让我主动发现吕其明音乐的美妙之处，她一边打着毛线衣，一边不厌其烦地哼起了《红旗颂》，也许还有《克拉玛依之歌》。温暖的阳光透过车窗玻璃，使人昏昏欲睡。小河，桥梁，树林和村庄在窗外依次交替闪过，火车轮的轰鸣所掩盖的是一片遥远的寂静。我觉得渐渐喜欢上了那个旋律，沉醉于那样一个不断延续的瞬间。从感觉的意义上来说，瞬间所包含的时间长度并不是几秒钟，甚至几个小时，它是一个芳香四溢的巨大容器，它向过去回溯，也向未来延展，它无限敞开，一直通往未知的黑暗。我觉得,吕其明的音乐,窗外匆匆而过的一片池塘,过去年月纷至沓来的记忆,以及女教师手中跳动的铝针有一种暧昧的联系,正是这种联系的晦暗不明和脆弱易逝的性质让人沉醉。我在想,相同的一缕阳光也曾照亮过去的街角,那么,年代久远的一场大雨会不会打湿现在的衣服?

当女教师终于靠在椅背上沉沉睡去之时,我却感到自己刚刚从一场梦中醒来。在接下来的五六个小时里,我始终沉浸在那片无法控制的幽光狂慧之中。现在想想,当时的那种欣喜固然显得有些可笑,但直到今天,假如有人问我如何评价吕其明的《红旗颂》,我也许会毫不迟疑地回答他:它的确是这个世界上最好的音乐。

三

余华,这位来自浙江海盐的牙科医生,在人们的传说中似乎有着一副冷漠、残酷的外表。他的早期小说所提供的一系列人体解剖报告足以让他的读者怀疑自己的牙齿是否坚固。然而,牙医的职业也许并不能赋予他的这种不加掩饰的才华以内在的心理基础,真正使他获益的是他父亲的那座医院。对余华来说,医院从来都不是一种象征,它本身即是这个世界的浓缩或提纯物,一面略有变形、凹凸不平的镜子。这多少会使人想起布鲁克斯笔下的海明威,海明威笔下的涅克。[1]

〔1〕 海明威《杀人者》中的人物,又译为尼克。

余华后来多次谈到了那座医院，用的是漫不经心、轻描淡写的语气。这种语气到了他的作品中，则立即凝结成了具有锋利棱角的冰碴。他是那么热衷于描述恐惧、战栗，死亡和鲜血，冷漠和怀疑。难怪张抗抗女士阅读了他的作品后将他称之为“恐怖大师”。

那都是过去的事了。现在的余华更加偏爱略带感伤的温情，在很多天真的批评家的笔下，这种倾向无疑是余华蓄谋已久的风格转向的明显标志。但至少在我看来，他依然没有偏离其一以贯之的哲学、美学的基本立场。只不过，他稍稍改变了方式——它更加自然，不动声色，所有特征的力度都得到了强化，肉体和心灵所受到的双重惩罚逃离了各类物理器械的切割，转向更为表面，也更为深邃的日常生活的磨难。而温情固有的欺骗性，在过去是利刃的磨刀石，现在则成了命运转折的润滑剂。

我是在1988年冬天认识余华的，那是在北京作家吴滨的家中。我们当时所涉及的许多话题都成了过眼云烟，难得一记，只有一件事情给我留下淡淡的印象。他与吴滨谈到在鲁迅文学院读硕士时的一段往事。一天下午，他和莫言坐在鲁院教学楼的台阶上，看着一位位年轻的女作家在阳光下走过，津津乐道地议论着她们裙子下露出的小腿。他的口吻俨然是一个涉世未深的少年，这与他狂放不羁、显然是精力过剩的外表多少有点反差。这也印证我从他作品中随处可以看到的几乎是与生俱来的语言能力。几年后，我读到他的长篇小说《呼喊与细语》时一点儿都不感到吃惊。

剩下的也许就是这样一个悬念：除了他习惯性的口语流露的愤世嫉俗之外，我从他身上看不到任何“残酷”的迹象。当我们在去鲁迅文学院的途中，他抢先冲上公共汽车替我争得一个座位时，他的这种过分的善良和热情在我身上却引起了相反的反应。直到几年后，他站在我们学校的讲台上为大学生们上课，我才明白人们所说的那种“残酷”究竟是怎样一个景象。有一位学生问道：“你对于文坛新出现的年轻作家有何看法？”余华的回答出乎在场所有人的预料：“我恨不得将他们掐死……”他咬牙切齿地说出了这句话，伴以突然而有力的扼掐动作，将坐在前排做仰慕状的几个女生吓得面无人色。

正如他的这句玩笑留给听众的强烈印象一样，无论你喜欢或不喜欢余华的小说，过目难忘应当是读者的共同感受，而这正是一个作家原初的才华所在。即使是现在看来，《河边的错误》、《四月三日事件》、《现实一种》、《十八岁出门远行》均堪称杰作。假如我们略为放宽一下评价的尺度，这列作品名单就要包括他早期的所有小说，甚至是《偶然事件》、《难逃劫数》这样带有明显缺陷的小说也给人以才华横溢的印象。

“呼喊”和“细雨”这两组中心意象作为余华向童年记忆回溯的两条线脉，构成了他揭示现实处境的经纬。“呼喊”令人联想到医院空空荡荡的走廊，山冈失去皮肤后在手术台上流动的金黄色脂肪，被捆绑的疯子死在街旁的邮筒前，血还没有凝固……而“细雨”则让人回忆起冯玉青在朝阳下流光溢彩的乌黑发辫，摇着拨浪鼓向村庄走来的白癜风货郎，以及少女杨柳使人流泪的面容。

在余华本人所供述的阅读启示录的名单上，卡夫卡和川端康成占有十分显赫的位置。卡夫卡笔下的“呼喊”大多以沉默和接受的姿态来加以呈现；川端的“雪国”肌理细密，婉约沉潜，而余华作品中的相类意象与他笔下的浙江农村一样，粗粝，有力，充满着喧嚣和躁动，有一种不伦不类的活力。他记录了心灵的历险、战栗以及寻求慰藉的全部吁求。

《此文献给少女杨柳》显示了余华在追求形式完美化方面的巨大努力，只是由于《世事如烟》此前所达到的叙事高峰，使读者的惊喜打了一点儿折扣；也许要等到《活着》、《许三观卖血记》的问世，他才能与读者一起放心地分享成功的喜悦。

这两部作品依然显示出作者出众的才华，和以前的作品相比，语言更为流畅，结构更为匀称，叙事技巧更为纯熟。枯燥乏味的日常生活在他笔下所焕发的美感几乎使人眼花缭乱。问题在于，相对于余华早期作品的花园，作者在剪去一些多余的枝叶的同时，是否一并舍弃了某些看似怪异、生涩、食之甘美的酸果？而他最近发表的《我不知道自己的名字》这篇优美的小说则使我的这种疑虑成了一种多余。用一位批评家的话来说，对于余华这种作家的才华，我们似乎只有信赖和期待。

四

《稻草人》一类的小说从某种程度上来说是一匹色泽黯淡的织锦，经历了时间的淘洗，图案有些模糊不清，但热烈、富于幻想气息的纹络让我们不难辨认：正午的阳光下，低矮密集的房子呈现烙铁般微红的颜色，棉花的叶子发出了经久不息的摩擦声；我们看见三个男孩从不同的方向穿过棉花地，走向河边。假如他们停下来张望，那是他们想弄清楚午后的沉寂中所包藏的事物；假如他们迷了路，那是因为除了稻草人和无边无际的棉花地，他们看不到另外的标识，一切都无声无息。没有一只鸟。

《一九三四年的逃亡》中所描述的“枫杨树”，其确切的地理位置应当是江苏省扬中县的县城。我和苏童的一部分童年岁月在那儿度过。在炎热的夏天，即便我们偶尔在长途汽车站卖冰棍的老太太那儿相遇，彼此亦不可能相识。与苏州幽深、玲珑的园林相比，这座江中小镇似乎没有什么值得一记的风物，但我还是一下就能从他的作品中嗅到那儿的气味，仿佛新剖的竹篾所散发的清香在枫杨树的阴影中被分离了出来，并被赋予某种固定的形态。

由于这种“被分离的经验”对我而言是那样的真切，我几乎很难关注苏童小说中另外的内涵。我始终认为，江南的城镇山水为苏童小说提供的滋养仅仅是一种氛围。无论是苏州城北的一角，还是香椿街熙熙攘攘的闹市；无论是陈宅令人困惑的大红灯笼，还是飘满了鸭屎味的罗家小院，它们与作者内心最为熟稔的精髓相比是不足为道的。因为所记之物相对于记忆，正如智力相对于本能。

比如说，苏童小说中的阳光是那样的令人难忘：它能够发出嗡嗡的叫声，是因为蜂飞蝶舞的春天的馈赠；它能散发出甘醇的香气，那是因为篮中被晒瘪的青草与新鲜的草香毕竟迥然不同；它像织出的布匹一样倾泻而下，是因为井壁的斑斑驳驳衬出了井水的幽蓝；而太阳犹如破碎的蛋黄悬浮于铜尺山的峰峦之上，那是由于浓重的霜雾给人的视线设置了一道屏障……

苏童的语言简洁，质朴，饶有韵致；他的形式不事雕琢，而又蔚为大气。从他的作品中可以看到安德森、考德威尔、威廉·福克纳叙事风格的影响;假如加上苏童本人一度推崇备至的麦卡勒斯、雷蒙德·卡佛,我们可以看出美国文学,尤其是南方文学在他心目中的位置。在苏童的小说中,我们却很难看到明显的智力特征。这并不是说他根本缺乏这种智慧,只是它一直处在暗中,为作品的叙事提供着必要的保证。“如果说智力不配享有崇高王冠的话,那么,也只有智力才能颁布这样的命令;如果智力在效能的等级上居于次要地位,那么,也只有智力能够宣告本能处在的首要地位。”〔1〕

苏童为人开朗、豁达,和南京这座城市一样,兼有南方的钟灵毓秀和北方的含蓄、粗犷。《钟山》编辑部的傅晓红将苏童和叶兆言一并列入南京硕果仅存的老实人行列,其口吻颇像是在赞扬一对无私奉献的劳动模范。苏童不爱琢磨人,不喜欢议论同时代作家的“是非功过”,他认为这是出于对同行的尊重。不管是在生活中,还是在他的作品里,他对“戏剧性”,对于那些穿着形形色色外衣的“尘世秘密”,一直保持着足够的距离,没有那种追寇入其巢穴的锋芒。他似乎担心那些活跃的、不稳定的思绪一经追问就变成了毫无生气的东西。在他有限的创作谈中,也可以看到他拒绝澄清暧昧不明的事物时所表现出来的本能的节制(他的那些“理论”表述较少铺陈,展开,却充满着真知灼见)。

在马原看来,苏童小说中貌似“混沌”的叙事风格不仅没有妨碍他的洞察力,而且给予那些作品以无与伦比的分寸感,其叙事节奏体

〔1〕 普鲁斯特:《驳圣伯夫》,百花洲文艺出版社出版,第7页。

现出了真正的大家风范。

《妻妾成群》作为一部备受关注而又颇有争议的小说，其文体上的成就并未受到应有的重视。人们在欣赏深宅大院姨太太们之间的钩心斗角的艳情故事时流露的贪婪，使他们忽略了作品本身远为丰富的内涵。对苏童本人来说，他的动机只是为了寻求变化，“考验一下创作的能量与功力”[1]，可是这部作品所显示的“变化”也掩盖了它与早期小说的内在联系。事实上，一个作家只能通过自己的眼睛去发现世间万物所蕴涵的“真实”，题材永远不会成为一个问题。苏童小说依次描述过乡村少年的寂寞、青春期的躁动和背景广阔的妇女生活，从时间上来看也包括了本世纪历史的许多重要段落，这一线索似乎也不像苏童在文集自序中阐述的那样壁垒分明。因为写作什么题材，如何去呈现记忆中的事物，不仅取决于扑入我们意识的过去的对象物，也取决于写作的“当时状态”。关键的问题在于，必须找到那些浸没在黑暗之中的事物与心灵联系的基本线脉——苏童曾将它称为“灯绳”，并使它豁然亮堂。

苏童和叶兆言一样都倾向于写作的“多多益善”。这一写作理想正在丰富着他的作品日益深广的背景，也使那匹织锦上的图案愈加炫目。读者在惊叹之余所生出的淡淡的遗憾也在所难免。我想苏童本人也未必对之没有一点儿察觉。记得几年前，苏童在去美国的途中经过上海时，曾以出人意料的激烈口吻对我说：“我才只有三十二岁……”我已记不清他为何要这样说。但我想，三十二岁正是福克纳

〔1〕 苏童：《婚姻即累》自序，见《苏童文集》，江苏文艺出版社出版。

酝酿《喧哗与骚动》时的年龄，而对于马尔克斯和普鲁斯特来说，《百年孤独》和《追忆似水年华》还远未动笔。

五

今天，在很多人的眼中，“实验小说”似乎已经成了一个危险或可疑的名词。一位曾经为实验小说摇旗呐喊的批评家，在最近一篇文章中开始了自我忏悔式的反省，好像刚刚从一个错误或一场骗局中清醒过来。同样的“反省”也零星地出现在实验小说作家们的随笔和演讲录中。他们在各种场合竭力声称自己作品的“现实主义”特征，这本身也给人以这样的印象：实验小说本来即是创立一种新语言，一种独出心裁的表达形式的幻想或文字游戏。而另一些作家在写作中的“转向”，则宣告了实验小说不过是一种写作上的“策略”，所谓的“权宜之计”，好像他们长达近十年来的作品并非呕心沥血之作，仅仅是为了提高写作能力，为了有朝一日更彻底地扑向“现实主义”怀抱的思维和文字训练。

鉴于变化中的社会形态的纷乱程度超出了很多人的预想，每一个人都在焦虑中重新确定自己在新的社会条件下所处的位置，舆论对于实验小说评价上的差异性和种种误会势所难免。

首先，正如实验小说的几位重要作家在创作风格上的差异十分明显，他们在精神气质、写作趣向上内在的联系也清晰可见——过分看重或干脆否认这种联系都是不必要的。我宁愿将其视为一种松散的集合体：人们只是从各自不同的境遇出发，寻找表达的真实感时偶然撞到了一起。他们之间并不存在着一个共同的宣言或纲领，也从未有人打算这么做，甚至彼此在交往中均持有一种不可思议的谨慎，很少交换创作的不同见解，彼此保持着应有的距离和互相尊重。

其次，实验小说在文体上进行的试验源于表达和交流的“障碍”。社会现实所赋予他的“真实”以及寻求表达这种真实时所面临的困难构成了双重的压力，敏感的作家意识到了这种压力，不得不一吐为快。除了一些极端个别的例子，所谓的“语言革新”大多在现有的语言规范下进行——作家们运用“旧的语言”进行创作，却悄悄地改变了它的内部构造，这是新形式产生的重要基础。

比如说，“形式”在马原的小说中从来都不是一个“圈套”，它就是“内容”本身，只不过西藏的生活让马原看到的东西对于我们来说显得过于遥远。余华和苏童的小说中也从不缺少所谓的现实感，假如他们笔下的现实图景过于虚幻或怪异，那是因为这一图景的存在唤醒了他们的智慧或本能。正如烈日下的向日葵在凡·高的眼中本来就是一团火焰，而不是凡·高没有能力将它画得“更像”。

另外，实验小说与当时的社会意识形态关系也多少反映了特定时代的现实性，对于大部分作家而言，意识形态相对于作家的个人心灵即便不是一种对立面，至少也是一种遮蔽物，一种空洞的、未加辨认和反省的虚假观念。我们似只有两种选择，要么成为它的俘虏和牺牲品，要么挣脱它的网罗。

不可否认，作家在多半是无意识的创作中对这样一种关系的认识并不是一开始就条清缕析的。社会或公众将“实验小说”称之为一种文字游戏是一回事，作家本人受制于这种描述又是另一回事。它至少反映了“实验小说”创作中最为重要的问题所在。这也印证了T·S·艾略特曾经有过的疑虑，一个仅仅依靠本能和激情写作的作家到底能够走多远。

九十年代中期的社会状况相对于十年前所发生的深刻变化实际上已经超出了“实验小说”内涵的缓慢延展。日益复杂化的社会现实同时也在呼唤一种更加复杂，内涵更丰富，形式更加有力的写作方式。在这样一个背景下作家所采取的某种程度的调整也是十分自然的，当然，代价也必须付出。

不管我们是否愿意承认，实验小说作为一个象征性的存在实际上已经终结。除了我上文提到的马原、余华和苏童，另一些实验作家的趋向也不尽相同。从孙甘露、吕新等人最近的作品来看，他们在延续以前创作风格时表现出来的坚定也许让人尊敬；而被称为“真正先锋派作家”的北村在皈依基督之后，写作方式与过去相比已有了天壤之别。

当我决定写下这篇文章的时候，我为自己不得不提到一些人和事，涉及一些作品的看法而感到不安。只有将它视为我与同行十年来友谊的纪念时，我才会稍感慰藉。

丁宗皓

酒精度换算法

一

我老家辽东，本溪山里，产一种小米儿，比辽西的小米儿个头儿还小，色泽淡，没有辽西小米那种浓重的黄色，亦没有光芒。

小米儿有两种常见吃法，一是做干饭。二是做小米粥。做干饭方法亦非同一般。吾乡是这样的——把小米水煮半熟，然后捞出，置屉布之上，再上锅蒸之。过程比较繁琐，但这样蒸出的小米干饭嫩且暄。我也曾经尝试用电饭锅，如煮大米干饭一样，希望得到一锅嫩且暄的小米，结果大失所望。恐怕是小米过于娇嫩，不适应大工业社会生产的家什——电饭锅的原因吧。

我喜爱喝小米粥，多年不改，遂成积习。家里米橱之中，总有小米。倘若断顿，登时会有偏离岁月之感。所以常常打开米橱，左顾右盼一番。所以也常常上手一试。小米儿粥的做法虽然简单,但分寸似乎不好拿捏,所以每一次都像历险。

——那边烧上一锅水,这面淘米。小米经过了水,色泽就出来了,土黄,像浴后,但依然没有光芒(我疑惑,它是有光芒的,但藏在小米的身体里,这是闲话)。如果水开了,那么请注意,水一定要沸腾,这时,把小米倾入其中,用勺子迅速、简单搅拌以后,得静静地等上一会儿,等什么呢?等水再沸腾起来。很快,水就开始沸腾,带着小米儿的水沸腾时,让人晕眩。

但这是关键时刻,等锅全面沸腾时,必须果断地盖上锅盖儿,随后关火。容不得一点的游移和彷徨。这是烹辽东小米的做法,和制作辽西小米粥也不同。

——只有我这样成熟的烹制者才能这样行云流水,毫不迟疑。因为这个过程很短,看起来一切还没有开始,但是一切已经结束。当然,小米儿和水在锅里还要走上一段里程,不再沸腾的水,和米以及锅之间的关系,属天机范畴,那是一段什么样的旅程,从来无人知晓,人在这时,鞭长莫及。即使好奇心再重的人,也不敢随意揭锅一看,即使揭锅,也得不到真相。

五分钟后开锅,此时此刻的小米儿粥,嘿嘿,吃吧你。

二

用我的方法,试过辽西小米,但不得要领,要么硬,如嚼渣;要么火候过了,如喝汤。总之,仿佛错了小米的最佳时机,所谓时机可能只是眨眼之间的事儿，如同错过了美人的青春，咳，不光是美人，谁的青春不是一瞬呢。

细细想来，同我的手艺只是针对家乡的小米儿一样，天底下，哪里有放之五谷而皆准的烹饪手艺呢。想必我还没有摸准辽西小米的脾气。最近几次，去辽西，常常带回一些来，装在小布袋里，放在灯光下一照，有些神秘，仿佛我面对的是一种永恒的东西，也仿佛五千岁了。在辽河以西，大凌河流域，小米先喝了那里的水。

吃辽东家乡的小米，可配的菜很多，小葱拌豆腐，可。大酱缸腌过的咸菜，萝卜咸菜，可。土豆丝炒芹菜丝，可。但最为奇妙的，莫过于佐之以山野菜。最古老的粮食和最古老的草，在一个人的唇舌之间谋面，想想都很奇妙。而山野菜之中，如大叶芹、刺嫩芽、猫爪、猴腿、大耳朵毛等皆为上品，而我首推的却是龙吟。

什么叫龙吟呢？讲清楚它注定要费一番周折，因为连龙吟这两个字都是我从家乡话里硬译过来的。它是否是辽东山区独有的植物，我不清楚，更无处稽考。如果一定要描绘，那么就这样说吧，一种草本植物，大叶，色深绿，水气重，生于山阴。到了这里，谁又能听得明白，明白了又何尝能够认识？倘若非认识不可，只有孟春时节到吾乡一走，倘若命好，或许可以吃得到。也恰恰因为不常遇到，所以我才有这番执着。

一旦小米和龙吟遇上，小米儿奇妙地甜了——如同男女一见钟情，小米儿和龙吟相遇，所发生的也是一种化学变化，这和爱情一样，爱情给人带来的也不是物理变化，而在化学范畴。那种甜有点儿不可思议。何况小米和龙吟，听起来就好，有一点儿三皇五帝那个年代的味道。但遗憾的是，小米儿本来不常有，龙吟更不常有，只生在每年四、五月之间短短的那么几天里，长高了，它就成了野草。

这样的甜，发生概率也就很低。一年一次，也像牛郎织女的七月七。

想在口唇之间获得这样的奇遇，坐在城里就不行了。得买张车票返乡，在家乡的桌子旁把小米儿和龙吟等聚齐了才行，如果不得，还得盘算着明年再来。人生里常常得不到急于得到的东西，所以有一份耐心是必要的。

但这样说，其实我已经暴露了整个时代的问题，即我们常常是因为安慰胃肠或者阻止涎水的急剧分泌而远行，同时找一个堂皇的理由。

想想，当年陕北也盛产小米儿，但是长征走了那么远却是为了革命，相形之下，我们的动机多么可耻。不过要是这么讲——不是为了吃小米的革命，为了我们今天能去找小米儿吃，似乎也还说得过去。现在，有怎样的欲望是说不过去的呢，何况是为了小米和龙吟，可能在别人眼里，是一份可笑的期待，充满了形而上学的意味。

等待龙吟的日子里，小米儿在我的眼里是寂寞的。不过没有关系，好在这只是我个人的经验，无伤大雅。当然，小米有感知的话，小米眼中的我，当然也是寂寞的。这是我和小米、龙吟之间的等待，人总得有点儿等待，寂寞就寂寞呗。

三

和与小米儿、龙吟相遇比较类似的快感，其实也有。

比如喝吾乡之羊汤。

喝羊汤，是吾乡一项持久的群众运动。过去，喝羊汤，换句话说杀一只羊，是极其奢侈的行为，一年杀一只对于一般家庭来说几乎是痴人说梦。

而现在好了，有饭店杀，去喝汤或者吃肉就行了。最近，我一说家乡的名字，周围顿时有人惊呼：羊汤。我发现，现在身边有很多人喝过吾乡的羊汤，差不多半个省的分量了，人们说起时，喝吾乡之羊汤，似乎都是一次重要的人生阅历，其满足和暧昧的样子，仿佛那不是喝，而是一次命里桃花。

我对吾乡的羊汤很是满意，因为经历着大众化的过程，仍然味道不改，这份守持，显然定力尚在，还没有沦落风尘，简直不可想象。因为有些东西仿佛就是为了有一天能够沦落风尘才存在，沦落本身就是目的。

但我对吾乡羊汤仍有一份隐忧，前不久，我在吾乡一家最钟爱的羊汤馆里，看见一幅照片，画面上的事物如下（从左至右依次排列）：老板（胖脸者）、羊肉案板、副省长（戴眼镜，仿佛学过 MBA）、羊肉火锅、商业厅副厅长（秃顶者）、羊杂、秘书、羊肝、香菜、挂着的围裙和一摞盘子。因为透视关系，还有模糊的部分（后排左起），隐约可见陈醋、食盐、胡椒粉等。画面上老板谦恭中糅十万分的惊喜，表情让人警惕。他想干吗？会不会向他们的员工传达省级领导的指示？组织羊倌开三个层面的研讨会？或者干脆让羊群们自己统一思想，提高觉悟，努力让自己的肉鲜美无比，并以此投身农业产业化，并自己拉长产业链？

什么事情一旦好了，他们就要让他做大做强，官员们都喜欢这样，动不动就说GDP，烦死了。

咳，官员的事情不说也罢。还说羊的事情。

吾乡羊肉味道之美妙自有来由，但肯定和省长没有直接关系。即使省长来了，也一样，和肉有关系的只能是草，而不是思想和理念。吾乡的草扶摇于山冈之上，风起则动，风不起也动，这份情怀，想想都好。这和陕北一样，延安的羊肉好吃，是因为羊吃一种草，肉就不膻。那种草叫地角草。我在延安和西安都吃过地角草的羊肉，也好。

吾乡有没有地角草，我不知道。但如果不是因为草，那就是因为水或者别的什么，我会继续研究。

但吾乡真挚，羊汤里从来都是羊肉（切成小方块）、羊血、羊杂，肉从来都是满满一碗。吾乡就是这样，遇见朋友，把心掏出来给你，如端一碗羊汤。

但面对一锅蒸腾的羊汤，我期待一个事物，即摇曳于乡下田园里的香菜。羊汤的四周，盐、味精、辣子、胡椒粉、陈醋、葱花都在，那是一个班子，常设机构，但是点睛的却是香菜。在蒸腾的热汤中撒上绿色的香菜，如同天上掉下了林黛玉，暗夜里点亮了北斗星。

这时的羊汤，嘿嘿，喝吧你。

小米之于龙吟，香菜之于羊汤，在我看来，是世间的绝配。但贪口舌之欢的时候，还需要两样东西，即朋友和酒。没有这两样东西，如同小米儿不遇龙吟，羊汤永失香菜。而一旦有了，前两者就可以淡出了，如：来喝羊汤吧之类的，只是与朋友喝酒的借口。

我由此发现，蒸腾而热烈的生命，常常就在感官和理性中间，小米、龙吟，代表了我的形而上，而羊汤是我的形而下。

一个幸福的人，需要形而上下。

四

最近，特别是我四十高龄之后，和朋友喝酒，连点儿婉约的理由都不要了，常常直接表达为：来喝点吧。回答就是，好，喝点。常常是：干了吧。回答是，那就干了呗。一盘子咸蒜，五斤白酒倒一桌人的可能是有的——不管桌上什么菜，上来就喝，是全新的风尚，很让人欣喜。

——说到酒，这回和水有关系了。酒，吾乡的水和吾乡粮食相遇而生，酒成了吾乡的酒，那酒也像一场爱情的产物，亦属于化学变化范畴。

我乡酒事频仍，半个世纪以来，始终如一。喝六十度的酒，像一次短跑比赛，突发事件较多。一次，我在城里请客，喝家乡的酒，半道上，一位朋友出去了，半天没有回来，一打听，原来回去睡觉了。我顿时感觉惭愧，因为搞不清，他是喝多了，还是喝少了。回吾乡喝酒，也常常有酒桌逃跑者，见怪不怪了，我们鄙视他的酒量，但钦佩他的勇气。

最近,吾乡白酒已经改革,出现了三十二度,三十七度,四十二度等。可能是为了从此以后,酒桌上少几个逃跑者。

但是这种做法给我带来了麻烦。最近,在吾乡喝酒,每每像上数学课,压力不小。三十五度或者三十七度的,为什么偏偏是这个数字?这让人疑惑。所以喝起来也小心。呷上一口,不能不揣摩它通过口腔、喉咙、食道直至抵达胃部的感觉,像一个秘密盯梢。这份疑虑,总被识破,并遭奚落。

这酒和朋友们,犹如车轮大路,他们说:像我这样,看着看着,就这样。然后他们一口把大约四两白酒喝了下去,把空杯子斜着给我看。

然后,他们规劝我,用数学方法。他们说:四两三十五度的,相当于六十度的几两?不等我回答,他们说:不到二两吧。二两你行不,不然我来。数学加自尊伤害法。他们说:慢点也好,一半。一半是多少,二两吧,换成六十度是多少?不然换算成十一度啤酒,几瓶?喝啤酒?渴了才喝的玩意儿。诸如此类。我通常是在颠来倒去的换算中醉去,不醉是不可能的,因为心里其实也暗自期待这个结果。吾乡的酒醉人时,有一个标志,即转瞬之间掠过的一丝甜。抓到了,就知道已经在临界点上,一旦忽视了,嘿嘿,嘿嘿。

我很喜欢宿醉醒来,天地混沌,心灵静谧的感觉,好像没怎么费劲儿,就来到了远古,好像一切刚刚开始,好像我们重新回到十八岁,刚刚学喝酒的年龄上,但那感觉伴随着一阵阵空虚,也有感伤,人世间规矩尽失,仿佛一场大错已经于昨夜铸成,无可挽回。

然而,那时,昨晚宿醉的朋友早早衣冠楚楚在外面等候,他们神情严肃,使我感觉大错不仅铸成,而且无可挽回。

所以午餐性质彻底改变了,像一次中医会诊。一大杯白酒倒满了。

朋友甲说:必须把这个喝了,往回勾一勾。勾?一个东西掉了狭小的空间里,伸手不及,用一个钩子钩回来?本来已经到了目的地,结果走过头了,往回走一点?

朋友乙说:这么说吧,透一透。透?仿佛昨晚的一场酒事,导致身体里的河道淤塞。

朋友丙说:要不这么说吧,就是下坡酒。下坡?看来我们昨天夜里摸黑不知不觉上了高处。

再端杯时,酒已是一味中药,以酒解酒,场面庄严如一次会诊。朋友说:喝一口酒,马上喝一口狗汤。白酒,狗肉汤送下。如同某某胶囊,温开水送下。

——作为药引的狗肉汤,正沸腾于锅里,锅坐在桌子中央,吾乡的豆腐和吾乡的干白菜隐约其中,正午的我们围定了它。

这是我想说的,狗肉汤护送着白酒下肚,如同水润泽干涸的土地,酒的难咽,和狗汤的醇厚与鲜美,构成了一个让人百感交集的过程。但我周身开始感觉温暖和放松,像稻田正在缓缓地注满春水,虚无也像渐渐散去的晨雾。天地一片明亮。天,仿佛错误已经得到了修正,我又回到了正确的人生道路上啦。

——也仿佛,狗肉汤直接抵达我的精神和思想里了。

以上所说,是我不断往来于沈阳和家乡之间的动机,不高尚,时有可耻感。不过端过酒杯,再喝上狗肉汤以后,一想,事儿就又不一样了。人生全部的错,都得到了修正。

六十年代造

生于二十世纪六十年代，是一个平和的表达，准确地说，是被生于六十年代。父精母血，一个生命的孕育过程，是一个被引渡到人世间的过程。我所以刻意地使用“被”字，主要想表达另外一层含义，即：任何一个人都是时代的产物，是特定年代文化的产物。引用一位美国文化学家的说法，即任何一个时代都有特殊的精神背景。一个人在社会化的过程里，生命里打下了什么烙印，就有了什么样的精神胎记，如同一块红而柔软的铁，在流水线上，通过钉子的模具成为钉子，通过路轨的模具则成为铁轨一样，这胎记一生跟随。

所以，六十年代生人就是 Made in 1960s，也就是六十年代造。在这个十年的跨度里出生的人，也是一个浩浩荡荡的队伍，队列的前头已经通过了孔子划定的不惑之年，队尾也将迅速地抵达这个门槛。这是一个带着什么样精神胎记的队伍？——精神胎记的本质，是文化，文化的载体是记忆。我们被什么样的记忆所塑造？

整个六十年代的阳光里，前几年的贫困是成人的事情。如果一个六十年代生人说，我经历了三年自然灾害，真痛苦。这话不能相信，因为一个人的童年根本就无所谓痛苦，即便有痛苦的话也是成人后的总结，动用了成人的经验，是一个概念。——上帝厚爱人类的标志之一，是童年生活里对于痛苦的天然免疫。

此后的“文革”，对于父母、社会、国家来说是一场人为的灾难，而对于六十年代生人来说，只是一场大人的游戏，其间的苦难、挣扎、扭曲、血腥甚至死亡，充其量是过于逼真的表演，——这样，六十年代生人就和五十年代生人划开了一道鸿沟，从红卫兵袖标的戴上到摘下，五十年代生人经历了乌托邦式的所谓革命理想的幻灭与死亡。而这理想却在六十年代生人身上活着。

从更广泛的意义上说，在这个时间段里，六十年代生人活动在一个断流的河床上。从五四新文化运动开始的对于传统文化的批判，事实上已经使我们的父母失去了这种滋养，他们所受的教育也只是传统文化无意识的熏染。“文革”中的革命意味对于六十年代生人的记忆来说是一种消解和阻断，使他们失去了个人命运叙述和历史真实准确对位的可能。——这样，六十年代造，就是漂浮在时间河流上的一代，他们的精神之根扎在模糊的传统文化上。

可是事情没有结束。七十年代末到八十年代初，六十年代造在五十年代生人带动的自我意识觉醒里，精神上又深深埋下了自负使命的理性主义，在貌似张扬个性自由的背景下，本质上埋下的是对于社会的深切关怀。这样，六十年代造，实际上最后 Made in1980s。走下生产线的六十年代造，带着传统文化和理想主义双重的精神气质，去赶赴人生的盛宴。

站在不惑之年的门槛上，也就站在二十一世纪的门里，“六十年代造”们有着太丰富的记忆，一个作家说过，今天的每一个中年人，都拥有着百岁老人的记忆，因为社会发展压缩了历史空间。同时，这个记忆还包括他们自身不断地被边缘化，而他们又不断适应、改造，努力重返生活中心的经历，我相信，那个过程里，他们的创伤深重，这创伤主要来自于他们和现实生活的不断错位，也来自于对于生活意义的不断拷问和缺失，来自于等到他们每一次抵达时，盛宴都刚刚散了，眼前杯盘狼藉。

今天，求利之心成为社会主导观念，相反却激活了六十年代造的求礼之心——传统文化意识的启动。在财富积累面前，六十年代造大多想的是淡泊名利，是温良恭俭让，是红尘之中的宁静致远，是君子喻于义、小人喻于利，是君子爱财、取之有道，是己所不欲、勿施于人，是生活的逻辑应该被纳入道德轨迹。而事实上，他们面对着所认同的道德藩篱不断被焚毁的尴尬。很快，当七十年代生人坦然地出现在物质狂欢的生活舞台时，他们的社会意识被凸显出来，和个人的感官享受相比，他们更看重人生的理想色彩、历史的延续性和生活的整体性。这时的他们，像一群保守的老人。

这就是六十年代造的思想框架：在个人和社会之间，社会重于个人；在个人和群体之间，群体大于个人；在感官快乐和精神获得之间，精神仍然是终极之地。他们想在精神的废墟上，建造一个王国，并让影子投射到大地上。

所以，他们不是勇敢的一代，但他们是坚持的一代，隐忍的一代，他们衡量行为的准则是，自己是否和外在的世界发生了冲突，而冲突一旦发生，他们就会习惯性地检讨自己，维持这样的关系，让他们疲惫。于外在空间和自我之间徘徊的他们，有些优柔寡断，有时无法确认自己。究其根本，在于他们对于简单的物质世界的不容。当他们有失败感时，认同感也会相伴而来，而他们会立刻再跃上理想主义的最高处，把不断掉落下来的巨石推上去，周而复始。西西弗斯就生活在这样的命运里。这也许被六十年代生人们注意到了，也许有的已经从这个状态中走过，也许有的还是浑然不觉，但这仍然是一段六十年代生人的精神史。

但似乎没有人留意这些，在这个每一个都想跑到所有人前面的年代里，他们的感受就像被大脚碾过的蚁穴。但是，他们自律，仿佛带着某种使命，相信自己的背影上始终落着上帝的目光，这即是精英文化塑造的一群。在《生于六十年代》里，宝昌的文字，给出了这一代人的复杂。那是一些让人感伤的叙述，他小心、安静地告诉我们，因为脚步太急，生活中的美好，有很多被我们漏掉了，现在他捡起来，吹吹上面的土。

生活就像高速飞驰的火车，这一代人不是夹在两节车厢中的一节，只是某一个车窗后面，闪过的一张模糊的面孔。而在世俗中，六十年代造是多么可爱的一群，懦弱，善良，包容，有道德感和逃避倾向，也有谦和掩饰着的孤傲，但没有攻击性，在这个社会里，他们处于食物链的低端。至少我身边的六十年代造如此。因为理想主义的存在，天真在他们的心中，也没有走。在年轻一代眼中他们太像老人，而在老年人的眼里，他们更像不谙世事的孩子。

——所以，我给他们起了一个名字，就叫：热血中年。

事　件

照相记

第一次给七奶一家照相的过程是这样的。

五叔从屋子里出来小声对我说:说是给全家照,其实是为你七奶照,预备着,明白了吧? 随后就回屋去了。

我说明白,就在院子里架好了相机,然后在那里等。

满院子扒去了皮的玉米棒子,毫无规则地堆在那里。一个玉米棒子是金色的,两个玉米棒子放在一起,也是金色的,可是数不清的玉米棒子放在一起,就不是金色了。是什么颜色? 谁知道呢! 没有谁的目光能够接近那一堆的玉米棒子,一群玉米棒子在那里,表面上就蒙上了一层迷雾。

玉米的衣服软软地堆在一侧,里面一直发出窸窣声,是玉米衣服舒展的声音。展开的玉米衣服能做乡下最早的那种鞋垫甚至床铺，当然还能够烧火！玉米衣服上面的火是无声的，只是要出一些烟，然后在空气中要留下若有若无的香气。和弄不明白玉米的颜色一样，玉米衣服燃烧后的香气更是神妙莫测。

七奶和五婶没有好看的衣服，她们在屋子里把所有的衣服都翻出来，堆在了炕上！五叔出来了，说明了里面换衣服的盛况。

那就是说，我还得等。

站在我面前的五叔有些局促，那是换了衣服后的不安，这样的不安我现在也有，刚刚穿上衣服后，手就找不到应该放的地方，也不会迈步。五叔红着脸看着我，直到我做出什么也没有留意的样子以后，他的红才从脸上消退。

五叔穿了一件老式的中山装，蓝色的那种，上面没有补丁。这件衣服只在大年三十晚上或者是接见五年多没见的亲戚时才穿。五叔一直扣着领口的那个挂钩，这样才让里面灰白的衬衣均匀地在露出一个精致的白边，就像年轻时所见的大人物的样子。可是他又觉得脖子的不自由，于是打开挂钩，然后又挂上，这样反复多次，他的汗就下来了。我只是不经意地看了他一眼，他的脸又泛出了红。

我说，我先给你照吧？

五叔显然措手不及，但十分高兴，可是他在挂钩问题上更困惑了。

我说：这样，挂钩不挂，领子稍稍开一点，这样就行了。

是吗？是吗？五叔终于在我这里得到了答案，眉头就开了，忙不迭地问我。

在取景器里，五叔的头昂着，面孔扬着，脸上留着笑，保持着乡下人认可的幸福状态，里面有一种不可理喻的甜和自信，他故意不看镜头。

我照了一张后，提出让他放松，再为他拍一张。

什么叫放松？五叔警惕了！我反复为他表演，轮到他时还是放松得一塌糊涂。在我决定放弃的时候，才有一种轻松出现在他的脸上，这个瞬间我抓到了！可是五叔浑然不觉。

接下来，我们还是等！在满院子玉米棒子奇特的光泽里。

我不等了，我要去看看。

我双手拢住眼界，趴在玻璃窗上向里看着。

七奶已经穿着整齐，一身的对襟藏青色布衣。她正在对着镜子梳头。一盆水放在炕头上，七奶神情专注地把每一丝头发拢向后面，让每一根头发都到那个灰色的疙瘩鬏里集合！她一只手向后拢着，另外一只手持梳子跟着过去！这时的七奶容光焕发。

五婶出现在七奶的身后，把一件镶着蓝色小花的布衣举起来，在自己的胸前比量着，还不能耽误七奶的作业。我看见五婶还把自己的头发在脑后拢一下，做出还在乡下流行的马尾的样子，她忽然在镜子里笑了一下，然后让笑容慢慢收拢，在考察笑容和衣服是否搭配。到了这个阶段，我知道她也行了。

就这样，五婶扶着我的七奶出现在门口，她们一起羞怯地向着外面笑着。

我为他们全家拍一个合影。在满地的玉米中间，放着一个板凳，七奶坐在上面，两侧分别站着五叔和五婶，背景是被烟熏黑的门框，上面还有半截春联。这回我没有要求他们全家的笑容样式，五叔一如既往，看着前山，像一位战地将军，五婶也是，只是眼神里有羞怯和胆小。只有七奶，在看着镜头。透过取景器，我看见了七奶水一样的眼光，原来她有婴孩一样的眼神和笑容啊。

这是为七奶拍个人照片的序幕，五叔用这个办法掩盖着照遗像的目的。

我的镜头渐渐地推向了七奶的面部，七奶仍然看着我的镜头，我从那里看见，她的目光仍然清澈如水。

事后，我把照片拿给五叔一家看，五叔对我抓拍的那张不屑一顾，还是喜欢笑着远眺的那张，他说人就得高兴，你照的那张里面有心事。五婶搓着手，说都喜欢，就是自己的衣服前襟有点翘着，不然就更好了。

这时七奶在炕上坐着，细细地看完所有给她的特写，从中间拿出了一张，天真地说：我死的时候就用这张。

在场的人都傻眼了。

照遗像的事情就这么公开啦。

此后，每个夏天的某日，我都这样回去给她照相！她今年已经九十三岁了，我走时，她告诉我明年再来给她照，反复地说，唯恐我忘了。

老牛车

最近，七奶又准备死了。

我所说的是准备，死，不是她说行就行的。只是她觉得自己已经看不清楚天空的颜色了，分不清楚哪一天是哪一天了。最为重要的是，她吃的东西开始减少，一天只能喝那么一小瓶水了！还有她已经记不清楚往日的旧事，常常把五十年前的事情说成是昨天的！

五叔和五婶，他们都快六十岁了，可他们还是没有九十多岁的七奶老，因此，他们小心地伺候着。

只能喝水，几天过去了。于是，七奶觉得自己到了死的时候了。

当然，这也是集体研究的结果。七奶的状态，已经像一条流动了九十年的溪水，终于没有力气再往前流了。七奶和五叔讨论了这个大家形成的结论，也就接受了这个结论。接着，她像一个听话的孩子一样，躺到了床上，等待着死神到来，把她领走。

这样的事情已经有了很多次，在七奶生活的黑龙江，那个我不知道的乡下，七奶就这样躺在那里，准备着死亡。

回到老家以后，这样的事情也发生过！每一次，整个村庄的人都来，看望着她，议论着她后事的全部细节，一切都准备好了。

他们小心地守在七奶的身边，看着这个老人，然后流着泪水，大声唏嘘，不断地追忆着老人的可爱以及种种生活细节。感人之处，爱哭的老婶不禁伏床沿长号。可是那时，我的七奶会像刚刚被惊醒，懵懂地问：怎么了？

七奶的死，和一般的乡下老人别无二致。她躺在一个在辽东乡下被称为拍子的床上，那是为濒死者搭的临时性的床。这样的床一般都放在外屋的地中央！在床的一侧是灶台，灶台的对面是水缸！而上面则是被炊烟熏黑的房梁。

那些远来的亲戚就在这里看着七奶，偶尔和她说话，七奶则很少说什么，她爱理不理地看着那些远道而来的人，自己进入了一种沉思。

她会忽然说：我要死了。

于是，村子里悲痛无比。

这是七奶的第一次死亡之旅，持续了一周，结果是她的计划破产。亲属们在等待很久没有结果后，都失去了耐心，各自散去，下田或者上山忙活去了，七奶的事情就少了观众。那天，五叔和五婶出去送客，返身回来时，被一个场面吓坏了：我的七奶从不知道什么时候从床上下来，走到了水缸的旁边，端起了水瓢开始大口地喝水。五叔和五婶分明听见了水落进七奶胃里的咕咚声。七奶在酣畅地喝完一大瓢水以后，竟回身对五叔五婶赧然一笑！随后自己离开了拍子，回到炕上去了！五叔泪流满面，慢慢喊出了一声：妈——

七奶于是说：我不死了。

她有些不好意思地解释了原因：我做了一个梦，梦见自己在一个前不着村后不着店的地方走着，累得直想睡觉。后来就迷路了。我遇上了一挂老牛车，黄牛车。赶车的人对我说：老太太，你怎么走到这里了，这不是你来的地方啊！我说，我不知道这是什么地方，可是我已经迷路了。赶车的人说：那我送你回家吧！他就送我回来了。走了老远的道，我渴了。

五叔和五婶像听天书一样。

那夜五叔和五婶狐疑地假寐，恐怕有什么不测。直到天亮，看见七奶去喂猪时，他们才确信，七奶真就不死了。

类似事情发生过多次，再传出七奶要死的消息时，人们就笑了。这回还不是真的！即使七奶已经一个月里每天只喝一小口水，亲戚们还是狐疑地看着躺在那里奄奄一息的她，注意着她的表情。结果每次七奶都醒来，无力地笑着。

不等她说话，就有人抢先一步说：又遇上老牛车啦。

七奶点头，她说，巧不巧？还是那头老牛拉的。

我的七奶九十三岁了，如果她遇上的那头老牛年轻的话，这事就算没完了。

新近的事情也一样，七奶又在乡下准备死了，这次的情况吓人，她开始长睡不醒！七奶喜欢我妈，一直要在病中看我妈一眼。我妈在沈阳治病，回不去。七奶十分生气，好像还骂了几句。

有人在电话里告诉了我妈，我妈笑着说，看来她又能遇上那老牛车啦。

我妈说对了，七奶又一次起来到水缸旁“咕咚”“咕咚”喝水去了。

死？哪那么容易？谁也说不准她的事儿！满村的人都笑着说。

在这个事儿上，七奶失信了。

班　师

这些年里，我写了很多和五叔一家相关的人与事，比如七奶。

看过的朋友禁不住问道：你有七个奶奶？或者，五叔是谁？有一次，一个人认真地说：能不能把你的书，就是那本阳光照耀二奶送我一本？二奶？我有点傻了，因为我只写过《阳光照耀七奶》后来一想也怨不得人家，二奶才是人们熟悉的国情之一种啊。

爷爷这辈儿兄弟十一个，但不是亲兄弟，可是那时一个大家里，就这样排行，我爷在其中，是老五，七爷和我爷爷是亲兄弟，但不能单列；到了五叔这辈一样，他和自己亲叔伯兄弟一起排行，我爸排老四，五叔次之。

五叔是七奶的儿子，听起来还是别扭，但符合国体！放而大之，是中央和地方条块管理的格局所致，这么一说，基本就明白了。

就在这个春天里，从来没有心事的五叔终于有了自己的心事。

我看见了五叔的心事，在他的脸上！有心事时，他像一个根本就不能喝的人醉了酒。在这个春天里，五叔渐渐地有了一个决定，他要背上自己的母亲，即我的七奶，再次离开本溪老家，回到黑龙江集贤县的乡下。

他的决定很慢，像是草叶上的水滴，在聚集成完整的露珠以后，才离开叶子。可是五叔的决定还没有露珠聚集得那么快。他问我时，自己都带着迷惘，与其说是问我，还不如说是他自言自语。

该回去了，八年，一个抗日战争都打完啦。他说。

八年——八年前，他和五婶把七奶从黑龙江集贤乡下背上了火车，再从沈阳北站抱下火车，回到了老家，并在老家租了房子，住了下来。那是他们一家离开老家二十年以后的第一次返乡。他们离开老家是因为挨饿而逃荒走的！现在，因为七奶年龄大了，不行了，才回到老家。七奶坚持一定要死在老家，埋在老房子后面的祖坟里。

这是七奶一家的计划。

在老家，七奶每一年都要死两次，一次在初冬，另外一次在开春。每一次都几乎成功地死了，但是每一次都又成功地活过来！最长的一次，她吃不了饭，沉睡一周。

最近的一次，七奶已经忘记了自己是谁，持续了二十多天。

五叔日夜守着她，提醒她，告诉她自己的身份！可七奶想不起来啦，后来又不吃东西，再后来只有微弱的呼吸了！当清晨到来时，五叔在院子里捂着脸长哭不已，他以为七奶这回真的不行了，可是，阳光透过玻璃窗照到炕上，七奶又在阳光雾中醒来，用很弱的声音喊五叔的乳名。

十年前，我之所以写了《阳光照耀七奶》是因为那时我就发现了七奶和阳光之间有着一种隐秘的关系。在身体恢复过程里，她就坐在屋前的台阶上，晒太阳，然后就能够再活上一年。

八年的时间就是这样过去的，五叔借了一片地，年年耕作，和七奶一起等待着那个时间的来临，一旦感觉来了，五叔会想尽办法挽留母亲，直到感觉再也无能为力的时候才停手，可是就在他放弃之后，已经游走在冥冥之中的七奶都会醒来，死亡，对她来说，只是一次演习和彩排。

八年里，这样的事情每每发生，五叔变得狐疑了！他发现，自己像一个将军，带兵深入腹地，感觉会一战而胜，可是没有，他的战线和战时都被无限期拉长，他甚至怀疑死亡可能早就忘记了这个老人。如果不是这样，那么死亡就是一直退却，从黑龙江乡下一直退却到本溪县老家！他还要在老家等吗？要不要回到黑龙江？

一进春天，五叔就向我爸说出了这个意思，我爸不知道该说什么。

七奶自己也提出了这个想法:不行的话,这个事情就不办了。

她自己这么说,五叔就又犹豫了。

七奶还住在那间老房子里,依然面如重枣。她干干净净地坐在炕上的一团阳光里,笑啊笑啊,像佛。老屋子墙上糊着一九七二的报纸,报纸的外面贴着一九七七年的年画,杨柳青的红脸蛋大胖娃娃,手里捧着仙桃向外奔跑着。年画的边上是一个美女画像,电影演员,一九八二年左右的,穿得不多,但有乡下人喜欢的狐媚。柱子上一直挂着镜子,镜子是一九六七或者是一九六九年的,上面有毛主席的军装肖像,下面是工农群众,举着他的语录本。墙边有一口老柜,上面放着一听红色的可口可乐易拉罐。七奶坐在这些事物的前面,我就搞不清这里到底发生了什么,仿佛七奶坐在一个时间隧道里,已经永生。

在整个村子里,半年了,也没有人能够肯定地回答五叔的问题。

我也回答不了,我嗫嚅着,老家空气和光线都好,是吧!其实我想说的是,如果七奶离开老家,可能就不是这样了,但我也确定不了。

五叔自己的儿女还在黑龙江乡下,一直等着他们回去,还得过日子。所以,走还是留下,这还得五叔自己想,终究有一天,他会想出来。

但我答应,如果决定走了,我就在沈阳为他们买好车票,然后站在剪票口那里等他们。

我办公室里,挂着一张地图,我在上面没有找到老家的名字,但手能够到准确的地方,可找黑龙江集贤县的位置,真费点儿力气。找到了，我就在老家和集贤县之间描了一条粗线，并且点出了车站。画上一个红色箭头，向北。

不知道为什么，如果五叔背着七奶，出现在沈阳北站，我希望那是一个雨天，当火车消失在雨雾中时，这就是雨中的一次班师，但仍然说不上成或败。

辛茜

周庄，遥远而又亲近

回到高原，遥远的周庄就像梦一样消失了，然而，在我的心里，美好的周庄已经成为一首熟悉的旋律回荡在我悠长的记忆里。

我是在初冬一个烟雨蒙蒙的傍晚来到周庄的。

周庄是这样的平静，以至于我这个来自青海，又从未到过江南的人都有了一种回到故乡的感觉。它的安逸与古朴，雅致与清淡，它的从从容容，顾盼自如，让我感到亲切，我不再是一个对周庄陌生的人了。

踏在青青的石板路上，周庄的水和着周庄轻轻的小雨湿润着我的面颊，也湿润了我的心，仿佛呼出的气息也成了水，一切都变得这样柔软、干净。

周庄又是这样的妩媚，一座座石拱小桥好似江南少女轻巧的腰肢，婀娜生姿。倚水而筑的明清小屋错错落落，浑然天成，就连曲曲折折的小巷也显出几分媚态，而沈家朱红油漆的宅院里挑出的大红灯笼,更让这千姿百媚的古镇显露出万种风情。

九百年的古镇啊,你们就是这样生活的吗?面对这如同天籁般纯洁的地方,人间所有的私心和杂念,都会无处藏身。在“三毛茶楼”里,我听说,三毛到周庄哭了三次,这并不奇怪,我想她哭是因为在周庄这样的地方,眼泪是最圣洁的寄托。周庄一个叫张寄寒的人,为着三毛,办起了这个“三毛茶楼”,是想和来这里的人们共同追忆人间最美好的情愫。

周庄的美是水,是静,是媚,是纯,周庄的美更美在浓浓的文化。

这里有巨富沈万三的传说,有近代柳亚子等人在“迷楼”留下的诗篇,还有画家陈逸飞的《双桥》为古镇传播的美名,其实周庄的文化韵味已渗透到水乡的人,水乡的情。

在拱桥的茶坊,有老人在慢条斯理地喝“阿婆茶”,粉墙黛瓦的小楼里会探出少女羞涩的笑靥,身着手绣的束腰和包头巾的妇女在水里洗衣,我觉得水乡因为有了她们才会这样的悠久、绵长,才会有如此迷人的魅力。

周庄的夜晚依然美丽,掩映在点点街灯里的波光倩影,与茶楼、花舫传出的喧闹和歌声,弥漫在甜蜜的水中,我也禁不住想唱了,可又怕北方高亢的歌喉惊动了水乡的恬静。

一个像是从水墨画中走下来的船娘,扶我上了小船,开始了我们的水乡之旅。我高兴地坐在船上,激动不已,见船娘优美地摇橹,便摇晃着走到船头,学船娘摇了起来,摇了一会儿,似觉出摇橹的韵律,告诉船娘她可以坐下休息了,可船娘稍一松劲,我手中的橹已不听使唤,让小船撞在石阶上。船娘笑了,船娘说:“摇橹累人的。”我说:

“不,让我留下来和你一起摇橹吧!”船娘笑得更开心了。她说:“你留在这里可以做别的事。”我也笑了:“不,我留在这里就一定要做摇橹的事。”我们一同笑出声来。

难忘的周庄啊！真想留下来,做一个水中人,如果有一天我累了,你肯不肯接纳一个高原的女子,在这里做个船娘,一个好船娘?

飞进心里的歌声

父亲的话题,是因为一首歌引起的。歌是蒙古族歌手腾格尔唱过的。

高原。冬至的夜晚,一些朋友聚在一家酒店里,喝酒喝得酣畅了,就自然地唱起歌来,唱起很多曾经让我们感动,让我们难以忘怀的歌。

《我和我的父亲》就是在这个时候唱起来的。当然,唱歌的不是腾格尔,而是我的一个朋友,他出生在青海典型的农耕区,有一位写毛笔字写得极好、又饱学诗文的父亲。朋友的歌声在嘈杂的环境里显得有些压抑,可也许正因为压抑,这首歌才显得更加深沉,富有更加悠长的韵味。

我很诧异,为什么我会是头一次听到这首歌。这首诞生于孤寂的草原上的歌,它先是从牧人的马鞍子上飞出的,后来一定是走进了很多人的心里,可为什么直到今天才被我听到?

歌声就来自蒙古大地的长调,含着草原粗犷的气息和残阳的余晖。在歌的余韵中,我听到了这样的故事:

十年前的下午,应该不是一个晴朗的日子吧,从法国布雷斯特港通往英吉利的航线上,亚迪士号轮船正在深蓝色的海面上全速运行,船上有一位叫凯特的父亲和他六岁的儿子,他们已经在船上度过了一周的时间,再有三天就可以回到自己的家乡了。父亲和儿子的心情很好,他们一同站在甲板上,欣赏着凌空飞翔的海鸥,儿子兴奋的眼神随着海鸥离去的身影闪动着清澈的光彩,父亲凯特的心里荡漾起一种愉快的柔情。很快就能回家了,凯特靠在船舷上,拿出一把水果刀一边为儿子削水果,一边想着与妻子重逢的喜悦,这时,轮船突然动荡起来,一阵巨浪过后,凯特站立不稳,水果刀的尖刃插进了他的胸口,凯特看看儿子,儿子并没有危险,他用纸轻轻地拭去刀刃上的鲜血,带着儿子平静地回到船舱。

三天终于过去了,凯特和儿子已经能够隐隐约约看见等在码头上的孩子的母亲了,这时,凯特俯下身子,低声地对儿子说,见到妈妈,告诉她,我爱她!说完,就倒在了甲板上。

凯特被送到医院,医生对孩子的母亲说,那把水果刀正好插在了凯特的心脏上。医院的医生,怎么也不敢相信,一颗被刺伤的心脏会坚持三天之久。静默中,一位白发如雪的老医生,对守候在已经失去了生命的凯特身边的医生们说,原因只有一个,因为,他是父亲。

叙述这个故事的朋友,有一个才过六岁的女孩。我见过她女儿,一个非常灵秀、可爱的女孩,每天晚上,她都要抱着父亲的胳膊睡觉,因为睡觉不老实,有一次居然把父亲蹬下了床,女儿心疼父亲,想了一个办法,快要睡着的时候,把胳膊从父亲的背心里伸进去,挎住父亲,这样她才能安然入睡。朋友的背心,被女儿拽成了布条,勒在身上很难受,可是他却不忍心动一下身子,现在习惯了,反而睡得更踏实了。

同样,也有一个女孩,在父亲慈爱的目光中渐渐长大。后来,女孩爱上了一个青年。她把青年带到家里,父亲显得有些慌乱,他告诉他们,家里恰好没有了招待客人的冷饮,可能只剩下一瓶水。而此时,酷热的阳光,使房间像蒸笼一样闷热,父亲用毛巾擦着额头上的汗,从冰箱里拿出唯一的一瓶饮料,青年口渴极了,他一仰脖子,咕嘟咕嘟喝下了这瓶水。

夏日的晚上,夜幕为女孩的小屋送来了清凉的微风,父亲轻轻地走进来,坐在女儿身边,父亲告诉女儿,这个青年不适合你,女孩有些惊讶,又有些失望,为什么呢,为什么父亲不喜欢他?父亲笑了笑,带着女儿打开冰箱的大门,指着满满一抽屉饮料,对女儿说,一个不顾及别人的男人,怎么能成为你的好丈夫?女孩一怔,低下了头,眼泪顺着美丽的面颊流了下来。

这个长大了的女孩,那天就坐在我的对面,她在给我们讲述她的智慧的父亲的时候,眼睛里洋溢着幸福的微笑。

在我的心中,父亲是在长夜里,牵着孩子的手,走向黎明的人,是在一个孩子还没有懂事之前,为家庭承担痛苦的人。他不能够在欢乐还没有到来的时候就抛弃自己的责任,推掉自己的重负,他不会也不能忘记灿烂的梦想和和平的境界,他可以在黑暗里独自垂泪,但是他永远也不能用自己的软弱去应付世俗的无情。他把爱埋在心里,无声无息、平静、安详地等待着孩子长大。没有人能够轻松地说出对父亲的爱有多么深厚,因为他把全部的希望都给了孩子,倘若有人对你说,他想念你,如同想念他的孩子,你能相信吗?在父亲的世界里,孩子就是他自己的化身,他能够舍弃任何东西,也不会伤害自己的孩子。父亲时常不愿意想到死,他要看着他的孩子读书、毕业、工作、成家,过上好日子,一直等到自己身体萎缩,脑子迟钝,皱纹深陷,一直到那个雄健、隐忍的男人真的不存在了。

我记得,曾经有一位生性冷酷、野蛮,伤害过母亲、妻子、女儿的父亲,在一生的辉煌过去之后变得衰弱不堪时,想到了弥补,可是孩子们已经分不清是喜是忧。这个父亲,年轻的时候,与孩子们交流的方式只有一种,他用自制的猎枪射击,瞄准的东西就会摔在草丛里,而他的孩子们必须一齐跑出去,义无反顾地把滴血的猎物拖到他面前,第一个到达的孩子,奔跑的速度几乎和狗的动作一样协调,不然就算跑得心肺欲裂,也会落在后面,招来父亲的蔑视和惩罚。父亲认为,只有这样的训练,才能使自己的孩子变得坚强有力。

那一天,是一年中黑夜最长的一晚,有了很多关于父亲的故事,大家喝酒就喝得更多了。有一位写小说的朋友,本来是保持矜持,不想喝酒的。可是,过了一会儿,他却亲自走到吧台旁边,又拎回来几瓶啤酒。他说,喝吧,为了父亲,也为了今天的相聚!

耿立

赵登禹将军的菊与刀

一

我寓居的这座小城史书上称为曹州府,隋唐以降,这里予人的印记是:随处都是高一头、阔一臂、横眉竖目的响马。清人写有一本书《地理辨惑》,在世间声色颇著。书以答问的形式解释这片硬气的土地:大凡名都巨邑风水之区,一要城池得地,二要宫署合宜,三要文庙合武,四要书院培养英才,五要土著人士立志向学,再有醇儒指教,自然人文蔚起矣。这些曹州都不具备,于是"曹州人,多响马"一说就风行矣。

我总以为,在朝廷不义的时候,响马也许是悲壮的正道,他们代表着另一种公正,即使最后鱼死网破,斧钺临颈,也绝不尿洒裆里,为了诺言可以捐弃生命,为了名誉可以饮刀求快,但现在这种品性和血性越来越稀薄了。

在暮色苍茫中领略曹州的参差老屋，柿树虬龙，于古巷逡巡驻足，就想触摸一下响马的血脉，但也总感到多的是蟊贼，少的是那种国家危亡之际挺身而斗，视国耻为不可容忍，把对民族和家国的挑衅侮辱看作自己私人的不堪与耻辱，然后以一腔沸血浇灌相抵的大豪迈。

是真的没有，还是历史遮蔽不彰？直到我翻开抗战史，他的名字便一次次地撞击我，撕扯我，轰击我，瘫痪我，那是一个雄武的形象，一米九的身量，曾如武松一般用手击杀老虎的曹州人，他是使“大刀向鬼子头上砍去”歌曲唱响天穹的人，他的身上焕漫着古之名将忠勇义诚之气，而内有不忍之心的根基，这个每次母亲脸色不好，跪在母亲面前俯首帖耳的汉子，这个在战场上操着一口浓重的曹州方言的曹州人。

这是赵登禹。

在秋日的午后，我终于走到小城郊区西北十里的地方，探访将军的遗迹。在目前争夺名人的时代，将军的旧居也一定热热闹闹吧。然而看到的是连废墟也谈不上的一片空地，无言地在四周屋脊围拢下，显得空旷。有个耳朵不好的老人告诉我，没有了，一切没有了，连一个柴火棒一个瓦片也没留下。将军的旧居先是附近几个村庄的孩子如麻雀般叽喳读书之所，后来“文革”，千里之外的北京忙着把将军的坟墓掘开，骨殖抛撒，将军家乡却忙着把将军旧居的砖瓦梁木拆下，哄抢一空。

这是一片空地，只有一圈土墙围着，土墙边上有菊花强茂地开，我跳进墙里,用自己的体温亲自感受一下曾回响过将军脚步和呐喊的土地。当年赵登禹将军在这里的曙色中,透着四周的鸡叫起舞。今天我站在这里,似乎仍能听到那大刀旋舞的回声。

“没有了,都拆光了。”耳聋的老人连连摇头,唏嘘不已。

还好,在这空地里,还有着菊花丛显露着生命,面对渐渐下坠的夕阳,我好一阵发呆。曹州这苦寒的黄壤上有两种花在世间非常知名,春天的时候,浑厚的平原多被猩红或莹白的颜色大肆侵没,层层叠叠,气韵非凡,如一片莽莽苍苍的锦缎鼓荡着阡陌,那是从明代就名甲宇内的牡丹;到得秋日,菊花就会燃烧起来,在柴草垛、河畔沟渠、晴天碧空,黄的粉的升腾如烟雾。曹州菊花的名声在唐代就开始壮阔了,一个私盐贩子,一个秀才,一把剑啸,那是出生在曹州的响马黄巢,如今你读那“飒飒西风满院栽,蕊寒香冷蝶难来。他年我若为青帝,报与桃花一处开”,你都无法置信,是这土地养育的菊花濡染了黄巢,还是黄巢成就了菊花?

曹州人喜欢花,也喜欢刀,我以为喜欢菊花,是一种乡野的高洁拔俗,菊花的本身是高傲的,有点冷,但骨子里却是热烈,是柔软。日本人也是把菊花和刀放在一起尊崇的。这是矛盾中的平衡,本尼迪克特在《菊与刀》里说:“日本人既好斗又和善,既尚武又爱美,既蛮横又文雅,既刻板又富有适应性,既顺从又不甘任人摆布,既忠诚不贰又会背信弃义,既勇敢又胆怯,既保守又善于接受新事物,而且这一切相互矛盾的气质都是在最高的程度上表现出来的。”菊花作为日本皇室的徽记,代表了至高无上的皇权,当菊花和代表武士道精神的军刀媾和,开始在中国的大地肆虐的时候,迎头撞见的是出生在菊花濡染处的赵登禹，赵登禹对菊花是不陌生的，但赵登禹更喜爱刀。

人们说赵登禹将军常是枕着大刀睡眠，从冯玉祥的卫兵到排长、连长直至旅长、师长，枕戈待旦，夜夜辄鸣。要写抗战兵器史，注定是绕不过这在炉火和风箱夹击中锻打、在水缸里淬火，没有杂质，还是冷兵器的大刀的，那把寒刃舞的生风，切倭人头颅，如夜雨剪春韭的大刀。

大刀是赵登禹将军在喜峰口一役喊响的，人们评价赵登禹的大刀：砍铜剁铁，削钢如泥。把铜钱十个一叠放在八仙桌上，赵登禹一刀寒刃劈下，那十个铜板火花迸溅，如鸟羽磔然而失，杜甫《观公孙大娘弟子舞剑器行》诗云：“昔有佳人公孙氏，一舞剑器动四方。观者如山色沮丧，天地为之久低昂。㸌如羿射九日落，矫如群帝骖龙翔。来如雷霆收震怒，罢如江海凝清光。”在公元1987年的秋冬季节，我曾在赵登禹将军的村庄见到一个西北军老兵，他说赵登禹大个子，一进堂屋的门就碰头。他说起赵登禹的刀法，劈、砍、撩、扎，鬼神莫测，刀、手、步法，缠绕协调，长穗飞旋如杨叶鼓舞，看起来眼花缭乱，脚踏如垒石落地，身轻如鸢飞唳天。老兵说当赵登禹将军舞刀到兴致处时，卫兵曾用容器桶盛满黄豆向将军泼撒，只见黄豆如虫四外飞溅，等赵登禹停下刀来，身周方圆七尺，不会容有一粒豆子生根。

当刀剑到了一定的时候，如庖丁解牛，身边万物皆可为刀。身边柳丝，河边蒲草，可以手为刀，挥断合抱巨木。说有隐士，可以山涧朝露为刀，去砍落风中的飘尘。玄虚也许是玄虚，但我想所谓的刀剑气伤人，那庶几近于赵登禹将军的境界，他以浩然之气，以曹州的那种忠烈血勇，虎口一吐，就是半部凛冽的民国抗战史、民族呐喊史。

二

“一个轻骑兵三十岁时还未死去，那必定是个装病的开小差者。”死于瓦格拉姆会战的拉萨尔如是说，这小个子拿破仑手下的骁将，以颈血溅沙场，时当三十四岁。

赵登禹白刃蹈海喋血，几死于喜峰口，时亦三十四岁；“七七”事变后二十日，赵登禹死去，正是三十八岁的韶华盛年。赵登禹是道义贯骨的职业军人，他是为战争而生为战争而死的，如若不是喜峰口一役，赵登禹的血性和天性，乃至渗透他骨髓的那种曹州人的呐喊，也不会恣肆汪洋地发挥到极致；但他卢沟桥畔的鲜血与慷慨悲歌呢，则是白白洒在了汉奸小人之手，赵登禹是被那些在大义面前有亏的民族败类和倭寇联合绞杀的。

宁做飞灰，不做浮尘，将军的死，是死得其所的，如不为这个民族流血五步，他亦只是一部中国近代军阀征伐时的一个逗号或省略号而已。如果你熟悉中国现代史，一个叫作“西北军”的军事集团就会触碰你的神经，他们的多面和多变像狐狸，他们的勇猛像狮子，他们的坍塌又像暴雨中的土墙，这里面有英雄，也有群小，有的壮烈殉国，如赵登禹、张自忠辈，有的做汉奸，像石友三辈。民族处刀锯鼎镬之中，赵登禹将军之所以血花溅作红心草，不甘为某一集团做鹰犬，并非为一己的甘肥、轻暖、妻妾计也，实则是不忍见民族河决鱼烂，而使敌寇淫威谋成。

菊花与刀，一柔美，一阳刚，当日人的菊花和大刀下的血花在昂然顾盼生姿的时候,大和民族尊尚的美却是以无数中国人的血作养料而塑就的。

美国人本尼迪克特在菊花和刀的意象里看出了大和民族的走向,月晕风,础润雨,在一些关节处是可以窥见一个民族的品性的。在写赵登禹将军的时候,我知晓了这样的细节。1931 年冬天,日军占领中国东北,此时,侵华日军步兵第三十七联队的井上清一中尉新婚燕尔,正在雪中的大阪家中休假度蜜月,可归期已至;临行的中尉井上清一最后两日落落寡欢,两眼望着户外的雪,迟迟疑疑,这一切,新娘子千代子都默默地尽收眼帘。

逆转发生在井上清一行将出征中国的前夜,没有美酒,没有和歌以壮行色,二十一岁的千代子躺在丈夫身边,悄然用小刀剐开自己的喉管,由于她下手不够利落,这个残酷的举动持续了很长时间,而她始终一声不吭,直到黎明到来时才默然死去,鲜血溢满了榻榻米,像菊花骤然地开又骤然地凋谢,我不知如何评价日本人的这种无美不殇的民族品性,夜静啼月的杜鹃,阵雨散落的秋叶,落花飘风的钟声,途中日暮的晚雪,这种哀感意识,使他们对死有了一种别样情怀,我知道日本人认为精彩的诗句是:枯梅……有如死者仰卧。实在令人震撼的不是诗本身,而是日本人以死为美、无美不殇的没有畏惧的那种执著。

次日清晨,井上清一才发现妻子尚有余温的尸体以及千代子留下的以血作墨之遗书:“我的夫君,现在的我正满怀高兴之情,我都不知如何表达我的高兴之情了,我将在您明天出征之前快乐地离去,不管如何,请您不必担心往后的事情……”阅毕遗书,中尉井上清一未掉一滴眼泪,默默地收拾起行囊,挎上家传之佩刀,头也不回地步出家门,挥手自兹去,从大阪军港踏上军舰。

身后的血与白雪,是那样的冷与热地媾和在一起。而遗书上的血如菊花,如绣在和服上挣扎的几朵菊花,像是直指一场生命的浩劫。

千代子事件后,日本舆论媒介开始发酵,如蝇见血,似蚁争膻,把井上千代子尊崇为“昭和之烈女”;两家电影会社以惊人的制作在极迅疾的时间里,拍出《啊,井上中尉夫人》和《死亡的饯别》,从北海道到高丽,从高丽到台湾一路地蒙太奇过去,并将影片空运到侵华战争的前线;皇后陛下则驾临“昭和烈女”遗德显彰会。而后,千代子的媒人安田夫人发起组织了“国防妇人会”,短短十年,其成员由四十人猛增至一千万人,这是怎样的一个比例,那是上千万的家庭啊,上千万的日本女人加入了他们侵略的后援。

我知道喜峰口一役,赵登禹将军和那些热血的军人也遇到一个女人的难题,一个进不得退不得的两难的境地。

赵登禹的大刀队集合起来,刚喝完临行酒,“当”的把碗摔碎,一筐一筐银圆放在队列面前,任人随意抓取。赵将军一条腿绑着绷带站在队列前,手臂上缠着白毛巾;他看着大家的手臂,也一例地缠绕着白色的毛巾。每人一把匣枪,五颗手榴弹,背后一把镔铁大刀,红的穗子在雪地里发出暗紫色。

这是一群二十岁上下的农民子弟,如不是战争,他们可能都在老家娶妻生子。可是这片土地在落雪,寒冷从长城的那边过来,这片土地即将被强奸蹂躏。一场震惊世界的大战就要在今晚拉开帷幕,而傲慢的日本军人开始准备休息。熄灯号隐隐传来。雪下着，白的银圆在雪里，银圆上有厚厚的雪，酒坛的口冒着寒气。

全军肃立。等待着赵将军的口令。就在此时，有人策马奔到将军面前，耳语一下，赵登禹将军的脸色陡然生变。他凝视着将要出发的大刀队，然后让人带来一位山村老太和她女儿。

大家不知道发生了什么事情，赵登禹将军嗓音沉痛，他声带谴责说："我对不起这里的父老，也对不起冯先生（冯玉祥）的教诲，今天我们还没接敌，竟然在我的队列里出现了这样的败类，我不杀鬼子，我要先杀败坏武德的东西！"

敢死队员疑惑了，不知将军在说什么？

雪夜里赵登禹将军的眼睛，像燃烧着炭火，如诉如怒。他说，"就在刚才吹集合号的时候，我军的一个弟兄竟摸到民房里去祸害人家姑娘。才十七岁的一个黄花闺女呀，以后怎么找婆家？刚才一吹号，那东西就兔子一样跑了，那姑娘哭泣不敢说，姑娘的娘肯定地说，他就是我们手下的人！现在，他就站在队列中！"

此时雪如结冰，空气凝滞，没有了呼吸。

赵将军犀利的目光像刀，要剔除人的皮肤直到骨髓。"裤裆里长蛋子不是提溜着玩的。谁做的，敢站出来？那才叫有种！裤裆里的蛋子要丁当响，不是被人劁的！有种的站出来！"一切都静止了。

姑娘拉着老太的衣襟，小声地哆嗦着，"娘，他没动俺，只是说看看，你一喊他就跑了！"

"站出来吧。你如果有母亲，就想想你母亲；你如果有女儿，就想想你女儿。要对得起她们。站出来，我赵登禹尊你为好汉。"赵登禹双手抱拳,左手压着右手,在胸前如石雕一般。

霰雪敲在军衣上,沙沙作响。

"那好吧。"赵登禹冷笑一声,"那就把上衣揭开,露出脖子。大娘说她姑娘把那兔崽子的脖子抓伤了。"

刷的一声,赵登禹撕开了自己的领子。接着是唰唰撕领子的声音。

其时,一个敢死队员扑通跪在赵登禹的脚下,大家惊呆了:去摸人家姑娘的是赵登禹的警卫随从。赵登禹愣在那里,嘴开始颤:"我竟瞎眼了,养了一个畜生。绑起来！砍了!"

警卫才十八岁,是赵登禹带出来的曹州子弟,大家面面相觑,不知如何应对。

警卫跪在雪地里,单手挥泪,"旅长,我没有害姑娘的意思。我只是……"

"只是什么?!"

"晚上,就要接敌了,不知是死是活,我还没有见过女人的妈妈(曹州方言:乳房)。"

"妈妈?"大家躁动一片。警卫员的"妈妈"这两个字无疑惊雷,在敢死队员耳轮旁炸响。赵登禹头颅一扭,吼出曹州方言,"日你奶奶的,丢人!"

那母女俩也愣了。也就在那刹那间,雪地里齐刷刷跪倒一片人,如出殡时的孝子齐刷刷跪着,苍茫的天地间,只有赵登禹和那母女挺立若石。花白头发的母亲拉了一下闺女,腿哆嗦着准备跪地为警卫随从求情。谁知那女孩,在人们齐刷刷跪下的时候,把棉袄揭开了,盘着的扣子一个一个在手下展开，一层层的衣服开始解开，在雪地里，跪着的人们惊愕的眼睛里，一对还未发育成熟的乳房羞怯地绽露出来。雪地白得发黑，敢死队员眼前一片眩晕。

在雪的余光照射下，女孩子的乳房是如此的娇弱圣洁。也许因了营养不良，胸前一对坟起的乳房，并不丰满坚挺。那些赴死的敢死队员几百双眼睛，没有退避，没有猥亵，是那种热血，有一种易水送别的慷慨，击筑和歌，声入行云。

将军被深深撼动了！“敬礼！”将军马靴一扣，两眼含泪，敢死队员齐刷刷敬礼，泪如雨注。

将军心里清楚，若不是战争，这些战士，在家乡的唢呐里，不说个个能走进洞房，绝不会在临战前夜犯如此低级的错误。将军一言不发，从跪在雪地上的警卫员身边走过。那母女俩扶起警卫员，眼睛望着将军。将军好像不敢看母女，胳膊往前一挥，前面，喜峰口在雪下苍灰色的轮廓隐隐在望。

将军的大刀队开始在雪夜移动。当晚，冰冷的大刀开始嗜血。日本人的头颅如曹州老家漫长冬季里菜窖储满的白菜、土豆、萝卜，多数日寇在睡梦中未及还击，便纷纷被大刀片砍杀。那血呢，则如鸟扇动翅膀，成为大刀的徽章，如菊花艳丽的花瓣在秋风纷纷飘落，日本一家报纸评论说：“明治大帝造兵以来，皇军名誉尽丧于喜峰口外，而遭受六十年来未有之侮辱。”

第二天，大刀队返回，将军骑马检查部下，警卫员的尸体被抬着经过队列前，赵登禹敬礼，全体弟兄肃立。一阵哀悼的军号声响起来。将军吩咐部下将警卫员的尸体好生掩埋。然后将军沉痛地说：

“此役成败，不在弟兄拼杀，功在大娘和姑娘。”

将军着人为大娘送银圆二百块，可大娘与女儿已在门板上自尽。

三

在民族危亡关头，很多人选择了躲避或是投降。同是西北军的袍泽，多少人无廉耻，无节操，迎合敌寇而取其禄位，石友三、孙殿英、庞炳勋、孙良诚等都落水做了汉奸。那种望风而降的场面，让人想起历史上一个女人写过的诗句：十四万人齐解甲，更无一人是男儿。

这是咒骂没有一点爷们气质的男人，赵登禹将军是在势不可为的情势下，慷慨任之，决意舍一己之身，做一番万夫莫挡的事业。当右臂和腿部相继中弹，传令兵要背他走，他说：“不要管我。北平城里还有我的老母，告诉她老人家，忠孝不能两全，她的儿子为国死了，也对得起祖宗！”求仁得仁，将军一死，大树飘零，古之名将的风范也就成了绝响。

有一件事很能见将军的风神。

“七七事变”前赵登禹将军曾参加过一次特殊的宴席。宴席上中方人员有宋哲元、赵登禹、吴佩孚一干人，日方则是驻北平边村旅团长等三十余人。筵席间每桌上有三四个日本人。宋哲元、边村、松岛、赵登禹等与那些社会名流共坐两席，其余中日双方的军官，共坐八席。在两张主座席的两边，设了两张空桌子，备上下菜之用。酒至半酣，一日本军官跳到空桌子上，唱《君之代》，进行挑衅。接着又有两个日本军官上桌子唱歌。此时，何基沣旅长临机应变，立即上桌唱

了一首《黄族歌》:

> 黄族应享黄海权,亚人应种亚洲田:
>
> 青年青年切莫同种自相残,莫教欧美着先鞭。
>
> 不怕死,不爱钱,丈夫绝不受人凌……

这时又有两个日本人上场,时而起舞,时而弄刀,效项庄舞剑直逼宋哲元。参谋长秦德纯怒不可遏,走到赵登禹跟前,轻声地说:"事急矣,赵师长!"

赵将军腾地跃起,说"看来今天倒有识货者!"随手从卫士手里要过一把镔铁大刀,这刀一亮,就见精光四射,森气压人,手腕一弹,龙吟不绝。但见空旷处,赵登禹刀随手走,刀光闪动间,刀柄的红绸也旋舞不停,将军整个人就像是变成了一片灿烂辉煌的红霞,也如在曹州的牡丹田里,红的花瓣四溅,照得人连眼睛都张不开,哪里还能分辨将军人在何处?剑在何处?

日本人这时才知道了将军大刀功法真正的威力,这刀法就如水银泻地,无孔不入,只要对手露出一点破绽,或者对手的眼与神稍有疏忽,就很可能立毙于刀下。中国军官看着鼓起掌;松村等人看着,则两股颤颤,汗不敢出。

双方混在一起,刀剑碰触,火星溅绽。如秋风萧瑟,奔腾而澎湃;如波涛夜惊,风雨骤至,纵纵铮铮,金铁皆鸣。

倏尔,几个日本军官一拥而上,把宋哲元高高举起,赵登禹则和中国军官与之针锋以对，举起边村，双方眼睛对着眼睛，鼻子对着鼻子，脑袋对着脑袋，情势一触即发。这时，坐在一旁的吴佩孚出场了，当众挥笔，握管在宣纸上纵横，就如“秋高马肥，正好作战消遣”，打磨一下腕下功夫。一笔独成一行，转眼丈二条幅赫然在目。吴佩孚是前清秀才，书法是当行，一行醉笔气势磅礴：不移不屈！

将军于“七七”事变后二十日殉国，当时日军占领北平，赵登禹将军率部驰援，可是，将军没有料到，他率部北上的军情，已被汉奸潘毓桂出卖给日军。

在抵御日寇大规模进攻前，赵将军举酒为壮行色：“今天，我和冯先生（玉祥）通话，我向冯先生告别，冯先生问我何时回来？我说，快则两天，晚则三天，或许……或许再也不来了！”

下面有人啜泣，将军顿了顿：“哭什么？先留着眼泪吧，等胜利了一起哭！”将军走到哭泣的战士面前，一把扯开战士的衣服。这胸膛惊心动魄，从中原大战到喜峰口，每一枚伤疤，都会述说一个流血不流泪的故事。

将军：“你是二十九军爷们吗？”

战士：“报告师长——是爷们。”战士立正、挺胸，动也不动，像尊雕塑。只是眼角流泪。

将军：“爷们流血不流泪，更何况抗日军人！”

战士：“师长——”

将军：“有什么话要留下来？这样吞吞吐吐的？”

战士：“我从中原大战就跟着将军，只是家有待产之妻，不知是男是女，如果我死了，望将军抚恤，待如子侄。”

将军的戴着雪白手套的右手缓缓举到帽檐边，人们都静无声息，只听将军炸雷般吼叫：“书记员！把他的话记下来！”

第二天将军死了，他身边倒着一个壮士，就是昨晚啜泣的战士，他的镔铁大刀砍翻七个鬼子！朦胧的火光里，日本人的人头被劈开，刀刃已卷。

其实，赵将军上前线时，他的妻子倪玉书身怀七个月的身孕，将军殉国三月后，他的孩子出世——

28日拂晓，敌寇向宛平县城南苑一带发动大规模进攻。当日人在飞机大炮等现代兵器掩护下冲至阵地前沿时，赵登禹挥起大刀，跃出堑壕，赤膊率将士杀人敌群。刀光闪闪，号哭一片。正是暑天，光着上身的将士看到将军身先士卒冲锋陷阵，个个如狼人羊群，撕咬腾挪，砍杀声惊天动地。

南苑地区地势平坦，无险可守。在枪林弹雨中反复拉锯冲杀，从拂晓战至中午，日军派兵绕到侧翼，企图包围赵登禹部。

赵登禹将军率领部属向大红门方向集结，准备反击。这时天已经黑了，为突破敌阵，借着夜幕，赵登禹挥动大刀，率部冲杀。在接近敌阵时，日军发射了照明弹，埋伏在大红门的机枪以密集的火舌吼叫，赵登禹将军身中数弹，倒在血泊中。

当将军从昏迷中醒来，借着火光，他对身边满面泪水的传令兵说：“军人战死沙场原是本分，没有什么值得悲伤。”然后嘱咐告之母亲不能尽孝，言毕而逝。这不是私人之间的话。赵将军临死的话，有一种悲壮，还没有看到敌寇溃败，自己却舍命疆场。风萧萧兮易水寒，壮士一去兮不复还。

山路

刘乃勇

80cm×65cm

布面油画

军人是应该战死沙场的，赵登禹将军就是提着脑袋去拼去杀的，在中国，从来孝优于忠，忠孝不能两全时，两权相较，大部分国人选择孝，少数人才像岳飞、赵登禹将军那样，对母亲没有尽孝，先去尽忠。赵登禹殉国时，其母年逾七旬，备尝老年丧子之痛；其妻倪玉书时年仅二十七岁，身怀七月身孕，华年丧夫；存世的儿女，其子四岁，其女两岁，尚不解生离死别，即与父亲阴阳睽隔。

赵登禹将军殉国了。继赵登禹之后，同是二十九军袍泽的张自忠在三年后也以自己的热血战履了殉国，当最后张自忠死在日本人手中的时候，杀死他的人仍然整整齐齐地列队向他的遗体敬礼，并像护送自己将军的尸体一样护送他离开战场。昔日司马迁借田光赞荆轲曰：血勇之人，怒而面赤；脉勇之人，怒而面青；骨勇之人，怒而面白。古人真是把人看透了，一个勇字分析得入骨三分，一直追溯到肌理和生理。赵登禹、张自忠将军辈当属神勇之人，怒而色不变。

今天想象复原将军的行迹，我热血沸漾，但又怅然若失，日人寇我之时，先是精英卖国，从汪精卫到周作人这样的"五四"闻人。

赵登禹将军和他们比起来，是粗人，在民族危如累卵，山河飘摇，一些人物能够自持已属不易，但也是底线，而赵登禹将军是用一腔子血灌溉脚下热土的。其实，平常岁月，天下是大人物的天下，到了国家不可收拾的时候，才想起兴亡关乎匹夫。如果说赵登禹将军受多少民国的恩泽，那恐怕不会太大，从小颠沛流离，辗转沟壑。但是，他内在的一种心理品性和地域性格规定着他、制约着他，这根深蒂固的文化一脉在赵登禹将军的大刀上，也在他的菊花情怀里，熠熠闪烁。

赵登禹将军殉国后，在夜间由北平红十字会草草掩埋，几天后，陶然亭内龙泉寺的僧人们将赵登禹将军的遗体取出，用烈酒和毛巾擦拭将军身上的血痂。那张脸血肉模糊，但赵登禹将军圆目怒睁，那是一张不屈而庄严的脸，在烛光下，凛凛正气呈现在出家人面前。方丈用手为将军合上眼，用一洁白的粗布，覆了上去，棺材上了盖，打下了木钉。和尚们点上了一炷香，插在上头，开始诵经。赵登禹将军被龙泉寺的和尚用柏木棺材在夜间盛殓了，就暂厝于寺内。和尚们崇敬将军伟岸的人格，在以后的日子就一遍又一遍地给棺材上漆，怕棺木朽腐，那棺木后来就变得锃亮逼人。赵登禹将军的棺木在龙泉寺被僧人秘密守护八年，有时和尚说棺木里有大刀的铮铮声、马蹄衔枚疾走的风雨声……

佛教没有国界，但和尚有国籍，这些能托死生的大德高僧们，请受曹州后生一拜，为将军，也为我们历史的血脉！

吴学良

祖根·家园

一

仿佛生命中有一道神谕：去吧，去吧，那个四周高山围绕的地方，那个稻谷如麻、蔗林似戟的盆地，就是我们家族的发源地；那个高耸入云终年烟雾缭绕的老王山半腰上的月亮洞里，有我们家族先人圣洁灵魂的坟墓；盆地的周围有我们祖先用勤劳和智慧创造的文明遗迹；在那里，你可以用我们家族留下的龙井里的水，洗涤你已经被俗世的尘埃遮蔽了的眼睛，你可以用那清凛甘洌的泉水洗涤你那孤独的受伤的心灵。因为那水里饱含着数千年来我们祖先非同寻常的睿智；去吧，孩子，在那里你什么都可以想，什么都可以不想。在灵魂飘荡如风中，我们英勇的先人建立的王朝，就像那路边的霸王鞭和夹竹桃，就像那千竿奋起的竹子，永远朝着一个方向……

于是，我朝着这个地方，一次又一次地走来，但每一次我都无法破译我们家族和王朝留下的密码，我就像一只纸鸢，被祖先用时间的金线牵着，永远离不开这片发源地，我暗地里纳闷：难道我的生命要为此终老一生吗？

正在我疑虑的时候，一条汹涌翻腾的河流就像风卷一条雪白的绫带，从山背后鼓动而来；风声里，人吼马嘶，金属碰击的声音不绝于耳，牛角号呜呜地吹响了，像皮鼓擂得惊天动地，我的族人一手持竹盾，一手拿着长矛或大刀，海市蜃楼般地上演着他们建国立业的悲壮战争，前面的倒下了，后面的又继续冲上来，鲜血沿着这条洁白的绫绸流淌，然后这艳若桃梅的绫绸如晚霞般的招展，直舞得苍山如海，残阳似血。站在画外，我知道我的责任就是要把我们家族的祖根记录下来，让这种被人称作文化的东西，顺着这条东去的大河，沿时间而下。

二

其实，寻找我们家族的祖根，我有一份神圣而沉重的感觉。凭着那些残书断简里只言片语的记录去穿越数千年的历史和往事，就无异于一个人肩负重任而又要在人迹罕至、荆棘丛生的大林莽中走出一条让自己满意，让后来者便捷的路，这实在是需要付出艰辛、勇气、血汗乃至生命！许许多多的日子，在夜阑人静、孤灯如豆、树木林在夜风中沙沙作响，天空中的怪鸟发出凄厉的鸣唳令人胆战心惊时，在昏昏欲睡中，我的族人建功立业的伟绩，就会如梦般的悄悄袭来。

那时候的大地没有现代社会这般喧嚣，空气也没有现在这么污浊，参天的大树直窜天空，附生的古藤如巨蟒似的攀援而上，山间流淌的清泉里，游鱼和小蟹在自由地伸展轻姿，太阳每天都红红的，照得清澈的江水像一袭流动的玉带，就在这条如梦似幻的江边，我们的古老先人，就在这里开始锻造自己的雄心和意志。

这已经是春秋以前的事了，但我的族人说起来时却仿佛就在眼前。那时候，在牂牁江的上游有一个长满竹子的村寨叫金竹镇，这里山清水秀，四季鸟语花香，这如普陀山一样具有灵气和诗意的地方，诞生了一个如轩辕一样伟大的部落领袖：一女子沉于水滨，有三节大竹流于女子足间，推之不去，闻有哭声。持归破之，得一男儿，遂雄夷濮，氏以竹为姓。这《后汉书》里记录的传说，或多或少地赋予我的祖先的身世一种神秘的色彩；然而，在汉族引以为骄傲的中原文化里，这样的情形也并不少见。“仡佬仡佬，开荒辟草。”探究我的祖先出生的唯物或唯心并不重要，重要的是我的这位祖先，凭着孔武有力的体魄和超人的智慧，带着先民们在这条被称作牂牁江的两岸驰骋拼杀，建立了一个以这条江为名的国家，成为这里的地盘业主，于是这里就变成了我的族人仡佬族古老先人濮人的家园，就连当时的中原大国霸主齐桓公，也没有轻视过它的存在。齐桓公二年（公元前648年），管子在《小匡篇》里记载说：“桓公曰：余乘车之会三，兵车会六，九合诸侯，一匡天下。……南至吴越、巴、牂牁……之国莫违寡人之命……”以牂牁作为一个独立的侯国来分析，我的族人在南方历史上的文明程度应该说也是盛况空前的。

我的心情陡然提升起来，正如那牂牁江江水陡然间从那夜山和郎山的背后轰然而出，也正如我那坚定的信念在陡然间随着大白岩顶上的苍鹰在蓬勃昂扬地奋飞，我体内流着族人的傲慢血液，就像那牂牁江水，以一泻千里之势，驾驭着时间的马车，滚滚而去。

几百年的时间就这样流风飘雨般地过去了，几百年的岁月就这样在不断的征战杀伐中逃遁得无影无踪。

关中的烽火连天遍地，南方的诸多国家也同样是哀鸿遍野。一个以广西为主要地域的南越小国，在东拼西杀中从我的族人手中抢走了东部的土地，我们这个曾经像牛角号一样响亮的国家，在战败中，鼓号声不再让人惊心动魄，凄风和苦雨沿着山谷吹来，就像是要为我们族人洗去他们的耻辱。老弱残兵相互搀扶，一路向西退去，至少他们不会成为南越的俘虏，至少我的族人中的另一支——僚人，在牂牁河畔还有强大的力量。在夜山和郎山之下的河谷地带建立起夜郎国的多同老王的祖先们，以他们挺立一生的伟岸和智慧接纳了这支同宗与他们从前拥有过的北部大地。“大哉，夜郎！为圣地，且同江边建。”（《四书旁训》）我的族人“青布缠头，笼发其中而束于额若角状”，这种“指天刺”的发型有着一种慷慨和豪迈的激越精神，他们用木桩做屋基，上面搭楼住人，下养家禽，住“干栏式”的房屋，饮着雄磺酒。战国后期，楚将庄跃攻打黔中郡来到这里后，初开国度的先人们暂时屈从，其后又复雄起。到西汉初年多同继位后便拥有十万精兵，这些藤甲之士，足以让世人不敢轻举妄动，就连目空一切的汉武大帝也要忌惮三分。它统领着东至交趾，西接滇国，北连邛都，南靠南越的广大地区，故史书上记载说：“西南夷以什数，夜郎最大。”

牂牁国，

夜郎国，

两个同是一家国。

牂牁建在春秋时，

战国才建夜郎国。

牂牁先建起，

夜郎后建百十年。

都是建在西南地，

本是仡佬自家建。

……

夜郎抢占夜郎关，

扶正贬假保江山。

这是我们家族在《祭山歌》中的唱词，它反映了我们家族的先民在烽火硝烟的战争岁月长河中抢关夺寨、保家卫国所付出的鲜血和仇恨，以及出生在那蚌与那当之间牂牁下寨的勒刚（仡佬族语，意为多同）的盖世气概。我们家族这位盖世的英雄在他的侯国强大起来之后，他就开始策划建立永久性的帝业。面对延绵百里气势磅礴的九层山，他想：如果那里数得出一百座山峰，他就要把成就千秋伟业象征的都城建在那里。就这样，在卫队前呼后拥的簇拥中，在一个晴朗的日子，这支浩浩荡荡的人马在鼓号齐鸣中惊飞了高山密林里倦栖的群鸟，吓跑了潜藏在草丛中伺机觅食的野兽，身穿征袍的多同老王挺立在山顶，在激扬文字中指点河山，心情像山风一样浩荡，可数来数去只有九十九座山峰，他忘记了他脚下并不显眼的那座，带着暗地里的一声长叹，怅然而归。回来以后，他就把都城建立在牂牁江畔的马鞍山下，这里依山傍水，景色秀美迷人，土地肥沃，物产丰富；江可十船同渡，水路发达，可攻可守。我在这里对我们家族的历史进行追索时见到了“仡佬城”遗址，伫立在“王城”遗迹之前，我有一种说不出的沧桑和失落，残墙断瓦，苍烟落照中，我还能说什么呢？城南的大井水依然清莹，痛饮之后，我只得用它洗去我为我们家族的衰败而悲叹的意绪。

“夜郎自大”，世人在谈起我们的家族时，把这句话用来讽刺我们先民的目光狭隘，事实上，那时候正是我们家族鼎盛的重要时期，我们家族的这位英雄正值雄姿英发、踌躇满志之际，他没有不责问欲借兵灭南越的汉使唐蒙的理由，因为，“滇王与汉使也曾言：‘汉孰与我大？’”更何况于多同老王以王城为金城之后，尚建木城、水城、火城、土城四座城池来拱卫京都，在地形上它东有打铁关天险，其势一夫当关，万夫莫开，九层山与狮子山紧密相接，沿东南方而去，以“一锁三江”之势封住了牂牁江和磨盘河，形成天然屏障，兰蛇山隔断正南，尾留正西夹马河，可挡钩町反叛，九重箐可驻重兵，挡住滇国和漏卧，西北的马鞍山和东北的郎山都以雄奇险峻而著称。这里出雄磺、雌磺，黑那戛的汉译意就是出煤铁的地方，要人有人，要物有物，这样的形势，可以说对多同老王有百利而无一弊，十万雄兵陈列谁能奈何？所以，我的族人“一人吹瓢笙如蚊，纳声良久，数十辈联袂宛转而舞，以足顿地为节”地沉浸在国乐的歌舞中，多同老王在高枕无忧中冬春两季居王城,夏秋两季却带着王室到陪都“开米格仁”(即六枝城)去避暑,试问偌大的汉帝国又有哪一个皇帝能做到这一步?多同老王无疑是亘古第一人!这也是汉武帝灭且兰国设牂牁郡只负责中央与西南夷联系不管政务而和夷的原因,从根本上讲,汉武大帝也不敢轻举妄动,他只能以那种虚假的封王方式来缓和与西南少数民族的矛盾。在这样的背景中,滇王印和夜郎王印产生了,其结果是和睦相处中社会得到了向前发展,我们家族丰衣足食。

我们的家族敬奉着“盘瓠”。他是一个长鼻张口,上身赤裸,下系叶形围裙,右手持矛靠肩,腰插匕首,摆着一副勇猛善战架势的战神,但我们的家族在经受战争的洗礼,崛起之后却又因战争之灾而毁灭。尽管社会的发展总是在“道生一一生二二生三三生万物,人法地地法天天法道道法自然”地进行,然而每当想起我们王朝的消亡我仍感万分伤痛。“成帝和平中,夜郎王兴与钩町王禹,漏卧侯俞更举兵相攻,牂牁太守请发兵诛兴,议者以为道远不可击,乃遣太中大夫蜀将张匡持节和解。兴等不从命,刻木象汉吏,立道旁射之。……大将军王凤,荐金城司马陈立为牂牁太守……乃至牂牁,谕告夜郎王兴,兴不从命。立请诛之,报。乃从吏数十人出行县,至兴国且同亭,召兴。兴将数千人往至亭,从邑王数十人入见,立数责,因断头。……兴妻父翁指与邪务收余兵,迫胁旁二十二邑反。……时天大旱,立攻绝其水道……纵反间以诱其众。蛮夷共斩翁指,持首出降。”《汉书》里的这一段记载,已经把我们家族夜郎王国的灭亡讲得很清楚。翁指死后,王兴之子邪务出逃,我们的家族一部分人在武力征杀中丧生,一部分人藏身边荒山区,还有一部分人朝着远方迁徙,从此以后,我们这个生活于斯土的土著民族像被风雨惊散的阳光，遁逸得支离破碎。“高山苗，水布依，不高不矮是彝家，仡佬住在石旮旯。”我的族人在后来一直唱着这首悲苦的歌，那富饶的土地毕竟是我的族人永久眷念的家园啊！

我们的王朝尽管在战争的血腥中解体了，但他们创造的文明，足以令后来者瞠目结舌。据《夷书》记载，齐梁之际，当彝族来到郎山脚下时，他们就曾惊叹于夜郎王国的文化，并把夜郎文化记录在他们的经典之中。在他们的眼里，“夜郎”就是“红日”，“木城”是了不起的大地方。时至今日，写字崖上还有前人留下的文字在风残烛剥中依稀可见：“远看青山一群猴，摇摇摆摆顺江游；谁家占得此关地，不出天子出诸侯。”下马石的石碑上还刻着“文武官员到此下马”的字迹。在记录夜郎王“宜那”（皇帝）选京城时，彝族的《酒令歌》中说：“站在甲若岛，数山九十九，数来又数去，还是九十九。在此设京城，还差一层山，还是欠圆满，丢弃了九层山。”在记载夜郎王国的地理位置和气候时，《宜那经书》中说：“师站在中寨，见牂牁江船影”，“初生于茨脚，遥看夜郎邑”；又说：“同亭淹在高山下，同亭在坝边，经过九重箐，还有唐家井。同亭围在高山下，同亭在坝边，同亭坡下面，经常有雾罩。同亭粮食多，夏秋收粮时。同亭不论年，往往到冬天，同亭不冷了。同亭有护兵，靠兵掌天下。”彝族《指路经》在记录我们家族多同老王的陪都“开米格仁”时写道：“陇古叠旁，白水河上与陇治河边有夜郎国北京。”《献酒经》记载：“陇古叠附近有古城。”为什么彝文经典中有这么多关于我们家族历史的记载呢？我们的先人没有文字，历史全靠世代口传，夜郎亡国后，我们家族的一部分先民与彝族六部之一的乍部祖先通婚，演化成后来的彝仡佬，单从这一点来看，彝文经书记载我们家族的历史也是必然的，况且这种记载还含有成分很高的敬仰之情。还有，彝族民间故事中也同样有他们的祖先也起源于竹的传说，这是两种文化在相互交融中合为一体的实证。

王莽篡汉改牂牁为同亭时，事实上我们的家族创建的这个国家已经不存在了，但是，它的名号还留存在史书中，而当我来到老王山下，看到半山腰的月亮洞轻烟缭绕，山顶也是云遮雾挡时，我想，那是多同老王死不瞑目的魂魄在伤痛，那是他那颗不甘我们家族灭亡的心在哭诉呀！牂牁寨上面的阿女寨以寨旁一块形似女阴的岩石作为崇拜的图腾，其意亦是祈祷我们的民族能从母体中繁衍强盛起来，从某种意义上讲，它代表了我们家族振兴故国的良好愿望和共同情绪。

车辚辚，
马萧萧，
行人弓箭备在腰。

远古的战争已随时间的流逝渐行渐远，汉代的驿路也风化得模糊不清，蒿草遍地，而我们家族的祖根却在书典中只言片语地留存，在我苦苦的追寻里生动起来，记忆不灭，祖根常在，这就是信念！

三

回望我的族人创建王朝的历史，我怀有一种不忍触摸的心态；而他们在阳光和风雨中惊慌的逃窜声，让我又感到一份莫名的酸楚。从此以后，他们的土地被逐水而来的彝族、布依族、苗族分割，从此以后这些民族代替了我的族人在这块土地上生存、繁衍直至今天。在万千思绪中，唯一能让我得到些许安慰的是我的族人所创造的文明，就像我的祖先多同老王所埋葬的老王山那样，任流年似水，千年屹立，巍巍不倒！

光阴就像牂牁江边的竹子，砍了又生，生了又砍，也像江水里冲出的阴沉木，被时间和泥沙掩埋之后又会被江水冲刷出来，总有再见天日的时候。九层山和打铁关在岁月的风霜里终于昂起了头。

这时，已经是我的族人离开这片土地一千多年后的事了。清初，一个在北方崛起的民族——满族，继蒙古人之后建立了入主中原的第二个少数民族政权，文化冲突和民族欺压使在古夜郎国的土地上生活的各民族燃起了胸中的怒火，铁关梁子上火光冲天，奋起反抗的人们打造兵器，与清军一比高低决一死战，他们的据险力守让清朝统治者惶惶不可终日。烽火熄灭时，清朝统治者不得不重新审视这块土地，不得不在这块土地上设置管理机构，这样，作为昔日夜郎国卫城之一的木城，即旧置的郎岱县就在这种形势中凸现了出来，继而以这个县城为中心，文化在承接和交融中，形成了生活在这里各民族新的精神家园。

我们王朝历史和文化的承接与再现，应该归功于清朝的那位眼光长远的官吏。清雍正六年（公元 1728 年），当时的云贵广西总督鄂尔泰为“以速驿递，便商民事”，奏请对滇黔驿道开路改站，将旧设的盘江、江西坡、关岭、查城、尾洒、新兴、软桥、湘满八驿改设为新路的坡贡、郎岱、列当、罐子窑、杨松、刘官屯六驿，这样就把“陡窄纡盘”的旧线改成“宽平俾可行车马”的新线，这一规划得到朝廷批准后，鄂尔泰又感于郎岱地处滇黔之要冲，而当时郎岱隶属安顺府管辖，两地相距一百八十余里，因无建置，管理不便，于雍正八年（1730 年）奏设郎岱厅，雍正王朝于次年辛亥六月十二日（1731 年 7 月 15 日）正式设置了这一建置。据史料记载，郎岱城建于乾隆二十四年（《贵州通志》引《访册》作乾隆十年修，二十三年建成），周三里五分有奇，高一丈三尺，长六百三十六丈六尺，甃以石，门四：东曰近日，西曰迎爽，南曰来薰，北曰承恩。门楼四，炮台四。

六驿的中点在毛口河。在鄂尔泰的奏书里，这里叫“者今”，盘江驿驿丞在新路初建后已移驻毛口河边的那当。清初，毛口河的渡口叫方家渡，夏天，这里山溪水涨，成群的鸥鹭在河野中觅食，秋天成片的甘蔗林把这里围成青纱帐，夕阳西下中，毛口河的水熔金如鲤，片片白帆在渔歌浩淼中御波而来。据说，贵州的著名诗人周渔璜从这里经过去云南时，也被这瑰丽的景色所打动，他在留宿的“鸿兴客栈”作联说：

鸿雁逐征程万里行云横北岭，
兴隆景似泽一湾碧水抱西陵。

对联巧妙地嵌入“鸿兴”二字，深得主人的赞叹，又加上对联把毛口的风景写得活灵活现，充满诗意，自此，方家渡被改成了西陵渡。

在从郎岱到毛口的这一段驿路中，从“双鲤桥”旁边“惠超郑相”的石刻，我们或多或少地可以看到我们家族曾经崛起的这片土地入清以后在滇黔交通中的重要地位。翻过铁关梁子，沿古驿道下到莲花岩后，就来到了古时称为“一锁三江”的毛口小河双鲤桥边，“惠超郑相”和“双鲤桥”石刻就分布在这里。“惠”刻的右面竖刻着“钦赐黄马褂头品顶戴记名提督统领平字营哈西巴巴图鲁林捐修双鲤桥告成，书此以志功德不朽”的文字，左边刻的是“清光绪四年岁次戊寅暮春月”等官衔与人员名单，最后落款“率领合营弁勇等勒石”。这块碑刻的内容说到底还是溢美之词，但它从另一个侧面反映当时交通条件的艰难，记录了一次善举的同时，也为我们家族曾经居留的这块土地增添了人文景观。

记忆像潮水一样涌来。设厅的建置涌动着文化的繁荣和发展，文化的进步就如曲阜孔庙里的古柏，在生生不息中傲然挺立。社会的安宁中，厅民对文化的那份渴望，就如同掌心化雪，温暖了郎岱厅丞丁怀甫。道光七年(1827)，士绅张懋德等人针对本朝“同知无设学例”的情况，理直气壮地质问父母官：“国家设学，以作育人才，供国用，斯治平也，苟有可造，虽蛮荒犹当许之。”“公今父母斯邑，不此之图，将何以上报国家下慰斯民?”并亲赴省城，面陈总督阮元、巡抚梅嵩溥、学政许乃普。当地方管教育的最高长官许乃普以“礼部奏督抚学政许乃普奏请添设郎岱学校疏”把这事奏请朝廷掌管教育的最高机构之际，这几位乡绅又游走于京城掌管教育的大臣之间，通过他们以“礼部奏督抚学政奏请添设郎岱学校议奏疏”，终于争取到朝廷允许设置“额定弟子员十二，廪十五，增十五，岁、科试皆入文生十二人，岁试人武生六人，学政一，裁永宁教谕，补授厅试”的诏谕。

道光八年（1828），张懋德等人创建郎岱黉宫、学署。道光九年，他们在黉宫左侧建造了“岱山书院”，计有山斗堂上、下、左、右共十间，讲堂三间，又有东、西斋房，前、后斋房及中斋房二十五间，另有竹影山馆，松声山馆及荡胸轩各三间，藏书室三间，过厅一间，门斗、看司室及厨房六间。内有回廊、垣墙、艺圃等设施。请山长一人、监院一人传授知识管理院务，自此，厅民学风日盛。

“治民之道无他，教与养而已。”（李钟岳《观耕楼记》）咸丰二年，厅丞周竹楼在厅属岩脚、落别人烟稠密处兴建“爱莲书院”和“悬月书院”，并在“大岩脚、六枝、化处、落别”设义塾四处，手辑“先正养蒙格言序”刻与塾师，为书院厘定章程，垂之永久。这给郎岱厅儒林士子的培养提供了场所，成为郎岱厅文化发展中的一件盛事，颇得厅民的拥戴，培养了不少地方人才。

客观地讲，地方的学风除了开明乡绅的鼎力相助之外，还与地方官吏的大力提倡有着很大的关系。在郎岱厅的历任官吏中，就有几个在文化艺术上被人们称颂的人物。他们是周夔、孙清彦、喻怀信。周夔在任期间，除设立书院、义学之外，还感于“岱无专志，忠孝节义等行漏者良多”，慨然创修郎岱县志，使“山川人物，幽光潜德，厘然备载”。孙清彦是当时很有名气的书画家，甚至文名盖过官名，与滇黔的书画名人多有交往。他师承文与可、苏东坡、马远、郑板桥等名家，又自成一路，尤精于画竹。《画竹册》是他的传世精品。公干诗酒之余，他每每“解衣槃礴，尽兴方休”；余暇之日，亦喜临窗开砚，或书或画，排遣怀才不遇之志。在他的影响下，其妹孙琼精于画荷，女婿段永浚善画墨牡丹，一家人经常写字习艺，相互交流，以至通宵达旦。此外，他还擅长书法，在郎岱任职时，整顿军务并手书的《岱郎木城碑记》既记载了他的政绩，也为后世留下了墨迹。同治十二年司马喻怀信在打铁关题写的“岩疆锁钥”，至今还在模糊中能见到其雄健刚毅的笔力。名士中以李锦心、张瞻云为最，李公一生“涉猎经史，津逮各家，究心性理之学”，“主讲岱山书院凡八年，士风一变”。他著有《理学实践录》、《宋儒学案按语》、《张天如史论详注》、《云山房诗文稿》等；张公早年就教于岩脚“爱莲书院”，并著有不少传世诗文。

文人的才情和智慧汇成一道道文化景观，成为继我的家族所创造的夜郎王国之后，在这片土地上生活的各民族精神家园的外在标识。这些通过才情所流露出的文字和思想，至今在我追述我的家族文明之后依然让我心情激荡。郎岱建厅以后，境内有八景，这就是“东山望气”、“南岳飞仙”、“西林渡口”、“北驿文峰”、“云盘古树”、“月朗平桥”、“雄关铁锁”、“陇箐连云”。对此，李锦心公有诗专门吟咏，而“岱山书院”的观耕楼，李公之子李钟岳有《观耕楼晚眺》诗留世。书院的历史，有邹鸿儒的《清厘岱山书院记》，荡胸轩有何思诚的《岱山书院荡胸轩记》。这些词采飞扬的篇章，就像春之桃红、夏之碧荷、秋之金菊、冬之白雪，永远地在文化精神家园的背景中鹤立而出。

四

徜徉在古夜郎国的烟云和古城郎岱的人文精神里，在爱与痛的边缘，我的心嘀嗒着浓血。这时，苍鹰飞旋在大白岩上，以忠诚眷念这块神秘的故土，我则像一只蚂蚁，在跋涉中寻找着我们家族的古老先人留下的传说和故事，在我锲而不舍的求证中，我的家族的身躯如山岳一般雄立伟岸起来，他们的智慧和故事就像裸露在地面的老树根，遒劲地生长，直到长成绿荫和巨伞，护佑着古城郎岱的山水和人地。

翻过有“岩疆锁钥”之称的铁关梁子和气势雄伟的九层山，白云笼罩下的盆地是我们古老先人旧时的家园，那里稻谷像金色的阳光洒下的亮点令人迷醉，甘蔗像长矛布成的兵阵勇往直前，那条大河像我的族人银光闪烁的征袍，茂密的竹林在向上拔节中长成故事；山这边，炊烟袅袅升起之处，一片和平安详，秋光拂过，溪水潺潺，演绎着新时代的图画，生活的诗意。

牂牁江畔有古夜郎，古木城变成郎岱厅的声音在时远时近中，细如丝线，断断续续地随风传来。祖根啊，你就这样在家园的大地上迎风而长。

郭文斌

点灯时分

总觉得城里的元宵夜有点过于热闹,热闹得让人几生迷失之感。在街上转了一会儿,就急切地往回赶。可是热闹是躲不脱的。紧紧地关了门窗,热闹还是不可阻挡地挤将进来,让人无可奈何。就索性站在阳台上,面向老家出神。

岂料身心就一下子踏实下来。

那是因为有一片火苗在心里展开。

老家的元宵夜没有汤圆,也没有眼下这绚丽多彩的华灯和开在天空的一树树银花,更没有震耳欲聋的炮声和比肩接踵的人流,而是一片夺人的宁静,活生生的宁静,神一样的宁静,似乎一伸手就能从脸上抓下一把来。

那宁静,是被娘的荞面灯盏烘托出来的。

那灯盏拳头一般大,上面有一盏心,可盛得一勺清油。捻子是半截麦秆上缠了棉花。夜幕降临时分,几十个灯盏便被点燃,端到当院的月光中，先让月神品赏。如果没有风，几十尾灯焰静静地在乳样的月光中泊着，那种绝尘之境，真是用文字难以传达的。

赏完月，灯盏便被分别端到各个屋里。每人每屋每物，都要有的。包括牛羊鸡狗、磨子、水井、耕犁等。让人觉得天地间的所有物什连同呼出的气上都带有一种灵性。似乎耕犁磨盘它们不时会扯着你的手跟你攀谈几句。那时谁也没有问为什么要给这些没有“生命”的东西点灯，只觉得这是再自然不过的事情，如果不这样做就是不应该了，而生命不正是一种“应该”吗？现在想来，这其中包含着多么朴素多么深厚的善和美，连同真啊。

在给家里养了多年的老黄牛的槽上放灯盏时，老黄牛竟用微笑向我表示了它的心情，而那个小黑狗简直在欢欣鼓舞了。我一直奇怪，面做的灯盏放在平时从我们手里叼饼子吃的鸡狗面前，它们竟一派君子风度，而牛羊就更不必说。

用老人们的说法，这正月十五的灯盏，很有一点神的味道。一旦点燃，则需真心守护，不得轻慢。就默默地守着，看一盏灯苗在静静地赶它的路。看一星灯花渐渐地结在灯捻上，心如平湖，神如止水，整个生命沉浸在一种无言的福中、喜悦中、感动中。渐渐地，觉得自己就要像一朵花一样轻轻地轻轻地绽开。我想佛家所说的定境中的喜悦也不过如此吧。现在想来，当时守着的其实就是自己，就是自己生命的最深处。那种铺天盖地的喜悦正是因为自己离自己最近的缘故，那种纯粹的爱正是因为看到了那个本来。

默默地注视着灯盏，我问父亲，到底是油在着呢还是棉花在着呢？父亲示意我不要说话。现在想来，父亲是正确的，这样重大的一个话题,我等岂敢又岂能说得。我不知道正月十五为什么要点灯盏,但有一点是肯定的,那就是留下这个风俗的人一定是深深懂得生命的。他用一个最具活性的东西,在春天到来的时候,向人们表明了生的意义和状态,也说明了生命在怎样地行进和更替。后来,每每去看满街的电华灯,一种深刻的虚假和巨大的呆板就让人生厌,因而我宁可回家呆在怀念中。后来看了一些资料,知道既甘又苦且柔且韧的荞面具有别的食品不能代替的活血降火功用,就更为祖先用荞面做灯盏叫绝。它,不正是对被人们炒得过热的生命的一种清凉的制衡吗?

天下没有不灭的灯。大人们用灯捻上留下的灯花来安慰灯的熄灭给儿女们的打击。说,那灯花将预示着来年的收获和前途,而将人们的心思转移到期冀当中。

但是熄灭毕竟给了我们不小的打击。那时又没有足够的清油供我们将灯多点一会儿。事实上,点灯成了一种名副其实的短暂仪式。可是那时的我们不可能想那么多,我们只将它看作一种无比美好的过程,因而,在那灯焰一闪一闪就要熄灭的时候,我们的心里还是一阵阵生疼。

亮着,是多么的好啊。

然而,那最后一闪终于到来。

整个屋子一下子失魂似的空落。

这时,母亲就要说,尝尝娘做的灯盏是什么味道。

我不知母亲是否是存心转移我们的心思,但有一点是肯定的,那就是这种空落真的被产生于舌头上的实在的喜悦安抚了。一种大美在双齿合上的同时变为一种实在的满足。在这个世界上，美，实在是太短促太脆弱了。

现在想来，人又何尝不是如此。

有一个巧合。

在我们弟兄中，最是三弟生得可爱，真是人见人爱，差不多庄里所有人几天不见就说想得不行。可是有一年元宵夜，一股风突然进来将弟弟的灯吹灭了，一家人一下子脸上都挂了霜。

弟弟用火柴再次将灯点着。风又将它吹灭。弟弟就再点。

可是弟弟手中的火柴最终没有抗拒过风，七个月后，可怜的弟弟死于痢疾。

十几年过去了，死别的悲痛渐淡，生命的感伤更浓。我不止一次地想，如果弟弟还活着，他该走过怎样的一条人生之路。我甚至想，聪明的弟弟是在耍了一个花招，将生命中的许多艰辛一下子甩开了。活着，到底有什么意义呢？

再后来，我想，弟弟正是用他的“去”，保全了他的宁静。而我们就不能披拨红尘，于纷繁中守持那个宁静吗？倘若能够，那不更为上乘之功？可是，我们为什么就往往迷失了呢？

现在，我站在这个城市的阳台上，穿过喧哗和骚动，面对老家，面对老家的清油灯，终于明白，我们的失守，正是因为将自己交给了自我的风，正是因为离开生命的朴真太远了，离开那盏泊在宁静中的大善大美的生命之灯太远了，离开那个最真实的“在”太远了。

灯，又何尝是风能吹得灭的。

生命之河

似乎沉思着什么，又像在讲述着什么，娓娓地。这泛着微澜、缓缓东去的，就是古老的黄河？就是自天而来的黄河？

船在黄褐色的水中行驶。按理说，我应该感到兴奋，感到喜悦，因为这是我平生第一次泛舟黄河。然而，当马达响起时，我却感到了一种彻骨的遗憾，柴油机用声音和速度生产的遗憾。要是一叶木舟，或者羊皮筏子，让自己亲手去划，到了河心，静静地停一会儿，那该多好。一时间我觉得自己被这机动船给敷衍了，耍弄了。我成了一位乘客，而不是艄公。乘客总是悲哀的，被别人摆渡是悲哀的。自由的是河上翻飞的燕。而我却在船上。我不会游泳，我只好在船上。

阴郁的心底刮起一阵风。艄公的草帽如一种充满个性的思想随水漂去。在它落水的刹那，我心中的一件东西也随之落水了。明明看见它就在草帽上面，却说不出它是什么。只感到很激动。心中的黄河为之奔涌。

艄公掉转船头，去追草帽。我趴在船帮上。草帽到了我的手边。我热情地伸手去抓，又热情地放它而去。船再次掉转方向去追，我心花怒放。恍惚间我觉得那草帽很古老，很神秘，渐渐地就觉得它不是一顶草帽了，而是一个从远古流来的传说，从天际飘来的一缕意绪，或者别的什么。最后，竟觉得它就是自己了。

就在这个念头闪过的刹那，草帽又到了我手边。猛回头，艄公阴冷着目光向草帽走来，我一伸手，草帽又回到了艄公的头上。草帽本来就该在艄公头上。艄公需要草帽。

太阳躺在黄河上分娩，一河的太阳崽子。我在渡水，太阳在进山。幻觉中听到太阳在讲什么。我没有听懂，却感到心里很沉重。

彼岸渐近，恐惧渐近。船靠岸时只觉得一个精美的器皿被打碎了，一个迷离而又美妙的梦惊破了。美在过程中。我不愿意上岸，却不得不上。回首来路，来路那端的夕阳很辉煌，相当地有景致。

蛙声很灿烂。我伫立岸边，送夕阳下山。这里，我感到了一种壮烈。我想到了生和死。我说不上太阳在生还是在死，也说不清到底是死壮烈还是生壮烈。黄河是一汪激动了的血泊。生是血，壮烈的死还是血。

蓦地发现同伴已经不在，却看到一位扳罾的老头。老头自然没有像我这样胡思乱想，他在专心地打鱼。在他的脑海里，也许只有鱼的数量。我便觉得自己很傻、很呆。

为过河而过河。

落霞似金曲的余音飘绕在地平线上时，船回转了。暮色中行船更使人思绪缤纷。我求艄公放慢了速度。这时的黄河分外宁静和空阔。微微的细浪拍打着恬淡。河面似乎被暮色延伸了，正如思维一样。

这时，同伴拿出了酒杯，强邀了艄公饮起来。暮色在酒杯中醉眼蒙眬，艄公的心事在酒杯中醉眼蒙眬。他索性息了马达，任船顺水徐行。

“摆渡了一辈子别人，却永远没有摆渡得了自己。”似乎在自言自语，凄然如暮色，忧伤如新月。我们原以为他会说下去。都住了酒杯，等待着一个或凄厉或悲壮的船帮故事。

然而，就在这时，他却一仰脖尽了杯中的酒，说：“走！”

“假如没有艄公呢？”船至河心时，一个同行说。

“假如没有船呢？”另一个说。

“假如没有河呢？”我说。

不由得我心里一阵感动。我将一杯酒洒进河中，清风将酒香传播开去。眼前便有人影开始晃动。喧嚷而又幽冥。那位把酒临风、横槊赋诗的不是孟德吗？那位布衣薄衫、面容憔悴、连一杯浊酒都喝不上的不是子美吗？太白任一叶舟在水上漂荡，东坡纯粹醉卧舟中。季陵虽然更上一层楼，终叹春风不度玉门关。祖逖击着船帮，击起一片讪笑，但仍在击……他们是在摆渡什么呢？还是被什么摆渡？蓦地，他们腾云而起，一齐向我招手。我分辨不清他们是在向我召唤还是交接什么。

这时，船停了，面前是坚实的码头，我才知道他们是送我上岸。我感到了一种沉重的轻松，一种欣然的悲凉。当脚落在地面上时，我觉得地面太实在了。

我也很实在。

再次回首，对面的渔翁已经隐约成一个黑点。灯火一点点亮起，如同思绪。

而河，仍在流。

潘向黎

收藏时光

起初，我的目光是随意而轻快的，渐渐地，涩涩地凝住了。

1995 年初夏的某一个早晨。我悠闲地享受了早餐与音乐，泡了一杯茶，正在想今天干些什么，无意中将目光投向了墙上的挂历。

起初，我的目光是随意而轻快的，渐渐地，涩涩地凝住了。挂历翻在 6 月这一页上，是一幅室内布置的摄影，色泽浓重而明快，隐隐散发着夏日原野的气息。

已经有好几页被翻过去了，翻到无人注视的背面去了。我此刻想不起它们分别是什么画，但我知道，只要我再次看见它们，还会认出它是 1 月或 4 月，因为曾经注视过它整整一个月。然而，那又有什么意义？

我想把它翻回第一页。像一本好书的封面，它十分简洁、朴素，白底厚实的纸上，印着金色的“恭贺新禧”的字样。看着它，我曾感到得到某种承诺的安心。可是，那种新年期盼的莫名欢快早已消失，那时盛开的爆竹、烟花，连尸骨都已腐烂了，转眼，白晃晃的夏天已逼近了。

家里所有的挂历都是我翻的，热心地每月不误。其实，翻挂历的是另一双手，一双无形之手，同时顺便也翻走了我生命中不可重复的一个又一个时令与季节。我不知道挂历是否对我有一种胜利感：表面上我操纵它，事实上我才被操纵，而且通过它反映得清清楚楚。在这场无声的争斗中，我们永远节节败退，它就是记录。

我有收藏挂历的习惯。此时此刻我能立即取出“1984 年”或者“1985 年”。对我来说，过去的某一年与某一本挂历是密切相连甚至有相同含义的。

1984 年是一本俗艳的明星挂历。那一年的上半年我像半个疯子似的准备高考，结果没有考进理想的大学，失恋般地进了另一所大学。那些日子，常常注视着某个明星白痴般的笑脸，心里充满了绝望。然而终于也熬下来了。

1985 年是一本日本仕女画的挂历，十分古典、精致。其中有一个月份是那幅著名的《微雪》。冒雪前行的女子打伞的姿态，半开如惺忪睡眼的伞，雪粉与肌肤一样婉约、微妙，充满梦幻感。那一年我开始享受大学生活，与女友一起背《红楼梦》，练习大楷字，什么都干又都浅尝辄止。我没有恋爱，似乎有些晚熟。

1989 年是一本平庸的世界风光。我已经在读硕士。研究生楼是一座大而无当、灰蒙蒙的楼，楼道里终年光线不足，我也不用功，只在念书的幌子下过着半隐居的生活，四平八稳而乏善可陈。

1990年是一本很大开本的世界名画，每一幅都是美术史上作为例子的，都美得惊心动魄。那年我开始痛苦的热恋，常常注视着其中那幅《哀悼基督》神思恍惚。那种食不知味的状态是体力难以支持的，所以那年我的挂历上常常出现体温记录与服胃痛药的次数。

1992年是一本小巧的桌式挂历。图案都是船，双桅船、帆船、海盗船，充满异国情调。一切暗示着远行。开头几页上，有各种记号：惊叹号，问号，五角星，还有电话号码与人名，那是我为出国在忙碌的证明。然后，4月的一天写着——“出发”，便不再有任何记号。在我记忆中，这本挂历便凝固在4月那艘忧伤的老木船上。我走后，那些船依旧在我房间里，和我留下的一部分自己一样，守望着旧日的一切。而另一部分的我与5月都远走异国了。

现在的我，因为没有自己的家，所以与双方父母轮流同住，拥有了双份的家居。挂历也有两本，一本在我父母家，是印象派绘画，另一本，就是眼前的这一本，挂在公公婆婆的家里。这两本挂历互相补充，在一本上没有记载的，肯定在另一本上可以找到痕迹，拼合出一份实实在在、无懈可击的生活。不知是说明我生活的双重性，还是某种分裂？我似乎常常扮演多重角色，时而沾沾自喜，时而忧心忡忡。我越来越忧患，也越来越洒脱，我越来越认同，也越来越叛逆。只有极少数老而又老的朋友，知道我的真实面目，而且知道何以如此。

不能再讲这些了，免得我忍不住诉说的冲动。还是回到过去。一本又一本的旧挂历，放在一个箱子里，有拉链的旧皮箱。我很少打开它，因为它会像伤感小说的阅读那样令我不能自拔。那个箱子犹如一个收藏死去情人信件的所在，令我悲伤、压抑又无能为力。

我可以烧掉里面所有的东西，但那反而使之升华，从现实存在升华到记忆中的永恒，从而更具备精神上的威慑力。我不会那么做，我要让它们在床下阴暗的角落慢慢发黄、发脆，苦苦等待我偶尔打开箱子的时刻。我明白我在报复。报复一种决绝的抛弃与背叛。可是，这种仇恨本身恰恰是我一败涂地的证明，我所能对付的只有挂历，这时光骨髓，而曾在它上面蠕动或振翅轻唱过的东西，早已远离了我，头也不回，轻盈无比地远离了我。眼前的一页挂历是一扇打开的门，向我暗示许多可能与希望。但我从不能及时地相信它尝试它，我还在为过去那扇关上的门而流泪或微笑，后悔或者回味，有时还把这些写下来，生怕有一些除了我世上再无人知的东西永远被湮没——这时，眼前这一扇门就徐徐地关上了。等它"卡达"一声关上时，我才醒悟自己又犯了一次多么可笑的错误。这时，下一扇门缓缓打开，看见它面前的人蓬头垢面、心神恍惚。

岁月也许并不仅仅是一连串的挣扎与过失，要不，我为什么对它如此恋恋不舍呢？我收藏它的尸体，是希望它的灵魂会有朝一日还魂的吧。

快乐的、优雅的、令人陶醉的日子，总希望它能留住或者至少延长，但事实上，因为这种贪求，那单纯的甜美中便掺上了无奈的苦汁。至于痛苦、屈辱、过分矛盾的日子，我们又一心指望日子快些，飞快地前行，将那些难以承受的留在原地，而我们逃遁而去。为了怕它们尾随而至，我们草草地退出一段生命，退到痛苦与人都无法企及的地方——记忆之国中。

我们忘了，无论美妙的或丑恶的，痛苦的或陶醉的，都是我们渡过生命的小径。在早晨（那生命初始的早晨啊！）在树林中，小径密如蛛网。而我们的双足，只能选择其中的一条，一旦踏上便不能回到相同的起点。

如果选择其中任何一条都有得有失，都可能令你在日落时痛悔，都无法割舍对其他选择的想象，那么，选择哪一条路又有什么区别？选择与不选择，又有什么区别？

即使你由此产生了许多经验，具备了比起始时高超的智慧，那又如何？你不能回到那个时刻，不能再做一次选择并有明了它的底蕴。我们未被赋予第二次生命来比较、确证，那么选择有什么正误、高下之分，有什么意义呢？

所有的悲欢、对错，甚至死亡与新生，坚贞与放荡，都会沉入时间之水，水面永远平静。

岁月无敌，我们败得落花流水、溃不成军。千年悲悼的泪水汇成暗河，在日常生活的地下悄悄呜咽。

而挂历，这与“过去”最后的联系，过去的一切确确实实发生过的物证，它是“过去”关上的门上的一条缝隙。透过它，可以遥遥看见那过去的世界依旧在另一时空盛开如莲，尽管此岸的生命落英缤纷。

一个人的告别

真安静啊。

这么安静,都不像我熟悉的教室了。寂静中,我觉得灯光越来越冷,空间越来越大。而我就独自坐在这一空旷、清冷之中。

很久了,我不曾拥有如此纯净的孤寂。

仿佛是一汪清流通畅然而深不见底的水,我缓缓深入,失去了时间、地域的概念,没有回忆,也没有明天的计划,没有兴奋,也没有失落甚至忧伤与疲倦。

灵魂游走了,丢下躯壳茫然失措。

……

远远地,传来汽车驶过的声音。沙……沙……沙,细腻而急促,这是都市里最常见的背景音乐,提醒我们有关距离、速度以及一切同样飞速变化着的东西。但它此刻的出现,却提醒我:世界依旧完好无损地存在着。

我浮出水面，意识到自己现在的时空位置——

一九九四年。东京。而且是春天窗外云霞一般的樱花告诉我的。

樱花又开了，好像天上打翻了调好颜色的调色盘，染遍了大街小巷、远山近水。人们不时抬头，眼中就也染上那种轻柔的颜色。

真是梦一般的季节。

可是，这个季节对于我，却意味着告别。

这是属于我一个人的告别。

我望着黑板。上面空空的，没有一个字。周到的女教师，在离开之前仔细地擦去了所有的字。现在除了蒙在上面那细细的粉末，还有什么能证明那上面写过那么多的字，还画过许多图案呢？也许，过去的一切，只有眷恋的心才是唯一的记录者。

我一向不擅长告别。从小到大，每逢毕业或离校，总是不知如何面对离别的场面。我本能地压抑着忧伤、无助，这种压抑有些过分，以至于常常显得冷漠、厌烦、心不在焉。

今天的告别，我想可以庄重、温柔地进行，因为只有我自己。既然不得不分离，我愿意单独拥有这最后的告别。也因为这是一次特殊的告别。

两年的研究生读完了，我要和这所老牌国立大学告别了；留学生涯也要结束了，我即将与这个国家告别。终于，到了"挥一挥衣袖，不带走一片云彩"的时候了。

在这微微惆怅的表面的告别之下，还有一层更深刻的告别——这才是我忧伤的原因。那就是，我正在和我的学生时代告别。也许是永别。

直到这时,我才明白,我是多么眷恋我漫长的学生时代,多么不愿意从中走出来。可是,再长的梦还是要醒的,再尽兴的盛宴也有散的时候。现在就到时候了,是时候了。

我还坐在教室里。可是最后一堂课也上完了,结业仪式也举行过了,在这里我已经没有什么事可以做了。我理好了书包,穿上外套,可是没有走。

我只想在这儿再停留一会儿。这么简洁、朴素的空间,这么自由、纯净的空气,仿佛我已在它的怀抱中过了一生。想到不得不和这一切分离,我觉得身体正在失去重量,而忧伤汹涌而来,将我席卷。

从记事起,我的大部分白天都是在这样的气氛中度过的。对学校的热爱,使我轻而易举地成为一个不让人操心的乖孩子、好学生。虽然在好学生的外表下是一颗脆弱、容易受惊的心。我不喜欢课外活动,不参加任何团体,不到老师的办公室串门。同学们都不知道我成天在想什么。我只是在学校的“人”中间躲着。嘻嘻哈哈的声浪,上课下课的铃声,使我觉得安心。老师,像这个世界的警察、法官,公平地执行着温和的法律,保障我们的安全与秩序。别的孩子自由地玩耍、奔跑着,我自由地孤独着,快乐地胡思乱想着,做着无始无终的梦。

岁月就那么过去了。

在同一个背景下,叠现出一个少女——今天的我的面容。小学五年半,我随母亲的工作调动辗转了好几个地方,不断地转学、插班,可是每个地方的学校都以同样的温度不断地接纳了我这株小小的植物，我幼小的枝叶从未萎黄，我的心灵也从未蒙上类似“颠沛流离”的阴影。

然后是中学六年。我这一届是“文革”以后恢复中学六年制的第一批，这样我们要比高一班的同学晚两年才毕业。许多同学都觉得冤，觉得亏，而我不。虽然后来因为偏科才感到一些压抑，但对学校依然奉若神明。

然后是大学四年。大学毕业我已经二十二岁了，那是我可能改变学生身份的一次机会。我差一点就进了一家报社，一家很大很好的报社。为什么没有去，我至今也不十分清楚。我在找工作的同时考了研究生——这是我没有考进第一志愿的大学时立下的誓言，可是没想到我居然可以进那家报社——当一个报人其实是我从小向往的，于是我矛盾起来，我甚至暗暗希望我的笔试失败，让我可以心无旁骛地去工作。可是我收到了研究生的口试通知。

我考虑了三天。最后，那熟悉的、温暖的、纯净的校园占了上风。也许，我还不真正想工作，我不是一个喜欢挑战的人，未知世界的诱惑敌不过从小浸透肌肤的生活方式对我的召唤。我想那就是命运吧。

我留在教室里，一留又是三年。这三年外面的世界发生了许多事，许多曾经坚固的坍塌了，许多是非贵贱悄悄变化了，昔日的白云成了今日的污泥，静止了的灰尘又满天飞扬，许多让人血液呼啸的概念已成了讥笑的对象。可是我们当时似乎没有太留意。

如果上海这个城市还有“闲云野鹤”的话，那就是我们，还有当时和我们一样视都市如田野，在垄上陌间读书的人。

我们确实喜欢读书——已经读完了必须读的大学以外继续读，选完必修的课程以外还选其他的——这就是证明。我们确实在读书，又确实在“读书”的名义下睡懒觉、打牌、喝酒、聊天、辩论、跳舞、吵架……还有冥想。每个大雨瓢泼的夜里，总有几个夜游的人浑身湿透地回来，在走廊上兴奋地大喊大叫；赶写毕业论文的人与失恋的人一样脸色苍白、茶饭无心。我们宾客盈门，日夜笙歌。我们又个个孤独得要死，只好钻进古今中外的书里求助。这样的日子一久，个个都像苦恋中的人，精神恍惚，浑身散发着不属于日常世界的气息。那种失常多么好，它使我们忽略了许多丑恶与卑劣。

可是还是毕业了，答辩通过，学位拿到了，功德圆满。接下来，该怎么办？我说不出的惶惑与怅然。也许是上苍怜悯，从云端垂下了一条绳索，那是一次留学的机会。绳索一荡，我已来到了另一个国家，另一个校园。

异国的环境、不同的语言、各国的同学、打工、租房、旅游、社交……喧哗的日子像一个海，涌动着浪花。我奋力划动双桨。既然离开了安全的港湾，不想灭顶便只有奋斗。可是所有的辛苦、努力都是有报偿的，我依旧可以留在我的校园里，名正言顺地，心安理得地。我愿意缴纳世界上最昂贵的房租与学费，换取在校园里坦然的呼吸和轻松的步伐。

记着新学期的开始、考试的日期，惦记着那个可爱的马来西亚邻居的生日和那个意大利同学的回国日程……就没有在意光阴如何从身边一寸寸滑过，就忘记了自己应该和十八岁刚进大学时有所不同。我的笑、我的泪、我的长发、我的步态，都还那么年轻，充满光泽弹性，浑然不知衰老为何物。我不知道自己怎么会被冲到这个闸门口。怎么一眨眼,就到了不得不告别的时候?

连那个男孩子的求爱都未曾让我如此忧伤。那是一个比我小几岁的外国男孩子,对我一无所知,不知为什么注意到了我。他发现我喜欢紫色的薰衣草时,大叫道:“我以后每天带一束来找你,你会喜欢上我的!”我从没遇到这般单纯的人,这样坦率的追求。不可能没有一点感动,但我知道,对于这件珍贵的礼物,不能回报的接受就是亵渎。在过校园的门槛之前,有一道门槛我已经过了。——我记得那双眼睛是如何蒙上泪水的。其实他不必难过,我并不是否定他,我只是不能接受而已——我是以拒绝来珍惜他的感情。

我当时没有意识到今后再也遇不上这样的人了。什么也不知道就可以喜欢一个人,这样的心情只属于校园的芳草地。这也许是时光的最后一次顾盼,我此刻忽然明白,但是明白也不能改变一个事实:我必须离开。

回想我以往的选择,每一次决定的背后,都有同一种坚执:不离开学校。从八岁起念书,到二十八岁,我的无邪童年、豆蔻年华和校园的气息浑然一体,为它所塑造,在我生命里长成了一棵青翠的树。二十年了,这棵树长得郁郁葱葱。现在这棵树必须移栽到其他地方,谁知道它有多么不舍、惊惶?我与它泪眼相向,不要怪我,那狠心的决定不是我作的,我已经竭尽了所能。树啊,我们走吧。

真的是我一直选择了一种生活方式吗?也许是它选择了我,并且给予我宁静的内核,使我无论在穷乡僻壤,还是繁华都市,或者异国他乡,无论我的外表、穿着如何变化,我的内心始终如初。

我总是在想象中复制记忆——上课铃响，所有的人都在教室里坐好，随意无拘的服饰，浪漫无心的谈吐，透明无尘的眼神……可是我的复制总是出现一些问题，因为我分不清小学、中学、大学的同学，还有在这里遇到的不同肤色的脸，第一次想象中的上课，都成了记忆中所有同学的大会合。然后，他们突然消失，像一个破碎的肥皂泡。只有我一个人留在教室留在原地。就像此刻，人去楼空，黑板上空空如也……

最后一堂课，二十年来的最后一堂课还是上完了，同学们道过再见了。我们初见面时还语言不通，今天却用流利的日语互道珍重。我们不像平时随随便便地说一声“回头见”、“明天见”，而是用正式的“再见”。因为知道此去各在天涯，此生难说再见。

我留在这个最后的教室里。可是我知道，再等下去也不会有属于我的课了。如果有人再进来，那是陌生的、更年轻的脸，他们将说：“对不起，我们要上课了。”那时，这里就属于他们了。

都走了，我从小到现在的所有的同学们。无论怎样挣扎地留在原地，一切还是向前走了。时光，还有伴随着时光的一切。我看见时光像一个骄横的君王，握着他的权杖，以不为任何人、任何事而改变的步伐向前走着；悲欢、爱恨、是非，所有的一切都像谄媚的臣仆亦步亦趋地跟随着他。记忆与他们保持着一些距离，像一个前朝老臣，苦苦而又徒劳地想证明自己的独立。

不，不要作如此可悲的想象。还是前人的那句感叹：逝者如斯！时间像流水，如果你不随波逐流，它就从你身上漫过去。

在一个人的教室里，我终于意识到：时光的水流冲刷过了，这里已是苍凉的荒滩。所有的人都走了，我不能再留下了。

深深地看上一眼，再深深、深深吸一口气，让肌肤、魂魄记住这一切。然后，我将转身，再不回头。

再见，我的校园——我的同桌，我的友人，我的初恋，我的梦，我的青春时代。

让我在心里和你们紧紧拥抱，最庄重、最温柔地向你们告别。

真爱只求一件事

时光飞逝，又一个世纪快要结束了。不知道为什么，我觉得本世纪人类在爱的艺术上没有长进，反而退步了；外部物质条件越来越好，自由度越来越大，可是，让人感动的真正的爱情却越来越稀少。年轻的一代似乎是爱情免疫者，早早就学会了世故权衡、理智算计，按时开始异性间的厮混游戏，却不能单纯地、纯粹地去爱。成年人也有问题，大家习惯于嘲笑真挚、强烈的感情，仿佛那是一种可耻的疾病，公开的冷漠、自私倒是入时的表现。

也许，初恋时我们不懂爱情，可是此后呢？该不该确定自己是否真的在爱？衡量的标准是什么？人怎么才确知自己是在恋爱而不是安慰寂寞、满足虚荣、消除生理苦闷或者其他？

有一本叫《渴望激情》的长篇小说相当畅销，在朋友的推荐下，我也买了一本。这本书使我印象最深的是这样一段对话，发生在女主人公和她的异国情人之间的一段对话。

“你能永远对我这么好么？”她问。

“如果我能永远爱你。”他说。

“你能永远爱我吗？”她又问。

“如果我能永远活着。”

“你能永远活着么？”

“为了爱你，我能。”他说。

是很动人的对话，同时也揭示了爱的某些本质。爱一旦发生，不会去想什么“不求天长地久，只要曾经拥有”之类的屁话，只会不管不顾地渴望“永远”、要求永恒。如果爱情强烈，就会使人对“永远爱你”、“永远活着”深信不疑，在深爱的人之间，没有可能的界限，只有付出、奉献的无限渴望。正如小说紧接着写到的那样，爱是“先为对方，为对方想，为对方做”，而自己在这同时“感到幸福”。如果承认这一点，那等于说，不懂真爱的人，把自己放到第一位，能保证不受伤，但是和幸福无缘。

爱，是在付出中完成它自己的，你不能希望通过自私的途径实现它。现代人也许就是因为太爱自己了，所以自己成了爱情最大的障碍。他们到处寻找爱情，但是他们走到哪里，爱情就纷纷躲避，因为他们没有脱下自私的铠甲。

现代人已经把爱情弄得空前复杂、空前技术化了——先把爱和婚姻分开，又使爱和性脱离，不仅有无爱的婚姻、无婚姻的爱，还出现了无爱的性和无性的婚姻。最美好、纯粹的感情天地变得乌烟瘴气。具有讽刺意味的是,在感情危机日益增多的同时,指导如何去爱、如何取悦对方的文章和书大行于世。爱既不是一个抽象的命题,也不是一个机械的技术行为,它如何能在这种简单、片面甚至低级、庸俗的“技术指导”下顺利进行?如果能够,那些“性爱专家”的英名早就因解救人类的功勋而载入史册了。

其实爱情虽然是最困难的事,但又是最简单的。说困难是因为可遇而不可求,谁也无法急取,更无法控制,而且它因人而异,独一无二,不可重演,不可修复。说简单是因为,爱就是爱,不爱就是不爱,如果不爱,没有什么可以商量的,如果爱了,也没有必要商量,一切都是再自然不过的事。

哪有那么多的算计、犹豫,真爱只求一件事:要所爱的人紧紧握住自己的手,再不松开。

真爱一个人,不是因为他能带给你什么而爱他,而是因为爱他而准备接受他带来的一切;真爱一个人,就是不在乎别人对你是否赞美,只在乎他的肯定与怜惜;真爱一个人,就是不指望他让你能在人前夸耀,但一定要在最深的心底有这样的把握:即使全世界与你为敌,他也会站在你身边,他宁可背叛全世界,也不背叛你。

真爱只求一件事,就是彼此深深地、深深地爱着。除此之外,都与爱情无关。

雷平阳

草垛，草垛

我想说，草垛，草垛，却怎么也说不出它的体温。还有什么比它更温暖，在冬天的田野上？唉，也许真的没有了，没有了。我设想过田鼠的家，在地下，在暗无天日的一个小角落，枯草揉成了棉絮，过冬的谷粒儿堆满四周，丈夫的目光是妻子的灯笼，妻子的胸腔是丈夫的火炉，可这小小的家藏得实在太深了，而且容不下人的一只脚，我们根本无法分享其温暖。更重要的是，田鼠的“温暖”从来都不是暖冬的构成元素，它总是被拒斥于冬天的合欢王国之外，仿佛田鼠不配拥有温暖，它们的温暖进入不了幸福法律的条款，是苟且，是赃物，是罪犯的血。

只有草垛。草垛，草垛，稻子溃走时寄存于大地的包裹；草垛，草垛，秋天的新娘带不走的细软！我看见它们一包接一包地摆放在田野上，像冬日王朝寄不走的白色邮包。同时，它还像收敛阳光的一个个磁场。阳光，这天空的奢侈品，守财奴临终之夜抱不住的金币，它们潮水一样涌向草垛。绣花的女子在上面睡着了,刺绣的绷子拖着五彩斑斓的线团滚到一边,没有绣完的喜鹊登枝图,一只喜鹊没有翅膀,另一只喜鹊没踩上树枝;旁边斜靠着抽烟的是女子的男人,他一会儿撕手上的茧皮,一会儿又反手入背去搔痒,妻子轻微的鼾声令他产生睡眠的念头,但他还是忍住了,伸手去捉脚边同样熟睡了的黄狗伸得长长的舌头。被弄疼了的黄狗翻身爬起,叫一声,身子一摇,抖掉草屑,朝着村子就是一阵小跑。它也要去找它的伴了。

我说的这是中午,甘心于困守土地的村里人的中午。草垛适用于很多种人的睡眠和梦幻,但要让它与阳光、平静的人结为一体,让世界或说村庄因它而静下来,时间必须是中午。清晨,冰凌还在,草梗上结满霜花,刚从被窝里钻出来的人们宁愿无事找事做,择籽种,修农具,给牛厩垫草,也不愿去碰草垛;下午,北风罩子起于天边,不吹,空气怀里的温度计,水银也会往下落,一旦吹起来,那怎么能说是风,纯粹是冰花在骨头上怒放,人像羊群一样,全被赶到了冰箱里。这种时候,再暖的草垛,就算你钻进了它的肚子中,冷,也会先从你的血管中升起来。关于冬天,我的母亲说:“没有哪儿最热乎,只有钻进牛肚子去,也许才会热乎些。”有几回,在山上放牛,北风起得太早,我薄薄的衣衫根本庇护不了颤抖的身体,我真的想钻进牛肚子去,但又找不到一个能让我全身而入的通道,我只好把赤裸裸的双脚,插入新鲜的牛粪。一堆牛粪冷了,又去找热的一堆。

有时,冬天的下午、黄昏,甚至晚上,也不一定吹北风、下大雪,天气从早到晚都是暖和的,村子的每一寸肌肤上仿佛都挂着一个田鼠的窝。每逢这样的夜晚,天上往往还会有月亮。冬天之夜的月亮。

天上的草垛？地上的草垛？情人们摆在月光下的床。在那寂寞而又漫长的乡村生活史中，我也曾梦想有一张这样的床。布满田野的草垛，白天，每一堆都是公用的，可到了晚上，它就变得像房屋，有了主人，有了铜锁。有时，主人不在，它空着，也没人去占用。不过，如此美妙的夜晚，如果它还空着，最大的可能就是，它的主人走散了，田野上少了一张浪漫的床，村子里多了两个伤心人。空了的床就让它空着吧，没空的床则继续成为情话的仓库、身体奏鸣曲的博物馆。情人们走向草垛，很少要预约，月亮就是邮票，就是不需彼此送达的请柬。当暮色一起，听惯了谎话的父母也不会在意子女又多说了一次，抬起头，还没看清子女抱在胸前揉搓的手，门已打开，明晃晃的月光已倒进屋来一大堆……

所谓情话，是情人间彼此想讲、想听，在讲、在听的话，他们目光连着讲，他们身体抱着讲；他们用嘴巴讲或用身体讲，但都用身体听。如果嘴巴和身体都不讲或都不听了，则由月亮讲，由草垛听。敢于迷上月光、投身草垛的人，是哑巴，也有情话。情话并不局限于几个特殊的字，它可以是呈现小猪抢食的，也可以是复述邻里间吵架场景的，还可以是几个最不堪入耳的动词，当然，更多的时候，它是在描述婚礼，在修建洞房，在养育儿孙或者牛羊，在播种，在收割，在推倒大树，在清理池塘。有时，它也是抱怨和叹息，甚至还是私奔和自绝前最冷的哭泣。带毒的情话也有。我二十岁那年，村子里的一男一女，男的用毒鼠强毒死妻子，女的也用毒鼠强毒死丈夫，他们相约的草垛边，一个空了的装毒鼠强的瓶子，据说就装满了他们的情话：“把他们都毒死吧，我们才能在一起。”而且还夹杂了大量的计划、步骤和措施，表面上一切都天衣无缝。以爱情的名义涉险的人，他们最终都得到了他们最不想要的。村里人用火把点燃他们苟且的那堆草垛时，也是一个月圆之夜，旁边草垛中的情人们，都看见了火光冲天的景象。那晚，草垛中的人们，相对安静，“温暖”，仿佛都被田鼠偷走了。

毒　药

我上村里小学附设初中班时的语文老师曹水庆，是一个回乡青年，因为是兔唇，私底下我们都叫他"曹豁豁"。用回乡青年当教师，本就是一种过渡性行为，我上高中后的第二年，村里的附设初中班解散了，曹老师仍旧当了农民。但曹老师不是一个安分守己的农民，他从其父亲、昔日龙云家的赶马人曹云鹏那儿知道了许多放蛊方面的知识，于是就在劳作之余苦心查考放蛊人王国的踪迹，我的爷爷手中的那两本书，也就是我读过的那两本，曾被他借去重抄了一式一份。以毒杀人，在我们村庄里有着悠久的历史，但曹老师研究放蛊，还是得私底下进行，因为那时候，这一切都被定性为封建迷信，一旦被发现了，免不了又要被绑了去游斗。像我这样的人，我自觉天资聪颖，在曹老师教我的时候，连村里人都讲，我的水平，足够教曹老师这样的人。可我弄不明白的是，我感觉单从放蛊上讲，我已经可以育虫并携蛊闯天下，可我放弃了放蛊这门技艺，原因非常简单，用现代毒药杀人，手段更高明，形式也更简单直接，而曹老师却仍然对放蛊吸髓有味。然而，不得不承认，我虽然对放蛊知之甚多，可对现代毒物学却一问三不知。就包括现在，为了写这篇东西，我不得不认真翻阅1996年版的《现代汉语词典》（修订本），我希望在里面能找到“氟乙酰胺”、“苯酚”和“毒鼠强”这三个词条。很显然，我并没有找到，而且明眼人一看就知，在我自认为是毒药的这三种“毒”中，有一种根本不是毒药，它就是苯酚。苯酚无毒杀功效，甚至有一种芳香气味，可用来制作香料。可问题也就出在这儿，苯酚是好东西，可它又是如何杀死长着兔唇的曹老师一家四口的呢？曹老师自从村里的附设初中班解散回家后，一边劳作，一边研究放蛊，不久就结了婚，不久就有了长着兔唇的一儿一女。但这种美妙的日子并没有持续多长时间，一家四口在某天中午全部死绝。曹老师的父亲曹云鹏曾是个老江湖，白发人送黑发人，也免不了悲痛欲绝，老泪流空了，就站到村中的一个高地上，放开嗓门：“放蛊人，我日你妈的×；放蛊人，我日你妈的×，你不得好死！”直骂得嗓子哑了，气短了，满口都是血。曹老师的母亲也是个老江湖，年轻时是五尺道上一个客栈老板的女儿，她没叫骂，案发的当天，她将曹老师一家人吃剩的饭菜分别取了一点，让一只鸡吃饭，让另一只鸡吃菜，然后分开来关起。结果到晚上，吃饭的鸡就死了，她就把曹老师家的剩饭取了一些藏了起来。更奇的是，第二天早上，那只死鸡竟然不见了。可惜的是，这些细节，在公安同志开展侦破之初，并没有成为必不可少的证据。两个红卫兵出身的公安同志看了现场，先是叫卫生所的人找来了几个瓶子，将死者的肾脏和胃内容取走，然后就跑省上、跑地区，他们的目的是寻找鳝鱼毒死人的科学依据。因为报案人称，曹老师一家是在早上挖田时得了两条鳝鱼，中午炒食后，就死去的。乡间有一种说法，鳝鱼老了，就成了精，凡食者骨头都会融化，这种鳝鱼叫“化骨鳝”。两位公安同志最终在专家们那儿得到的结论是：“化骨鳝”毒死人，目前尚没有先例。有的专家甚至称，这纯粹是一派胡言。接着，两位公安同志按照曹云鹏的意思，开始明察暗访放蛊人。当时我的爷爷还健在。这个年轻时与曹云鹏一块儿走南闯北为龙云家赶马帮的人，已经因生活的艰辛而苍老得脾气怪诞、身体变形，像一部用旧了的机器，每一个部件都有了毛病，生满了锈。他总是因寒冷而颤抖不止，无论什么季节，从不扣上长衫上的扣子，总是披着，露出他那皱巴巴的胸膛，而且时刻都坐在火塘边，把火烧得很旺，双手拉开长衫，让火光直接映照着他的胸膛。爷爷的模样像只飞过雨季的大鸟，他在烘烤他那被淋湿了的翅膀。火烤烫了，就抹一把，爷爷的胸膛上遍布着红红的火斑，一圈绕着一圈，与大树的年轮没什么两样。公安同志找到我的爷爷，搜走了那两本关于放蛊的书，并要我的爷爷讲出放蛊的经过来，杀人的动机是什么？是不是报复？爷爷赶马帮时早就练出了浑身的野胆子，长衫往后一甩，苍老的生命中一下子生发出不可思议的力量，犹如落光了叶子的果树又逢小阳春，他问两个公安同志：“你们说什么？你们在说什么？”一副要拼命的模样。公安同志手里没具体的证据，本就带有吓唬吓唬的侥幸心理，没想到遇上的竟是一个黑煞神，也就不再僵持，转身就退出了我家的门槛。可就在爷爷气呼呼地在火塘上烤着他的胸膛的时候，脸上的怒容还没散掉，两个公安同志，带着一伙人，包括白发飘飘的曹云鹏，又冲进了我的家。一切再不需讲客套，爷爷还没反应过来，绳子就勒进了他干瘪的肉中。他们把那两本讲放蛊的书吊在爷爷的脖子上，押着爷爷在村庄里游斗。如此折腾了几天，我的爷爷仍旧死不开口。有一天，太阳很辣，爷爷被捆在少年乌鸦摔死的那棵梨树上，头低垂着，双眼结满了眼屎，嘴唇开遍了裂口。我去给爷爷送水，爷爷刚喝了几口，曹云鹏冲上来，一掌就把碗打掉了，碗砸得粉碎。爷爷双目怒睁，望着曹云鹏，呸地吐了一口浓痰。曹云鹏阴冷地笑了一下，弯下腰就把碎碗片集到一块儿，又到其他地方找来了许多碎玻璃，然后跟两个公安同志耳语了一阵，接着，就把我的爷爷从树上解下来，命令我的爷爷跪在那些锋利的碎片上。爷爷在两个公安同志的凌驾之中拼命地挣扎，并拼命地大骂："曹云鹏，你这个杂种，我恨当初没有宰了你。"爷爷挣扎了几十下，终还是被摁了跪在那些碎片上，很快地，爷爷肉体里的血就流了出来，那些闪闪发光的碎片，白光变成了红光。爷爷叫嚣着，那些处处是刀刃的碎片正迅速地插进他的身体，抵达他的骨头。许多围观的村庄里的人还听见了碎片进入骨肉的声音，他们中的大多数不忍再看，爷爷歇斯底里的叫嚣让他们浑身发冷，有的走开了，有的悄悄地开始流泪，也有的还嫌不够激动人心，走到爷爷的背后，使劲地压迫爷爷的肩头或者摇动爷爷的身躯，爷爷的叫嚣变成了惨叫，但他仍在公安同志的诱引下死不开口。后来，摇他身躯的手越发有力，摇动频率也越发加快，爷爷实在受不住了，就唱起了他年轻时唱的歌谣：

"……云南——有个——江城——县，
衙门——像猪圈；

——大堂——打——板——子，

——四——门——听——得——见。”

爷爷反反复复地唱着这支歌谣，声音像地狱里吹来的一股凉风。我的父亲，那一个本是胆小的男人，流着泪，怒吼着，两次冲击现场，均被公安同志严肃地押回了家。父亲只好跪在堂屋里，一个人拍打着地，声嘶力竭地哭。就在父亲哭昏过去的时候，我那跪在锋利的碎片上的爷爷，也停止了歌唱，他头一歪，倒在了红彤彤的阳光里。曹云鹏说，我的爷爷是装死，冲上去就踢了一脚，可事实是，我的爷爷真的死了，脖子上吊着的那两本关于放蛊的书，被血染成了红颜色。连续多天对我的爷爷实行游斗，两个公安同志几乎忘掉了死去的曹老师一家人，任凭曹老师的母亲对尸首进行千般的呵护，恶臭还是弥漫了我们的村庄。调查放蛊人一事，因我的爷爷自绝于人民而又陷入了困境，公安同志只好请求上级部门帮忙，上级部门就到一所干校请来了放蛊学专家张子玉。张子玉对曹老师一家四口的尸体进行了认真的察看，说这与放蛊无关，明摆着是现代毒药毒死的。张子玉的话使两个公安同志非常被动，上级主管部门只好把他们调走了，重新派了两个有经验的公安同志来侦破此案。两个新来的公安同志因陋就简，用简单的设备对提取的死者的肾脏及胃内容进行了化验，结果发现的只有苯酚，没有毒药。曹老师的母亲这时候，也才把藏下的剩饭交给了公安同志，并将死鸡失踪的事讲给了公安同志听，公安同志感觉到了线索的出现，并对现场进行了进一步的取证。把只查出苯酚的那些东西、曹老师母亲提供的剩饭及现场提取的剩饭，一起带到了省上，请有关机构做精确的化验。结果却更加地扑朔迷离，原先那两个公安同志提取的死者的肾脏和胃的内容中，除了苯酚外，还有“毒鼠强”，曹老师母亲提供的剩饭中，则查出不仅有“毒鼠强”，还有“氟乙酰胺”，而新来的公安同志在现场提取的剩饭中，只有“毒鼠强”。三者根本合不上，可以明确的是，“毒鼠强”三者中都有，投毒致死是肯定的，可苯酚和“氟乙酰胺”又做何解释？苯酚一事倒没费什么周折，两个公安同志到卫生所调查，很快就弄清楚了。原来案发时，那两个年轻的公安同志到卫生所要瓶子，医生就把装苯酚的瓶子给了他们，他们未做任何处理，就用了去装肾脏和胃里的内容，所盛之物难免就染上了苯酚。对“氟乙酰胺”的调查却一度陷入绝境，曹老师的母亲在献出所藏的剩饭后，就拒绝与公安同志配合，张罗了将曹老师一家四口埋掉，便整天一声不吭，坐到大云江边只管哭。曹云鹏去叫她，她就跟曹云鹏拼命，抱着曹云鹏直往大云江里跳，害得曹云鹏既不敢走近她，也不敢独自回村庄。埋葬我爷爷的那天，还有人看见她往大云江里丢纸钱。由此我曾推断，曹老师的母亲、曹云鹏和我的爷爷之间，肯定存在着某种关系。曹云鹏分明想置我爷爷于死地，而我的爷爷也曾骂曹云鹏“我恨当初没有宰了你”。曹老师的母亲，从案发时起，似乎又知道其儿孙之死与放蛊无关，并且她掌握着一些证据，可她为什么又一直不站出来替我爷爷开脱，而我爷爷死了，她为何又要祭奠？更可怕的是，曹云鹏和曹老师的母亲，仿佛对兔唇儿子、兔唇孙儿孙女及曹老师的老婆之死，并没有表现出足够的悲痛，甚至他们都有着藉此泄私愤的嫌疑。随着公安同志对“氟乙酰胺”调查的深入，我的疑窦更加多起来。曹老师的母亲，在面对两个公安同志正式的审讯时，终于还是说出了“氟乙酰胺”的来历。她说，案发的当天，她做了试验后，见来负责侦破此案的两个公安同志不可靠，同时又害怕此案不了了之，为了让公安同志对此案有足够的重视，就往剩饭中再加了“氟乙酰胺”进去。由此说来，曹老师的母亲分明又对子孙之死非常的沉痛，而且希望能捉住投毒人。这与我上面的推断又不相吻合了，这个当年五尺道上客栈老板的女儿身上，藏着太多的秘密。到此，应该告诉读者的是，这个发生在三十年前的案子至今也没有侦破。去年冬天，我特意去了一趟我们乡的派出所，我的本意是去寻找那两本关于放蛊的书，书没找到，却听到了这样两个关于三十年前的那个投毒案的传说：第一个传说，说的是曹老师在苦修放蛊技艺的过程中以身试毒，结果弄成了阳痿。其妻子就与别人有了私事，而且公开来往。曹老师自恨无力，也就认了。可后来，那个与曹老师妻子私通的男人谈了一门亲事，又甩不掉曹老师的妻子，就把“毒鼠强”掺进了曹老师一家的饭里。这个传说的主要依据是：那个与曹老师妻子私通的男人，自从公安同志进村后就下落不明了，至今也没回到我们村庄。第二个传说，说的是毒死曹老师一家人的凶手就是曹老师的母亲。这个传说找不到半点依据，只停留于猜测，而猜测的理由是：曹老师的母亲虽然与曹云鹏厮守了一生，但两人自从结婚后根本没同过床，原因是曹云鹏年轻时曾患过严重的性病，并直接导致其子孙都是兔唇。我对两种传说都不置可否，曹老师一家，乃至曹云鹏及其妻子，如今都已尸骨腐朽，这有关死者的传说，还有什么意义呢？在放蛊人建立过王国的地方，毒虫或许真的没了，可蛊必然还存在着，它无孔不入，它的粉末、它的“毒”，或许谁也清除不了。

放蛊人王国

一个识字的放蛊人，名叫崔子发，曾经写下过一本黑封皮的书。他给“蛊”所下的定义是这样的：“在大云江涨水的时候，选最黑的夜，把各种颜色、各种毒性的虫子，放进一个陶罐中，然后吹奏笛子，拉响二胡，调动虫子们的杀机，让它们互相撕咬、吞食——让死亡频频降临，直到陶罐中只剩下最后一只虫子，那最后的虫子就是蛊。”黑封皮的书一度是放蛊人的教科书，它还详尽地写到了毒虫的饲养、育蛊时毒虫的搭配、蛊的类型、蛊进入人体后产生的不同的功效、放蛊的技巧、放蛊的目的和意义、蛊的生产力与生产关系等等。与这本黑封皮的书同时的还有过一本中原人游历放蛊人王国的笔记。这两本书是我迄今所见的最奇特的书，在中原人的笔记中，生动地记录了我们那片山地上兴旺无比的放蛊人的诡谲的景象。在描述放蛊人顺着大云江下行或者上溯，把蛊带向四面八方，然后把金银、仇家的头颅、布匹、盐巴、铁和女人带回来的场景时，这个中原人充满激情地采用了数据化的写作方式，从那似乎是冰冷的数据中，我读出了一种罕见的猖獗。如此阴毒的秘密的王国形态，在一排排数据之间，全是毒虫小小的表情，生或者死、权力、意志、梦想，全藏伏在数据化的毒虫的小身体里。令人惊叹的是，这本中原人的笔记，在写到毒虫的集市和王国中例行的放蛊竞赛时，表现出了天才般的写作才华。色彩、线条、点、面以及随时可能出现的杀机和施毒的形式，在此均有细致的描述，语言到位，平静得像是在绣一双献给慈父的鞋底。所写的放蛊竞赛，用到了这样一句类似于歌诗的句子："谁让我生，我就死在他的怀里；谁让我死，我就死在她的缝隙里。"在写到竞赛中新秀辈出，失败的老放蛊人不得不服蛊自尽的场面时，书中非常客观地描述了一百个瞎子一齐拉响二胡为亡灵超度时，对二胡的声音的直观感觉，这个中原人认为，那一百个二胡就是一百双瞎子的眼睛，它们睁开了，看着那生与死的交接仪式。一百个瞎子，一个瞎子写了一章，从瞎子的头发、表情、外在的每一个器官、衣饰、小动作写起，直写到瞎子的身世及各自在集体之中所表现出来的个体的二胡声，乃至他们与泥土与放蛊的谜一般的联系。所写的竞赛人，有个人生活档案，有历次竞赛成绩统计，有具体的现实中的放蛊经历，比如在山东、在四川以蛊杀人的确切记录，可谓字字都是毒，句句都是死，但语气和字句却始终阳光灿烂、充满了欢快。对放蛊竞赛规则的如实记录，条理清楚，针对性强，条款之间互相联结但又互不瓜连遮掩，无懈可击，完全可以用来做现在的足球比赛的规程，其贯穿始终的"优胜劣汰"的至上法则，谁也玩不了假，一旦玩假，意味的就是以蛊自戕。在写到以蛊自戕时，这个中原人在全书中唯一地使用了诙谐的笔法，把那色彩绚丽的死亡写得像一种非常有趣的游戏，死的挣扎，在其笔底，似乎是在做极致的表演。但这书的最后一章，语句之间逐渐地苍白无力，那种一直贯穿下来的写作者的忍耐力丧失殆尽了，很多地方言不由衷，甚至像“歹毒”、“阴冷”之类的词条总是频频出现。作者的灵魂不在了，代之的是无法节制的诅咒。因此我怀疑，在写作这书的最后一章时，这个中原人快要死了，并且有可能他已经被人暗中做了手脚，蛊已在他的体内发生功效了。要么是一场凄婉的情爱故事所致，要么纯粹就是因涉及放蛊人王国中诸多秘密所致，反正那最后一章的文字，已经抛开了原有的欢快，俗尘中真实的死亡形象出现了，省略句式增加了。令人更不可思议的是，全书的最后一千字，这个中原人竟全盘丢开了放蛊人的王国，毫无起承转合，一下子就投入对“保定”的描写，他说保定有铺天盖地的鸟，黄昏时分，这些鸟就贴着城墙，忧郁地飞翔。他还说到保定的染布作坊，但他已经没有足够的时间去描写那些颜色，而是大量地使用了修辞。在写到风吹布匹的景象时，这个中原人甚至写下了这么一句：“每一个染房，都像一百个妓女在原野上放声歌唱。”据此，我读初中时的语文老师曹水庆曾推断，这个中原人一定是保定人氏。这个推断，后来得到了充分的证实，放蛊学专家张子玉在我高中一年级的那年，在寡妇张雪蓉家的猪厩里发现了一块训诫碑，碑文中详细地记录了保定人李吉在放蛊人王国中的所作所为，对其放蛊的是一个叫崔子发的“大臣”。李吉死后，脸色铁青，眼睛、嘴巴和手全变成了水。

关于母亲的札记

之一

我三岁的时候，母亲二十八岁。在我的印象里，六十一岁的母亲与二十八岁的母亲，形象上根本没有什么差异。老了，头发白了，说话的语速变慢了，这些老年人的基本特征，不是迅速出现的，而是与生俱来的。我感觉我的母亲一直都很老，从来没有年轻过。她二十八岁的时候，时间和她已经是两条生锈的铁轨，方向一致，但从不交错。甚至我觉得，她停在了一个点上，像一尊铜像矗立在城市的心脏地带。对了，她是一个世界的中心，而且这种地位从来也不因其他原因而改变。在这个点上，她劳作、刺绣、养儿育女，无暇他顾。劳作曾让一茬茬庄稼向上成长，刺绣曾让平面上的世界五彩斑斓，生儿育女则让她与大地的关系变得根深蒂固。她从来也没向四周移动半步，一直处于东经102°52′—105°19′和北纬26°34′—28°40′之间的一个村庄里。这个村庄名叫欧家营,一度改为“爱国村”,但人们一直叫它欧家营。欧家营居住了二十多户姓欧阳的住户,欧阳,是母亲的本姓。母亲二十八岁时已生育了三个孩子,只养活了哥哥和我。母亲对那夭折了的我们的姐姐始终充满了怀念。有一年夏季里的一天,我躺在母亲的怀里,屋里很漆黑,门外的阳光却照得阴沟里的臭水都闪闪发亮,她说:“你姐姐才生下来一个月,有人就来带她了,这些人变成蜜蜂,嗡嗡嗡地来,嗡嗡嗡地走。”据外婆讲,母亲为姐姐刺绣的衣服足足有两木箱,后来全都烧在了村外的一个十字路口,白颜色的灰烬,在清晨的大雾中,很远都能看见。显然,母亲并没有因此而苍老、身体浓缩、语焉不详,她一直将她原有的形象保持到现在,保持在那一个永恒的点上。在我的世界中,她就是真实的天轴和可以触摸的地球之心。

之二

在云南,我对乡村的执着写作,以及对滇东北地区的长期关注,曾引起过许多人的不解和质疑,他们之所以这样,是因为我已经在昆明这个享乐主义城邦生活了十多年,它的节奏和音律却很少出现在我的作品中。照他们的观点,我是在人为地拒绝着什么,然后又人为地神话着记忆。他们都希望我能成为昆明的一个组成部分,与时俱进,至少,从时间史的角度,怀念中应该有批判;城市与乡村之间的批判,应该在沈从文的墓碑之上,再加一点流苏。《生活新报》的一位记者也曾就此问过我，我只回答他：“我只知道记忆最可靠。昆明活在另外的作家和诗人的记忆中，他们会一生写它，而我不能。”除了有人在归类的时候，说我出自乡村所以就专职写作乡村外，没有更多的人替我寻找写作乡村的原因。其实，一切都很简单，虽然我身在昆明，可我每天都在眺望着乡村。比如，昆明一旦持续干旱，我就会焦虑；北站一带屡屡变成泽国，我就会坐卧不安。这些城市里的季候，或许只会使人们的生活短时间内变得不方便，但在乡下，在我母亲耕种的土地上，它们是生死攸关的问题。我的魂魄在母亲那儿，昆明城没有我的魂魄。母亲在三百八十公里之外，尽管她那儿的气候与昆明千差万别。

之三

前些日子，一个作家朋友去拜访昭通城，在挑水巷，他拍掉了二十多卷胶卷。挑水巷顶多有一百米长，弯来扭去仅一个回合，对昭通城而言，它不过是一小节盲肠。我算了一下，这位朋友平均每四米花费一卷胶卷，令人不可思议。我们所认识的摄影，除了静物和人像外，大都喜欢一目十瀑、五百里滇池奔来眼底，一镜框天下、一览众山小之类，可现在，这个人以平均每四米一卷胶卷、平均每米九张照片的方式来拍一条小巷。这对充分了解挑水巷的人来说，乃无异于癫狂行径；而对那些于挑水巷一无所知的人们而言，这位朋友肯定中了魔咒。有一种神秘的力量总因为陌生而滋生，它远比惯常岁月里坚忍的意志更具有火山的性质。他拍了些什么？有人说，他在施展唤醒术，每一条木凳，每一个木缝，每一个螺丝帽，每一根弯曲的钢筋，每一个过去时代的家用物品，也即每一种旧货，他都想摇醒，想让它们众神归位，或像马匹一样飞奔、鸟儿一样翱翔。但他拍得更多的还是小巷里的人，笑容、皮肤的纹理、手背、脖子上凸出的喉结、闭着或睁着的眼睛、嘴巴、黑痣，以及这些器官组合而成的整体，挑水巷里的整体，而非天安门或者卢浮宫里的整体，也不是昆明城里的整体。有三卷一百零八张照片，拍的都是同一个人的同一姿势，重复让人感到其无止无休。对着同一的对象，在相同的光影中，用相同的光圈和速度，角度不变地摁一百零八下快门，这是做爱的方式。他拍摄的这个人，头发凌乱，脸盘瘦削，戴一副老花镜，正伏在桌上写着点什么，手上青筋暴露。

这位伏在桌上写字的先生，他是在代人写书信。我离家近二十年，所有收到的家书全出自他手。我的母亲经常会坐在他的桌子前，把想对我讲的话、想告诉我的事，先讲给他听，然后他便提起笔来开始写："雷平阳同志，您好！……"最后的落款则是"母亲于××年×月×日。"先生从来都没完成角色转换，这直接导致了我收到的家书都像公文。有几次回家，我都跟母亲提过此事，希望母亲能告诉那位先生，一定要把"雷平阳同志"改成"平阳儿"之类，母亲笑笑："我又不认字。"母亲其实是识字的，她曾是村里同辈中唯一的高小毕业生，但因为无休止的劳作，把认识的字全都忘了。而也正是因为有了无数的像母亲这样的人，昭通城的挑水巷成了一个情感过滤器或处理场，当然，这只是它迷人的气质之一。对许多人来说，这么狭短的一条小巷，它能把草市、花灯团、辕门口、崇仁街夜市、罗炳辉广场和无数条小巷串连起来,这比什么都重要。没有它,许多住户就不能成为邻居,就不能在同一个水龙头下面挑水或者洗菜淘米。

之四

1973 年端午节的前两天,母亲跟村子里的所有男性壮劳力之间,有过一次非同凡响的插秧比赛。比赛是自发的,有起哄的性质。在土城乡与永丰镇交界处有一丘十亩左右大小的水田,它被作为比赛地点。规则不需要特别拟定,秧苗的行距和株距谁都清楚,唯一可比的就是速度。一场倒退的赛跑,腰倾向反方向,双手朝反方向用力,只有脚跟和臀部指向前方。尽管我们总是活在对陌生领域最肤浅的认识中,但我们知道,天下所有的播种方式大抵如此——毫无例外地反身向前。一般情况下,人们在类似的劳作中,都会唱起充满希望或相互激励的歌谣,但那一天,没有歌谣,热辣辣的太阳底下只有一字排开的人们掠水的声音和喘气的声音。鳝鱼游来,没人去捉;蜻蜓栖在头上,也没人驱赶。绿油油的秧苗,它们柔软的身躯,借着人们坚硬的手指,飞速地插向土地,像来自人们的身体,一闪,就变成了土地之上生机勃勃的植物,排行整齐,疏密有致。作为被唤醒的植物之一,稻谷的美,仿佛是与生俱来的,它和爱一样,都是想彼此深入对方的身体和灵魂。中间所隔着的生长时期,在一些人的眼中,是等待,具有不可思议的可能性,但在这些比赛者的眼中,它是生命的另一种呈现,像子嗣的孕育与成长。把幼苗插向泥土,就是把子孙交给世界。那场比赛已经过去了二十九个年头,可它至今仍是村里的美谈,我的母亲以最快的速度倒退着最先抵达了终线，并因此成了村里唯一与男性壮劳力享受同等工分待遇的女人。那一天晚上，坐在灯下，我们都看见，母亲的手指肿得像红萝卜，而且，在与泥土和水的无数次摩擦后，指甲几乎脱离了指头。父亲对比赛表示了强烈的不满，在他看来，女人击败男人的方式不应该是劳作，而以手指受伤的方式去击败男人，这简直没有道理。当然，父亲的态度没什么错误，正如我至今也没想明白，一生与世无争的母亲，她为什么会在1973年向全村的男人发起挑战并把比赛导向白热化？我问过母亲，她支支吾吾。她后来也明白了这场起哄性质的比赛很不应该——从那以后，她必须比村里的其他女人干更多的活儿。其他女人可以回避的活计她不能回避。但母亲似乎从未在表面上对此后悔过，而且对她成为村里女性劳作的象征，偶尔还会流露出些许自豪。我也为此自豪过，现在更多的却是不安、担忧和心痛。

之五

村里有一个人是医生，他家住在河对面。他早上骑着单车去乡上卫生院上班，傍晚又骑着单车回家来。这人跟许多从乡村走出去的人不同，虽然穿着干净的中山服、亮皮鞋，手上也没有老茧皮，但从来没有表现过对村里人的不尊重。他的单车，差不多全村人都搭乘过，他那单车后架，纯粹像公共汽车上的一个座位，只要空着，村里人都可以跳上去坐一程。至于村里有谁病了，他也会不分青红皂白地帮助治疗，而且态度很好，张大妈李大爹地叫得非常亲切。我们小的时候都很喜欢他，喜欢看他在独木桥上表演车技，喜欢他教村里的人们玩种种新鲜的纸牌游戏，或坐在村边的红枣树下讲他见历过的有趣的故事。他家里有几十本藏书，《小五义》、《封神演义》、《三国演义》等等，这是我最喜欢的。《三国演义》分上、中、下三本，有一天晚上，我看完了上本，准备再去借中本，可偏偏河上的独木桥被大水冲走了，我就用一个木盆装书和衣服，推着游向河对岸，过去时十分顺利，可返回时却发生了意外，一个浪头把木盆里的书全都打湿了。抱着一本被水打湿的《三国演义》回到家，母亲吓得都快要哭了。她身上找不到半文买书的钱，但又不可能还医生一本被水打湿过的书。幸运的是，母亲并没有打我，她只骂了几句，然后抱来一堆柴火，一页页地把书烤干，然后放在大石磨下压了一天一夜。但不管怎么压，这本书仍然很皱，翻起来很有响声。医生知道这事后，来了一趟我们家，并把《三国演义》的另外两本也带来了，全送给了我。自那以后，母亲对医生一家永怀感激，凡他家有什么事，都一定要去帮忙，直到现在也如此。今年4月，因为参加“昆明作家重返金沙江采访团”的活动，我借道回了一趟家，半天时间，母亲都坚持让我一定要去医生家坐坐。我去了，医生不在，就在河堤上绕了几圈，沿堤的柳树在春风里舞动着枝条，引得无数的燕子上下翻飞。

之六

母亲有一个最基本的原则：子女中，不管是谁，长到七岁就必须学会生火做饭；长到十岁，不管是儿是女，必须学会简单的针线活儿。

至于最基本的劳动技能，母亲没做严格的要求，但她会从你扛得起锄头的那天起，就带着你下地去，家里专门备下了小号的锄头、扁担、背篓、挑篓和镰刀等一系列劳动工具，就算是在合作社时，她不奢望组织上能给子女打工分，但也绝不允许子女们无所事事，没有工分，也必须跟着她一块儿去插秧、挖地、锄草，掌握劳动技能，明白劳动的艰辛和意义，比什么都重要。七岁的时候，我只比灶台稍高一点点，从灶炉里把蒸饭的平底铁锅抬起来，必须用一木凳垫在脚下，然后把锅移来抵在胸膛上，再双手用力，方能把铁锅抬起。铁锅上往往都有一层厚厚的锅烟子，它们抹在衣襟上，很难再洗干净，因此，我们的衣服总是衣襟最先烂掉，而且烂得非常迅速。母亲知道衣服烂掉所意味的一切，但她对此从无怨言，只有在不顺心的时候，才会怪我们为什么不在衣襟上垫一块抹布。我第一次做饭，是 1973 年夏天，由于毫无实践经验，把一甑子苞谷饭全做成了一个又稀又烂的大饼，根本没法食用，父亲很恼火，母亲却满脸堆笑："吃吧，这是我们儿子的手艺。"大哥不吃，弟弟不吃，父亲不吃，只有母亲吃得很香。母亲教会我的针线活儿，在我的人生历程中曾遭到过许多人的嘲笑，可我却受益不浅。至于劳动的技能，大学毕业后，我被分配到盐津县委办公室工作，每年春耕大忙时节陪领导下乡蹲点，与领导们一块儿下田插秧，往往比当地农民还更有效率，经常受到人们的口头表扬。我很清楚，现在我所具有的这些母亲教会的技能，犹如屠龙之技一样，已没更多的实际意义了，但它们让我感到心里特别的踏实，通过它们，我可以让自己和土地保持一种不变的亲密关系。而且，因为它们日益变得陌生，我就比别人多了一点点生存的资本。

之七

上初中了,同班的同学们都使用起了水笔,只有我仍在使用毛笔,我非常羡慕他们的抄写速度和作业本上的整洁。有一天,在校园里我捡到了一支水笔,没有上交老师。有了水笔,可又没有“绿叶墨水”,我便把舅舅家的那瓶偷了过来,一切都隐秘、无人知晓。可那天晚上,我已经睡得很熟的时候,被褥忽然被一下子掀开,接着便是竹条子如雨点般落在了身上。油灯的光影里,我看见母亲满脸的泪水。

之八

我的大哥曾经是校园里的优秀分子,现在他是一个民工头,以卖苦力为生。1979 年 9 月,初中毕业后,他考取了一所不错的乡村中学,但他对母亲说,他不想读书了,想当木匠。到报名的那天,母亲煮了一碗鸡蛋面,叫大哥吃掉后赶快上路,并把十元钱放在了饭桌上。为了凑足这十元钱,我们都知道,母亲几乎跑遍了全村所有人家,全是借的。大哥当时十五岁,他双腿一并,跪在了母亲面前,就一句话:“我不去。”母亲的竹条子打断了一根又一根,大哥不哭,不叫,也不妥协。大哥有大哥的想法,他想尽快能挣钱,供我上学。从那儿起,乡村里多了一个小木匠,他在建筑工地上做小工,每月十八元人民币,他是我大哥。许多年之后,母亲常说,如果当时家庭条件稍好一点,大哥现在也是一个国家干部。

暖色田园之一

毛岱宗

80cm×80cm

布面油画

之九

2002年4月11日上午，我决定回家探望父母亲，长时间没看见他们了，我的心里一直非常愧疚。去年春天，大嫂给我打过一个电话，说母亲走在路上会突然晕厥，但到医院检查又什么病都没有，我就一直想回家看看。这次路过昭通，如果不回去，天大的理由也是无法开脱的。但是，当昆明电视台的两位记者带着两台摄像机态度坚决地要求与我同往时，我又犹豫了，不是因为怕他们摄走老家的饥寒气象，露了自己的根底，而是不习惯在镜头里与父母相见，同时，也不愿给任何一个人留下“衣锦还乡”的印象。作家、诗人的世俗华彩，对我的父母来说，不值分文。回家，我只是他们日夜牵挂的儿子，不孝、不才、不富，但身上流着他们的血液，弥漫着他们的体温。两位记者是敬业的，也是执着的，我的拒绝最终变得十分苍白。就这样，在摄像机的镜头中，我回到了日思夜想的家，见到了正在用木棍绑扎鸡厩的父母。家里没什么变化，只是通往家门的小路上长出了一尺多深的青草；父母也是老样子，蓝色衣裤一样的肥大，目光从不正视别人，笑容更像是皱纹的图谱。“哪天回来的？”母亲问。我还没回答，父亲问：“哪天回来的？”我说：“昨天晚上。”母亲：“哦。”父亲：“哦。”接下来便是寂静，寂静中他们忙着把没绑好的鸡厩往屋外面送，结果惊醒了草堆里的看家狗，狗见有生人，便是一阵不假思索的狂吠，母亲骂狗：“你眼睛瞎了？”父亲骂狗：“你眼睛瞎了？”两位记者的摄像机一直开着，父亲生火，母亲开始做饭。听说记者中有一位是回族，母亲不由分说，急匆匆地出了家门，几分钟后拿着十个新鲜鸡蛋回来了，用烧水壶迅速地就煮上了。在镜头中，我不知道怎样问候父母，父母似乎也不知道怎样与我交谈。我和父亲就坐在火床上，一支接一支地烧烟，母亲则时而翻箱倒柜寻找她刺绣的婴儿衣物，时而又到屋外的地里拔新鲜蔬菜。父亲问："什么时候走？"我答："明天就去永善。"母亲侧着脸，有些不相信："明天？哟！"吃完母亲做的饭，我就决定立即离开，离开前，趁两位记者不注意，我塞了一千块钱在母亲手里。母亲想还给我，我装着什么也没看见，对父亲说："这地边的东西是不是臭灵丹？"父亲说："好像是吧。"我们的车子跑出了很远，我把头伸出窗外往回看，父母仍然站在屋檐下，翘着头，一动不动。在家里，我只待了两个小时。这不是我所要的时间。回到宾馆，看两位记者的录像带时，我觉得，画面上的对话，也不是我和父母所要的对话。唯一让我感到满意的是，我给父母递钱的场景他们没拍到，我非孝子，不想给人有做戏之嫌。什么时候回去，永远不走了？我不知道，但我知道，我会回去，昆明是天堂，天堂不是家。

之十

看过阿城的一篇文章，大体意思是说，人在童年时代吃过的食物，都会在胃壁上形成一层酶，酶一旦发生反应，无论是谁，就会怀念起那些远在童年记忆中的食物，进而生出思乡病。

我的胃壁上是有一层厚厚的酶的。1985 年，从学校毕业，我被分配到盐津县工作。盐津县与四川省毗邻，是滇东北著名的美食之乡，省里和昭通市的官员出巡、南来北往的贩夫走卒和旅游爱好者，如果一旦走上昭通至水富的旅程，都喜欢在两地之间的盐津县城吃午饭或歇脚过夜。那儿的百鸡宴、酸黄菜煮黄辣丁、红烧江鲶、血皮菜炒猪肝、水粉以及鸡汤面，曾让多少人大快朵颐而又在几小时之后垂涎欲滴。可我在那儿生活了五年时间，却一直水土不服，胃囊仿佛一直都空着。后来，调到昆明工作，一待就是十多年，昆明汇天下美食于一城，川味、粤味、鲁味、江浙味、东北味、西餐以及各种民族风味应有尽有，可我还是觉得天下珍馐都不对胃口。稍有空闲，就往新迎小区的“福园”餐馆跑，那是一家昭通味小餐馆，有干椒炒肉末、水腌菜红豆汤、水豆腐、凉粉和淡刀豆，它们的味道，就是我母亲所做佳肴的味道，真实、踏实、厚道，对我的胃而言是名副其实的食物之味。

当然，无论是谁，也不可能天天泡在餐馆里，特别是成家以后。立家了，锅碗瓢盆、油盐米醋，一应俱全，就得想办法自己弄饭菜把肚皮填饱。为了让自己多吃些，吃起来快感多一些，开初，我一直热衷于打开记忆的仓库，煮饭时的淘米、用水，炒菜时的切菜方法，作料选用和搭配、火候的掌握等等，无一不模仿母亲的做法。然而，做出来的饭菜，竟然与母亲做的大相径庭，几乎到了不可下咽的地步。而我偏偏又是没了老家味道浸润便无法活下去的那一类人，自己弄不来，便向母亲求援。母亲守着老屋，且至今还耕种着几亩地，养着几头猪、一群鸡，她不肯不愿也不可能背井离乡来“伺候”我的胃。但听了我的求援，母亲是高兴的，村子里上昆明来打工的人几乎没有，她便满昭通城地区寻找我那有限的几个朋友和熟人，一袋米、一箱血豆腐、一大桶酥肉、一大袋土豆片、一大包干酸菜……无止无休地运到这些人的家中，丑话说在先，这可不是孝敬谁，而是请他们想方设法带些给我。因此，尽管在昆明生活了十多年，我过的仍旧是昭通日子，胃壁上源源不断泌出的仍旧是母亲所赐的酶。有许多朋友吃过我家的酥肉，都觉得那是天下最好吃的肉。不过也有朋友觉得，我这种生活方式，说明我还是一个地地道道的农民，脐带还连在母亲身上。

母亲老了，还如哺婴一样把体内的营养输送给我，没有谁比我更清楚，我的内心早已被羞愧和恐惧填满了。要命的是，我还比天下任何一个人都要了解我的母亲，她所带给我的食物，都是她精心节约下来的，是她和父亲生活中的精华部分，他们的生活质量远远低于我的生活质量，粗茶淡饭仍然是他们生活的主旋律。为此，也为了缓解我内心的羞愧和恐惧，几乎每一次和家里写信和打电话，我都一再阻止他们，不让他们给我再带任何食物，可每一次都是徒劳。我一次次阻止，他们依旧一次次往昆明带东西，甚至当我在电话中咆哮“你们带来的东西我一点都吃不下去”时，他们依旧我行我素。

2003年1月20日晚上八时，家中的电话响了。是我嫂子打来的，说母亲病了，要动手术。嫂子说，母亲就在她电话旁边，问我想不想跟母亲说几句。我喊了一声“妈妈”，电话里没答应，只听见嫂子的声音：“妈，您把电话拿反了。”母亲把电话拿正后，我问她得的是什么病，严重不严重，焦急地问了一大堆，她只答了一句“没得哪样”，跟着便话锋一转：“我给你酥了一大桶肉，你几年没回家过年了，回来，过了年，一起带回昆明。”

之十一

1991 年夏天,我决定从昭通出发,把我二十四岁以后的生命全交给漂泊。我选的第一个目的地是北京。不是觉得北京有什么好,也没感到北京对我的吸引力就大于昭通,而是因为在昭通我已经没了立锥之地。谁也用不着怀疑,至今在我经历过的城市中,我依然觉得昭通是最好的,迟缓的节奏、从不混淆的季节、冬天的冰雪等等,都是我喜欢这云南小城的基本元素。但一些意外的事件迫使我不得不离开,不得不把它交给记忆。下决心走之前,我把书架上所有的图书装成了七八纸箱,并分别写上了朋友的名字,我不打算带走它们,纸箱上的名字就将是它们新的主人。一直没跟任何人提及要走的事,可就在背起旅行袋,马上就要出门的时候,一切都改变了。不是我临时变卦,而是两个朋友突然造访——看到那情景,联系我当时的处境,他们都迅速明白了正在发生的是怎样的一件事。两个“坏人”,表面上装作什么也不知道,内心里却达成了默契:一个人死缠着我谈诗歌,另一个则口称有急事立马骑车走掉……一个小时后,那骑车走掉的人重新回来,满头大汗,自行车后架上坐着我的母亲。母亲进了家门,不说话,一个字也没说,只是站在门边上不停地掉眼泪。迄今十二年时间过去了,我还能一点一滴地想起母亲流泪的模样,目光被泪水淹没,皱巴巴的脸上,泪水所到之处,有恐惧,有焦灼,有不安,甚至有着哀求。刚从异乡调回身边的儿子又要走,母亲的手还有些颤抖,她天蓝色的衣袖、衣襟上仿佛走着一阵小小的风暴。我知道事态的不可挽回，叫朋友到外面去买回了几个包子，递给母亲，母亲一动不动，动着的只有泪水。坐在冰凉的水泥地板上，我一遍接一遍地摆弄着裤管，不是陷入矛盾的陷阱，也没有情感的较量，我只是感到很空，很疼。我没有理由与母亲僵持不下，她的要求永远都不多，也不过分。大约一个小时之后，我对母亲说："妈，您别哭了，我不走了。"说完，我眼中的窗外的梧桐树上好像就有了很大的雨水。我承认，我的哭，因为母亲，更因为二十四岁的生命所难以承受的艰辛——那被外力彻底摧毁的感觉，我不想再有。但当我决定留下的一瞬，一切又变得很清楚，为了安慰母亲，我可以继续接受。当然，事实后来也证明，我还是一个忤逆之子，三个月后，我再次选择了离开，并为自己的离开写了首名为《出了昭通路就平了》的诗歌。不过，从昭通坐车逃向昆明的那天，母亲和父亲都没露面，只有妹妹来送我。几年后我才明白，母亲之所以没来车站，除了心伤外，还忌一个"送"字，白发人送黑发人，在昭通乡下的风俗里，是谁都忌讳的。

之十二

在六十岁以前，母亲从来都不认为自己的身体中藏着的病症有多可怕。风湿病作为土地赠予她的礼物，她收受下来，直到双脚都难以移动时，她的脸上还有笑容，仍然我行我素地在冷水中播种，霜冻下收割。有一段时间，母亲总是在行走时突然晕倒，儿女们都很着急，好说歹说总算把她送到医院去做全面检查，结果却什么也没查出来。什么病也没有？我们都不信，母亲却因此而有了借口，凡身体有什么不适，她都理由很充分：“我什么病也没有。”跟大多数乡下人一样，在母亲的眼中，所谓病，意指死到临头或卧床不起，什么胃痛、腰病、伤风感冒、皮肤感染之类，统统不能叫病。村子里，有四十岁上下的男子患阳痿，二十岁左右外出的打工仔患淋病，父亲偶尔说起，算是笑料，母亲在一边听见了，如果想表态，她也一概不觉得那是身体问题。当然，乡下人与城里人的不同也就表现在这儿，城里人患上了阳痿和淋病，都会视为秘密，死死捂着，谁也不告诉，偷偷跑到医院，处方笺上的姓名也往往是假的。而乡下人却是敞开的，别人不问，患者也会自己讲出来，牵牛拉猪，倾家荡产地去找江湖游医。在这一点上，无论乡下人还是城里人，都是道德法庭上的败诉者，无所谓谁知廉耻谁不要尊严。在“田野上”长大的人觉得没什么值得遮遮掩掩、大惊小怪；在“大街上”长大的人觉得自己是橱窗里模特儿，有一万双眼睛在盯着自己，所以要把苦痛往心里憋，表象上却装得若无其事。一种人赤条条来，赤条条去；另一种人赤条条来，带着一身垃圾而去。

不过，母亲也有求医的经历。据父亲讲，有几次母亲患重感冒，什么事都不能做了，走起路来东倒西歪，父亲决定送她进城治疗，可她却一意孤行地要去找乡下郎中。她不知道先锋霉素、安必仙，在她的世界中，只有永远的四环素、阿托品、黄连素、庆大霉素和土霉素片。乡下郎中治病，有的之所以名扬四村八寨，最大的诀窍就是下猛药，以求立竿见影，就算医死了人，也很少有人说他的不是。在混沌的天空中，人们都喜欢把人为的死亡视为自然的消亡，所幸的是，母亲找这样的郎中看病没发生任何意外，大把大把的药丸吃下去，次次都药到病除。但有两次我还是一再地叮嘱母亲，生病了一定要去正规医院，母亲笑而不答。

忽视病症的存在和找乡下郎中看病，母亲的所作所为，只有一个原因，她不愿把钱花在治病上，贫穷让她已经学会如何亏待自己。

之十三

从不嫌贫爱富，使母亲获得了好名声；乐于助人，让母亲得到了众人的尊敬。有一个例子很有说服力：村子里像历朝历代一样，总有一些人游手好闲，以偷鸡摸狗为生。他们或偷牛偷猪，或偷粮盗物，鲜有迟疑或动恻隐之心的时候，为此，乡下人家都喜欢养狗防盗，或筑高高的围墙。我们家独居村东，却从来没有小偷光顾。父亲对此很自得，常跟我们吹嘘：“那些手脚不干净的人，见了你妈妈，从来都嘴巴上像抹了蜂蜜。”

肖建新

他们，父亲或陌生老者

壹

我又看到了他们,或听到了他们。一群老年男人,在夏天的一大堆清晨中。

阳光还在半醒状态,或者说还没有完全从东边的那片密林上空升起。那是一大片白杨林,几十亩之大,摆在县城的东郊,像一张还没有完全被城市确认的荣誉证书。我曾到过那片林子,也是一个清晨,里面混着一些牛,黄牛和水牛。对于一个陌生者的到来,它们只是轻轻抬起了头。困惑的目光,短浅得如同它们嘴里正在嚼着的几棵青草,然后又继续低头吃草,仿佛这个世界里,只有这片林子里的草,才是它们胃中的填充物。林子里也有一些鸟,藏在高高的树梢上,几乎看不见。如果不是它们不太响亮的叫声,我还以为这片巨大的林子里，只有牛和我的呼吸，若有若无地伏在淡灰的空气中。其实，树林里也有一些秘密，那是我所不曾注意到的。有一些小型昆虫，它们藏在草根处，或一片落叶下面，半醒半梦地酣睡。树林东边的阳光，还没法张开它们的眼睛。

那些老人，像一群晚年的麻雀，密度不一地歇在城东的一条水泥路上。城里只有一个体育场，里面全是青年妇女在跳晨舞，四步的节奏混杂在一些震耳欲聋的鼓点中。她们扭动肥胖的腰肢，屁股前后左右，在音乐中释放着平时被刻意遮盖的部分。小孩子看着这样的扭动发出了响亮的笑声。跑道上，布满了各色服饰的人，很像拼图上一些零碎而动态的颜色，不停地组合，分解，再组合，再分解。老人们不适宜这样跃动的气氛，自然就选择了城东紧挨田野的路。稻田的潮气缓缓从大片田野中间传来，向这条水泥路聚集。

东三环中部的路口，丁字形，像是一个放大无数倍的钉耙。钉耙齿紧挨着稻田，那是几条通向稻田中间的草边装饰小路。而钉耙的把却直直通往城市的心脏，让城市为它把脉。说来，城市的迅速膨胀，田野才成了城市的近邻。以前城郊的房子和路程，现在就裹在城市的风衣中。许多人因此成了城里人，户口本上有了一个让他们兴奋的类别：城镇居民。田地不住地向外退却，就像一个远方的亲戚，被主人伤了一句，返回在去家的路上。

老人们带着简陋的小木凳，或绿色的小钢管绷带椅，半新或旧的自行车放在一边，有的还带着透明的有机玻璃杯，或不锈钢杯，穿着白色的汗衫或淡色的衬衣。有的站着，伸着双臂和腿脚，肚子臃肿地向外挺着，不好意思地占据着一些本来不想要的空间。散了窝的麻雀一样的说话声，在几十米之外的地方就能听到，有些嘶哑。混浊和些许的霉味，在近的时候就会浓一些。个别人的声音依然清脆，好像未经岁月的洗磨，他们可能是刚退休或离岗，有曾在小县城显赫一时的人物，也有一些工人、教师或公务员。他们在岗的时候，即便有这样凉爽的夏天清晨，也绝不会有这样相融的圈子。身份界定了他们之间的距离，一种社会岗位间的距离。可退休后就不一样了，都成为小县城平等的老年居民，彼此包容，有时也善意地相互挤兑，说对方曾经的一些趣事，甚至是风流韵事。他们的话题大多从国家大事开始，然后一点点往小里掉，不经意就滑到了一个或几个身边熟悉的人或半熟悉的人身上，最后就相互开玩笑，甚至是与儿媳关系暧昧的玩笑。

他们散去后，水泥路上就空荡多了。路东边红砖砌的墙将一大片水稻、玉米和芝麻圈了进去。那时，芝麻正开着节节高的小白花，玉米的叶子宽大而墨绿，水稻田的青蛙常伏在田埂上，伺机吞掉一只不小心经过的昆虫。或许秋天，这儿就是一片巨大的轰鸣，躯体庞大的现代机器日夜不停地作业，数日就会冒出向上挺起的钢铁的筋骨。

与路相连的是一字形展开的移动大楼、政协大楼和正在修建之中的民政大楼。它们像三个净面朝南的人，间隔着几米的距离。与此不远，有一座建得很豪华的老年公寓，据说专收那些有钱的老年人，平时很少看到有老年人在院子里转悠。从施工的民政大楼里传出的轰鸣声，在县城的中心就能听到，人们对它的高分贝已经习以为常。高高耸立的吊车常常伸出几十米的手臂，把装有混凝土的铁筐提上送下，转动方向时，像一只笨重的巨鹰。正是这种笨重的鸟，把城市一步一步向外领。它还要把这个城市的其他部分领到城市之外的田地里。

城市似乎越来越没有了方向、重心，没有了以前的静穆和特有的繁杂。它被声音所覆盖。在它臃肿的声音中，除了机械的声音外，更有暴烈的广告声，刺耳的喇叭声，粗野的叫卖声，商场连续的推销声，歌舞厅亢奋的舞曲，人们匆忙奔走的声音，自行车低小的铃声，搓麻将的哗哗声，洒水车动听的音乐，垃圾车嘶哑的旋律，有些时候还有不断响起的鞭炮声，结婚的礼乐。另外还有些声音，是耳朵所听不到的。比如说不断发烧的电流声，电缆被信息阻滞的声音，电磁波网状的声音，众多发廊无声息的肉体按摩，人们暗中的交易声。更多的时候，是一些领导不断发出的模具一样的声音，它们被成批制作好，藏在口腔中。在这些声音中，老人微弱的声音被淹没，也可能被消灭，即使有一些漏出来，也被其他的声音所忽略，或化成灰尘落进地缝。

老人们选择了清晨，有时候是黄昏。其实，他们选择了与其年龄相仿的退却，一点一点地，从正午退到清静的早晨或黄昏，退到他们认为安全的地方，给城市留下余地。

贰

我两次在清晨的散步中遇见过他：稀疏的近乎秃顶的头发，五官紧挨，身体消瘦。我看见他之前，先听到的是小号的吹奏声，旧版《上海滩》的旋律。我边走边和着旋律唱：浪奔，浪流，万里滔滔永不休……那种豪迈、沧桑、激情、压抑的东西就一涌而来，仿佛上个世纪八十年代初的情景。一个寒风凛冽的夜晚，迟了半个多小时的火车，终于在两条铁轨森森寒光的催动下到站了。那是汉中站，当时在我认为还算比较大的车站，下车的旅客寥寥无几。出站的人静静的，没有人把皮鞋踩得轰响，或大声说话，广场周围的商店，依然朦胧地亮着十几瓦的灯泡，像一两只冬天夜里没有睡熟的眼睛。车站的喇叭里反复播放着接下来的车次和方向，嘶哑的声音似乎是从一个有些感冒的中年女人的嗓子里传出来，在广场阔大而陈旧的空间中回荡，又被迎面而来的风吹得满地都是。那嘶哑的声音如果还能听得清楚的话，一定是从布满瓜子壳和果皮的水泥地面上斜斜地站起身来的。从到处都是灰旧的铁锈味的火车站出来，我看到那个灰暗的雕塑，在九点多的冬天的夜晚，朦胧地缩成一团，把周围的一些黑色拢来，似乎在掩盖什么，无法为我展开它曾经高大而光彩的形象。

从车站到就读的学校还有几里的路程，我须得一步一步去完成，虽不会走很久，但一个人在有风的冬夜的行走是漫长的。寒风丝毫不顾及一个刚从老家坐车归来的少年的感受，把他并不暖和的衣服吹得哗哗作响。在这样的夜里，几里远的路程就是几里远的寂寞，寒冷并不是最主要的。在拐进另一条光线朦胧的巷道时，我听到了一个商店播放唱片的声音，是《上海滩》，那是我们天天都在看的电视连续剧。巨大的音乐让整个巷道都卷在它的音域之中，寒风吹在身上的感觉忽然就小了许多。热气外冒的旋律，倾情感人的演唱，嗞嗞作响的音箱，清晰如丝，我几乎能想象到音箱的喇叭在音量高耸的时候就会鼓胀起来，仿佛一只鼓起的嘴巴，而在声音低的时候，又会缩回去。那个夜晚留在我记忆里的，不再是透过身体的寒风，而是温热的上海旧时的风浪和一个矗立江边、被风吹起头发的浩然身影。

西去的列车是冬天一个坚定的隐喻，它一直藏在我的心里，像一片无法删去的伤痕。后来从汉中站坐车时，我都不喜欢西行，仿佛西去的旅程是生命愈走愈远的另一种暗示。而每一次这样的暗示，仿佛是从自己的生命中减着什么，增加的不过是一张薄薄的车票和一段惆怅的记忆。

我继续聆听着老者的吹奏，他似乎在做一件非常神圣而庄严的事。双手戴着雪白的手套，保持着一种挺立的姿势。我无法看到他的表情，但我可以想象，他脸上一定有一种光彩，让整个早晨为之感动。那时，我有种感觉，周围的苞谷，水稻，和还未长高的棉花，都被音符的魅力所笼罩，被一种无法说清的场所左右。清晨的光线是微弱的，黏滞的，它无法走得快一些，从那片墨绿的玉米地的缝隙中响亮地穿出来。一个不大的蜘蛛网布在两棵玉米之间，是一个斜斜的椭圆，仿佛一个夜晚抽象而具体的截面：夜晚从来就是一个椭圆的柱子，在经过时间黑色的通道时，被蜘蛛用一根丝截断。网很好，没有一点小小的破损，细细的丝上撒了一层薄薄的水汽，均匀的状态超乎我的想象。它充分验证了一个夜晚的平静和完整，也记录了它不为人知的秘密。没有一只小虫子或飞蛾撞入它布下的陷阱，它们似乎都明白了彼此的伎俩。巨大的旷野上，远处的山依然在淡青色的背景中延续，似乎在等待早晨的另一些时候。几只白色的鸟儿歇在不远的田埂上，样子安详。几百米之外的村庄静静的，只有少许的炊烟缓缓冒起。

我并没有完全沉浸在小号并不透亮的音符中，它从身体消瘦的老者的胸腔中吹出时，我就感觉到了一些挤压，一种不流畅，甚至是有些变形，但它不是碎片，而是被精神的力量所鼓舞而连在一起。它们构成了清晨旷野中的一些不可忽略的元素，像空气中的分子一样散布在各式各样的空间和叶子间。清晨的露珠和雾气，也让这些音符潮湿和沉缓。它们的确无法飞得过远，像清晨蜻蜓的翅膀。他以前是做什么的，为什么在晚年的时候，才开始学习吹奏小号？他吹出来的旋律，像一个结巴的小孩，时断时续，底气相当不足。一个年近古稀的老人，身体和理想逐渐接近终点，却反复出现在这样的清晨，吹奏一支相同的曲子，他是一个有古典英雄情结的人？他曾年少时闯荡江湖而暮年一事无成？

老者吹完，反复用暗红色的金丝帕擦着小号锃亮的外体。对于他来说，晚年能吹响《上海滩》豪迈的音符，是个艰苦的活儿，需要勤奋，严谨，更需要敬仰和神性。

而于我来说，他依然是一个谜，一个掉在古典英雄情结的老人，包括他所经历的两个平常的早晨。

叁

我在家乡的小路上碰见他时，他刚出院几天，仅有两根手指的左手，轻轻依附在身体的一侧，就像一个受伤的孩子，依偎在母亲温热的身体下。本应五个人的家庭，三个人却永远空缺了，而它们是骨肉连心的。这只手伸出来，指着小溪那边一个冒着烟、噪音巨大的场子。这只手所指认的方向，开始变得迷离和空荡。

小溪那边，是一家小型私人塑料回收加工厂，轰鸣的机器音像一群没有管教的野狗，整日张着黑黑的口，反复扑咬小溪两边的村庄和村庄上方的天空。就在一个月前，塑料加工厂发生了一件事：疏忽的女工合上电闸，正在检修机器的一位六十多岁的男人，被皮带轮轧断了三根手指。血瞬间溢了出来，随着皮带轮的快速传动，机器的轮轴上、挡板上溅得到处都是。所有在场的人都愣在那儿，表情凝固成一个巨大的惊叹号。整个车间出现了一个不大不小的停顿和空白，继而是惊慌失措，不知道这样的伤情应该送往哪家医院，甚至不知道那三根断了的手指落在了何处。这样的事情在乡间常常发生：当医生要为病人做接指手术时，病人的陪同人员却不知道断了的手指身在何处。也许，这三根断指瞬间滚进了塑料加工带中，变成几颗没有任何性别可言的塑料颗粒，然后又被装进外表整洁的塑料袋，运往某一处塑料制品厂，再变成人们家里用的塑料盆、壳或水瓢之类的东西。这个过程只需要不到十天的时间，三根断了的手指在熔化、冷却的机械能中，被转化成一种冷漠的器具。可我知道，这三根从一个人身体上离去的手指，瞬间变成三个感叹生命的符号，镶嵌在痛苦的记忆深处，再也无法擦掉。不管他会得到多大的赔偿（也不可能有多大的赔偿），伴随他后半生的是两根仅存的手指，是一双形同虚设的残缺之手。是否有人把他当天所挣的工资和他后半生的艰难联系起来，这将是怎样的一个失衡的比例？当这两根手指与他以后几十年的时间形成一种巨大的对比时，他的心里会是一种怎样的滋味？去年这个加工厂也发生过诸如此类的事件——一位没有受过多少教育的工人在场上收拾废旧的塑料袋时，被一人高的有裸露处的电线电击而亡，赔了几千块钱后，一切又恢复了以往的嘈杂面孔。老板在当地是很有势力的人，既是厂长又是村长。一个人的生命，在乡下是没有多少重量的，尤其是在强权当道的地方，麻木和认命是盘旋在生命周围的最可怕的黑色之鸟。

小溪里，不再是往常的清清溪流，而是浑浊的、灰色的污水，溪边的小草小树上挂满了旧塑料条，像一些衰败的生命图符，刺鼻的气味老远就能闻到。在这样的气息中行走，我常觉得身体上有一些无名的瘙痒，而我的村庄，许多人的村庄，成天在这样的气味中浸泡，呼吸，进行着日复一日的新陈代谢。

肆

这些人，一定在争吵中度过了他们的一生。我看到了这些墓碑，或听到了他们的离去。像高台跳水的人，不等人们做好观看的准备，就已入水，常在水花溅起的时候，才想知道他们是谁。我知道他们中的两位，住在村子的另一头，是同姓、有十几口的家族，为各自的房地基、自留地或过路的事吵个不停。谩骂、诅咒、家族间的群架，甚至是头破血流的事，从我的童年到十几岁一直不间断地发生着。血验证了两个家族的恩怨。我曾看到过他们中的一位，用手捂着头向村诊所跑，血从他的指缝间一直向下流。我曾经恐慌他会死去。当他头上缠着绷带、血斑犹存地走在路上，我的恐惧依然没减。

他们生前大打出手，一个不让一个，死亡却像冬天柿树上的柿子，一阵霜就把他们一前一后地打了下来，现在一个紧挨一个，连多余的空隙也没有。他们是否在另一个地方继续争吵,我已无法知晓。另一些我的高辈或与我无关的人,也静静地与他们待在一起,等候不断到来的四季和庄稼。在他们的周围,庄稼像往年一样,来来去去,循环往复。与他们最接近的,是每年春天到来的青草,大片大片的,紧密相连,像一片青色的海洋。风一吹,草的波纹就从一个坟头传到另一个坟头,又从另一个坟头传过来。其实,他们是寂寞的,没有多少亲人可以在每年的清明或春节来到他们的住地。他们的子孙们对土地早已厌倦,在远方的城市里苦苦扎根,发芽,寻找存活的养分。他们曾经经营的土地已经荒芜,曾经庞大的家族已成碎块状,散落在不同的时空里。他们的子孙不在乎。对于子孙而言,即使土地不种庄稼,却还是土地,还长在那儿,无人能把它们拔走;祖辈的恩怨也可以不提,因为与他们没有多少关联,时间早已改头换面,而城市就不一样,你不去,那就是别人的城市,别人的营地。城市对乡村的压力通过经济杠杆的传动愈来愈烈。江少宾在《乡村的肾》中写道:乡村的肾越来越衰竭。我想它是符合大多数今天的乡村的。的确,乡村的透析功能越来越差,几乎无法洗净一个活鲜鲜的面孔,连死了人,也找不到几个精壮的劳力阔步高抬地把他们送到土地的深处。

我的大伯就是他们里面的一位。他在一次干活时,倒在了菜地里。我猜想应该是白菜或者莴笋的旁边。那是一个清晨,阳光还不是很浓烈,他的衣服扣子还没有完全解开。经检查,是脑溢血。他归大儿子管,大儿子在新疆打工,家里的一切事是儿媳妇经办。她没有把他送往医院,而是从医院里请做医生的亲戚来开了点药。她用老人存的钱，打了一副棺材，放在老人睡的屋子外边。被称为廖木沙的大伯，在他的躯体没死的时候，被迫想象一种或多种死亡的方式。他不久后死去，就睡在那些他常常开玩笑或争吵的人中间。

乡村名片

每隔一段时间，我都要回到故乡去，看看那儿的房屋、田地、庄稼和乡亲。从气息喷涌的村头到几乎闭着眼的村尾，从尘土轻飞的大路到小草丛生的小路，再到无路之处，然后手握一根干枯的草秆一言不发地回到家里。每一次，我都重复着这样不变的程序，唯一不同的是鞋底带回来的泥土，因为季节的不同而黏稠度不一。

我与每一个见到的人打招呼，他们在相遇的那一刻，会抬起头来笑一下，随即又恢复了沉默。我不知道那是短暂的疲惫，还是长期以来形成的无奈的郁闷，我的心情随即会变得阴暗。在那棵老树下，我会呆上半个小时，偶尔给远方的朋友打个电话，也会从口袋里掏出一些名片随便瞅瞅。名片常是一大把的，可我很少能记住他们的面孔和特征，像一辆迅速从身边疾去的汽车，感到唯一可留下的是名片上跟车牌号一样的电话号码，这些抽象的数字串起了长距离的时空。乡村也会有一些名片，大多是那些发了财的、包工的、开汽车的，他们说话的语气已经跟以前有所不同,骄傲中散发出来的味道,已没有了乡间的那种质朴和本色。

乡村的确消失了从前的繁盛和亲切的气息。那些有手艺的都到城里做工去了,字写得好的到街上开了装饰店,即便有一两个乡村术士,也到处游走赚钱了。在我每一次回家的过程中,总会发现又有一些房门锁了,一些房门开小了,另一些有了腐烂的征兆。乡村被一些看不见的东西不停地摇晃、掏空、割碎,仿佛一个亲人熟悉的身影渐渐缩小和消失。我想起了从前的故乡,一个有着繁茂方言和乡情的地方,想起它里面曾经的一些人,几张永远被时光打印在心底的名片。

木匠杨师

第一张乡村版本的名片,是木匠杨师在长达几十年的时光里所撒下的长长的木屑。在一大堆木屑中,我能用童年的手指分辨出它们:椿树是浅棕色的,有种淡淡的椿芽味;松树的色泽比椿树淡一些,有些飘散的松节油的味;柏树是淡白的,幽香深长;水杉和白杨常常是湿的时候解板的,颗粒潮湿而粗疏;花柳木的木屑很细、很瓷,有种沙粒般的感觉;而其他的一些木屑,因为木头不常用,童年就会忽略它们。

从奶奶晚年到我童年的这段不长不短的路途中,杨师用这些气息不一的木屑,铺就了一条淡香宽大的木质道路,通往村庄和时光的深处。在这样的一条路上行走,我的脚步沾满了泥土和木屑混合的味道，亲切、淡香、熟悉，就像一位亲人的体味。而我也有了一个乡村木匠的梦，那个梦是隐秘和无法张扬的，像门前的一朵野菊花一样，开在那些无人看管的日子里，贴着地满村子飞翔。

那些可触摸到的木制纹理，质朴亲切，将长年沉压在村庄身上的泥土，拨开了一些轻松的缺口，散发出了一把月牙木梳划过乡村清晨般的快意。挂在光洁衣架上的衣服，不再被塞进灰暗的墙角，变得皱褶不堪和沉重；放在橱柜的碗筷，隔住了被不断落下的尘灰弄得面目全非的命运；刻在木窗上的飞鸟，也会在某个时候，带着劳累的人们飞出屋去，探望屋顶上的星空；还有那些雕着花鸟树草的桌子、椅子、高低柜……乡村因为它们而拥有了些许幸福的气息和部分丰满的表情。

在乡间小路上，一直行走着一个身影——背着一个做木工活的简陋工具箱，左臂上套着几把大小不一的锯，右手拿着一把闪亮的锛子。多年前，那不是一个苍老的背影，步子稳健，不慌不忙，布鞋触地的声音低沉、随意，又带着明显可以感觉得到的成年男人的体温。脚下的路和周围的乡村就像他手里的一桩得心应手的活儿。那常常是在清晨，我在去小学的路上遇见他，细细的露珠顺着他密密的发丝向下滑，有一两滴正晶莹地趴在他的额头上，像一两条头带亮光向下缓缓爬行的昆虫。我知道他已经走了一段时间，穿过了茂密的玉米地间的小路，路两旁伸出来的玉米叶子，像一把把细长深绿的条形锁，把路有些松散地锁着，而他无疑是一把钥匙，将叶子上积攒了一夜的露水一一打开。在与每一个路过的人相遇时，他的微笑就像春天的一棵椿树一样散发开来。

他在我家做过几次活，打过一些书桌、床头、立柜、木仓和椅子。这些家具现在看来，显得有点笨重和呆头呆脑，可在那时却是春风得意，很有一些大家的气势。它们的腿脚和骨架在多年之后依然很结实，不像我的牙齿，经不住岁月的摇晃，有些松动的痕迹。特别是那张桌子，上面的油漆依然闪亮。它像一个记忆芯片一样，储藏了我们一家人的脸庞，奶奶的、父母的、哥哥弟妹和我的。我看到自己最初那张稚气的脸和一张中年平静的脸叠合在一起，也看到了一家人的脸叠在一起的瞬息的变换。妹妹小时候最喜欢在清漆刷成的棕红色桌面上照，一双眼珠子咕噜噜地转。我逗妹妹说，她的眼珠子掉到桌子里头去了，妹妹就哭着打我。那种情景像一个久远的镜头，温情地刻在我心底的某处。木匠杨师刨光木头时，双手握紧刨子，一条腿向前弓着，一条腿向后缓缓伸直，身体随着手臂稳健地向前移动，薄薄的刨花就沿着刨子的出槽蓬松地隆起，木质的香气就那样散满了一屋，弥漫了整个冬天的火炉。在刨好的木头上打线时，他用大拇指将线绳按在泡有墨的墨斗里，我就将线绳的另一端拉起，墨斗的线轴咕咕作响，待我把线绳在木头上的某个位置上按好，绷直，他就用右手将线绳挑出一尺高，然后松手，一条墨线就直直地打在刨光的木头面上。那种灵巧的小墨斗盒做工精致，设计巧妙，充满了童年玄思不解的东西。在空闲时，我悄悄地蹲在墨斗前，探究它的奥秘，杨师见了，就说这孩子将来一定有出息。歇气时，他喜欢把一支红蓝相间的铅笔夹在耳朵上，喝一杯茶，呼吸平稳，夹杂着些许的汗味和烟味。

木屑铺垫的路途是漫长而坚韧的。每年冬天，他和他的徒弟像一群鸟一样，今天在东家，明天在西家，整个乡村就像是他们的巢一样，不停地堆放着他们匆忙的身影，散发着他们温热的体温和木头被解开时木香的气息。在那个年代，几乎每一家都有杨师做的家具，从建房做的木头屋架，到风簸粮食的风车，从婴儿睡的摇篮，到老人睡的棺材，都大小不一地印证着一个乡村木匠非凡的手艺和绵长的生命。新人结婚时，总要请杨师打一套高低柜、几套桌椅和一副床，他们在看重杨师的手艺的同时，也看到了一个乡村木匠几十年来所走过的安稳踏实的道路。老一茬的人在去世时，也要让他们的儿女请木匠杨师来打他们的棺材。他们觉得，睡在杨师做的木头盒子里，即便是再寒冷，再漆黑，也会有种火柴擦过的味道。

从我曾经的家乡穿过，总能闻到一种夹杂着汗味的木头的气息，那是一个人把自己留在木头里的味道。一个人，不知不觉地化成了一种摸得着看得见的乡村元素，像椿树一样布满了村子的周身和四季，布满了年月和幸福的形状。前几年在经过杨师家的路边时，看到了一个熟悉的老人，头发花白地拖着半个身子往屋里走，我的心里一阵酸楚。他大半辈子在村子里刨出的木屑，起早摸黑踏平的路，不知劳累地从锯上锉出的铁末，最终部分地落在了自己的身体里，结成了难以化掉的隐痛，堵在了身体的某处，与他以往宽阔的时光对垒着。我只能在心里默默地祈求，一个老人的晚年能像他曾经打造的一件家具一样经久耐用，在祥和中度过余下的时光。

多年来，乡村丰盈的表情是木质的、憨厚的，有种雕刻和坚守的意味，木匠杨师将它牢牢地揣在我的心里。没有任何灼目的光华，也没有象征性的表述，就像我只知道他的姓而不知道他的名字一样。但它的确是乡村质朴生活和意蕴的制造者，从另一种意义上构造了乡村精神的部分图谱。它照耀出的，不仅仅是一块木的质地，一个人的光芒，更是一个村庄从里到外的纹路。

乡村书法家

第二张乡村名片来自于春节时贴在各家各户门上的书法风格迥异的对联。两个乡村教师，都姓治，一个年龄比另一个大几岁。大一些的用楷书，头发间白，日光祥和。小一些的用行书，发丝青密，眼眸飘动。

我小的时候，很喜欢楷书的对联，字体工整，结构密实，笔画均匀，很像是村里的一些人行事走路的姿势，理明心宽。我稍大一些的时候，却喜欢上了行书的对联，它们飞扬的笔墨，奔放的思绪，开阔的胸怀，断而欲续的走势，就像一个个想象中奔跑的仙人。它们在我不同的年龄层里，穿行在乡间的大小门楣上，如同两个性格不同的人，对着同一个事情向我说着不同的话。那时，我并不是完全理解这两种口吻的差别和意义。村里有的人称赞楷书好，有的说行书好，而他们两人虽住得很近，却从未为这事有过争吵。在年末的时候，他们在场里摆上一张大方桌，上面放了一个倒满墨汁的大瓷碗，和一支大头毛笔。我注意过清漆磨亮的笔杆，粗而精制，上面刻有几个清晰的小字。他们握笔在手的架势绝不比一个手握刀剑的人容易。来的人把红纸裁好，放在桌上，他们一边握紧毛笔，一边凝视纸格，然后就一气呵成。在那一瞬间，我几乎屏住呼吸，生怕自己一个小小的咳嗽会把他们的字惊出纸格。一家写完摆在场里晾，另一家又开始了，就像一场接力赛。场上铺满了首尾相连的红色的纸条，看起来额为壮观。

夜很深的时候，他们家的大灯泡依然在檐口闪闪发亮，照得很远，路过的人会被这灯光无数倍地放大在路上，放大在与年靠近的时光里。夜，在一个方向短了，却在另一个方向更加长了。

那时候，整个村子里的春天被他们的对联挑弄得红火而质感，它们仿佛是乡村新年的福音和介质，更是每一户人家藏在心底的护身符。人们贴对联的时候，也在贴着他们的另一年。我常在春节闲暇的时光里，挨家挨户地去看那些对联上的诗和字，记得最多的是“爆竹声中一岁除，瑞雪悄然兆丰年”之类的，我很是理解“爆竹”与“一岁除”之间的联系，而对“瑞雪”与“丰年”之间的联系就有些模糊了。我的家乡下雪的时候不是很多，许多春节都是暖日融融，没有雪，庄稼照样长得和乱跑的孩子一样。村里人对对联上的诗句不是很讲究，只有那些稍有文化的人才去品头论足。

这两个乡村书法家教育孩子也很别致，说人生的一个个脚步就像写字时的一个个笔画，得踏踏实实、从一点一滴做起。他们曾经练烂的许多支笔、无数张纸和夜晚，在乡村就是一个不曾生锈的教育孩子的范本。

的确，家乡因为两个民间书法家而小有名气。人们常说，生在一个书法家的故乡是幸福的，更不要说是有两个书法家了。这样的溢美之词像电脑温馨的软件包一样，打开了一个人和许多人对于家乡的多重眷念之情。他们都在前几年去世。他们之后，乡村的春节就出现了缺漏，许多门上空空的，像是遗憾，又像是为了怀念他们而特意留下的对另一些对联的拒绝；另一些门上贴着那种机器印制的对联，看上去凉冰冰的，显得无奈，少了那种曾有的亲切和熟悉的味道。

大小麻子

另一张版本的乡村名片，是口头传播下来的大小麻子的绰号。他们的本名叫什么，我与孩提时代的伙伴一样，并不知道。当他们在大人们的话语体系中被一个独特的绰号固定下来后，就没有多少人真正用他们的本名了。称呼本身就是一种指认，而乡间更趋于认同一个带有轻微嘲弄意味的指认。像风一样吹过村里所有的事物和人的嘴唇之后，他们就被分解成若干个细小的麻子状的微粒，忽隐忽显地弥散在乡村的周围，成为一种隐性的乡村空气，真实地存在于我小时候走过的每一条路上，遇到的每一棵高矮不一的庄稼和每一棵大小不等的树里。村里的狗会叼着这个绰号到处飞蹿，牛却是在听到人们谈论这个绰号的故事时竖起了耳朵，显得疑惑不解。它们或许也知道了绰号背后的意义——乡间狭小的容器里所制作出来的一些戏谑而暗怖的往事。

这个名片让我的童年摇晃不定。我上学时要经过他们住的地方，那些关于他们的故事，时时都会从我经过的地方冒出来，碰在我的身上或撞落在路边。大麻子是因为年龄稍大一些还是脸上的麻子稍大一些而叫大麻子？我并不知晓。当我与他们中的一个相遇时，我会走在路边上，或装作干什么躲在树下或房子的拐角，而在他们经过的一刹那，我会投去短暂的一瞥。他们脸上的麻子密密麻麻，很像一些麻雀的斑点堆在一起，有时候看上去甚至有些眼花和害怕。他们两个很像，个子不高，头发稀疏，脖子粗短，脸色厚黑，只是目光有些与众不同，很像是那种穿过尘世之后的散漫，又有一种不与他人为伍的孤傲。大概是有了与鬼纠缠的经历，他们成了乡村的另类。他们并不在意人们叫他们什么。有一回我在他们背后叫了一声他们的绰号，他们也只是回回头，又继续走路或做自己的事。

他们绰号的获得并不容易，经历了漫长黑夜和勇气的考验。也许绰号对于他们而言，只是一种记住往事的方式，或是可以与众不同的资本。听别人说，在那片最远的祖坟里，常常闹鬼，阴森可怕。这个地方我后来也去过，上百个坟重重叠叠地堆放着，杂草丛生，众树繁郁，藤蔓延绕，遮月蔽日，加上各种怪异的鸟叫，即使在白天，阳光在穿过密匝匝的树枝树叶、藤条和杂草的缝隙间落下来时，也显得阴森恐怖，更不要说有风吹过的阴天或夜晚。大小不一的坟堆就像是一些大小不一的阴幽的眼睛。大小麻子的青年时代就从这开始。他们在一个漆黑的夜晚，用锅墨把自己的脸涂得跟黑夜一个颜色，穿着一双拖耳草鞋，然后把自己倒挂在一条横过坟堆的粗大树枝上屏息等待。那是一个什么样的黑夜已无法描述。当一团白影出现的时候，他们就翻身而下，倒穿着草鞋追了上去。倒穿鞋据说是在阴阳两混的世界里跑得快。如果能追到鬼的话，就用满脸的黑墨将鬼套住。那时他们年轻气盛，以为捉到鬼可以扬名立威，又可以用另一种方式掩盖他们脸上的麻子。

他们是否捉到了鬼，没有人知道，不过，据说他们曾多次去捉过鬼，与鬼打斗，也穿烂过多双鞋子，脸上的麻子也越来越多。麻子是鬼留给他们脸上的印记？那些年的乡间，鬼在乡间是一个解不开的结，它可以以任何方式纠葛在乡村的周围，任何一个坟墓都是鬼的宫殿,任何坟上的草或歇在坟上的鸟都可能是鬼的化身。于是,这两个捉鬼的人便成了勇敢的乡村英雄。人们常说,鬼并没有那么可怕,大小麻子不是把鬼撵得到处躲吗?大小麻子自己并没有亲自来说这件事,也许他们为没有把鬼捉回来让人们见识一下而心存遗憾。另一方面,大小麻子捉鬼的事,又把将信将疑的乡间推到了另一间更为阴暗的屋子,这让更多的人感到恐怖和迷惑。

他们的绰号随着他们晚年的到来而变得越来越薄。大麻子死的时候,人们说,他死后会不会变成一个麻子鬼,那谁又会去捉他呢?他的儿子高大,威武,是一个典型的乡村杀猪匠,能把二百斤拔完毛的白条猪一个人挂上木头搭的架子上,然后一口气把它吹得胀大无比。那时候人们绝对不会想起他矮小的麻子爹。小麻子在大麻子死后,就渐渐成了巫汉,在乡间专干驱鬼的事宜。有一回,我邻居家的猪几天不吃食,卧在圈里,找兽医看过,没有任何效果,眼看猪就要死了,就找小麻子来作法,小麻子用一沓黄纸在猪圈一烧,念了几句咒语,猪站起来走了两圈,把那盆食吃了。可第二天,猪就再也没有睁开过眼睛。小麻子什么时候死的,我不知道,别的人也好像忘了似的。他们在去他们曾经想去的阴间时,也一同带去了他们广为流传的绰号。

其实三张乡村版本的名片只是我内心世界中的三张玻璃,它们分别照应了我童年时期的不同方面。木匠杨师是我童年时期手工操作和乡村智慧的典范,那时我无疑想做些什么;两个乡村书法家是我那时内心潜在追求的审美趣味的表述者;大小麻子则是童年时期无法释解、一种暗藏的、未知的力量的图解者。

赵宏兴

母亲进城里来看病

初冬,母亲从家里打来电话,要来城里看病。母亲虽然年纪大了,但还在农村劳动着,她很少来城里,这次母亲来,我要让她好好地住几天。我特地给她铺了一个铺的盖的都很柔软的小床。小时候,是儿女贪恋母亲的温馨,现在,母亲老了,得让母亲享受儿女创造的温暖。

第二天一大早,母亲就从老家动身来了,家乡的小镇离城里不远,只一个多钟头就到了,我去车站接母亲,找到那辆从家乡开来的大客车时,车上只剩下母亲一个人了,母亲的头伸在窗外,凝固了似的,满头花白的头发被初冬的凉风吹乱着。母亲晕车了,晕得很重的,我看了心里惊诧了一下,接着就一阵难过,我喊了一声,她勉强地抬起头来,睁开眼睛看了看我,没有答应,又低下头去。

我上了车,车厢里满是混合着汽油的怪味,里面的座位已被改装得很拥挤。母亲就坐在一个破烂位子上,这是一种典型的报废车子,像我这样老出门的人，坐了也会很难受的，况且一辈子很少走出乡村的母亲，母亲习惯的是乡村里清新的空气和田野里波浪一样的绿色庄稼，直到我和二弟在外工作后，她才乘过几次车来看我们。我坐在母亲身边，等母亲稍好了点，我慢慢地把她扶下车，母亲费了好大的劲下了车后，就一屁股坐在旁边的水泥台阶上，又捂着头吐了起来。母亲已吐不出来任何东西，只是伸长脖子一咽一咽的，吐那种沫子，我看母亲很痛苦的样子，站在旁边束手无策。

母亲坐了很大一会儿，才起身，我们慢慢地往家走。母亲不能说话，我也就不和她说话了。走到楼下，母亲抬头往我住的楼上看去，阳光下，家家户户的阳台上都挂着盐肉盐鸭香肠等，而我家的阳台上却光光的，母亲叹了一口气，声音低弱地说："儿子，我讲给你们腌点咸货，你非不给腌，你看哪家阳台不挂得满满的，就你家阳台上光光的。"这是母亲下车来说的第一句话。我们老家的风俗，谁家腌货晒得越多，喻示着谁家的日子越好。我不会做腌货，每年母亲要给我从农村腌点咸货带过来，都被我拒绝了。我在城里工作，怎么能要她的东西呢，我安慰母亲说，买比做还划来的。

到家后，母亲倒在我为她收拾好的小床上就睡去了。我知道她很疲惫的，把开水放在她的床头，叮嘱了几句，就上班去了。

下班，我从街上买了一点烤鸭等农村不常见的熟菜，想改改母亲的胃口，让她吃点饭。我到家时，母亲还在沉沉地睡着，看样子一上午她就没有醒来过。我到厨房做好饭，把母亲喊醒，我劝母亲尽量吃点东西，母亲说："儿子，不能吃，吃一口都会吐的。"然后又睡去了。

做了一锅的饭，我一个人默默地吃着。

下午，我请了假在家陪母亲，我坐在母亲的床头，母亲稍微好了一点，就开始和我说话，说着家里的一些事情，母亲很高兴，但我一提到让她吃饭，母亲的快乐就顿时烟消云散，她把头埋进了被子，仍说一口饭都不能吃，就没了声音。

母亲不吃不喝地在家里睡了一天，到了第二天中午才想吃东西，嘱我熬点稀饭，就这样清汤寡水地吃了一点，算是饭了。

母亲身体好了一点后，我就用自行车带她去医院看病，每次我把车子停在马路牙边，等母亲坐好了，我再骑走，母亲坐在后面用手紧紧地抓着我的衣服，我能感到她手的力量。到了十字路口，我就让母亲下来，我们一起过斑马线，然后再骑车走。我们一路走一路说着话，到了医院，检查后并不是什么大毛病，我和母亲才放下心来。

从医院出来，我带母亲去逛逛城里的大商场，让她老人家开开眼界，母亲一走进去就睁着一双惊叹的大眼睛，像刘姥姥进了大观园。商场里人来人往，穿戴时尚的男男女女如过江之鲫，我一边走一边给母亲讲解着商品，我每次回头都看见母亲总是在后面和我保持着一段距离，我就感到有点奇怪了，我说："妈，跟着我走，不要走散了，人多不好找。"母亲说："儿子，妈在城里是个呆妈哟，跟着你不难看嘛。"母亲说得我的心头一酸，我知道她老人家的心思，她是怕儿子带着一个农村土老妈子，被人家笑话了。我没有作声，把母亲的胳膊紧紧地拉着。

上二楼了，母亲望着那滚动的电梯却怎么也不敢上，我就做样子给她看，母亲在我的搀扶下，壮着胆子，一脚跨了上去，但却踏在电梯的黄线上，母亲趔趄了一下，我赶忙扶住了她，再上楼，母亲坚决不愿乘电梯了，我们就走上去。

中午，我领母亲去一家饭店吃饭，一进门，两个小姐拉开玻璃门，然后我们选了一个吧台坐下来，我拿着菜谱点菜，母亲不知道我要花费多少钱，一个劲地责怪我。母亲在乡里赶集时，再远再晚也是匆忙地赶回家吃饭的。她舍不得把钱轻易地送到别人的钱包里，她要把钱用在为儿女的一事上。即使我们现在成家立业了，不要父母支撑了，她依然勤俭节约。这可是母亲头一次进饭店。我安慰她说不要紧的，我们吃点便饭不浪费的。母亲吃不了多少就饱了，为了不让她认为我们是在浪费，我撑着把剩下的菜吃完。

住了几天后，母亲的身体渐渐恢复了，一天上午回来，我看到母亲把厨房的台子，碗橱的门和锅盖等，全擦洗得干干净净，我换下的衣服也被母亲洗了，挂在阳台上，风轻轻地吹着，衣服轻轻地晃来晃去，家里面貌一新，母亲使我感到家里从没有过的温暖。

母亲在家里，我每次下班回来也能吃上做好的饭菜了。闲下来时，我们就说着生活的话题，母亲最喜欢说家里的小孙子们，她说，每次上街回来都要带点东西给几个小孙子吃，有时带点苹果，大孙子二孙子最狡，总是要捡大捡小的，大小捡过了，就捡颜色，比哪个最红，三孙子就厚道，只要搞到一个就不作声去吃了。小外孙女，才刚三岁，什么话都会说了，大人说啥她都能对上来，一五一十地，聪明得很。母亲一个一个地说，说得眉开眼笑爱意绵绵。母亲把自己和家乡里的乡亲们相比，这些人我都是熟悉的，他们在农村里劳作了一辈子，有的人一辈子连城也没有进过的，最后，母亲感慨地说：“儿子，再有病死了我也闭眼了，我见到光塔了（即大世面）。”我说，外面还有比这个更大的城呢。母亲不再说话了,她对城市是那么的陌生。

几天后,母亲想回去了,我让她多住几天,她开始着急了,和我念叨父亲一个人在家里,这样也不行那样也不行的,还有养着的羊、鸡,地里的庄稼和小孙子们等等。我说送母亲回去,母亲坚决不要,说一个多小时就到家了,中途又不要转车的,不怕的。

母亲终于要回去了,为避免晕车,早饭母亲就不愿吃了。我给家里的四弟打了电话,约他到小镇上去接母亲,安排好后,我和母亲出门了。我们沿着一条小巷去车站,初冬的阳光照在母亲的身上,我看到母亲的背有点驼了,走路也迟缓起来。母亲语重心长地叮嘱我,生活要节俭,她最看不惯城里有钱人的浪费。

到车站了,我把母亲送到车上,选了一个好位子坐下来。一会儿,车子开动了,母亲一边用手捂着嘴,一边摇着手,叫我回去,车子终于载母亲上路了,消失在我的视线里,想想母亲一路上的受罪,我的眼睛就有了泪水。

晚上,我给四弟打电话,问母亲一路上的情况,四弟说母亲仍旧晕车,睡在家里。

一盏盲人的灯

刚在一家纺织厂的宿舍小区租了一套房子住。我喜欢把稿子带回家看,往往不知不觉地看到深夜,便起身到阳台上站一会儿,放松放松。这个时候已是夜深人静了,四周漆黑一片,我看到对面的楼上有一个窗户还亮着灯。灯光是那种温柔的橘黄色,窗户挂着窗帘,看不见灯下的人。起初我没有在意,时间长了,我发现每到深夜时,就这一个窗口的灯光与我相对,感慨之后就猜测,这家肯定有一个正要参加高考的学生,学习如此的刻苦,真不容易。

很快我熟悉了小区里的一些人,我知道这个小区里住着的大都是一些纺织厂里的老工人。一天,我去自行车棚存车,听到几个熟悉的人在一起讨论家里孩子的学习问题,我想起对面窗口的灯光,我说这家的小孩学习很勤奋哟,每天做作业都要做到深夜的。一位妇女说,那家住的是一个盲人,没有孩子。这太出乎我的意料了。

我见过这个盲人,他是一位头发花白的老人,个头高高的,剪着短发，走路时，手里拿着一根金属的棍子，大概对小区里的路已熟悉了，他走路一点也不需要摸索，腰杆笔挺，是一位很有风度的老人，可惜没有了一双眼睛。

那天夜里，我看完稿子后照例要到阳台上去，仍看见对面那个窗口亮着灯光。这个时候我的心里有了一丝不安，一个盲人，他肯定不知道他的灯是开着的，这样日积月累下去，是要浪费不少电费的，因为只有我在深夜里看见了，我一定要提醒他，以后不要忘了关灯，或者干脆告诉他，家里不要安灯的，一个盲人要灯干啥。

第二天，我在小区的楼道里遇到了他，我远远地喊了一声师傅，他不知道我是在喊他，仍小心地走着自己的路，我到了他的跟前，又喊了他一声，这次他停了下来。我说，师傅，我是你的邻居，我想跟你讲一个事。老人很茫然地问是啥事。我说，你知道吗，你家的灯经常忘了关，亮到深夜，你不知道吧。老人双手拄着金属的棍子，嘴唇动了一下想说什么但又没说出来，为了让他相信，我把自己的情况向他介绍了一下。老人说谢谢你了，我知道我家的灯是亮着的。我听了惊讶了半天，说你又用不上灯，你还开着，不浪费电吗。老人感慨地说，小伙子，我们找个地方坐下，我给你讲讲我为什么要开灯。

我们在花园的石凳子上坐下来，老人给我说了这样的一个故事。老人生来不是一个盲人，年轻时上过中专，参加工作后，有一次他和几个同事在仓库里打防虫的药水，一个同事开玩笑，用喷雾器朝他喷了一下，药水进了他的眼里，当时他没在意，用水冲洗了一下，睡了一夜后，第二天眼睛肿起来了，睁不开，送到医院里，药已深入到眼肌深处，没办法了，就这样一点一点完全失明了。双目失明后，他结婚才一年的妻子阿芳接受不了，她不能一辈子和一个盲人在一起生活，不久，终于抛下他不知去向……在家人的看护和开导下，他度过了人生最低谷的日子。他相信阿芳还会回来，于是，每天深夜他仍为她留着一盏灯，虽然他看不见，但他能感觉到灯光划破黑暗的明亮……

老人沉默了半晌，感慨地说，这么多年来，你是第五个叫我关灯的人了，也是我第五次向别人吐露心声。

听了老人的话，我欷歔了一下，我不知道该如何回答他，我为触动了老人内心深处的痛而内疚。回去时，我一直把他送到了楼梯口。

以后，每到深夜我再走到阳台上，看着对面老人窗口的灯光，就仿佛看到了老人年轻时充满爱情的眼睛。

熊红久

敖包，神灵的居所

敖包也叫鄂博，是蒙古语的译音，有“堆子”、“石碓”或“鼓包”的意思。关于敖包的由来，草原上有着许许多多的传说。

一种解释说，敖包最早是用来祭祀祖先的。草原蒙古民族的葬礼多采取野葬，又叫天葬。蒙古人在亲人去世后，用毡子将尸体裹住，按照喇嘛指示的方向，用牛车拉上尸体在草原上奔跑，尸体掉落的地方被认为是亲人安葬之地。为便于以后祭奠亲人，在送葬时要带上母骆驼和小骆驼。在尸体掉落的地方将小骆驼的腿割破，让血流到该处。次年，再带上母骆驼和小骆驼来寻找。因骆驼嗅觉灵敏，闻到遗留的血腥味便会哀鸣，由此可以判定亲人安葬的确切位置。这时，人们在上面放一些石头做标记，日积月累就形成了敖包。

另一种解释说，敖包是辨识道路的标记。广阔无垠的草原，平坦辽阔，一望无际，天苍苍，野茫茫，天地相连，很容易迷失方向。所以，先人们就用石块堆成道路和地界的标记，方便出行。清人姚元之写过这样的话:“夷人每出必骑,骑必驰骋。垒小石于山巅,谓之鄂博(即今所说敖包),以志远近。”迷路之人看见敖包,自然产生一种难以言喻的感激,会对敖包鞠躬、叩首,后来又发展成顺时针绕一到三圈,再捡来石块,垒放到石堆上,祈福好运,最后慢慢发展成一种祭祀活动。早先蒙古人认为天地是人类赖以生存的源泉,特别加以崇拜。由于天地神没有偶像,他们就堆放包以象征,从而使敖包成了蒙古民族的崇拜物。人们通过祭敖包祈求天地神保佑人间风调雨顺,国泰民安。

还有一种传说与成吉思汗有关。据说,在公元 13 世纪时,铁木真为了完成统一大业,经常与蒙古各部落之间发生争战。每征服一个部落,他总要在高山或高处堆起土堆,或用石块堆成石堆,插上旗帜作为标志,意为征服。随着时代的变迁,敖包的内涵逐渐丰富,形势也多样起来。在蒙古族传统习俗中,祭奠敖包是草原人民祈求五畜兴旺、幸福平安的传统祭祀活动。无论怎样的传说,有一点是统一的,那就是敖包是蒙古族人民祭拜上苍,祈福平安的神祇。

精河县为了庆祝博尔塔拉蒙古自治州成立 40 周年并纪念蒙古族土尔扈特部落反抗沙俄残暴统治回归祖国 223 周年的伟大壮举,同时庆贺十世班禅额尔德尼确吉坚赞途经精河县域,在此处举行迎接仪式。

1994 年 7 月,在距精河县城东 8 公里处,也是整个博州的东大门,修建了一座敖包,取名为“巴音斯楞”敖包。巴音斯楞是蒙古语,意为“欢庆”的意思。据当地朋友介绍,博州有许多敖包,但绝大多数都是以感恩春天、祝福春色为内容而起名的,只有精河的这个敖包,是以庆贺秋天、欢庆收获为主题的内容来命名，他说自己就是当初敖包选址、修建的负责人。

按照蒙古族传统的理念，敖包的修建，多选择开阔明朗、雄伟绮丽且水草丰美的高山丘陵，每个敖包均有名称，大部分以所在之山、所居之地和要表达的真情实感来选名。

敖包多设于山丘之上、水泉之边或草场之甸，多用石块堆成，一般呈圆形，顶端围有柳条圈。挂有各色布条（哈达），一般蓝色哈达代表空气、充足的水源，白色哈达代表白云和肥沃的土壤，黄色哈达代表太阳和阳光，红色哈达则代表热烈的火的颜色。在蒙古族人心目中，敖包修建的意义，除了奠祭，还有对历史重大事件予以纪念的内涵，后来逐渐演化成神性居所，即神祇。敖包除了石碓之外，还建有石塔、石碑和蒙古式迎宾亭以及其他附属设施，成为完整的祭祀场所。外出远行的蒙古人，每遇敖包必下马参拜，祈祷平安，并随手拣石添上，遂积石成山。

精河敖包的选址就非常符合传统要求，北有312国道端直横穿，南有奎一赛高速公路围绕而行，不远处有亚欧大陆桥的乌一阿铁路蜿蜒通过，地理条件十分通达，加之这里有一座不算险峻却可登高眺望的山峦，更难能可贵的是，在西部漫漫黄沙干旱环绕的境遇下，这里居然躺着一泓不竭的清泉，真是天赐神域。

祭祀敖包，在蒙古族有各种传说。有的说，敖包就是神的化身，有的说代表山神，有的说代表水神，有的说代表龙神，也有的说代表庙神或先祖的，凡此种种，不能统一而论，但有一点可以相同，都尊崇盛大而虔诚的传统祭祀礼仪。主要有火祭、酒祭、血祭和玉祭四种。

火祭:就是在敖包前烧一大堆干树枝或一大堆牛、马、羊粪。祭祀时,各户都走近火边,念着自己家的姓氏,供上祭品,把“布呼勒玛哈”——整羊肉,投到火里烧,烧得越旺越好。

洒祭:就是把鲜奶、奶油,一滴一滴洒在敖包前,祈求平安幸福。这种祭神的风俗,很早就有,蒙古《秘史》中称作“洒注礼”。

血祭:就是把自己喂养的牛、马、羊宰杀了,供奉在敖包之前。相传游牧时代,蒙古族牧民把供自己生存的牛、马、羊等牲畜,看成是天地所赐,因此,祀天、地诸神时,就要宰杀牲畜以来报答。

玉祭:在古代玉是昂贵的,它常常是祭神的供品,过去蒙古民族祭敖包时,就有这种礼祭,现在已经几乎没有人用玉器祭祀敖包了。

不论哪种祭法,都要请喇嘛来焚香点火,诵经念咒。官民也一起围着敖包,从左向右走三圈,祈神降福。礼仪结束后,举行传统的赛马、射箭、摔跤、唱歌、跳舞等娱乐活动,参加祭祀的人,开怀畅饮。其间青年男女往往借此机会相见。登高游玩,相互追逐,诉说衷肠,一般祭敖包往往要连续好几天。

精河的敖包,县党委、政府又投入大量的资金来进行改建、扩建,截止到2003年8月24日全部完成。新的敖包,冠名为精河平安敖包,占地205亩,总投资721万元,新建了东归广场、佛塔等建筑。

新建的精河平安敖包景区,栽植沙拐枣、沙枣等树种七千余株,是新疆最负盛名、规模最大、旅游观光人数最多的景点。

敖包作为蒙古族人民的精神寄托,它所承载的,除了族人赋予的与众不同的文化内涵之外,更多的则是朴素的愿望和祈福。它会让每一个虔诚的灵魂找到停靠的码头,摆渡人们的期待和美好的憧憬。

活在雨中的父亲

我总是喜欢面对一条飞速流逝的渠水怔怔发呆。抑或有几片枯黄的树叶箭也似的掠过水面,像几段不愿提起的往事,在目光难以企及的地方轻轻打个旋,便怅然而去,像二十年前父亲从我生命里逝去的那样,决然且无法阻挡。

冰凉的细雨总在你最不情愿的时候不期而至。先是打湿你的头发,而后是整个灵魂。在城市的街道上,如果偶尔看到有某个宽厚的脊背驮扶着稚嫩孩子在雨中疾驰,那背影一定是块烧红的烙铁,我伤痕累累的记忆,将被再次烙出焦糊的青烟。

二十年过去了,我想故居那条由土屋通往小学的泥泞小路也许早已不复存在了。但在我永不泯灭的记忆里,那一道深深的在淤泥中蹒跚的脚印,却像一条牢固的绳索。往事被它紧紧地捆住,密不透风。

缘于一场儿时的顽皮,同邻居伙伴玩耍时不慎将右脚骨折了,邻居同学只得用他家唯一的家当——一辆破旧的自行车，每天捎带我上学。

如果不是我脚的骨折或者不是初秋的那场雨，父亲一定不会走得那么匆忙。我独自沉思的时候常常这样想。

也许，这就是宿命。

面对教室外瓢泼的毫无倦意的大雨以及那近两公里泥泞的小路，与我一样瘦小的同学无论如何也无法将我和那条打了好几公斤石膏的右脚背回家的。

父亲此时的出现，对二十年之后也当了父亲的我来说肯定是必然。但在当时，我认为的确是意外的惊喜。在我悲极将泣，无望地将目光由天空转向校门口时，一袭熟悉的身影踽踽而至。父亲头戴家里那顶早已泛白、边沿脱落半圈的旧草帽，左腋下夹着折叠整齐铺床用的蓝花塑料布。任凭我的抱怨和责怪，只是憨憨地笑着，嘴里小声嘟哝着歉疚的话语。

现在细细想来，父亲的肩其实是很纤瘦的。在当时，我却认为十分宽厚。头顶着蓝花塑料布，我坦然地蜷伏在父亲的背上，不停地催促他再快点。

雨水从父亲那顶旧草帽中浸漏进去，而后从鬓发间渗透出来。洒落的是雨水还是汗水在当时我是无暇理会的。

现在每想到这里，我都会将牙齿咬得铮铮作响，觉得父亲四十一岁的生命是由我催赶着走完的。

在离家还有百余米远的老榆树前，我趴在父亲的背上明显地觉得他脚下趔趄了一步，向后訇然倒去。在将落地的一瞬，我被父亲拉了一把，结果我的半边身子压在了他身上。父亲坐起身的第一件事就是赶忙小心翼翼地托起我受伤的脚，全然不顾我歇斯底里的哭怨。他捡起草帽，甩了甩沾上的泥水便扣在头上，又将塑料布高举过头顶，半跪在泥里，让我重新趴在他背上。这时，我可以清楚看见父亲刚刚嵌在泥水里的那一行脚印，飘摇且迷离。

推开家门，父亲便瘫倒在地上，像虔诚的信徒对神的顶礼膜拜那般，头和手支撑着地面。在母亲的惊呼中，我从父亲的背上被搀扶下来。

母亲那天狠狠地打了我，这是我记事以来所没有过的，父亲躺在床上想制止的愿望已是强弩之末。在母亲的哭诉中，我第一次听到了癌症这个与恶魔同名的词。

父亲一直在瞒着我们，却没能瞒过这肆虐的病魔，瞒过他日渐憔悴的生命。

我半夜的惊醒原以为是下雨了，睡眼惺忪抹去脸上冰凉的水滴却看见父亲泪眼迷蒙地凝望着我。我十分奇怪他当时的神情，根本不知道他的生命正在被一秒一秒地蚕食。我无法相信在我的生活中如此怜爱我的父亲会弃我而去，就像我不相信落在山后的夕阳第二天不再升起来一样。父亲必须和我们生活在一起这条朴素的真理就像必须有阳光和空气同我们生活在一起一样简单。

阳光和空气还在，两个月之后，父亲却的的确确地走了。

也是雨天，我被邻居叔叔从学校接到医院。我看见雪一样白的布单从头到脚将父亲遮住，和睡着了一样，却听不见了熟悉的鼾声。我去摇晃父亲，期待他像平常午睡被我摇醒那般，却毫无反应，我连同哭晕几次的母亲被大人们一起架了出去。我始终坚信,父亲一定会醒来的。

直到一个被叫作棺材的黑木匣子将父亲安放进去,并用长长的钉子将盖板封死的时候,我才真切地感到父亲再也出不来了,一种刻骨的悲怆使我不顾一切地冲过去抢夺那柄将父亲永封棺内的锤头。

我是亲眼看见一锹一锹的黄土怎样将父亲的一生掩埋成一座尖尖的坟。细雨在我的眼泪和呼唤之外处事不惊地飘落着,我扑伏的大地竟有些像父亲的脊背。

从此,父亲雨中那些泥泞的脚印,竟成了一艘艘载不动我愧疚的船,总在夜深人静的时候,驶入我的梦境。

二十年的风雨一定将那脚印抚平成如烟往事了吧！而记忆总把那踉跄的步履牢牢地编织起来,像一条不朽的鞭子,透过绵绵的细雨,抽打我鲜活的痛楚和悲憾的心灵。

尽管烟雨濛濛,父亲,我仍能轻易地洞穿追随了二十年的往事,直抵那个下午,直抵你灵魂深处的朴实与善良,在你离去的日子里,我将它们燃成生命的火炬,照亮前方。

石红许

把耳朵交给母语

一个人来到世上,从咿咿呀呀说话起,语言在日常交往中发挥了至关重要的作用。

多年的生活历练,庆幸我非但没有学会油腔滑调,居然也能驾驭三种语言(严格地说是汉语言的三种形态):一是养育我的乡村的土话(或者方言),用官方语言表述叫作母语,比较抒情的叫法为乡音;二是从读小学一年级时起接受的汉语拼音,工作以后努力对着收音机、电视机学习过的普通话;三是调到县城工作后那个坐拥地域优势强制进入我语基系统的饶州话,让我一度出入在那个离老家一百公里外的地方半生不熟地说了六年,回忆起来会觉得羞赧:有时为了表达一句话,脸憋得通红才勉强挤出他乡的语言。

而今,我离开了那座县城,我惊奇地发现,我的那些个原来说着地地道道母语的朋友,几乎一个一个都背叛了从鹦鹉学舌时起父辈就交付给他的母语,熟练地操着夹生的饶州话,偶尔不小心漏出根深蒂固的腔调却泄密了他出生的乡村，奇怪的是许多人仍然不厌其烦地借助他乡语言并夸张地打着手势。我在佩服他们被县城俘虏而彻底融入那个占据语言优势的群体的同时，只能在心里忍俊不禁，就像是听一个非洲人或者欧洲人在长城上用汉语与中国人交流。

母语离开了故土没有市场也是在情理中的事，到第二、第三代……还能找出一点痕迹都是了不起的传承。我庆幸我女儿随我三番五次迁徙几移学校依然承袭了我的母语，能流利地脱口而出。我没有去过旧金山的“唐人街”，但可以想象那里的汉语口头表达一定是奇花异葩竞相开放。如同江南丘陵地带，虽鸡犬相闻，但“三里不同风，十里不同音”比比皆是。

我越来越对母语深怀眷恋。一次，行走在这个生活了十年的城市步行街上，嘈杂的人流中，突然听到一串非常亲切、叩击心魄的声音，我根本不要依靠脑袋，凭耳朵和眼睛不费吹灰之力就锁定了那个发出乡音的人，是个女子，她一边走路一边和手机里的人对话，说在哪里等。这是绝对原生态的让我魂牵梦萦的母语。是的，我坚信她就是以我那地理上标为前湖咀村庄为圆心，半径三里以内的人。我迅速朝陌生的女子走去，自信一开口就会化解陌生带来的唐突，我发现，我的语言变得很僵硬，我在她面前产生了一些自卑，我暗暗责问自己：“怎么啦？离开家乡这么些年，居然说不好家乡话了！”但是，我还是努力地和她交流，意外惊喜的是，她认出了我，说我是她初中时的老师，哦，我非常兴奋，在异乡熙熙攘攘的街头我的耳朵接受了一次标准的乡音洗礼。我不能耽误她的事，匆匆几句问候，她就和要等的家人一道消失在茫茫人海里。我多么想再站一会儿，看她嘴唇翕动，有节奏地上下碰撞，爆破出纯正的没有异化的口音，那是我从小枕着入眠的母语啊！

母语是挂在唇边的旗帜，永远在故乡的田野上飘扬。

一定要回老家去，而且计划安排住一两个晚上，不需要拿腔作调，考虑是用普通话还是掌握的另外一种方言，自自然然用母语和年长的谈故乡变化、和伙伴们谈童年往事。我脑子里强烈地冒出这个想法来。在外的日子久了，我就想把耳朵交给母语，然后舒舒服服地浸泡在母语里睡个甜蜜的觉。这是一个游子深埋心里的愿望。

闲聊时，我总是骄傲地说，我的母语接近普通话，于是引来一阵大笑。我不服气，还说，我的母语里有许多中国古代汉语的烙印，又是一阵喝倒彩。他们不相信我，我就振振有词举例子证明我的话不是捕风捉影。比如，我们家乡话说“他”，是用“其”；说“蝴蝶”，是用“飞扑”；说“黑”，是用“漆乌”；说“厕所”，是用“东厮”；还有“骁勇”、“眠梦”、“堂前”、“灶下”、“解手”等日常用词……这些例证足以让我对至少扎根故乡鄱阳湖畔传播了六百年的母语引以为自豪，它是不事张扬的非物质文化遗产，而且还会继续默默地繁衍下去，长住在故乡的每一个子孙都是传人。

每一种方言都是语言的活化石，隐藏着迁徙的密码，它像血脉一样植入骨髓。儿女有个头痛脑热的，傍晚母亲就悄悄地用手帕兜一把米，沿着孩子白天玩过的地方一路走来，一边大声呼唤：“崽尼诶——，吓着来家……”一边撒点米，耳畔常常回响起那长一声、短一声的呼魂唤魄，母亲是在用古老的方式播撒吉祥、驱逐邪气。走在故乡的小山冈上，炊烟里升起一声声绵长的乡音呼唤，足以让我泪流满面。

想起家乡一个绕口令："走到三河口，碰到一条沟，沟里一只狗，啮了我一口（三河口是故乡地名）。"说实话，现在用母语急速朗读还真像个绕口令，读起来结结巴巴。故乡还流传这样一段幽默，一个人出去当兵三年，有了一个口头禅："干啥？"退伍回家，家里人问他事，他老是"干啥、干啥"的，还以为他要"锷柴"呢，令人贻笑大方。一如我们对待我们的母语，阔别故乡多年，当你踏入那个语言氛围，蓦然间或许你会发现，你出口的话语变了，变得冠冕堂皇。但是很快聪明的你就会把口音、吐字修正过来，与乡里乡亲打成一片。假如我是作曲家，那么我要从我的母语里琢磨出一些"宫商角徵羽"之类的音符来，把话语揉碎，提炼浓郁地方特色的旋律，然后谱成优美、甜润的乐曲，让它在故乡的大地上传遍开来。遗憾我成不了作曲家，我唯一能做到的，就是打电话听听父亲的声音，那日渐苍老的声音里有着执着的母语在涌动，我在温习中就有了回家的感觉。

唐朝诗人贺知章鬓毛已衰回家依然"乡音无改"，今天读来倍觉珍贵。在这方面，我非常佩服我已作古的外公外婆，他们是吉安人，上世纪一十年代中期出生，三十年代做生意来到赣北，她的四个子女三个是在鄱阳出生的，一口的鄱阳北部土话。然而，外公、外婆的话语我一直听不明白，有时甚至不知所云，只能凭感觉和当时的语境去完成他们的指令，时有违背本意的事情发生，免不了惹来善意的责骂——"取债个"。后来母亲告诉我，那是吉安话，对孩儿的雅詈语。外公、外婆漂泊在外半个多世纪，之所以坚持远在异乡说自己的母语，可见对故乡的感情，这也是对他们百年后选择落叶归根的最好诠释。我可亲可敬的外公外婆,倾其一生微言捍卫母语的纯洁。

当然,为了传递信息的需要,适时放弃母语,选择另一种语言外衣进行交流更多时候能事半功倍,是可以理解的。比如上菜场买菜,为了规避可恶的短斤少两,你会装模作样学说两句当地话壮威,以证明你是本地人或者示意小摊贩你在本地生活了许多年。偶尔也会不奏效,遇有不买账的本地人就会揶揄你。这时的你只能站在一旁独享尴尬,自解没趣罢了。

梦里不知身是客,独对旷野,肆无忌惮地大喊一通母语,那才叫过瘾。我下决心告诫自己,决不要在语言上炫耀,母语是你永远的港湾,回老家切忌说官话、大话,老老实实拿出母语,那才是养育你进行深层次表达的语文基础。

竹笛秋语

初秋的午后,外面下着霏霏细雨,缓解了江南连日的闷热。哪里也不想去,就一个人坐在家里,也没有和往常一样选择上网,或者看电视、翻闲书。

而是从书柜里取出久违的竹笛,轻擦细拭,其实已经非常干净,我还是虔诚地用湿毛巾反复抹她,生怕碰伤了她的筋骨脉络,我坚信她是有生命的,否则怎么能发出如此美妙精致的乐音呢?这把竹笛陪伴我怕是有十余年了,全身环绕了一圈一圈深红的线,细细密密,形成的斑纹与虎黄的底色浑然一体,叫我爱不释手。因了许久没有操练过,笛膜老化以致发音干涩、沉闷,找来夹在书籍里的芦苇内膜,乃上等笛膜,我开始小心地粘贴,手笨了不少,这贴笛膜是个细腻活,急不得,先轻轻搓揉笛膜,再慢慢展开,接着在椭圆的膜孔上涂上白芨汁,覆盖笛膜也是有讲究的,要领是拉出与苇膜纹路垂直的皱褶,两头各有一块小平面,反复调试几次,直到音色圆润、明亮。这时心情也便随之一样的明亮，一样的和谐起来。

喜欢竹笛是三十年前家客居赣北小镇油墩街时，我才十来岁，那里有一个丰城皮匠师傅的上门女婿会一手笛子。夏夜，从下街拐弯处废弃的染布店内传出凄婉缠绵的笛声，我趴在窗户前偷看细听，很是崇拜，他持一管笛子，摇头晃脑沉醉在自己的笛声中。我那少年的心被这流浪手艺人的笛声俘获，忘记了炎热和蚊子的侵袭，眼角也湿润了。我寻出舅舅搁置一旁的一管破笛，一向胆小的我鼓起勇气敲开陌生人的门，向他讨教如何吹响笛子，在心里，我多么希望自己也能像他一样吹出那迷人的笛声。笛子就这样渐行渐近了我枯燥单调的少年生活。多年来，我偏偏对曲笛情有独钟，她以音色的纯净、甜美彻底征服了我，吹起来悦耳清脆、余音绕梁，能淋漓尽致地表达我的娓娓絮语。

整个下午，在缠绵的秋雨伴奏下，我收腹挺胸临窗横吹，用一管竹笛努力去填充寂寞、忧愁的心壑。

选择的乐曲有民间小曲，当然也有流行歌曲，如《沂蒙山小调》、《小河淌水》、《敖包相会》、《乌苏里船歌》、《渴望》主题歌、《高原红》、《红梅赞》等，大都悠扬、舒缓、绵长、抒情，一个个音符被我弄得像从水里打捞起来一样，湿润、柔软，还有点杂碎。借助唇力和运气，我的十个手指轮番上阵，击、颤、抹、飞、滑，演绎出笛身上的芭蕾（事实上只有六个手指与音符直接关联，另外四个只起到支架作用）。在吹习这些乐曲时，我随性地灵活地变奏，时而快、中或慢速，时而添彩加花或间约浓缩，时而抑或扬，往往能起到意想不到的效果，而最高状态就是吻合我的心境，真正实现了音乐抚慰人的心灵的境界，那是一种微妙的撞击过程。吹了，散了，那些从竹管里放牧的音符，沿着一条隐秘的通道飘进了我心空那条无形的沟壑，于是我常常泪流满面。

独奏曲相对歌曲来说难度大一点，要完成一首乐曲，必须娴熟地调动手指、嘴唇和气息，尽量让它们达到最佳组合，明确分工，默契配合。《姑苏行》是一首绝版的笛子乐曲，二十多年前，它点缀了我孤独的求学和教书生涯，也为我带来了许多掌声和喝彩。说起来惭愧，倾听了多少次《姑苏行》，却还没有去过梦里神游千百回的姑苏大地呢！那里是阿炳的故乡，那里是诞生《二泉映月》的圣地，也只有那里才能孕育这样的二胡名曲，难怪世界著名指挥家小泽征尔说“这种音乐只应跪下来听”！

不夸张地说，笛子曲《姑苏行》当是《二泉映月》的姊妹曲。《姑苏行》乐曲，最迷人的地方不仅仅在于闲庭信步的主题及华彩夸张的主题变奏，我恰恰陶醉的是前面近九十秒的引子，散淡、愉悦、自由、洒脱、清新，演奏时，尽可驰骋想象，在手指的击打中将一幅江南水乡国画徐徐展开，思绪徜徉其间，再低吟浅唱白翁的“江南好，风景旧曾谙。日出江花红胜火，春来江水绿如蓝。能不忆江南?”其境唯我独享，在短暂而又并非简单重复主题的尾声中完成了曼妙、安详、迷离的叙述，一段无人欣赏的演奏足以使我在这个下午安静下来。

《姑苏行》是可以躺在乌篷船舱里听的，它与《二泉映月》风格迥异，前者明丽、风雅，后者凄切、哀怨。

因此，我也常常用 C 调曲笛客串《二泉映月》的片段，如诉如泣的主旋律，令我潸然泪下，就想起我没有走近的姑苏和一个长眠于此的高雅的灵魂。联想到有人在街头从容行走背一身长长短短、色彩斑斓的竹笛还有洞箫、巴乌、葫芦丝，靠卖笛讨生，尤其是他们还能吹一手高蹈的笛声，“招摇”过市，那简直就是我梦中设想的生活状态。多少年来，我期待着怀揣一管竹笛浪迹天涯，怀揣激情和梦想，轻轻地走过二十四桥，凝望冷月无声，清笛吹寒，去追寻心灵的家园。我唯一能做到的，就是努力在我的笛声里去一遍又一遍的模拟演习。

《牧民新歌》则是我喜欢的另外一首笛子名曲。她洋溢着奶茶的芳香，乐曲显然借用、变通了盛开在大草原上的蒙古长调，尤其是开始的前奏更为明显，辽阔、空灵、悠远、梦幻，还有一丝淡淡的忧伤，那乐音简直是要命的、慑魄的，我很负责地扪心告诉自己，可以在这样的乐声里选择安安静静地涅槃，但我一直弄不明白：音乐怎么会控制人的情绪？难道这就是音乐的魅力吗？懵懂的小时候，朦朦胧胧里我对美的理解始于魔鬼般的笛子的暗示，这样成熟的表达只有成年后我才能完整地叙述出来，但是，我更愿意去追寻少时的感觉——纯真、不造作，没有任何伪装的原生态。

感谢竹笛，赐给我演奏的技能，以及我对音符的夸张驾驭，它伴随我或喜或悲，或愁或乐，或失意或彷徨。感谢竹笛，带给我婉约的情怀，滋养了我流浪的文字，成为我除了文字之外难以替代的一种倾诉、一种表达，人生的况味便多了一种伸展。

图书在版编目（CIP）数据

新中国散文典藏．第11卷 / 王景科主编．-- 济南：山东友谊出版社，2015.3

ISBN 978-7-5516-0814-5

Ⅰ．①新… Ⅱ．①王… Ⅲ．①散文集－中国－当代 Ⅳ．①I267

中国版本图书馆CIP数据核字(2015)第051031号

封 面 图：田忠泉

责任编辑：王　谦

艺术设计：姜海涛

主　　管：山东出版传媒股份有限公司

集团网址：www.sdpress.com.cn

出版发行：山东友谊出版社

地　　址：济南市英雄山路189号　邮政编码：250002

电　　话：出版管理部（0531）82098756

市场营销部（0531）82098035（传真）

印　　刷：山东临沂新华印刷物流集团有限责任公司

版　　次：2015年4月第1版

印　　次：2015年4月第1次印刷

规　　格：640mm×960mm　1/16

插　　页：6

印　　张：27.5

字　　数：300千

定　　价：75.00元

（如印装质量有问题，请与出版社出版管理部联系调换）